国家社科基金
后期资助项目
GUOJIA SHEKE JIJIN HOUQI ZIZHU XIANGMU

杨家将故事考论

A Study on the Legends of Yangjia Jiang

陈小林 著

ZHEJIANG UNIVERSITY PRESS
浙江大学出版社

国家社科基金后期资助项目
出版说明

    后期资助项目是国家社科基金设立的一类重要项目,旨在鼓励广大社科研究者潜心治学,支持基础研究多出优秀成果。它是经过严格评审,从接近完成的科研成果中遴选立项的。为扩大后期资助项目的影响,更好地推动学术发展,促进成果转化,全国哲学社会科学规划办公室按照"统一设计、统一标识、统一版式、形成系列"的总体要求,组织出版国家社科基金后期资助项目成果。

全国哲学社会科学规划办公室

序

  人们常说，从事文史研究，最好有一定的人生阅历作基础，这种说法很有道理。回想 20 世纪六七十年代我在农村生活的情形，当时农民自给自足、日出而作、日落而息的生产生活方式，可能与两千多年前秦始皇时代农民的生产生活方式差别不大。虽说已经有了报刊、书本、广播、电影等，但农民的主要文化娱乐方式还是看戏、听书。祖辈父辈们津津乐道的，既不可能是《诗经》《楚辞》、李杜诗歌、韩柳文章，更不是"十三经"或"四书五经"，甚至不是《三国》《水浒》《西厢》《红楼》，而是《说唐》《说岳》《杨家将》《薛家将》等，以及更为俚俗的《五美图》《十美图》之类。这种见闻给我留下深刻印象，它让我知道，中国普通民众最欢迎也受影响最深的，究竟是哪类文学作品。

  我的家乡处于洞庭湖平原，并不算是最偏僻落后的地区，其他地方的情况可想而知。20 世纪中叶犹且如此，几百上千年前的状况不难想见。在整个社会中，精英毕竟是少数，普通民众总是大多数。因此精英文化有如冰山一角，大众文化才是潜伏在水面以下的巨大冰山，是一个民族文化的主体。中国古代绝大多数普通民众一字不识，他们主要通过接触通俗小说、戏曲等，获得基本的历史文化知识，构建自己的人生观、历史观和价值观。我们研究中国古代文学，必须对古代民众文学艺术生活的真实图景有准确把握。近代以来，我们以为受西方文学的影响，已经实现了文学观念的根本转变，对古代戏曲小说等通俗文学给予了足够的关注。实际上我们真正重视的，还只是古代戏曲小说中那些比较接近精英文学的作品，而对于数量更多、形态更丰富、内容更复杂、风格更通俗的小说、戏曲、说唱艺术作品，仍然很少理会。

  陈小林君这本著作所研究的"杨家将故事"，就属于这种情况。它虽然在民间广泛传播，但它所获得的重视程度远不如《三国演义》《水浒传》等。鲁迅先生《中国小说史略》客观地指出它"盛行于里巷间"，但认为它"文意并拙"；余嘉锡、唐翼明等研究者花了较多功夫勾稽其故事来源和版本等，却几乎将它贬得一无是处。实际上，杨家将故事属于通俗文学，对于它的结构、语言、情节和人物形象等，不能用精英文人雅文学的标准来要求，而应以通俗文学本身的规律来衡量。陈寅恪先生的《论〈再生缘〉》，就为我们树立了研究这类通俗文学的一个典范。就思想内容而言,杨家将故事讲述杨氏一门五代忠勇报国,忍辱负重,舍生忘死,男子阵亡殆尽,余太君百岁出征,穆桂英阵中产子,最后是"十二寡妇征西"。放眼世界,有哪个国家和民族的文学作品,描写它的将士为了维护国家和民族的利益,慷慨赴难,前仆后继,能达到如此惊天地泣鬼神的悲壮境界? 这样的艺术形象和情节,在中华民族抵御外侮、保家卫国的漫长岁月中,又产生了何等强大的激励作用? 仅此一点,我们就不能不许之为"一个伟大的作品"。从中国古代小说发展史的角度看,杨家将小说吸收了其他小说、戏曲、说唱、传说等来源的各种故事元素,没有经过高水平文人的精心加工,保留了早期历史演义小说的诸多特征,正好可以成为我们考察中国古代小说发展演变过程的一个典型样本。

杨家将故事头绪纷繁,本书设计了一个由文本形态的比对到历史过程的考索的精妙结构。第一章考察了现存杨家将小说各种版本之间的关系。第二章集中探讨杨家将小说的成书过程。这是本书最重要的部分。以往研究者一般仅从麟州杨业祖孙故事的演变,来考察杨家将小说的成书过程。卫聚贤、付爱民、常征、小松谦等开始关注播州土司杨氏与杨家将小说的关系,但只是将它视为羼入杨家将故事的一个因素。本书在他们的研究成果基础上,更为全面深入地探讨了播州杨氏故事与杨家将小说的关系,以及明朝万历年间的平播之役对杨家将小说编刊的影响,把播州杨氏和杨家将小说的关系,提高到可与麟州杨氏和杨家将小说的关系相提并论的高度,从而提出杨家将故事可分为"三个系统":一个是以麟州杨业祖孙故事为主的西北系统;一个是以播州杨氏故事为主的西南系统;在这两者之外,还有一个由西南系统分化形成的讲述杨文广平闽(福建)的子系统,即东南系统。前两个系统相互交叉,又衍生出许多支流,可分两大类群:一是以西北系统为主,羼入西南系统的因素;一是以西南系统为主,缀以西北系统的段落。上述分析和概括是否符合杨家将故事演化的历史事实,还有待讨论,但这一见解无疑是富有新意的。第三章分别考察了杨家将故事与三国故事、隋唐故事、五代故事、狄青故事、水浒故事、岳飞故事、神魔小说故事等相互影响渗透的关系,进一步展现了杨家将故事的世代累积型特征。第四章详细描述了杨家将故事在后世戏曲、小说、说唱、题咏等方面的影响,让我们了解这一故事在中国社会特别是下层民间的传播和影响是何等广泛而深远。第五章力图以个案研究为基础,探讨中国古代历史演义小说的生成与演进的规律。全书结构严谨,材料丰富,条理清晰。特别值得肯定的是,作者突破学科的界限,运用历史学、民俗学、民族学的研究方法,以期对杨家将小说的成书过程这一疑难问题作出新的解释。本书充分吸收了其他学者的相关研究成果，力图在此基础上有所推进，堪称研究杨家将故事的一座里程碑。

陈小林君曾在浙江大学向我问学。他为人纯朴笃厚，读书治学沉潜务实。毕业后在出版社工作，在承担繁重的编辑任务的同时，不废学术研究。现在他的著作通过评审，获得国家社科基金后期资助项目的资助，得以正式出版，这是学术界对他的研究成果的肯定。我为之感到欣喜，兹聊书数语，以志庆贺。

廖可斌

2018 年 6 月 28 日于燕园

目　录

图表目录

绪 论

与研究《三国》《水浒》《西游》等小说名著的热闹局面相比,对于明代两部杨家将小说——《杨家府世代忠勇通俗演义》(以下简称《杨家府演义》)和《北宋志传》——的研究显得过于冷清。出现这种情况并不奇怪。一方面,两部杨家将小说的艺术水准都不高。在大多数研究者眼里,一部艺术粗糙、思想普通的小说,它的研究价值是无法和上述那些名著相提并论的。另一方面,同样是世代累积型小说,《三国》《水浒》《西游》等小说有众多版本可资比勘,又有成书之前的话本、平话保留下来,譬如《西游记》之前有《大唐三藏取经诗话》,《水浒传》之前有《大宋宣和遗事》,《三国演义》之前有《三国志平话》。这对于研究小说版本源流和故事演变当然大为便利。相对而言,杨家将小说流传下来的早期版本不多姑且不说,成书之前的话本、平话更是无法觅得,深入的实证性研究自然就难以开展。这恐怕才是研究者避谈它们的主要原因。

1. 选题价值概说

就艺术水准而言,两部杨家将小说的确瑕疵较多,不堪卒读。余嘉锡(1884—1955)曾经这样批评杨家将小说的艺术缺陷:

> 杨家将事不如三国之多,故仅有三分实事,七分纯出于虚构。其人文学远不如罗贯中,故其运用史传,不能融会贯通,凭空构造,不能切合情理。元杂剧中之事,此两本皆有之,而鄙俚又甚焉。自大破天门阵以下(天门阵事,《杨家将演义》在卷四,《北宋志传》名南天阵,在卷七),牛鬼蛇神,无理取闹,阅之令人作三日恶。其词句虽颇明顺,然文言与白话并用,亦复雅俗不伴,固当等之自郐,不欲多所论列。①

唐翼明(1943—)在引述余氏意见之后有进一步的发挥,他认为:

---

① 余嘉锡:《余嘉锡论学杂著》下册,中华书局 1963 年版,第 427 页。

这两本书只是在《三国》《水浒》《西游》的影响下产生出来的一个杂糅的、粗糙的、没有才气的四流作品。就其演述国家大事、多谈战伐，借史实加以生发等特征而言，它颇像《三国》；但远不如《三国》那样叙事细密、条理清晰、合情合理，而且气势磅礴。就其写呼延赞、孟良、焦赞等人的落草为寇、占山为王、渺（藐）视国法以及杨怀玉的逼上太行而言，又显然有《水浒》的影子；但远不如《水浒》那样笔酣墨饱，泼辣生动，摹人写情，入木三分。就其掺杂迷信、时出鬼怪而言，又使人想起《西游》与《封神》。尤其是在破天门阵（《北宋志传》名南天阵）一节及《杨传》后十八回，真所谓"牛鬼蛇神，无理取闹"。杨文广、宣娘、八臂鬼王等人不仅呼风唤雨，还能上天入地、变来化去。但一点也不能唤起读者的兴味，如看《西游》时欣赏作者的诙谐浪漫、设想奇特、笔力恣肆，反令人可怜作者的心劳力绌和想象力的贫乏，正应了民间那句俗话："故事不够，鬼神来凑。"读毕掩卷，使人觉得全书从头至尾充满着一种令人无法忍受的浅薄。语言浅薄，刻画人物浅薄，描写世态浅薄，连主题都浅薄。①

两位学者的评价不能说毫无根据。但只要我们承认，小说的艺术价值和它的研究价值不是一回事，那么，两部杨家将小说的粗糙鄙俚就不足以成为研究者漠视它们的理由。

材料不多更不应该成为回避问题的借口，何况有关杨家将小说的材料其实并不如我们想象的那样匮乏。对于杨家将小说研究来说，将现有的这些材料综合起来考察，还是能够找到一些蛛丝马迹去解决某些问题的。最为重要的是，杨家将小说本身很值得进行一番深入研究。它的研究价值可以约为数端：

第一，杨家将故事在民间的流传和影响丝毫不亚于三国、水浒、西游故事。和三国、水浒、西游等故事一样，经过长达千年之久的流播和发展，杨家将故事也积淀了大量民间的审美趣味、价值标准、宗教信仰、心理情绪和历史想象，成为了解中国古代民间社会的一个窗口。作为杨家将故事的集大成者，明代的两部杨家将小说无疑是这方面极好的研究材料。

第二，明代杨家将小说之中，《杨家府演义》的鄙俚拙朴正是它保留了较多早期话本和平话痕迹的体现，《北宋志传》在整体风格上则趋于历史演义

---

① 唐翼明：《重读〈杨家将〉——试论有关作者、版本诸问题》，《古典今论》，台湾东大图书公司 1991 年版，第 249—250 页。

小说一端。它们的同异,对于研究中国古代通俗小说的演进轨迹不无裨益。可以这么说,与《三国》《水浒》《西游》等小说相比,明代两部杨家将小说更为典型地代表了中国古代通俗小说由讲史向历史演义演进的过渡形态,研究价值不言而喻。

第三,一个故事流传愈久愈广,它吸纳各种外来材料的机会就愈多,产生歧异的概率也就愈大。这是世代累积型长篇通俗小说一般都有令人困扰的版本问题的原因所在。而版本问题又牵涉到故事演变和小说成书这两个重要问题。明代两部杨家将小说的内容既有相同的地方,也有很多差异,代表两种不同的版本系统。杨家将故事历经千年的流传,在各地形成不同的故事系统。理清这些不同版本系统、不同故事系统之间的关系,分析这些故事系统在杨家将小说成书过程中彼此施加给对方的影响,有助于我们认识同一故事题材在不同时期不同区域的嬗变轨迹,以及中国古代世代累积型小说成书过程的复杂性。

2. 简短的学术史回顾

在介绍本书的构想和内容之前,有必要对杨家将小说研究进行一番学术史回顾。以 1980 年为界,近百年间的杨家将小说研究可以划分前、后两个时期。前期主要侧重文献层面,运用历史考证的方法研治小说,小说版本著录及研究、本事来源考辨、故事演变勾勒等是研究者主要兴趣之所在。后期对前期上述问题仍有进一步探讨,但更关注以杨家将小说为代表的杨家将故事的文学和文化研究,注重运用文艺美学、民俗学、人类学、传播学等多种学术视角,发掘杨家将故事的多重内涵。

早在小说研究学科草创阶段,鲁迅(1881—1936)和郑振铎(1898—1958)就注意到杨家将小说。鲁迅《中国小说史略》评价它"文意并拙,然盛行于里巷间"①,郑振铎《中国小说提要》简略介绍了《杨家将传》②。当然,前期研究成绩主要还在文献层面,这可从三个方面总结。

首先是小说版本的著录和研究。这方面,有三位学者较为突出。孙楷第(1898—1986)著录包括《南北宋志传》《北宋金枪全传》《杨家通俗演义》《天门阵演义十二寡妇征西》《平闽全传》在内的数种杨家将小说版本。③ 柳

---

① 鲁迅:《鲁迅全集》第九卷,人民文学出版社 1981 年版,第 149 页。
② 原载《时事新报·鉴赏周刊》第 18 期(1925 年),收入郑振铎:《郑振铎古典文学论文集》,上海古籍出版社 1984 年版,第 450—452 页。
③ 孙楷第:《中国通俗小说书目》卷二"明清讲史部",人民文学出版社 1982 年版。

存仁(LIU Ts'un-yan,1917—2009)20 世纪 50 年代在伦敦两家图书馆阅览"旧刻本的中国小说",发现《南北宋志传》的三种玉茗堂批点本,它们是孙楷第没有提到的刻本。① 叶国庆(1901—2001)搜罗到杨文广平闽小说的七种版本:光绪本、郁文堂本、会文堂本、大一统本、无名本、锦章本、国文本。前四种凡五十二回,后三种凡二十二回。叶氏认为它们的关系是:会文堂本、大一统本抄袭光绪本,而大一统本又抄袭会文堂本;二十二回本乃删节五十二回本而成,并且据以删节的本子还是光绪本。② 这些著录为进一步研究奠定了坚实的文献基础。

《北宋志传》按语有"《杨家府》等传"一语,孙楷第因此提出"旧本《杨家府》"的问题。他推测说:"或旧本《杨家府》编辑,尚远在万历丙午《杨家府》刊本之前。"③ 余嘉锡称秦淮墨客"殆因旧本校阅之而已"④。柳存仁也赞同这个旧本《杨家府》的存在,并认为"所谓北宋志传,和杨家将传,实有很密切不可分的关系……内容必定以杨家府等传的旧本做根据"⑤。"旧本《杨家府》"是杨家将小说版本研究中最受关注的问题之一,后来研究者对此有进一步的讨论(详见第一章第三节)。

其次是本事来源考辨。详细考察杨家将故事的历史本事应首推卫聚贤(1898—1989)《杨家将考证》⑥一文,但他只是将小说内容和《宋史》进行对照,以衡量杨家将故事哪些内容与历史记载相符。同样着眼于故事与历史的比勘,翦伯赞(1898—1968)《杨家将故事与杨业父子》⑦要用故事传说来订正《宋史》。他认为"杨业父子的史实,不是在传说中被放大;反之,而是《宋史》上把他缩小了",元曲中的杨家将故事"较之《宋史》更为可靠"。余嘉锡《杨家将故事考信录》对《宋史》所载杨家父子传记的索隐用力甚勤,订正了《宋史》不少疏漏之处,对故事起源和流传因果也有详细考述。该文识见精审,譬如余氏紧扣特定历史背景下的社会心理去考察杨家将故事的缘起和流传,认为"杨家将虽小说,而实一时人心之所同"、断言南宋之时"必有评

---

① 柳存仁:《伦敦所见中国小说书目提要》,书目文献出版社 1982 年版,第 136—142 页。
② 叶国庆:《平闽十八洞研究》,《厦门大学学报》第 3 卷第 1 期(1935 年),第 8—20 页。
③ 孙楷第:《日本东京所见小说书目》,人民文学出版社 1958 年版,第 46 页。
④ 余嘉锡:《杨家将故事考信录》,《余嘉锡论学杂著》下册,中华书局 1963 年版,第 425 页。按该文原载《辅仁学志》第 13 卷第 1、2 合期(1945 年)。
⑤ 柳存仁:《伦敦所见中国小说书目提要》,书目文献出版社 1982 年版,第 139 页。
⑥ 原载《说文月刊》第 4 卷(合刊本)第 827—874 页,1944 年;后收入卫聚贤等:《小说考证集》,说文社 1944 年版,第 1—106 页。
⑦ 原载《中原》月刊第 2 卷第 1 期第 41—47 页,1945 年;后收入《中国史论集》第二辑,国际文化服务社 1948 年再版,第 211—230 页。

话小说之流,敷演杨家将故事"等意见都很精当。郑骞《杨家将故事考史证俗》①考证杨业籍贯称谓、杨氏家族姓名、佘太君和穆桂英之原型以及杨家将古迹,并指出幽州救驾故事由高梁河之役讹传而成,杨六郎发配汝州传说可能与杨延昭战败获罪有关。该文对古迹的辑证很见功力。伊维德(W. L. Idema,1944—   )指出《北宋志传》有杂剧、南戏等多种素材来源。以孟良两次盗骨为例,伊维德认为,第一个盗骨故事"由大约三十个独立的事件组成,这些事件以一种简短精确的方式叙述出来","对这些相关联的特征最合理的解释是:我们看到的是一个关于盗取遗骨故事的南戏版本的内容简介。该故事因引入另一与孟良有关的主题(如他作为偷马贼的行为)而篇幅加长,达到南戏要求的长度";第二个盗骨故事明显可以分为四个场景,当是源于一个已佚的杂剧作品。②

关于杨文广平闽的本事,陈家瑞《杨文广平闽与陈元光入闽》③认为是唐代陈元光入闽史事的转变,林语堂(1895—1976)《平闽十八洞所载的古迹》④猜测乃是杨文广征侬智高的影射。叶国庆赞成陈氏意见,并探究陈元光入闽之所以被附会为杨文广平闽的原因。这篇题为《平闽十八洞研究》的长文考证周密,对通俗小说和地方传说的关系有精彩论述。稍后,卫聚贤《杨文广平闽十八洞》⑤提出不同观点,认为:"宋代杨文广有平闽事,不过第一杨文广并非杨六郎(延昭)的儿子,乃系杨延昭第四代的玄孙。第二闽在今贵州南部以至云南之地,并非福建之闽。"卫氏的具体观点尚有可议之处,他思考的方向却有可取之处。

再次是故事演变勾勒和资料搜集整理。尝试勾勒杨家将故事演变过程者,有赵景深(1902—1985)和罗奋(1893—1980)两人。赵景深简述了杨家将故事的演变过程。⑥ 罗奋认为杨家将故事在南宋时已播腾人口,到明朝中叶,或许就是熊大木把所有的故事汇集贯穿,从而写成了一部通俗小说。⑦ 他们的描述并不详细,并且也没有具体涉及明代杨家将小说之后杨家将故事的发展状况。搜集资料则以孔另境(1904—1972)的《中国小说史

---

① 郑骞:《景午丛编》下编,台湾中华书局 1972 年版,第 1—89 页。

② W. L. Idema, Some Remarks and Speculations Concerning P'ing-hua, *Chinese Vernacular Fiction:the Formative Period*(Leiden,E. J. Brill,1974),PP. 112—116. 引文见 P. 115. 原文为英文。

③ 载《民俗》第 34 期,第 1—3 页,1928 年。

④ 原载厦门大学《国学研究院周刊》第 2 期,1926 年;又载《民俗》第 34 期,第 4—7 页,1928 年。

⑤ 载卫聚贤等《小说考证集》,说文社 1944 年版,原文无页码。

⑥ 赵景深:《中国小说丛考》,齐鲁书社 1980 年版,第 212—220 页。

⑦ 罗奋校订《杨家将演义·序》,上海文化出版社 1956 年版。

料》为代表。该书辑录笔记里的若干杨家将材料,无疑为研究者提供了便利。①

前期的杨家将小说研究虽是起步,起点却较高。研究者普遍注重历史考证,学风扎实,成果丰硕。不仅为后来者积累了不少材料,在问题意识、方法视角上也深刻影响了后来者的研究。

20世纪50至70年代,由于众所周知的原因,杨家将研究在相当一段时间内处于沉寂状态。进入20世纪80年代以后,杨家将研究重新活跃起来,并不断拓展。

小说版本著录和研究方面,像《中国通俗小说总目提要》《增补中国通俗小说书目》等重要小说书目对杨家将小说皆有著录。明代两部杨家将小说(《北宋志传》和《杨家府演义》)的关系成为热点,这可以说是"旧本《杨家府》"问题的延续(详见第一章第三节)。

本事考证方面,常征《杨家将史事考》是这一时期的重要收获。常氏以为许多故事情节有其历史根据,譬如"《破天阵》《澶州会》等,本于宋真宗景德元年的澶渊之役""戏曲上的《破洪州》乃是由杨文广防御西夏一事演化而成的",等等。② 张志江《谈有关杨家将小说、戏曲的一则史料》③证实杨家将故事里的谢金吾拆毁天波楼有谢德权拓宽官道这一史实的影子,从而为该情节找到了史籍渊源。张政烺(1912—2005)《"十二寡妇征西"及其相关问题——〈柳如是别传〉下册题记》从民俗学角度解释杨家将小说"十二寡妇征西"故事的由来,认为"十二寡妇征西"是从东汉傩仪中的十二兽变来的。④ 而朱浩(1986—)《"十二寡妇征西"故事新考》⑤主张"十二寡妇征西"故事来自于明代社火中的"六丁六甲"舞队,此种舞队在南宋民间社火中就已存在,是从南宋宫廷傩仪中移植而来。两篇文章具体观点不同,思路却一致,为我们提供了研究小说素材来源的新视角。松浦智子(Matsuura Satoko)《〈楊家將演義〉における比武招親について——その祖型と傳承の一端をめぐって》⑥指出李全和妻子杨妙真的事迹是《杨家府演义》比武招亲情节的原型,她后来进一步认为《杨家府演义》招亲和招安情节都可以在民间武装组

---

① 孔另境:《中国小说史料》,古典文学出版社1957年版,第115—124页。
② 常征:《杨家将史事考》,天津人民出版社1980年版,第313—315页。
③ 载《明清小说研究》1997年第3期。
④ 原载《纪念陈寅恪先生诞辰百年学术论文集》,北京大学出版社1989年版,第348—354页。后收入《张政烺文史论集》,中华书局2004年版,第773—783页。
⑤ 载《文化遗产》2015年第2期。
⑥ 早稻田大学中国文学会编:《中国文学研究》第31期,2005年12月。

织中找到其原型，它们的传承和发展与武人世界密切相关。① 周郢
（1970—）《杨家将故事与泰山》②着眼于杨家将故事与泰山的联系，认为历
史上杨延朗作为扈从武臣，参加了宋真宗封禅大典，故杨家将在泰山留下许
多遗迹，而宋元之际泰山周边涌现的众多山寨及女杰，乃是"山东穆柯寨"与
"穆桂英"艺术形象的直接源头，明人笔记中红裳女子在泰山与杨六郎过招
的情节，则是穆桂英故事进入杨家将传奇的一个关键链环。

　　考察故事演变的研究论文可以举出裴效维（1938—　）《杨家将故事的
产生与嬗变》③、程毅中（1930—　　）《杨家将故事溯源》④、张清发《杨家将故
事的演化与流传探析》⑤三篇。裴文指出杨家将故事是宋代社会现实和民
众愿望相结合的产物，其由奠基进入鼎盛的嬗变过程是体现劳动人民、民间
艺人和进步文人协同合作的典范。程文通过分析众说纷纭的人名，指出杨
家将故事很可能在北宋时代就已盛传于世，里面虽有不少虚构捏合的情节，
反映的却是北宋人民的思想情感。张文认为杨家将从历史真实走向故事虚
构，遵循的并不是一条直线的单向发展，其流传的内在固有因素在于杨家将
故事所包含的忠君爱国思想和家族荣誉观念，而外在表现形态则在于促成
一股家将系列小说的刊行风潮。与前期比较，这些追溯故事演变的文章不
止有描述，更有深入分析。

　　除上述版本考、本事考、演变考等成果之外，本期研究者不断开拓新的
研究领域，逐步重视杨家将故事的文学、文化研究。

　　研究者开始研究杨家将故事与其他作品的关系，这其中尤其重视杨家
将和水浒故事的关系。侯会（1949—　）认为杨五郎形象影响了《水浒传》对
鲁智深的塑造，杨志、呼延灼与杨家将故事有一定联系，甚至杨家将故事的
"杨清潘浊"价值观念也潜在地影响了《水浒传》。⑥ 佐竹靖彦（Satake
Yasihite，1939—　）也赞同"《水浒传》在形成过程中，杨家将故事曾在某一
时期起到了相当大的作用"，他通过详细分析《杨温拦路虎传》与现行本《水
浒传》故事的一致性，指出《水浒传》可能吸纳了早期的杨家将故事。⑦ 中鉢

①　［日］松浦智子：《〈杨家将演义〉的形成与民间武装组织——以招安、招亲为线索》，廖可斌等编：
　　《明代文学论集（2006）》，浙江大学出版社 2007 年版，第 519—527 页。
②　载《泰山学院学报》第 32 卷第 1 期（2010 年 1 月）。
③　载《徐州师范大学学报》（哲社版）第 31 卷第 1 期，2005 年 1 月。
④　载《燕京学报》新 10 期，北京大学出版社 2001 年版，第 257—268 页。
⑤　载《新竹教育大学语文学报》第 13 期第 181—198 页，2006 年 12 月。
⑥　侯会：《〈水浒〉源流新证》第 34 节，华文出版社 2002 年版。
⑦　［日］佐竹靖彦：《梁山泊——〈水浒传〉一〇八名豪杰》，韩玉萍译，中华书局 2005 年版，第 101—
　　103 页。

雅量(Nakabachi Masakagu,1938—　)《楊家將演義と水滸伝》一文列出两部小说在构成上的许多类似点,但他觉得两者的影响不是单向的,因为它们是"随着无数民众口头说话发展起来的,所以相互影响也是当然的"①。此外,周晓薇(1957—　)《〈东游记〉天门阵故事抄袭〈杨家府演义〉考辨》从情节照应、人物塑造和小说细节等因素分析,得出"《东》书所写天门阵的故事是从《杨》书中节略抄袭而出,《东》书的编成时间当在《杨》书之后"的结论。② 上田望(Ueda Nozomu,1965—　)在研究讲史小说的系列论文里特别注重考察史书对讲史小说的影响,《講史小説と歴史書(3)——〈北宋志伝〉、〈楊家將演義〉の成書過程と構造》③着眼于两部小说各自构成的比较,认为双方共有的杨家将故事大多与杂剧相似,因而可能是在北方形成的,而《杨家府演义》独有的杨家将故事则与南方的讲唱文学属于同一系统。同时他也考察了历史书的作用,指出:"在《北宋志传》中,历史书的引用起到了融合剂的作用,将杨家将的故事和其他故事结合在一起,另外一个作用就是通过注入一点历史书的成分,将一些荒诞无稽的英雄故事编得像真的历史演义一样。"

　　播州杨氏和杨家将故事的关系也引起少数研究者的注意。日本学者小松谦(Komakken,1959—　)《武人のための文學——楊家將物語考》④一文论证杨家将故事的繁荣与杨氏这一将门具有密切关联的可能性,并首次提出一个大胆假说,即杨文广征南故事有播州杨氏事迹的影子。与小松谦的意见遥相呼应,付爱民(1972—　)认为,杨家将故事包含大量影射播州杨氏家族功绩的内容,但由于万历年间的播州之乱构成某种政治禁忌,书坊主们出于回避、补过心理,就将杨家将小说原有书板销毁,再删削影射播州杨氏功绩的内容,改板重印,这就直接导致了明代杨家将小说的刊行高峰。⑤ 小松谦仅提出猜想而不做论证,付爱民则展开了较为细致的论证。但付爱民举出的一些例证过于牵强,又忽略了某些关键细节。

---

① [日]中鉢雅量:《中国小说史研究——水滸伝を中心として》,汲古书院1996年版,第171页。原文为日文。
② 载《陕西师大学报》(哲学社会科学版)第22卷第4期,1993年。
③ 载《金沢大学中国语学中国文学教室纪要》第3辑第1—15页,引文见第13—14页。原文为日文。
④ [日]小松謙:《中国歷史小说研究》,汲古书院2001年版,第187—207页。
⑤ 参看付爱民《明代杨家将小说的发展与播州杨氏家族》一文,载蔡向升、杜雪梅主编《杨家将研究·历史卷》,人民出版社2007年版,第476—486页。

徐朔方(1923—2007)《元明两代的杨家将戏曲和小说》①指出杨家将的戏曲和小说具有两个突出特点:一是始终贯穿忠和奸、主战和投降的冲突,二是某些英雄人物带有农民起义者的色彩。杨建宏《略论杨门男将演变成杨门女将的文化意蕴》②认为:"杨门女将的深刻文化意蕴在于:披着封建礼教——'忠孝节烈'的外衣,来宣传妇女独立意识;同时,也是对宋代以来在对外族入侵过程中'雌了男儿'的一种绝妙的讽刺。"龚舒、吴建国《〈杨家府演义〉对史家价值体系的吸纳与重构》③指出该小说在自觉与正史价值体系接轨的同时,又融入了世俗社会崇尚的江湖价值选择,其"正史+江湖"的价值体系重构深刻影响了后来的历史叙事。两人后来发表《〈杨家府演义〉的两性叙事》④一文,从两性叙事的角度分析小说"朝廷武将+江湖侠女"叙事范型的价值,认为它超越传统历史演义模式对儿女私情和婚姻家庭生活的限制,构建了一个家国兴衰、英雄命运和儿女情怀相交织的悲怆而和谐的小说境界,"为此后的通俗小说创作开辟了新的视野和领域"。这些论文侧重研究杨家将小说的思想内涵和文化价值。

以杨家将小说为研究对象的学位论文一般也注重文学、文化层面的研究。譬如卓美惠《明代杨家将小说研究——以〈杨家将演义〉和〈北宋志传〉为范围》⑤从爱国主义、华夷之辨、神怪玄秘与进步妇女观四个方面探讨杨家将小说的思想内涵。聂垚《"杨家将"主要人物形象的历史演变》涉及对杨家将小说人物形象的分析。⑥ 常毅《元明时期"杨家将"戏曲小说研究》⑦指出杨家将小说深化了杨家将故事的忠义主题,塑造了丰满的、多样化的人物形象。吴建生《〈北宋志传〉与〈世代忠勇杨家府演义志传〉的叙事比较研究》⑧从叙事学角度比较两书在叙事结构、叙事话语和叙事主题等方面的差异,认为这些差异其实就是明代历史小说两个发展阶段的差异。龚舒《〈杨家府演义〉与明清家族型历史小说研究》⑨将杨家将小说置于家族型历史小说的背景下进行审视,文章指出《杨家府演义》构建了"正史+江湖"的价值

① 原载《戏剧论丛》1982 年第 3 辑,收入《徐朔方集》第一卷,浙江古籍出版社 1993 年版,第 198—213 页。
② 载《长沙大学学报》第 18 卷第 1 期,2004 年 3 月。
③ 载《湖南师范大学社会科学学报》第 35 卷第 3 期,2006 年 5 月。
④ 载《中国文学研究》2008 年第 4 期。
⑤ 私立逢甲大学硕士学位论文,1994 年,指导教师:王三庆。
⑥ 吉林大学硕士学位论文,2007 年,指导教师:孟兆臣。
⑦ 暨南大学硕士学位论文,2005 年,指导教师:程国赋。
⑧ 南昌大学硕士学位论文,2005 年,指导教师:陈东有。
⑨ 湖南师范大学硕士学位论文,2007 年,指导教师:吴建国。

体系,并对《杨家府演义》的江湖化、神魔化、世情化等叙事操作有较详细的解析。蔡连卫《"杨家将"小说传播研究》①关注杨家将小说的传播问题,用五个时期(初兴、发展、繁荣、鼎盛、转型)、六种方式(文本、戏曲、曲艺、绘画、影视剧、网络)来描述杨家将小说的传播历程,纲举目张,非常切实。

李亦园(1931—2017)《章回小说〈平闽十八洞〉的图腾神话研究》②发现《平闽十八洞》反映的是畲族人的风俗习惯,十八洞洞主的动物原形则渗透畲族人借自然界现象分类族群的思维模式,可以说是一种"个人图腾",这种图腾现象可能还早于畲族的槃瓠龙犬图腾现象。该文能在叶国庆和卫聚贤的研究之后另辟新境,运用民族学和图腾理论来研究这部通俗小说,实在令人赞赏。

与前期相比,后期的研究有很大进展。新方法的运用、新观点的提出、研究领域的开拓、研究队伍的扩大,以及对杨家将小说本身的深入研究都是可圈可点的。尤其值得一提的是,神木县杨家将文化研究会组织人员编纂了《杨家将研究·历史卷》③和《杨家将民歌·戏曲辑选》④两书,并于2007年8月承办"首届全国杨家将历史文化研讨会",会议论文汇编为《首届全国杨家将历史文化研讨会论文集》⑤一书出版。

综观百年来杨家将小说研究的图景,可以看到这一研究主要有三种学术视角的介入。一是历史考证,重在考察杨家将小说的历史根源,辨析故事与历史的差异。二是文艺美学,这一视角侧重于对杨家将小说进行纯粹的文学艺术研究,譬如思想内涵、价值体系、人物形象塑造、小说叙事模式等问题都属此类。三是民俗学,主要考察杨家将小说的民俗来源及其积淀的民众心理。前期以历史考证为主,后期以文艺美学为主。总的来说,在没有发现新材料的情况下,历史考证难有大的突破,杨家将小说的文艺美学研究则不妨继续进行多方面、多角度的探讨,而从民俗学视角研究杨家将小说相对来说仍有较大空间。

3.本书的构想与内容

本书主要考索明代两部杨家将小说的版本和成书问题。同时,以杨家

---

① 山东大学博士学位论文,2006年,指导教师:王平。
② 李亦园:《宗教与神话》,广西师范大学出版社2004年版,第317—339页。
③ 蔡向升、杜雪梅主编:《杨家将研究·历史卷》,人民出版社2007年版。
④ 刘明德编:《杨家将民歌·戏曲辑选》,远方出版社2007年版。
⑤ 李裕民主编:《首届全国杨家将历史文化研讨会论文集》,科学出版社2009年版。

将小说为代表的杨家将故事与三国、隋唐、五代、狄青、水浒、岳飞、神魔等故事的关联,以及杨家将故事的后世影响和传播,也是本书要考察的内容。通过考察这些问题,我希望能把杨家将小说形成之前和之后杨家将故事的演化情形描述清楚,能说明杨家将故事和其他故事相互影响、互有借鉴的实际情况,能将杨家将故事演变、杨家将小说成书的典型性、复杂性和独特性揭示出来,借此说明世代累积型小说成书过程的复杂性。

全书包括绪论、正论和余论三部分。

绪论部分主要概述本书的价值和现状,说明本书的构想、内容和研究方法。

正文部分共分五章。

第一章考察杨家将小说的版本问题,重点探索明代两部杨家将小说之间的可能关系,同时对两种世德堂本《南北宋志传》之间的版本渊源,以及三种明刊本《南北宋志传》之间的承袭关系进行考述。

第二章研究明代两部杨家将小说的成书问题。杨家将故事包括西北、西南、东南三个系统,西北系统讲述麟州杨氏家族忠勇报国的故事,西南系统讲述播州杨氏家族的征战故事,东南系统讲述杨文广平闽故事,是由西南系统分化出来的一支。以内容论之,明代两部杨家将小说主要由西北、西南两个故事系统拼凑而成,还可能糅合了其他杨氏武将家族的事迹。以过程而论,两宋时期是杨家将故事的发生和壮大阶段,南宋政权的抗金史实在杨家将故事里投下巨大影子。元明时期是杨家将故事产生变异和杨家将小说重编问世的阶段,完全异质的播州杨氏家族事迹阑入民众熟悉的西北系统杨家将故事,杨家将小说在吸纳两个故事系统的基础上得以编成。万历年间平播之役的爆发,刺激人们根据旧本重新编写、刊刻杨家将小说,现存的明代两部杨家将小说就是在这个历史背景下成书的。由于编写、刊刻者抱有不同的意图,采用不同的手法,它们也就具有了不同的内容和风格特征。

第三章探讨杨家将故事和其他故事的关联问题,分别叙述杨家将故事和三国、隋唐、五代、狄青、水浒、岳飞、神魔等故事相互影响和借鉴的关系。

第四章讨论杨家将故事的后世传播和影响问题,主要描述杨家将故事通过小说、戏曲、说唱、文人题咏、地方古迹、民间祭祀信仰等途径广为传播的情况。讨论以杨家将小说的影响为焦点,时间上以清代为主要范围。

第五章论述中国历史演义小说的生成与演进问题,尝试对 14 至 18 世纪的中国历史演义小说及围绕它的某些相关问题作一粗略描述和初步探讨。这个研究构想,一方面,是想从宏观上再对杨家将小说的版本和成书等问题进行补充论证，为前文推论的合理性提供一个更为广阔的小说史背景。另一方面，也想由纯粹的个案研究上升到对某一小说类型的整体把握，从而有助于我们认识中国小说发展演变过程中某些带有规律性的问题。

余论部分总结杨家将故事三个系统之间的关系，以及它们对于杨家将小说成书的影响。最后尝试提出杨家将故事仍然值得深入探讨的一些问题。

第一章　杨家将小说版本关系考索

版本是杨家将小说研究的一个不能回避的问题。与《三国演义》《水浒传》《西游记》和《红楼梦》等小说相比，杨家将小说版本问题相对不那么复杂，因为现存版本种类并不多，可供发现并加以研究的问题相应也就不会太多。但是，换一个角度看，这又意味着要完全解决杨家将小说版本问题也不会很容易，其困难程度甚至不会低于上述小说的版本研究。因为研究对象本身的匮乏，会导致许多本应深入考察的版本问题不得不付之阙如。对照上述小说版本研究的进展，杨家将小说版本研究的这种先天不足尤其明显，而杨家将小说版本研究之所以得不到应有重视，原因多半在此。

本章讨论杨家将小说的版本问题，力图凭借有限的版本资料发现一些问题，然后尽可能地解决这些问题，以期能够推动杨家将小说版本研究的深入。有必要做两点说明：第一，本章所说的杨家将小说，是指《杨家府演义》和《北宋志传》，从版本角度考察，这两部小说恰好代表了杨家将小说的两种版本系统。这两种版本系统之间的关系是研究重点。第二，因为《北宋志传》往往和《南宋志传》合刊，讨论时自然就不能不适当考虑《南宋志传》。所以在探讨三种明刊《南北宋志传》的相关问题时，我认为《南宋志传》与《北宋志传》同等重要，相信这有助于更好地解决问题。

第一节　北大世本《南北宋志传》小考

世德堂本《南北宋志传》，日本内阁文库有藏（以下简称"内阁世本"）①。除此之外，国内北京大学图书馆也藏有一部世德堂本《南北宋志传》（以下简称"北大世本"）。它和内阁世本在版式、行款、插图方式以及眉批和注释内容等方面都几乎是一模一样：都分为南宋、北宋两部分，各十卷五十回。回目双句七言。都有眉批，偶有双行小字注释。都是图嵌文中，两个半叶合为一幅。正文都是半叶十二行，每行二十四字。卷端书题"新刊出像补订参采

---

①　它的版本信息，参看孙楷第：《中国通俗小说书目》，人民文学出版社1982年版，第55页；《〈古本小说丛刊〉第三四辑前言》，中华书局1991年版，第1—3页。

史鉴南(北)宋志传通俗演义题评",版心题"南(北)宋志传"。但两个本子也存有较多差异,不能混为一谈。以下拟分南宋、北宋两部分将这些较为显著的差异胪列出来,然后在此基础上考察北大世本的性质与来历,以及它的意义。

1.两个世德堂本的差异

南宋部分

(一)两个本子卷一前六叶的版式和内容很不一样。北大世本没有那篇古风,第一回只有回目而无回次,有"按五代史演义"一行字。内阁世本有"古风一篇"(内容同三台馆本),回目、回次齐全,却没有"按五代史演义"这行字。这也让北大世本卷一部分比内阁世本少了一叶文字。北大世本这六叶没有眉批,而内阁世本有较多评释。北大世本这里的叶六 b 面是十二行,每行二十五字,多出十二个字。北大世本叶一 b 面所引的一首杜诗,双行小字刻入,占两行。这首诗位于内阁世本的叶二 b 面,仍作单行刻写,占三行。北大世本叶一 b 面叙石敬儒和石敬瑭射中大雁,说的是"敬儒一箭射中那雁颈上,敬瑭一箭正射中左翼",内阁世本叶二 b 面的这句话却作"石郎一箭正射中那雁左翼,敬儒一箭亦射中那雁颈上",文字顺序恰好颠倒。相似情形是北大世本叶一 a 面形容石敬瑭"面如重枣,额阔睛圆",这句话在内阁世本叶二 a 面变成"面如重枣,睛圆额阔"。

(二)插图方面。北大世本有五十二幅,比内阁世本多了一幅名为"李潞王汴京称帝"的插图。北大世本的第一幅插图是"石敬瑭兴兵伐蜀",不题刻工姓氏,而内阁世本的第一幅插图是"董节度应谶兴王",题"上元王少淮写"。另外,两个本子卷八第一幅插图(由叶二 b 面和叶三 a 面合成)左半部分一样,而右半部分截然不同,北大世本题"周世宗议征西蜀",内阁世本题"王朴进献开边策"。(见图 1、2)

(三)题署方面。北大世本目录书题"新刊出像补订参采史鉴南(北)宋志传通俗演义题评",比内阁世本的目录书题多"演义"二字。北大世本卷一、二题"绣谷唐氏世德堂校梓",内阁世本卷一、二作"绣谷唐氏世德堂校订"。北大世本卷五、七、九署"姑孰陈氏尺蠖斋评释,文台余氏双峰堂校梓",内阁世本这三卷署"姑孰陈氏尺蠖斋评释,绣谷唐氏世德堂校梓"。北大世本《南宋志传序》不署撰人,而内阁世本《叙锲南宋传志演义》署"癸巳长至泛雪斋叙"。北大世本版心下端不刻"世德堂刊"四字,内阁世本版心偶有这四字。

图 1　北大世本卷八第一幅插图　　　　图 2　内阁世本卷八第一幅插图

（四）目录方面。北大世本在标明各卷起止时间时都注明该卷总的时间
（如"首尾凡二年事实"）和国镇数目（如"是岁户四国三镇"），同时也刻上"姑
孰陈氏尺蠖斋评释"和"绣谷唐氏世德堂校订"这两行文字，而内阁世本没有
这些内容。

（五）阙漏方面。北大世本卷三末尾有"南宋卷三笔"（当作"毕"）五字，
卷五末有"南宋志传通俗演义题评卷之五终"一行字，内阁世本没有这些文
字。另外，北大世本卷八缺最后一叶。

北宋部分

（六）北大世本北宋部分的卷次起于卷之十一而止于卷之二十，与南宋
部分的卷次相衔接，回次仍从第一回到第五十回。内阁世本南宋和北宋部
分的卷次、回次自成起讫。

（七）插图方面。北大世本不题刻工姓氏，而内阁世本第一幅插图题"上
元王少淮写"。北大世本卷之十一（即《北宋志传》卷一）的叶十一与内阁世
本卷一的叶十一截然有别，北大世本该叶 b 面的字体与他叶不同，文字与内
阁世本该叶 b 面也稍有出入。北大世本该面首行文字是："住因于牢中四年
因越狱走回亦在拦路虎家借歇步出门外。"内阁世本作："因于牢中四年今因
越狱走回亦在拦路虎家借歇步出门外。"最重要的是叶十 b 面与叶十一 a 面
合成一幅图，可两个本子的同一幅插图竟然又出现左边半幅（即叶十一 a
面）不同的现象（见图 3、4）。

（八）题署方面。北大世《北宋志传序》被置于南宋传的首册，在《南宋
志传序》之后，署"万历戊午中秋日主人题"，内阁世本《叙锲北宋传志演义》
位于北宋传的首册，署"癸巳长至日叙"。北大世本卷之二十的底叶正中有
"书林双峰堂文台余氏梓"牌记（见图 5），内阁世本没有类似的牌记。与南

图 3　北大世本北宋部分第二幅插图　　图 4　内阁世本北宋部分第二幅插图

宋部分一样,北大世本版心下端不刻"世
德堂刊"四字,内阁世本版心偶有这四字。

（九）目录方面。两个本子都是十卷
分为十集,以天干纪序,北大世本目录以
卷之十一为"续甲集",以卷之二十为"续
癸集",内阁世本目录以卷一为"甲续集",
以卷十为"癸续集"（卷首则都是以第一卷
为"甲续集",其余九卷从"续乙集"到"续
癸集"）。北大世本目录有"××集目录凡
五段"一行字,内阁世本目录没有这项
内容。

（十）阙漏方面。内阁世本卷八第二
十八叶以下阙（其实也就阙"虎落深坑无
计较,龙遭铁网智谋疏"这句诗）,北大世
本此处不阙。

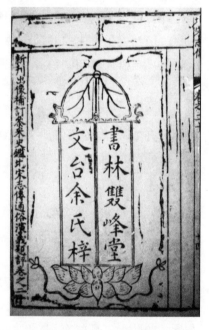

图 5　北大世本底叶牌记

上述种种差异说明:北大世本不是一
个纯粹的世德堂本,它的版本性质需要进一步考察。这就涉及双峰堂题署
和牌记是怎么来的这个问题。

2. 北大世本的性质与来历

胡士莹(1901—1979)曾对北大世本的版本性质进行说明,认为这个
本子:

　　系明万历间刻本。卷内题"姑孰陈氏尺蠖斋评释,绣谷唐氏世德堂

校梓"。卷末有牌记"书林双峰堂文台余氏梓"。则此本为余氏原板,归唐氏印行者。书口上题"南宋志传""北宋志传"。北宋传第一回前,叙述甚详,称南宋十卷起石敬瑭出身,至太祖平诸国为正集;北宋十卷,起太祖下河东,至仁宗止,收集杨家府等传为续集,总二十卷,卷数衔接,回数各自分起。卷端补抄北宋序一篇,署"万历戊午",为玉茗堂主人序,盖据玉茗堂本补摹者。①

北大世本《北宋志传序》的文字与内阁世本有较多异文,胡氏推测该序"盖据玉茗堂本补摹者"应无疑问。当然,修补的范围不限于"补抄北宋序一篇"。上文差异(一)提到两个本子卷一的前六叶有很多差异,我又注意到,北大世本这六叶文字的字体细圆,与卷十一第十一叶 b 面文字的字体相同,应是后来的补刻。两个本子的刊刻行款从叶七始相吻合也反过来证明这个看法——北大世本比内阁世本多一幅插图,正好补足它因没有那篇古风而比内阁世本少了的一叶正文。差异(二)中提到两个本子卷八的第一幅插图,就插图两面的吻合程度而言,内阁世本应是原板,而北大世本是补刻。但是很奇怪,两个本子叶二 a 面的行款一致,这表明北大世本此处或许只需补刻半叶插图。差异(七)说明北大世本卷十一的第十一叶也是补刻。这些差异充分说明,北大世本首先是一个修补本,修补的范围包括序言、正文和插图。

至于说北大世本"为余氏原板,归唐氏印行者",这个意见恐怕不确。如果唐氏只是印行余氏原板的话,北大世本与内阁世本在目录、题署、插图等方面的细微差异就会变得不可理喻。同样的道理,假定是余氏印行唐氏原板,这些差异也一样不可想象。

当然可以设想,双峰堂和世德堂两个书坊之间,一方的原板后来归另一方所有,得到原板的那一方并不是据原板刊印,而是对原板进行剜改之后再刊印行世。但由于剜改不彻底,就有了这个世德堂和双峰堂同为校梓者的北大世本。

在进一步讨论这一问题之前,我想指出,两个世德堂本文字的刻写往往有不易察觉的差异。表 1 是对它们的抽样比勘表。出处栏里,斜线前的数字表示回次,斜线后的数字表示《古本小说丛刊》影印本的页码。

---

①　胡士莹:《〈中国通俗小说书目〉补》,《明清小说论丛》第四辑,春风文艺出版社 1986 年版,第 159 页。

表 1　北大世本与内阁世本文字抽样比勘表

出处		北大世本	内阁世本
南宋部分	3/40	次日,卯降出吕琦为御史中丞	次日,即降出吕琦为御史中丞
	3/45	但为自全之计,则可免祸。石敬瑭闻二人之言,拱手谢曰	但为自全之计,则可免祸耳。敬瑭闻二人之言,拱手谢曰
	4/54	军中多设铃索吠人	军中多设铃索吠大
	46/565	旌旗一指,直抵汴京,成功亦不疑	旌旗一指,直抵汴京,成功亦不难
	47/581	从富进退不迭,被文渊一枪刺死马下	从富进退不得,被文渊一枪刺死马下
	47/584	普听其言,即去冠服	普安其言,即去冠服
	48/594	提刀即本南军	提刀即奔南军
	49/604	天张抵住曹彬,迎着必显	天张抵住曹彬,迎著必显
	49/609	恐惑于往瞀之说	恐惑于狂瞀之说
	50/618	宋兵长驱而下,若典交兵	宋兵长驱而下,若與交兵
	50/627	翰拨回马走入阵中	翰拨回马走入阵中
	50/629	元帅之贪,我等岂敢违	元帅之命,我等岂敢违
	50/629	待唐主以宾礼甚致敬焉	待唐主以宾禮甚致敬焉
北宋部分	1/648	典群臣议曰:"先君典周世仇……"	与群臣议曰:"先君與周世仇……"
		呼延廷典中国通某	呼延廷與中国通谋
	1/649	呼延廷之论,忠言也,岂有通某中国之理	呼延廷之论,忠言也,岂有通谋中国之理
	1/653	马忠安顿刘氏居庄,自典手下伏会山寨去了	马忠安顿刘氏居庄,自與手下復会山寨去了
	1/654	此父是托养汝者也	此父是托養汝者也
	1/660	赖叔叔之福,将彷老少诛戮殆尽	赖叔叔之福,将彷老少诛戮殆盡
	2/666	我在西京牢内,闻得赞乃英勇之士,因何被拿了	我在西京牢内,聽得赞英勇之士,因何被他拿了
	2/667	久闻其名,今幸相会	久闻其名,今幸相會
	2/667	不想罗清败众,报典第五寨大王	不想罗清败众,报與第五寨大王
	2/669	建忠依其议	建忠依其議
	2/671	碎汝尸为万段耳	碎汝尸为萬段耳
	2/672	山后隐〈有伏兵之状	山后隐隐有伏兵之状

续表

出处		北大世本	内阁世本
北宋部分	2/673	小特来相访	今特来相访
	48/1167	黄琼女,六使之妻,好使双刀	黄琼女,六使之妻,好使雙刀
	48/1173	森罗国兵大败	森罗國兵大败
	48/1174	其余抛戈弃甲,各走回本国	其余抛戈弃甲,各走回本國
	50/1186	必不失旧封矣	必不失舊封矣
	50/1186	宗保乃议班师,报于各营知道	宗保乃议班师,報于各营知道

表 1 中所显示的文字繁简、正俗之别或形近、音近之误,肯定不是剜改产生的。因为得到原板的一方实无必要剜改这些文字,何况它们也无剜改痕迹。与此类似,北大世本卷五(也即题"双峰堂校梓"的其中一卷)叶廿三 a 面的最后一个字是"双",而内阁世本刻作"雙"。所以,两个世德堂本不可能是一方根据另一方原板剜改刊行。合理的解释是:北大世本和内阁世本的书板出自不同刻工(或为书板写样①的写工)之手,他们不同的刻写习惯和偶然的手误导致了这些差异的产生。

同一家书坊为同一部小说刻写两套或两套以上的书板,这种情况在明代不是没有其例。像金陵周氏万卷楼万历十五年(1587)刊刻《国色天香》,十年后又重刻此书。② 双峰堂刻有《京本增补校正全像忠义水浒志传评林》和《新刊京本全像插增田虎王庆忠义水浒全传》③,以及三种《廉明奇判公案传》版本④。三台馆和双峰堂同为建阳余氏之书坊,它们往往同时出现在一部通俗小说中,譬如有一种《廉明奇判公案传》版本出现"三台馆"字样,另如《列国前编十二朝传》题"闽双峰堂西—三台馆梓行"。它们有时又分别单独出现在相同小说的不同版本中,其实质仍为一家书坊刊刻的同一部小说的两种版本。譬如双峰堂刻有《新刻按鉴全像批评三国志传》⑤,三台馆刻有《新刻京本校正演义按鉴全像三国志传评林》;双峰堂刻《大宋中兴通俗演

---

① 雕刻并不是直接在板上刻字,而先要写样,即先在纸上写上要刻的文字,然后再上板,之后才能在板上刻字。参看黄永年:《古籍版本学》,江苏教育出版社 2005 年版,第 43—46 页。
② [日]大冢秀高:《增補中国通俗小说书目》,汲古书院 1987 年版,第 6 页;王清原、牟仁隆、韩锡铎:《小说书坊录》,北京图书馆出版社 2002 年版,第 3 页。原刊已佚,无法确定重刻本的书板是修补旧板,还是另起炉灶;若是修补旧板,修补程度又有多大。
③ 王清原、牟仁隆、韩锡铎:《小说书坊录》,北京图书馆出版社 2002 年版,第 4 页。
④ [日]大冢秀高:《增補中国通俗小说书目》,汲古书院 1987 年版,第 54 页。
⑤ 参看刘修业:《古典小说戏曲丛考》,作家出版社 1958 年版,第 65—67 页。

义》，三台馆刻《大宋中兴岳王传》。《南北宋志传》有建阳余氏三台馆本，而北大世本出现"双峰堂梓行"字样，很有可能余氏另外用双峰堂的名义刊刻过这部小说。另一种可以并存的可能是金陵唐氏世德堂曾两度刻印了《南北宋志传》这部小说。这样的话，北大世本的性质和来历，以及它和内阁世本的关系有如下几种可能情形：

第一种可能的情形，建阳余氏分别用三台馆和双峰堂的名义刊刻过《南北宋志传》。其中，双峰堂本书板后来归金陵世德堂本所有，后者对它进行剜改后（剜改不彻底，遗留下双峰堂的牌记和三处"文台余氏双峰堂校梓"的题署）予以刊行，这就是北大世本。这部小说销量很好，金陵世德堂见有利可图，于是对照原先的剜改本，并在目录、卷次、插图、题署等方面稍加变化，另请刻工翻刻了一部真正意义上的世德堂本，即内阁世本。因为是翻刻，出现文字繁简、正俗之别，以及形近、音近之误都很自然。这一可能如果成立，北大世本就仅仅是改头换面的双峰堂本。

第二种可能情形是，世德堂和双峰堂协作刊刻《南北宋志传》，共同推出这部有尺蠖斋评释的北大世本。书出版后比较畅销，书板因多次印刷而有所损坏，世德堂就在利用部分原板的基础上，仿照这部合刊本另行翻刻，于是就有了大同小异的内阁世本。虽然揆之常理，协作双方应该承担同等的责任，而不应该出现三比十七这么悬殊的卷首署名，但这一可能仍不宜排除。

金陵世德堂刊刻了一部带有大量尺蠖斋评释的《南北宋志传》（即内阁世本），已用三台馆名义刻过这部小说的建阳余氏不甘示弱，于是仿照其版式，以双峰堂名义翻刻这部小说（即北大世本）。① 这是第三种可能。不过，北大世本各卷卷端题"绣谷唐氏世德堂校订"有十七处，版心偶有"世德堂刊"字样。倘若是出于商业竞争，建阳余氏没有理由在重刻本里保留这么多的"世德堂"字样。所以这个推测成立的可能性，相对而言微乎其微。

如果考虑得复杂些，这里还存在第四种可能。双峰堂和世德堂两个书坊之间，一方依据另一方的原板版式翻刻了一个与原板比较接近的本子。既然是翻刻，无意的误刻和有意的变换花样，都能够解释北大世本和内阁世本何以有诸多差异。后来双方的书板都有残损（北大世本和内阁世本都有阙叶可以证实这一点），有人将二者拼合起来刊印，并补刻了双方都缺失的

---

① 前文已指出，两个世德堂本不可能是一方据另一方原板剜改而成。所以，如果双峰堂是在世德堂之后刻成这部北大世本，其途径只能是仿照内阁世本翻刻。

若干叶,于是就有了这个北大世本。这种可能如果能够成立,北大世本就是用某个原刻本及其翻刻本拼合而成的本子。至于双峰堂和世德堂孰为原刻孰为翻刻,这里暂时还很难断定,只能说两种情况都有可能。这也意味着:虽然北大世本的正文、眉批、注释、插图方式和刊刻行款都极似内阁世本,也不能简单认为它们源于世德堂本;虽然北大世本与内阁世本在题署、目录、插图、刻工等方面存在某些差别,也不能认为这些地方就是袭自双峰堂本。当然,两个本子的拼合形式也可能只是将已印出来的残本配补在一起。换句话说,在这种情况下,北大世本也可能是一个配补本。

谈到明清小说版本的紊乱情形,柳存仁曾指出:"有许多小说,不只刻得不精,也有许多书坊把它们刻的旧版转售与本城或他城的其他书贾,另外用一个堂名重印的;或者,同是这一部书,同为这一间书铺刊刻的,却分用两个或两个以上的不同的堂名印售。"①他所举例证之中,就有小酉山房本《南北宋志传》用的是郑五云堂版这个例子。世德堂本《南北宋志传》有两种版本,自然也是这种刊刻风气使然。

3.北大世本的意义

无论北大世本的性质是上述推测中的哪一种,有一点可以确定无疑:这个本子是明代后期商业出版文化的一个产物,反映了当时各地、各家书坊,尤其是建阳和金陵书坊之间的商业往来乃至竞争关系。

金陵和建阳书坊之间的联系,是一个饶有兴味的问题。肖东发(1949—2016)以建阳余氏为例,对此总结说:"福建书林余氏所经营的刻书事业是与'金陵'有着多方面的联系的:一种情况是'金陵版'书籍传到福建,由余氏重刻;一种情况是建阳余氏刻本,传到南京,由金陵书坊翻刻;第三种情况是福建余氏族人在南京开设书肆,从事刻书售书。"②这里不妨举一些实例③:

(1)双峰堂本《大宋中兴通俗演义》每卷题"书林双峰堂刊行",而卷七题"书林万卷楼刊行",版心又题"仁寿堂"。万卷楼、仁寿堂是金陵周氏堂号,该书图记刻工"王少淮写"。应是金陵周氏重刻余氏本。

(2)《英烈传》杨明峰刊本卷一题"原版南京齐府刊行,书林明峰杨氏重梓"。

———————————

①　柳存仁:《论明清中国通俗小说之版本》,《和风堂文集》,上海古籍出版社 1991 年版,第 1124 页。

②　肖东发:《明代小说家、刻书家余象斗》,《明清小说论丛》第四辑,春风文艺出版社 1986 年版,第 206 页。

③　除另行注明者外,这些实例都取自肖东发:《明代小说家、刻书家余象斗》,《明清小说论丛》第四辑,春风文艺出版社 1986 年版,第 204—206 页。

（3）《盘古至唐虞传》《有夏志传》二书署"书林余季岳识"，封面左下题"金陵原梓"。

（4）三台馆本《大宋中兴岳王传》与南京万卷楼本同，但不附《精忠录》。

（5）三台馆本《唐书志传》的正文、序文和金陵世德堂本相同，三台馆本序署"三台馆主人题"，世德堂本序文后题"癸巳阳月书之尺蠖斋中"。

（6）辽宁省图书馆藏《新锓评林旁训薛郑二先生家藏西阳搜古人物奇编》原题"闽书林陟瞻余应虬梓行"，该书每叶版心下均刻有"南京版"三字，卷末牌记云："万历乙酉秋月南京原版刊行。"

（7）国家图书馆藏《艺林寻到源头》原题"潭阳尔雅甫余昌宗汇辑"，卷首有朱永昌序，称"余友（指余昌宗）寓金陵有年矣"。王重民（1903—1975）据此推测："昌宗殆为建安余氏之设坊于金陵者。"

（8）闽建书林叶贵刊焦竑《皇明人物考》，同时在金陵三山街设肆，名"金陵建阳叶氏近山书舍"，又称"金陵三山街建阳近山叶贵"。建邑书林萧腾洪《新刻太医院校正痘诊医镜》，又在金陵萧腾洪有书肆名师俭堂，刻《玉簪记》等书，疑为一人。①

万历十九年（1591）刻本《新锓朱状元芸窗汇辑百大家评注史记品粹》一书中有这么一段话："辛卯之秋，不佞斗始辍儒家业。家世书坊，锓笈为事。遂广聘缙绅诸先生，凡讲说、文笈之神业举者，悉付之梓。因具书目于后……余重刻金陵等板及诸书杂传，无关于举业者，不敢赘录。双峰堂余象斗谨识。"②可见余象斗并不否认他重刻金陵书板的事实。

当然，正如学者已指出，建阳书贾往往以"京本"标榜，"其作用大约不外于表明这部书并不是乡土的产物而是'京国'传来的善本名作，以期广引顾客的罢"③。这一现象反映了两地书坊还存在出版竞争关系。仍以余象斗为例。金文京（Kin Bunkyo，1952—　）指出，余象斗于万历二十年（1592）出版《三国志传》，也许意识到上一年南京刊刻的周曰校本，有与之对抗的意思。他第二次出版《三国志传评林》时，似乎受到了周曰校本的影响。以后，建安书坊向南京本的倾斜越来越强烈，出现把南京系的"通俗演义"和建安系的"志传"两种书名合并作一个书名的版本（郑少垣本、杨闽斋本等）。到

---

① 张秀民著、韩琦增订：《中国印刷史》（插图珍藏增订版），浙江古籍出版社 2006 年版，第 270 页。

② 引自肖东发：《明代小说家、刻书家余象斗》，《明清小说论丛》第四辑，春风文艺出版社 1986 年版，第 198—199 页。

③ 郑振铎：《明清二代的平话集》，《中国文学研究》，作家出版社 1957 年版，第 377 页。

了吴观明本,就舍弃建安系的本子,完全接受周曰校本了。① 这层意思,余象斗的"夫子自道"传达得更加显豁。

明刊本《八仙出处东游记》余象斗序云:"不佞斗自刊华光等传,皆出予心胸之编集。其劳鞅掌矣!其费弘巨矣!乃多为射利者刊,甚诸传照本堂样式,践人辙迹而逐人尘后也。今本坊亦有自立者固多,而亦有逐利之无耻,与异方之浪棍、迁徙之逃奴,专欲翻人已成之刻者,袭人唾余,得无垂首而汗颜,无耻之甚乎?故说。三台山人仰止余象斗言。"②

双峰堂本《三国志传》扉页有一段识语说:"余按《三国》一书,坊间刊刻较多,差讹错简无数。本堂素知厥弊,更请名家校正润色批点,以便海内一览。买者须要认献帝御位为记。余象斗识。"③眉栏又镌有余象斗撰写的《三国辩》,全文曰:"坊间所梓《三国》何止数十家矣。全像者止刘、郑、熊、黄四姓。宗文堂人物丑陋,字亦差讹,久不行矣。种德堂其书极欠陋,字亦不好。仁和堂纸、板虽新,内则人名诗词去其一分。惟爱日堂者其板虽无差讹,士子观之乐然,今板已矇,不便其览矣。本堂以诸名公批评圈点校证无差,人物字画各无省陋,以便海内士子览之。下顾者可认双峰堂为记。"④

痛骂那些翻刻自家书板的人,贬低其他书坊所刻的书籍,抬高自家所刻的小说,无非是激烈商业竞争背景下的销售策略罢了。

作为明代的两个出版中心,建阳和金陵书坊之间既有合作,也有竞争。前文对北大世本性质和来历的推测,正是基于这样的出版环境而考虑的。反过来,北大世本的出现,自然也可以说是这种复杂关系的一个折射。

第二节　三种明刊《南北宋志传》略论

《南北宋志传》现存三种明刊完帙,即三台馆本、世德堂本和叶昆池

① 金文京:《〈三国志演义〉版本试探——以建安诸本为中心》,周兆新主编:《三国演义丛考》,北京大学出版社1995年版,第50页。

② [明]余象斗:《八仙传引》,[明]吴元泰:《八仙出处东游记》,古本小说集成本。

③ 陈翔华主编:《三国志演义古版丛书五种》第一册,中华全国图书馆文献缩微复制中心1995年版,第1页。

④ 陈翔华主编:《三国志演义古版丛书五种》第一册,中华全国图书馆文献缩微复制中心1995年版,第3—5页。

本。① 孙楷第早已指出它们"虽板刻不同,实是一书"②。柳存仁说得更具
体:"(三种版本)虽然各异,名称不同,刊刻亦有先后,序文又复两歧,但是幸
而它们所叙述的故事却并无多大的出入,文字出入亦不太多,可能有一种共
同承袭的底本。"③从故事情节来看,这三种"板刻不同"的明刊本确实没有
多大出入,但若细致比较,它们在文字方面还是出入较多的。有关它们的关
系,前人大多仅从板刻特征入手,虽然言之凿凿,毕竟难成定论。本节尝试
通过文字比勘,重新检讨三种明刊本的先后承袭关系。

1. 它们的先后关系

现存三种明刊之中,三台馆本刊刻时间不明,叶昆池本序署"万历戊
午",世德堂本序署"癸巳长至日"。"万历戊午"是万历四十六年(1618),而
依据孙楷第的意见,"癸巳"指万历二十一年(1593),所以容易确定世德堂本
的刊刻时间要早于叶昆池本。

至于三台馆本的刊刻时间,一般认为早于世德堂本。马力(1952—
2007)从多个角度去论证这个结论④:首先,三台馆本上图下文,图约占总面
积的三分之一,图的左右分刻三或四字的说明。而柳存仁谈及中国通俗小
说的插图时指出:"我们简单地说,这类的刻本,每半叶上图下文,图的地位
约占全面积的三分之一,图的左右分刻说明,大概是最早时期的、也可以说
是粗糙时期的通俗小说的公例。"⑤所以三台馆本是属于最早期刊本一类
的。三台馆本不标回数,每回的名目是两句对偶的句子,这个特点也可以说
明它的原始性。其次,三台馆本本来就是一书,虽然分两个部分,也就只有
一序。世德堂本析成《南宋志传》和《北宋志传》,分别由"泛雪斋"作序,序文
内容与三台馆本毫不相干,又增加了"陈氏尺蠖斋"的评语,刻于眉栏,正文
则一样。所以在版本演变关系上,三台馆本也应该是较为早出的一个本子。
最后,柳存仁经指出:"福建建阳余氏,本是由宋迄明几百年间的书商……
所以,这些刻本的本身,虽在万历,当然还可能有更早的底子。"⑥这种翻刻

① 关于它们的版本信息,参看孙楷第:《中国通俗小说书目》,人民文学出版社 1982 年版,第 55—
56 页。孙氏还提到郑因伯所藏的一个明刊残本。按郑因伯即郑骞,他在《明刻本南北宋传》
(《华北日报·俗文学》周刊第七、八期,1947 年 8 月 15、22 日)一文中介绍了这个版本。

② 孙楷第:《日本东京所见小说书目》,人民文学出版社 1958 年版,第 45 页。

③ 柳存仁:《论明清中国通俗小说之版本》,《和风堂文集》,上海古籍出版社 1991 年版,第 1111 页。

④ 下文引述马力的意见,参阅《〈南北宋志传〉与杨家将小说》一文,载《文史》第十二辑(1981 年),
第 261—272 页。

⑤ 柳存仁:《论明清中国通俗小说之版本》,《和风堂文集》,上海古籍出版社 1991 年版,第 1120 页。

⑥ 柳存仁:《伦敦所见中国小说书目提要》,书目文献出版社 1982 年版,第 29 页。

旧版的情况也可能会发生在《南北宋志传》上。所以三台馆本的刊刻年份虽不可考,却极有可能会早于世德堂本。

我赞成三台馆本早出。除了上述理由,世德堂本眉栏的评释内容也可以证明这一点。三台馆本正文有两条夹批:一条是"传说杨七郎有箭眼,射不能伤"(19/646[①]);另一条是"按《一统志》,文广,杨延昭所生。小说作宗保之子,差误尤甚"(37/812)。似乎正是针对这两条夹批,《古本小说丛刊》影印世德堂本有如下两条眉批:

> 传说杨七郎有箭眼,射不能伤。非也。盖士惮其威,故不能中之耳。(19/848)
>
> 按《一统志》,文广,延昭所生。小说作宗保之子,差误尤甚。此云面貌与宗保无异,言其面貌与兄相似也。(37/1059)

当然,由于三台馆本和世德堂本同出一个祖本(详后),不能排除世德堂本的尺蠖斋眉批是针对祖本同样内容的批语而写。然而从北大世本所透露的金陵唐氏世德堂和建阳余氏双峰堂的密切商业联系来看,世德堂本的评释参照了三台馆本的批语似乎更有可能。

我还可以举出一个类似性质的例子。小说在叙述呼延赞仿效榆窠园故事表演单骑救主时,三台馆本仅以一句"八王复马入奏太宗,道知其事,太宗遂辍辔其事"(6/537)带过,世德堂本则详细叙述了这个过程,比三台馆本多出五百余字(见第三章第三节所引原文)。这里,增饰的可能性要大于删削的可能性。也就是说,世德堂本晚于三台馆本的可能性要大。

孙楷第指出:"三台馆刊本《南北两宋志传》二十卷,在今所见诸本中,当以此本为最早。"[②]证之以上述理由,这应是符合事实的推测。

2. 它们的承袭关系

三台馆本、世德堂本和叶昆池本的先后关系既如上述,那是否意味着它们的承袭关系也是如此,即叶昆池本袭自世德堂本,而世德堂本又是袭自三

---

① 本文所引小说、戏曲和曲艺作品的原文,除特别注明外,一律在它后面的括弧内注明出处。斜线前的数字表示回(或则或节)次,斜线后的数字表示本文所用该作品版本的页码,数字之间的短横线表示起止。如果斜线后是字母 a 或 b,则分别表示一叶的正面或反面,此时斜线前的数字表示叶次。如果斜线前有字母 a 或 b,亦分别表示一叶的正面或反面,此时斜线后的数字表示行次。下同。

② 孙楷第:《日本东京所见小说书目》,人民文学出版社 1958 年版,第 43 页。

台馆本呢？事情自然不会这样简单。下面拟以"串句脱文"来考察三种明刊《南北宋志传》的承袭关系。

在研究《三国演义》的版本关系时，英国学者魏安（Andrew West，1960—　）提供了一个很好的确定各版本之间关系的办法："在一本书流传的过程中经常会发生一种很特殊的钞写错误，那就是如果在几行之内两次出现同样的（或略同的）词（或词组），钞写者在钞写的时候很容易钞到第一次出现的词（或词组），然后在原文里看错地方，而从相同的词（或词组）第二次出现的地方继续钞下去，结果是新钞的本子里脱漏一段文字。因为钞写者是读串了句子，这种钞写错误可以名为'串句脱文'。"①他接着解释说："原则上可以判断，假如甲本在一个地方有串句脱文，而乙本不脱文，那么乙本不可能出于甲本，但甲本有可能出于乙本或者乙本的一个祖本；也可以判断，假如几种版本都有同一处串句脱文，它们必定都出于一个共同的祖本。不过，因为一个版本在某些地方或许会有引自其他版本的文字（比如说，底本有缺叶，因而从另一个版本补充缺漏的文字），不宜仅仅依靠一个串句脱文例子来确定版本之间的来源关系，而应该根据全文所有发生的串句脱文例子来判断版本之间的来源关系。另外，如果一个版本是从两个或者两个以上的版本拼凑而成的（如英雄谱本、乔山堂刊本），或者除了底本以外还参校了另一个版本（如周曰校刊本、汤宾尹本），那么串句脱文会显得有矛盾（在有的地方串句脱文跟甲本一致，而在别的地方串句脱文跟乙本一致）。从另一个角度来看，如果一个版本的串句脱文有矛盾，可以用来证明该版本不是简单的出于一个底本，而是个拼凑本或者校勘本。"②

经过仔细比勘《南北宋志传》的三种明代刊本，我找到 15 个串句脱文例子，现分类制成表 2：

表 2　世德堂本、叶昆池本串句脱文例表

	三台馆本	世德堂本	叶昆池本	备注
例1	遂下令长驱而进，来到河东地名<u>虎北口</u>下营。先遣人入城见敬瑭曰："契丹主传示元帅，大军已到<u>虎北口</u>，说来日与唐兵交锋，汝但旁观，待他破其众也。"（4/29）	遂下令长驱而进，来到河东地名<u>虎北口</u>，说来日与唐兵交锋，汝但旁观，待他破其众也。（4/50—51）	同世本	

---

① ［英］魏安：《三国演义版本考》，上海古籍出版社 1996 年版，第 63 页。
② ［英］魏安：《三国演义版本考》，上海古籍出版社 1996 年版，第 64 页。

	三台馆本	世德堂本	叶昆池本	备注
例2	守俊愤怒曰:"彼之箭与我争不多,敢来比试武艺,若赢得我,便从汝学。"珪曰:"说得有理。"即着匡胤与四子比试。匡胤曰:"恐有相伤不便,小人情愿告退。"(19/185－186)	守俊愤怒曰:"彼之箭与我争不多,敢来比试。"匡胤曰:"恐有相伤不便,小人情愿告退。"(19/247－248)	同世本	
例3	王景战住张兰,向训战住张芳,四匹马盘旋于征场,两下金鼓大振,喊声雷动。鏖斗良久,王景刀劈死张兰,向训枪戳死张芳,周军奋勇竞进。(37/349)	王景战住张兰,向训战住张芳,周军奋勇竞进。(37/458)	同世本	
例4	即唤过牙将刘俊分付曰:"汝引步兵五千,前往甬道之东埋伏,候举炮为令,即便杀出。"刘俊领兵去了。又谓曹英曰:"公引马军五千出泰州之南,待后兵一出,两下夹攻,冲突其营,敌人必乱矣。"(41/386)	即唤过牙将刘俊分付曰:"汝引步兵五千出泰州之南,待后兵一出,两下夹攻,冲突其营,敌人必乱矣。"(41/504)	同世本	
例5	以石守信、张光远为侍卫亲军、马步军副都指挥使,高怀德、罗彦威、赵廷玉为殿前副都检点,张令铎、杨廷翰、李汉升为侍卫亲军、马步军都虞候,王审琦、周霸、郑恩为殿前副都指挥使,张光翰、史珪为侍卫亲军、马军都指挥使,赵彦博、崔庆寿为龙捷右厢都指挥使,并领节镇之职。(45/421－422)	以石守信、张光远为侍卫亲军、马步军副都指挥使,赵彦博、崔庆寿为龙捷右厢指挥使,并领节镇之职。(45/552)	同世本	
例6	却说王昭远在剑关,听知宋兵已出清强,与部下商议,赵崇韬曰:"剑关虽险在外,今宋兵已入蜀境,倘青强再失,吾等守此何益?主帅当悉兵救之,则可保成都矣。"昭远从其议,即发兵离剑关,前救清强而行。(49/462－463)	却说王昭远在剑关,听知宋兵已出清强而行。(49/602)	同世本	
例7	休哥闻报,谓耶律沙曰:"大将耶律学古,屯守燕地,正扼宋师之后,可令其出兵袭其阵。吾与诸将分左右翼攻之,破宋必矣。"耶律沙曰:"此计虽妙,宋兵亦不可轻视。"耶律休哥遣人道知学古去了,即与诸将整兵于高梁河。(12/583－584)	休哥闻报,谓耶律沙曰:"大将耶律学古,屯守燕地,正扼宋师之后,可令其出兵袭其后阵。吾与诸将整兵于高梁河。"(12/770－771)	同世本	
例8	孟良闷闷而退,赴无佞府,来见杨令婆,道知六郎被困之事:"今往五台山求救于杨五郎,彼要八王良马,借又不肯,只得来见令婆商议。"令婆听得六郎被困,泪下沾襟曰(25/703)	孟良闷闷而退,赴无佞府,来见杨令婆,道知六郎被困。泪下沾襟曰(25/918)	接近世本	叶昆池本将"泪下沾襟"改为"令婆洒涕"。
例9	萧天佐奋勇来战,杨太保舞刀争迎,兵刃既接,杨六使催动中军掩之,番将队伍溃乱,萧天左勒骑先走,杨太保一箭射落马下。(31/760)	萧天佐奋勇来战,杨太保一箭射落马下。(31/991)	同世本	

表 3　三台馆本串句脱文例表

	世德堂本	三台馆本	叶昆池本	备注
例 10	……汝引所部离城十五里屯扎,诈言军士无粮,将为退去之状。吾引所部屯涂山,以为观望之计……(38/474—475)	……汝引所部屯涂山,以为观望之计……(38/363)	同世本	
例 11	杨业然其言,乃令长子渊平守应州,自与王贵部兵,即日赴晋阳,来见刘钧。山呼毕,刘钧以宾礼相待,赐赉甚厚。业拜谢而退。次日,刘钧设宴于中殿,款敬杨业。(3/683)	杨业然其言,乃令长子渊平守应州,自与王贵部兵,即日赴晋阳,来见刘钧,设宴于中殿,款待杨业。(3/517)	同世本	
例 12	疏上,太宗以示赵普、田锡、王禹偁数臣。赵普奏曰:"齐贤所陈,当今之急务也。乞陛下召还杨业之兵,敕帅将严设边备,则幽燕不能为中国患矣。"(14/792)	疏上,太宗以示赵普,赵普奏曰:"齐贤所陈,当今之急务也。乞陛下召还杨业之兵,敕帅将严设边备,则幽燕不能为中国患矣。"(14/600)	同世本	
例 13	孟良领诺,即日径诣木阁寨见桂英,说知本主特来相请之由。桂英曰:"正待着人迎取汝主,我如何离得此地?速归拜上小本官,再不来时,我部众来斗也。"孟良听罢愕然曰:"既寨主与小本官成其佳偶,正宜往军中约会,何故便出不睦言语?"桂英怒曰:"当日我少见识,被汝去了。今又来摇舌,再说试我刀利否?"孟良不敢应,退出在外。(35/1038—1039)	孟良领诺,即日径诣木阁寨见桂英,说知其事。桂英曰:"汝本官何得将我夫君囚狱,速归拜上本官,若不放他来时,我部众来斗也。"孟良不敢应,退出在外。(35/798)	接近世本	叶昆池本在"相请"二字之后有"并要求取降龙木"七字。
例 14	嗦罗大惊,齐来救火,被孟良提刀入桂英寨内,将其家小杀去一半。比及得知来赶,良砍伐降龙木二根,奔往五台山去了。(35/1039)	嗦罗大惊,齐往救火,被孟良砍伐降龙木二根,奔往五台山去了。(35/798)	接近世本	叶昆池本在"来赶"二字之后多"却被孟"三字。

表 4　叶昆池本串句脱文例表

	世德堂本	叶昆池本	三台馆本
例 15	三太子曰:"此计虽妙,只恐南人参透不追。"奇曰:"宋人未知虚实,可将营寨移于金山脚下驻扎,敌人若来,必中圈套。"三太子从其议,遣人报知孟辛等,只屯西关,以防宋兵之后,下令将营寨尽移于金山脚下。分遣已定,殷奇等撤围而去不题。(47/1161)	三太子曰:"此计虽妙,只恐南人参透不追。"奇曰:"宋人未知虚实,可将营寨移于金山脚下。"分遣已定,殷奇等撤围而去不题。(卷十 11/a)	同世本

（说明：三台馆本依据《古本小说集成》影印本,世德堂本依据《古本小说丛刊》影印本,页码皆据影印本。叶昆池本的南宋部分依据《明清善本小说丛刊初编》影印本,北宋部分依据上海图书馆藏本。①)

---

① 上海图书馆藏叶昆池本是一个明刻清修本,因为《明清善本小说丛刊初编》没有影印收入叶昆池本的《北宋志传》部分,所以这里只好如此处理。

　　先看三台馆本和世德堂本之间的关系。由表 2 可以推知，三台馆本不可能出于世德堂本，世德堂本有可能出于三台馆本，或者三台馆本的一个祖本。而由表 3 又可推知，世德堂本也不可能出于三台馆本，三台馆本有可能出于世德堂本，或者世德堂本的一个祖本。综合两种情况考虑，可以肯定，世德堂本和三台馆本之间并无直接承袭的可能，它们当有一个更早的本子作为共同承袭的底本。

　　叶昆池本则不可能袭自三台馆本，因为在世德堂本和三台馆本出现差异的地方，叶昆池本往往与世德堂本保持一致。除了表 2、表 3 所列之外，另有两个地方值得指出。小说叙述马忠救助刘氏，三台馆本是这样说的："马忠即引刘氏，回至庄上。将近天晚，共成姻眷。马忠安顿刘氏居于庄中，着手下去驿收敛呼延一家尸首，埋于一处，自往山寨嘱刘氏抚养孩儿。"（1/492）而《古本小说丛刊》影印世德堂本说的却是："马忠即引刘氏，回至庄上。将近天明，马忠安顿刘氏居庄，自与手下复回山寨去了。刘氏密遣人去驿中收殓其主尸首，埋于一处，立意只图报冤，抚养孩儿。"（1/653）另外，前文已提及，在叙述呼延赞仿效榆窠园故事表演单骑救主时，世德堂本比三台馆本多出五百余字。叶昆池本这两处的文字都与世德堂本相同。

　　表 4 的串句脱文例子说明，叶昆池本可能出于世德堂本，或者世德堂本的一个祖本。前面已经确定三台馆本和世德堂本同出于一个祖本，再结合叶昆池本和世德堂本往往保持一致这点来看，可以断言，叶昆池本是以世德堂本作为底本的。马力也指出："至于叶昆池刊本，则应是据世德堂刊本翻刻，只是把序改署为'织里畸人书于玉茗堂'，书也改成是玉茗堂（按：即汤显祖）批点了。"⑥叶昆池本翻刻世德堂本时所做的改变当然不止于此，文字润饰是不可避免的，串句脱文的例 8 无疑是润饰较为成功的一个例证。

　　综合上述，三种明刊《南北宋志传》的关系见图 6：

图 6　三种明刊《南北宋志传》承袭关系示意图

第三节　《北宋志传》与《杨家府演义》关系辨

　　魏安指出："版本研究的主要目的是为了揭开一本书的原来面目，为了能够解释原本是如何演变成几种内容有出入的本子。如果我们想通过版本的考究探讨一本书的演化历史,我们首先要确定各版本之间的互相来源关系(如甲本出于乙本,乙本出于甲本,甲本、乙本同出一个祖本等版本关系),然后根据各版本的互相关系我们就可以弄清楚一本书的内容是怎么演变的。"①在这个意义上可以说,《杨家府演义》与《北宋志传》的关系问题是研究杨家将小说版本最为重要的一个问题。有鉴于此,本章最后一节考察杨家将小说两个版本系统之间的关系。

1. 前人研究评骘

考察之前,有必要回顾一下前人在该问题上所持的不同意见。这些不同意见,大致可以分为五种:

第一种意见是将它们等同,认为《北宋志传》就是《杨家府演义》②。这当然是不值一驳的错误说法。细究起来,大概是因为《杨家府演义》本身流传不广,后世的《北宋志传》刊本又多题"杨家将演义",所以才导致这个不应有的误判。

第二种意见认为,《杨家府演义》是根据《北宋志传》改编的。郑振铎即断言《杨家府演义》"前半全本于称为《北宋志传》的'杨家将'的故事"③,章、骆本《中国文学史》沿袭这个观点,推测说与《北宋志传》"内容相类的小说另有《杨家府演义》八卷,初刊于万历三十四年,大约从前者演变而来"④。这一意见的依据是两部小说现存刊本的刊印时间,但考虑到中国通俗小说刊刻极为混乱与刊本多有亡佚这些事实,我认为,单凭现存刊本的印行时间来判断两书之演变关系是不够的。

第三种意见是以往很长一段时间内研究者默认的流行说法,即《北宋志传》是在《杨家府演义》的基础上改编而成的。说起来,这一说法的源头可以追溯到孙楷第,只是中间经由数位著名学者的引申、发挥,最后才形成至今仍有余响的一种意见。

现存最早的《杨家府演义》是刊于万历丙午(1606)年的卧松阁本,比现存《北宋志传》的三台馆本和世德堂本都要晚,但这两个本子的按语都提到"收集杨家府等传"。孙楷第由此推测说:"今所见明本《杨家府》,为万历丙

① [英]魏安:《三国演义版本考》,上海古籍出版社 1996 年版,第 60 页。
② 北大中文系一九五五级编:《中国小说史稿》,人民文学出版社 1960 年版,第 281 页。
③ 郑振铎:《插图本中国文学史》,人民文学出版社 1957 年版,第 917 页。
④ 章培恒、骆玉明:《中国文学史》下册,复旦大学出版社 1996 年版,第 279 页。

午三十四年刊本,似是原本。谓钟谷取材此书,其时代似不相及。或旧本《杨家府》编辑,尚远在万历丙午《杨家府》刊本之前。"①余嘉锡称秦淮墨客(纪振伦)"自言于斯传三致慨焉,则非其所撰著,殆因旧本校阅之而已"②。柳存仁也赞同这个旧本《杨家府》的说法,并且认为《北宋志传》"内容必定以杨家府等传的旧本做根据"③。综合三位学者意见,可以得到两点认识:第一,《杨家府演义》是根据旧本校订而成;第二,《北宋志传》也是以已佚的旧本《杨家府》等传作为取材根据。但是请注意,他们都没有把这两部小说所依据的旧本联系起来。根据我掌握的资料,首先将两个旧本联系起来、视为相同的人是赵景深。他在撰于 1951 年的《〈杨家府〉与〈宋传续集〉》一文中指出:"孙楷第所说的'旧本'并非'另一旧本',而是'纪振伦所根据的旧本';也就是说,这两种本子该是极为相似的。"④周华斌(1944—)同样也认为:"在万历年间以前,早有一本叫《杨家府传》(或《杨家府志传》)的演义小说存在。这本书是《北宋志传》的底本,早已失传了,但是现存那本卧松阁刊印的《杨家府世代忠勇演义志传》(即《杨家府演义》),大体上可看成是原本《杨家府传》。"⑤按照赵、周两位先生的看法,自然可以这样推论:《北宋志传》改编了一个旧本《杨家府》,而《杨家府演义》大体可以看成是那个旧本,所以《北宋志传》是根据《杨家府演义》改编而成的。无怪乎有学者干脆就称"它们的内容大同小异"⑥,或者明确表示"十卷本(引按即《北宋志传》)系由八卷本(引按即《杨家府演义》)演进而来"⑦。

　　根据《北宋志传》按语"收集杨家府等传"一语,我们可以肯定曾经有过旧本《杨家府》的存在,《北宋志传》乃是根据一个旧本《杨家府》"参入史鉴年月编定"的。根据秦淮墨客《杨家通俗演义序》"不佞于斯传不三致慨云""剞劂告成,敬缀俚语于简首"两句,我们大致也能断定《杨家府演义》是有所依傍的。但是,两部小说所依据的旧本会是同一个吗?这里我们不免要有所怀疑了。

　　在这一点上,齐裕焜(1938—)的态度较为谨慎。他认为《北宋志传》

① 孙楷第:《日本东京所见小说书目》,人民文学出版社 1958 年版,第 46 页。
② 余嘉锡:《余嘉锡论学杂著》下册,中华书局 1963 年版,第 425 页。
③ 柳存仁:《伦敦所见中国小说书目提要》,书目文献出版社 1982 年版,第 139 页。
④ 赵景深:《中国小说丛考》,齐鲁书社 1980 年版,第 219 页。
⑤ 周华斌:《关于杨家将演义的版本和作者》,收入周华斌、陈宝富校注:《杨家将演义》,北京出版社 1981 年版。
⑥ 裴效维:《杨家将演义·前言》,宝文堂书店 1980 年版。
⑦ 石昌渝主编:《中国古代小说总目·白话卷》,山西教育出版社 2004 年版,第 477 页。

按语"所指的《杨家府传》未必是我们现在所见到的《杨家府演义》。但是,即使有一本更早的《杨家府传》,则有可能就是现存《杨家府演义》的祖本"①。而周华斌以旧体例之保留和"剖劂告成"之自称坐实卧松阁本《杨家府演义》"实际是刻版重印"②,未免轻率。实在说,尚无证据证实这一点。即便承认这个草率的结论,同样没有把握肯定《北宋志传》根据的那个旧本《杨家府》就是《杨家府演义》据以重印的旧本《杨家府演义》。毕竟,一来"杨家府等传"可以理解成《杨家府》和其他不同的"传",也可以理解为"多种不同的《杨家府》传"。二来两部小说的差异实在过于显著了,如果说一方改编为另一方,双方的显著差异无法得到合理解释。所以归根结底,对"《北宋志传》是在《杨家府演义》的基础上改编而成"这样的意见,应当持保留态度。很多时候,正确的前提,如果在进行推演时稍有不周,那么就极有可能得到不正确的结论,这里提供的就是这样的一个鲜活实例。

《杨家府演义》和《北宋志传》有一个共同祖本,但它们各自吸收了某些别的材料,这是第四种意见。

在《〈南北宋志传〉与杨家将小说》一文里,马力表示"如果说《北宋志传》是参考《杨家府演义》成书,那似乎说不过去",相反,他倒是觉得纪振伦在校订《杨家府演义》时可能参考过《北宋志传》。他还指出《北宋志传》按语提到的"杨家府传","可能是杨家将故事的评话本子","因此在三台馆刊本之前有一个杨家将故事的祖本——评话本子'《杨家府》传',看来也不是完全没有可能的,可备一说"。③ 毋庸置疑,这是迄今为止最为合理的观点,所以得到较为普遍的认同。譬如陈大康(1948—)肯定"纪振伦编写时,还从熊大木的《南北两宋志传》抄袭了不少相关章节"④,与马力的意见吻合。另如李烨认为《北宋志传》系据"原成本"《杨家府》编定,它和《杨家府演义》内容之所以不同,"完全是由于编者采择删削的差异,并非是另加撰写"⑤,显系根据马力的意见推演而来。又有学者指出,"《杨家府演义》与《北宋志传》所依据的底本是有所不同的,《杨家府演义》虽然在形式、语言、情节上保留了较多杨家将小说原本的风貌,但它并不等同于《北宋志传》所提到的《杨家府》,加之《杨家府演义》对底本也做了改动,把《杨家府演义》基本等同于旧本《杨

---

① 齐裕焜:《明代小说史》,浙江古籍出版社1997年版,第174页。
② 周华斌:《关于杨家将演义的版本和作者》,收入周华斌、陈宝富校注:《杨家将演义》,北京出版社1981年版。
③ 马力:《〈南北宋志传〉与杨家将小说》,《文史》第十二辑(1981年),第270—271页。
④ 陈大康:《明代小说史》,上海文艺出版社2000年版,第392页。
⑤ 李烨:《杨家府通俗演义·前言》,《明代小说辑刊》第二辑第一册,巴蜀书社1995年版。

家府》,甚至认为是其翻刻本的观点是值得推敲的",所以两书的版本脉络应是:评话→《杨家府演义》所据底本→杨家府演义;评话→《杨家府》→《北宋志传》。① 这也可以视为对马力观点的进一步发挥。

总之,这种意见考虑到两部小说内容的相同和差别,其实质可以说是对第二、三种意见的合理部分的综合与超越。

最后一种意见则干脆否认《杨家府演义》和《北宋志传》之间有任何关系,而认为它们是各自根据流传的资料独立写成的。

唐翼明坚持这一看法。他通过比较两部小说开头、结尾的差异,又通过考察两部小说的同中有异、情节同而语句异、相同地方互有优劣这三方面的例子,最后得出的结论是:"这两本书是各自根据当时流传的杨家将有关资料独立写成的。"②换句话说,这两部小说之间没有相互影响的关系。卓美惠基本上承袭唐翼明的看法,也认为"这两本书可能是各自根据当时流传的杨家将资料,如民间传说、笔记、话本、杂剧和旧小说等的基础上加工而成的,以至于才有互为异同的情节和不同的语言"③。

表面看来,这是以取消问题的方式去解决问题。可我觉得,即便这个意见本身可能并不符合事实,也给我们提供了考虑问题的另一个角度。举一个相似的例子,有关《水浒传》繁本系统和简本系统之间关系的争论迄今仍无定论(事实上恐怕也难有定论),严敦易(1905—1962)多年前即主张"原则上他们是两个不同的系统,我们如果一定要说成是由'繁'删简,或由'简'来润色成'繁',那既(引按疑为'都')是不适合于水浒传演变历史过程的"④。倘若严氏的观点值得慎重对待,那么唐氏的意见也理应引起重视。

当然,唐翼明过于强调两部小说的差异而忽略它们的相同部分。而且,他在身处美国、没有读到马力《〈南北宋志传〉与杨家将小说》一文的情况下发表上述看法(他在这篇撰于1984年的文章里没有提及马力的意见),难免有遗珠之憾。

3.本书的初步看法

以上介绍、评述了五种不同意见,除第一种外,其他四种意见各有其依据。

① 孙旭、张平仁:《〈杨家府演义〉与〈北宋志传〉考论》,《明清小说研究》2001年第1期,第212、217页。
② 唐翼明:《重读〈杨家将〉——试论有关作者、版本诸问题》,《古典今论》,台湾东大图书公司1991年版,第249页。
③ 卓美惠:《明代杨家将小说研究——以〈杨家将演义〉和〈北宋志传〉为范围》,私立逢甲大学1994年硕士论文,第40页。
④ 严敦易:《水浒传的演变》,作家出版社1957年版,第198页。

由此不难知道,《杨家府演义》和《北宋志传》之间的关系的确复杂。这种关系的复杂性或许是世代累积型小说的普遍现象。但就杨家将小说来说,有三点原因应要指出。

首先是孙楷第所说的旧本《杨家府》问题。由于《北宋志传》按语有"收集杨家府等传"一语,所以谈《杨家府演义》和《北宋志传》的关系势必要考虑:这个旧本是现存的《杨家府演义》吗?如果不是,它与现存《杨家府演义》会是什么关系?它会按其本来面目保留在《北宋志传》之中吗?如果不会,它在哪些方面有所改动?可是很遗憾,因为旧本《杨家府》的亡佚(至少目前没有发现),这一系列亟待回答的问题,我们暂时都无法明确给予答复。

其次是现存《杨家府演义》和《北宋志传》的刊本问题。它们都不是两部小说的最早刊本,那么我们势必要问:它们与最早刊本有多大的差别?倘若差别大的话,根据它们进行研究的结论有效性有多大?这又是不能不考虑但暂时无法解决的问题。

再次是两个层面划分的问题。谈两部杨家将小说的关系其实应该分为两个层面的问题考虑:一是现存《杨家府演义》和《北宋志传》这两部小说的关系问题;二是杨家将小说演义系统和志传系统的关系问题。虽然后者的解决必须由前者入手,但符合前者的结论不一定适宜后者,我们需要通盘考虑它们的联系和区别。譬如在前一层面上说"《杨家府演义》参考了《北宋志传》",甚至说"《杨家府演义》根据《北宋志传》改编",这都没有问题。但就后一层面来说,仅仅做出这些判断是不够全面的。显然,两个层面的划分也导致问题变得复杂。

一言以蔽之,探讨杨家将小说两大版本系统的关系,我们面临着材料匮乏的窘境,这是造成该问题极为复杂棘手的主要原因。所以,我在下文提出的看法自然不是定论,只能视为在前人研究基础上对另一种可能关系的探索。限于材料,本书的探讨从现存《杨家府演义》和《北宋志传》的比较入手,前者以卧松阁本为依据,后者则选择三台馆本作为代表。

《杨家府演义》和《北宋志传》的开头和结尾有显著差别:前者开头讲述"赵太祖受禅登基"故事,后者没有这个内容,却多了呼延赞的故事;前者的后十八则讲述杨文广的故事,后者也没有这个内容,却多了五回杨宗保平定西夏的故事。从时间跨度上说,前者起于宋太祖,止于宋神宗,叙述了杨家祖孙五代(杨业、杨延昭、杨宗保、杨文广、杨怀玉)忠勇报国的故事,后者仅叙及宋真宗时期,也没有杨文广和杨怀玉这两代杨家将的故事。按照唐翼明的看法,这些差别可以用"两本书原是各自独立写成……各人所获得的资料不同而其取舍亦异也"①来解释,但他似乎未能充分注意两部小说的密切联系。事实上,《杨家府演义》第二至四十则和《北宋志传》第四至四十五回所叙故事②的内容基本一致,这意味着两部小说有近80%的篇幅较为接近,"这样看来,所谓北宋志传,和杨家将传,实有很密切不可分的关系"③。

可即便是在这些内容基本一致的故事里,两部小说的细节差异也比比皆是。试举例如下。

例一,太祖遗嘱太宗的三件大事,《北宋志传》和《杨家府演义》颇有不同:《北宋志传》是取河东、召用呼延赞、诱降杨家父子;《杨家府演义》则是荐举儒生李齐贤、取河东并重用杨业、五台山还愿。

例二,杨业降宋情节,《北宋志传》写宋太宗以利诱降,杨家父子竟惑而降之;《杨家府演义》写杨业拒不降宋,直到大势已去才在约法三事的情况下入宋。

例三,幽州救驾故事里,《北宋志传》初始只有杨渊平护驾,被困邠阳城时才由他搬请父弟前来救驾,《杨家府演义》一开始就说杨家父子都随驾而至幽州城。《北宋志传》说假扮太宗的是渊平,《杨家府演义》说假扮太宗的是四郎。关于杨家儿郎惨遭屠戮的情节,《北宋志传》是直叙其事,而《杨家府演义》以探子回报的形式交代。

例四,《北宋志传》先叙杨业碰碑,再叙七郎之死,《杨家府演义》恰好相反。两部小说描写七郎之死也有很大不同:《北宋志传》叙述七郎赴瓜州行营求援,潘仁美下令射杀七郎,因七郎有箭眼而屡射不中,乃割其眉肉,射死之,抛尸黄河,其尸身后被六郎部下陈林、柴敢发现;《杨家府演义》叙述七郎到鸦岭大寨求援,时潘仁美等人正饮酒赏菊,七郎直指父兄被围是因为仁美撤兵,仁美大怒,是夜将七郎灌醉,乱箭射死,令部下陈林、柴敢抬其尸身抛于桑干河内。

例五,六郎欲上京告御状,《北宋志传》说六郎在路上碰见陈林、柴敢,得知潘仁美遣人于黄河渡拦截,乃径往雄州取道入京。《杨家府演义》讲述六郎在黄河边被潘容追赶,郎千、郎万救之,并将六郎渡过黄河。

例六,审潘仁美的情节,《北宋志传》写得简略,先由傅鼎臣主审,傅受贿被革职,再由李济审,一番拷打,得其实情,最后将潘仁美贬为庶民。《杨家府演

---

① 唐翼明:《重读〈杨家将〉——试论有关作者、版本诸问题》,《古典今论》,台湾东大图书公司1991年版,第240页。
② 这些故事包括太祖传位、杨业入宋、幽州救驾、令公死节、六郎告状、太宗传位、晋阳会兵、收服三将、孟良盗骨(先后两次)、六郎兵困双龙谷、五郎大闹幽州城、私下三关、铜台救驾、大破天门阵、救回十朝臣、六郎破辽、六郎命终。
③ 柳存仁:《伦敦所见中国小说书目提要》,书目文献出版社1982年版,第139页。

义》写得很详细,先是由党进、杨静往潘仁美营寨,设计取得帅印,将仁美押回太原,再由寇准出面,套得仁美口供,判以死罪,因潘妃求情免死,六郎不服,八大王设计取得独角赦,于是六郎杀死潘仁美等三人,为父兄报仇。

例七,六郎收服焦赞一段,《北宋志传》叙述六郎单骑前往招降,却被焦赞赚入洞中,焦赞欲行加害之时,六郎现出白虎元神,焦赞惊而拜服。《杨家府演义》先写孟良前去劝降,焦赞不从,乃用火攻烧毁焦赞山寨,活捉焦赞,令其心服归顺。

其他譬如杨文广是杨宗保之弟,还是杨宗保之子,这在两部小说中有不同说法;杨家儿郎的名字在两部小说中也稍有出入;另外,两部小说除了有三首诗词可以看出本为同一作品之外①,其他的诗词都全然不同,等等。

类似的例子尚多,这里不必一一列出。那么如何解释两部小说的上述同异呢? 不妨从马力提出的共同祖本说谈起。

马力曾指出:"我们现在能见到的两部明代杨家将小说都是以话本作为它们的共同祖本的;不同的地方是,《杨家府演义》在编写过程中几乎取材了整个话本,而《北宋志传》则只取材其中的部分而已。"②他列举了四点理由:第一,两部小说在杨五郎将萧天左斩为两段之后有内容相同的按语,其中都提到旧小说的存在,而它们又自称"演义",以别于旧小说;第二,《北宋志传》第一回前又有一首古风作叙述,其中提到《北宋志传》所不载的杨文广故事,内容与《杨家府演义》第七卷首三则的情节相类似,但《杨家府演义》不提令婆在文广征服南方之后受封的事情,《北宋志传》末尾却就此事提及一笔;第三,《杨家府演义》在文广的妻子问题上加了一个蹩脚的注释,说明它想与原有的说法有所吻合;第四,两部小说的十二寡妇征西情节不大相同,说明这个故事是旧有的情节之一,所以两本杨家将小说的编写者都采用它作为压轴的高潮。按照马力的论述,第一点可以证明两部小说都取材于某个话本,第二点可以说明两部小说的取材又略有不同,最后两点表明祖本里面的情节在两部小说中都有所保存。

马力的共同祖本说是一个比较合理的推测,但它似乎还不能完全取消其他可能性。事实上,马力列举的四点理由都可以另有说法:

首先,《北宋志传》叙王贵战殁,有一段按语说:"按《一统志》,王贵,太原人,与杨业结为莫逆之交。在宋屡立战功,竟以名显。小说作杨还,记者之

---

① 关于两部小说的这些诗词,参看孙旭、张平仁《〈杨家府演义〉与〈北宋志传〉考论》一文的细致分析,《明清小说研究》2001 年第 1 期。

② 马力:《〈南北宋志传〉与杨家将小说》,《文史》第十二辑(1981 年),第 271 页。

误。"(38/818)而《杨家府演义》的按语却是："按《一统志》，王贵，太原人，杨业母党之弟，投降于宋，屡战有功，遂得真宗宠爱焉。"(31/433)前者提到"小说"而后者没有，联系马力所举例子里的"旧小说"，固然可以认为两部小说取材于某个相同的话本，而《北宋志传》则别有取资对象。但未尝不可以说，两部小说取材于两个话本，而这两个话本正好有部分相同的内容。

其次，《杨家府演义》有注文说长善公主"又名百花公主"(44/596)，不见得是要和祖本的原有说法吻合，说它只是参考了《北宋志传》也未尝不可。马力也曾举出两个类似例子来说明《杨家府演义》可能参考过《北宋志传》[①]。

再次，《北宋志传》那首古风提到的"更有姨娘法术奇，炎月瑞雪降龙池"云云，不见于《杨家府演义》所叙述的杨文广故事。这固然可能是《杨家府演义》的编写者删掉了"炎月瑞雪降龙池"情节，但一句"杨府俊英文广出，旌旗直指咸归命"说明被《北宋志传》删掉的征侬智高故事里的主角应是杨文广，而《杨家府演义》中是杨宗保领兵征讨侬智高。所以很可能两部小说所要讲的杨文广故事有不小差异，它们所据的祖本原来就有所不同。而且，那篇古风先言"西番倡乱又扬尘，箫鼓声中马上频。十二寡妇能效力，乾坤再整靖边廷"，再说"仁宗统御升平盛，蛮王智高兵寇境。杨府俊英文广出，旌旗直指咸归命"。这表明在旧本《北宋志传》里，十二寡妇征西番故事先于征侬智高故事被讲述，与它们在《杨家府演义》中的顺序恰好相反。这也能证明两部小说所据的祖本必定不同。

最后，两部小说都有十二寡妇征西故事，而且都提到刘青变犬的情节。但两书提供的十二寡妇名单差别很大，恐怕不是同一个祖本旧有的情节。《北宋志传》第四十八回有如下一段文字：

> 堂前十二寡妇周夫人(杨渊平妻，最有智识)、黄琼女(六使之妻，好使双刀)、单阳公主(萧后之女)、杨七姐(六使之女，尚未纳婚，箭法极精)、杜夫人(杨延嗣之妻，十二妇中惟此女乃是天龙星降世，幼受九华仙人秘法，会藏兵排阵之术，武艺出众，使三口飞刀，百发百中，杨府内外皆尊之)、马赛英(杨延德之妻，善运九股绵索)、耿金花(小名耿娘子，延定之妻，好用大刀)、董月娥(杨延晖之妻，目力精巧，有百步穿杨之能)、邹兰秀(延定次妻，极好枪法)、孟四娘(太原孟令公养女，为渊平次妻，有力善战，军中呼为孟四娘)、重阳女(亦六使之妻，善使双刀)齐进曰(48/897—898)

---

① 　马力：《〈南北宋志传〉与杨家将小说》，《文史》第十二辑(1981年)，第270页。

这张"堂前十二寡妇"名单只有十一人①,除黄琼女、单阳公主、重阳女外,其他人物没有在前面的故事中出现。《杨家府演义》列出的十二寡妇却是:宣娘、满堂春、邹夫人、孟四嫂、董夫人、周氏女、杨秋菊、耿氏女、马夫人、白夫人、刘八姐、殷九娘(55/724)。和《北宋志传》相比,这张名单只有宣娘一人不是首次露面。即便把姓氏相同的视为同一人,两书所说的十二寡妇仍有较大出入。很明显,杨家将故事有十二寡妇之说,应是民间的附会。由于之前没有统一说法,才会出现差别极大的两张名单。《北宋志传》煞有其事地介绍每一位寡妇的身份,却经不起推敲。譬如杨七姐尚未婚配,又如何能称"寡妇"? 杨业有七子,这里只提到六个,似乎也有欠考虑。可见编写的粗率简陋。相比之下,《杨家府演义》没有煞费苦心去介绍十二寡妇的身份,仅以一句"此十二女,俱寡妇也"(55/724)带过,就不存在这样的破绽。另外,《北宋志传》中十二寡妇征西是为救援被困于金山的杨宗保,由周夫人挂帅,所征讨的是西夏,八娘、九妹、木桂英三人也随征其中。《杨家府演义》中十二寡妇征西是为解救被困于白马关的杨文广,由宣娘挂帅,所谓的"西"指西番新罗国,"时木夫人已死"(55/724),八娘、九妹也没有出现。种种差异表明,民间有关十二寡妇征西的附会不止一种,两部杨家将小说的编写者采纳了不同的传说。自然,这个不同也许从它们各自依据的祖本起就开始有了。

所以,如果认为两部杨家将小说各有依据的祖本,而两个祖本又恰好有部分相似的内容,那也不是没有可能。正如我在前面已指出,"收集杨家府等传"一语含有"不同的《杨家府》传"这层意思,而《北宋志传》和《杨家府演义》所据旧本并不一定相同。另外从逻辑上讲,如果两部小说真的是一取整个话本、一取话本的部分,那与其说这个话本是它们的共同祖本,倒不如说是它们众多取材对象的其中之一。再者,马力的共同祖本说虽能说明两部小说内容的"同"和"异",但难以对小说的"同中之异"做出令人信服的解释。因为倘若双方有一共同祖本,而且一取整个、一取部分的话,那些相同情节的细节差别的出现就有些说不过去。同一祖本但有所分化的说法说到底,乃是为了弥补这个缺陷而提出来的。相反,两个祖本说一开始就不存在这样的问题。它对于两部小说之间的相同和相异,乃至同中之小异都可以解释得通,似乎更有可能符合事实。质言之,"两个祖本"说糅合了上述第四、五种意见的合理因素,因而也可备一说。

然而,两部杨家将小说还存在着一个令人困扰的现象,即它们的不同之处

---

① 世德堂本同此,叶昆池本在重阳女之后补上一人:"杨秋菊,杨宗保之妹,武艺高强,箭法更精。"

往往各有优劣，并非一方一味的好或者一味的坏。

　　譬如孟良向八王借马，八王不允，《北宋志传》交代的理由是八王自己"看之未饱，岂肯借人临阵"（25/703），这显然不太符合八王一心为公的形象。《杨家府演义》说是因为没有六郎的书信，所以马不能借，突出了八王精明谨慎的性格，比《北宋志传》要合理得多了。又譬如孟良盗取白骣马时，守军要求看印信，《北宋志传》仅交代一句"孟良取过假造的来"（35/792），《杨家府演义》此处却解释说："孟良来时，得江海送萧后假旨一张，带在身傍，那人一问，孟良徐即取出示之。"（27/381）后文还用江海的一句"日前孟将军去偷良骣，亦是我把印信与他"（29/408）照应，前后勾连，文字明显要比《北宋志传》周密。再如前面提到的杨业降宋情节，《杨家府演义》的描写远胜《北宋志传》，《北宋志传》的描写显然大大损害了杨家将的忠勇形象，使得杨业的性格前后不一致。以上所举，是《杨家府演义》优于《北宋志传》的地方。

　　反过来，《北宋志传》优于《杨家府演义》的地方也不在少数。除了唐翼明列举出来的三个例子[①]，至少还可以举出两个比较典型的例子：一是在幽州救驾故事里，两部小说都写到杨业进献诈降之计的情节，但是《杨家府演义》明明说雄州十万兵马已经赶至，准备里应外合，所以此时根本不需要什么诈降之计，《北宋志传》没有提到这路人马，杨业提出诈降自然要比《杨家府演义》稍觉合理些。二是杨六郎收服三将之后，《杨家府演义》描写杨六郎和他收服的三将（岳胜、孟良、焦赞）各自文绉绉地吟诗赋词一首，还写他们之间相互称赞，殊觉不伦不类，反不及《北宋志传》直接引用苏轼的《念奴娇·中秋》那么自然贴切。

　　这个现象很难用一方根据另一方进行改编来解释，就两部小说本身而言，唐翼明的"独立写成，互不影响"倒也可以用来说明个中原因。但如果考虑杨家将小说演义和志传系统这个层面的关系问题，那么说它们是在长期演化过程中各有借鉴、互有影响似乎更为合理。这也符合世代累积型小说成书的一般规律。只是碍于材料的欠缺，这个演化环节所发生的相互影响关系已无从一一觅得、坐实了。

　　综合上述，对于杨家将小说两个版本系统之间的关系，我的初步看法是：杨家将小说的演义系统和志传系统各有一个祖本，两个祖本有部分大致相似的内容。在长期的演化过程中，两个系统之间各有借鉴，互有影响。这个看法和下文考察杨家将小说成书过程所得的结果相吻合。

① 唐翼明：《重读〈杨家将〉——试论有关作者、版本诸问题》，《古典今论》，台湾东大图书公司1991年版，第248页。

第二章 杨家将小说成书过程考索

作为杨家将题材的集大成之作,《北宋志传》和《杨家府演义》在明代万历年间相继刊刻问世。这两部杨家将小说的出现,引发了一系列问题:它们是由谁编定的? 它们之间为什么会有这么大的差异? 那些与杨业祖孙三代事迹不合的内容有何根据? 那些脱离历史的神怪故事又是来自何处? 杨家将故事早在北宋年间就已广为流传,作为世代累积型小说,它们为什么在此之前既不见于诸家书目记载,也没有任何"中间过渡物"保存下来,而偏偏会在这个时候先后现身? 自北宋迄于明代万历年间,从真实历史到小说虚构,在这六百余年的时间内,杨家将故事究竟发生了怎样的不为人知的变化? 种种疑惑,都指向杨家将小说成书这一核心问题。

明代两部杨家将小说的成书问题是一个难解之谜,迄今没有令人满意的解释,也未见有人做过深入系统的研究。本章力图破解这个谜,为杨家将小说的成书过程提供一个合理的可能解释。杨家将小说属于"以一人一家事为主而近于外传别传及家人传"①的通俗讲史,讲述北宋武将杨家一门外御强敌、内除奸佞的故事,所以本文的破译工作,主要围绕"杨氏""武将""争战""故事"这几个关键"密码"展开。

第一节 麟州杨氏与杨家将故事的兴起

杨家将故事的产生有它的历史根据,这个根据,就是北宋时期麟州杨业祖孙三代抵抗契丹、防御西夏的真实历史。从历史到小说,自然还有一个民间传说的阶段。

1. 由"时事"成为"故事"

皇祐三年(1051),欧阳修(1007—1072)应邀为杨琪(980—1050)撰写墓

---

① 孙楷第根据体例将通俗小说讲史一派分为四类:演一代史事而近于断代为史;以一人一家事为主而近于外传别传及家人传;以一事为主而近于纪事本末;通演古今事与通史同。参看《中国通俗小说书目·分类说明》,人民文学出版社 1982 年版,第 4 页。

志,其中有一段文字涉及杨业父子:

> 君之伯祖继业,太宗时为云州观察使,与契丹战殁,赠太师、中书令。继业有子延昭,真宗时为莫州防御使。父子皆为名将,其智勇号称无敌,至今天下之士至于里儿野竖,皆能道之。①

这就是说,在距杨业战死不过六十多年、离杨延昭死年尚不足四十年的时候,杨业父子的事迹已经达到"天下之士"和"里儿野竖""皆能道之"的地步。杨家将故事能够在短时间内传播如此迅速,原因绝非杨业"父子皆为名将""智勇号称无敌"这么简单。我认为,至少可从如下方面解释杨家将故事兴起的缘由。

首先,北方契丹和西北党项的存在,始终是北宋政权的心腹大患,与这两个民族政权的较量,也始终受到北宋朝野上下的密切关注。用今天的话来说,与辽、西夏作战是国家政治生活的重大事件,相关消息是时事要闻。杨业祖孙三代参与了这样的重大事件,并有不俗表现,自然会受到朝廷上下的褒奖和广大百姓的推崇。

杨业殁后,杨亿(974—1020)代太宗撰写《杨业赠太尉大同军节度使制》,评价他是"诚坚金石,节茂松筠","甚著忠劳","劲节炎厉,有死不回"。②

吏部郎中田锡(940—1003)上疏奏事,以杨业为武将之楷模。他说:"往年杨业击契丹,侯延广守灵州,人多称许。若见今节度、防、团、刺史、诸司使副中,因赏罚激励,岂无杨业、侯延广辈为国家立功勋也。"③

包拯(999—1062)视杨业为骁将,并对他所筑城垒的实用印象深刻:"先朝以骁将杨业守代州,创筑城垒,于今赖之。"④

类似这样的评价,实际上起到舆论导向的作用,是杨家将故事兴起的前提条件。普通百姓对杨业父子的景仰,则是杨家将故事兴起并迅速传播的社会基础。苏颂(1020—1101)《和仲巽过古北口杨无敌庙》诗曰:"汉家飞将领熊罴,死战燕山护我师。威信仇方名不灭,至今遗俗奉遗祠。"⑤蒋一葵

---

① [宋]欧阳修:《供备库副使杨君墓志铭》,《欧阳修全集》卷二十九,李逸安点校,中华书局 2001 年版,第 444 页。
② 《宋大诏令集》卷第二百二十,中华书局 1962 年版,第 844 页。
③ [宋]李焘:《续资治通鉴长编》卷四十六,中华书局 2004 年版,第 1003 页。
④ [宋]包拯:《包拯集校注》卷二《天章阁对策》,杨国宜校注,黄山书社 1999 年版,第 115 页。
⑤ [宋]苏颂:《苏魏公文集》卷十三,王同策、管成学、颜中其等点校,中华书局 1988 年版,第 162 页。

《长安客话》卷七《关镇杂记》云:"古北口北门外有杨无敌祠,祀宋节度使杨业。业善骑射,数拒辽有功,民赖以安。后战死,人立祠祀之。"①而各地所谓杨家将之古迹(见第四章第四节),其中固然有虚诞不足信者,但它们反映了百姓对杨家将的热爱,证明杨家将故事得以流传是有其深厚基础的。

其次,正因为有辽、西夏这两个强大外敌的存在,以及后来金、元等异族政权的崛起,原先天下即中国的观念被真正打破了,宋代的士大夫开始有了"中国"意识和"敌国"意识,强调"自我"和"他者"的差异,民族情绪被空前强化。在势均力敌甚至超过自己的强敌的压力下,立国不久的赵宋政权需要确立"中国"与"道统"的合法性。石介(1005—1045)的《中国论》与欧阳修的《正统论》,就是在这样一个大背景下撰写的。透过这两份文献,多数研究者指出,"古代中国相当长时期内关于民族、国家和天下的朝贡体制和华夷观念,正是在这一时代发生了重要的变化,在自我中心的天下主义遭遇挫折的时候,自我中心的民族主义开始兴起。这显示了一个很有趣的现实世界与观念世界的反差,即在民族和国家的地位日益降低的时代,民族和国家的自我意识却在日益升高"②。杨业祖孙抵御外敌的事迹适逢其会,一开始便被赋予了这种民族意识,从而具备了不同于以往汉民族抵抗游牧民族故事的特质。杨家将之所以传播如此之快、之广,和这种"自我中心的民族主义"的兴起、发展密切相关。这可以说是杨家将故事能千年流传的根本原因。

再次,杨业祖孙忠勇为国,屡立战功,却饱受奸佞排挤、陷害,每受掣肘,最后都是壮志未酬,无形之中就增加了一些悲剧意味。前者赢得尊崇,后者激起同情。在这双重心理的作用下,杨业祖孙得到更多关注乃是情理之中的事情。

这一点在杨业身上体现得尤其明显。杨业以太原降将身份立下赫赫战功,颇受宵小忌惮,《宋史》说当时"主将戍边者多忌之,或潜上谤书斥言其短"③。在雍熙三年(986)的北伐之役中,正是王侁一句"君侯素号无敌,今见敌,逗挠不战,得非有他志乎?"④迫使杨业改变作战计划,又是王侁等一干人没有按照约定接应,致使杨业重伤被擒。杨业对此有清醒认识,他说:"上遇我厚,期捍边破贼以报,而反为奸臣所嫉,逼令赴死,致王师败绩。"⑤

① [明]蒋一葵:《长安客话》,北京出版社1960年版,第143页。
② 参阅葛兆光:《宋代"中国"意识的凸显——关于近世民族主义思想的一个远源》,《文史哲》2004年第1期。
③ [元]脱脱等:《宋史》卷二百七十二,中华书局1985年新1版,第9304页。
④ [元]脱脱等:《宋史》卷二百七十二,中华书局1985年新1版,第9304页。
⑤ [宋]李焘:《续资治通鉴长编》卷二十七,中华书局2004年版,第622页。

苏辙(1039—1112)《过古北口杨无敌庙》为之叹曰:

> 行祠寂寞寄关门,野草犹知避血痕。
>
> 一败可怜非战罪,太刚嗟独畏人言。
>
> 驰驱本为中原用,尝享能令异域尊。
>
> 我欲比君周子隐,诛彤聊足慰忠魂。①

　　诗中所说"周子隐"指周处,"彤"指西晋宗室梁王司马彤。周处原为吴将,吴亡事晋,官至御史中丞,因弹劾不避权贵,竟为司马彤所害。苏诗借用这个典故,谴责潘美等人陷杨业于死地的罪行。

　　最后,宋代将家子鲜有能守业者。以狄青及其七员官至管军的部将为例,除狄青与和斌的下一代尚能勉强维持家声外,其他人的后代都无法守业。② 杨氏祖孙三代为将,历太祖、太宗、真宗、仁宗、英宗、神宗六朝逾百载,而能前仆后继活跃于抵抗外族侵扰的前线,这本身就很有传奇色彩。杨氏将门能够脱颖而出,杨家将故事能够兴起,这也是一个需要考虑进去的因素。

2. 早期杨家将故事的相关记载

　　基于上述缘由,杨家将故事很快就在社会各个阶层流布开来,流布的方式首先是口头传说,接着出现文字记录,这是故事兴起之后的必经途径。余嘉锡因而推测说:"吾意当时必有评话小说之流,敷演杨家将故事,如讲史家之所谓话本者。盖凡一事之传,其初尚不甚失实,传之既久,经无数人之增改演变,始愈传而愈失其真。使南宋之时,无此类话本,则元明人之词曲小说,不应失真如此也。"③这个推测很有道理,一个热门题材故事流行了两百余年(从1051年算起)却没有文本记载,这是难以想象的。当然,这些文本记载极有可能是零散的、不成系统的乃至相互抵牾的短篇话本,而不太可能是明代杨家将小说据以增改的长篇旧本。宋代杨家将故事的评话本子今已不存,但从现有相关记载来看,上述猜测是合乎事实的。

　　现存关于杨家将故事的较早记载,一是宋末谢维新所著《古今合璧事类

---

① ［宋］苏辙:《栾城集》卷之十六,上海古籍出版社1987年版,第395—396页。
② 何冠环:《北宋杨家将第三代传人杨文广事迹新考》注［113］,《岭南学报》新第2期(2000年),第129页。
③ 余嘉锡:《余嘉锡论学杂著》下册,中华书局1963年版,第421—422页。

备要》，一是宋末元初徐大焯所著《烬余录》。

《古今合璧事类备要》有句曰："真宗时杨畋，字延昭，为防御使，屡有边功，天下称为杨无敌，夷狄皆画其象而事之。"①余嘉锡《杨家将故事考信录》引述这一记载，并用按语形式评道：

> 畋乃业之侄曾孙，延昭之族孙，虽以文人立边功，然未尝官防御使。杨无敌乃杨业之号，于延昭无与。维新将三人之事互混为一，是真街谈巷议目不睹史者之所为。疑由评话家随意捏合，不求甚解，以至如此。维新陋儒，遂采用之耳。若吾言不谬，则当南宋之末，杨家将故事必已遍传民间矣。②

余氏所论甚确，从谢维新采自评话家"随意捏合"的这些内容来看，杨家将故事在口头流传的过程中，已与历史拉开距离。由这句话还可推知：麟州杨氏另一支的后裔③可能被说成杨家将成员，从而对杨家将故事产生了一些影响；杨家将威名远播西北和北方边疆，受到当地"夷虏"的敬畏。

《烬余录》的记载比谢维新所言要详细，却更加虚实参半，启人疑窦：

> 兴国五年，太宗莫州之败，赖杨业扈驾，得脱险难。杨业，太原人，世称杨令公，仕北汉建雄军节度使，随刘继元降，授右卫大将军、代州刺史。先是，帝出长垣关，败契丹于关南，旋移军大名，进战莫州，遂为契丹所困。杨业及诸子奋死救驾，始得脱归大名，密封褒谕，赐赉（赉）骈蕃。七年，业败契丹于雁门丰州，获其节度萧太。八年，收降契丹三千余帐，迁云州观察兼判郑州、代州。诸将大忌之。雍熙三年，业副潘美北伐，破寰、朔、应、云四州，会萧太后领众十万犯寰，业请潘美会军出雁门，不应。业分（奋）死出战，士卒尽丧，慨然曰："不幸为权奸所陷。"遂死之。赠太尉、节度使。长子渊平随殉。次子延浦、三字（子）延训官供奉。四子延环——初名延朗、五子延贵并官殿直。六子延昭从征朔州，功加保州刺史，真宗时，与七子延彬——初名延嗣者屡有功，并授团练

---

① ［宋］谢维新：《古今合璧事类备要·后集》卷六十三，《景印文渊阁四库全书》第940册，第239页上。《锦绣万花谷·续集》卷四、元人富大用《古今事文类聚·外集》卷五所记略同，末尾少"云以御鬼疾"五字。分见《景印文渊阁四库全书》第924册，第844页上；第929册，第48页上。

② 余嘉锡：《余嘉锡论学杂著》下册，中华书局1963年版，第422页。

③ 按欧阳修《供备库副使杨君墓志铭》的记载，麟州杨氏这一支世系是：杨宏信—杨重勋—杨光扆—杨琪—杨畋。

使。延昭子宗保,官同州观察,世称杨家将。①

这段材料中的杨业之死与《宋史》所述相当一致,杨业诸子名讳与《宋史》所载也基本吻合②。但双方有明显差异:根据《宋史》,随父战死者叫延玉,不叫渊平;延昭保州刺史一官,并非从征朔州有功所加;延昭子名文广,不是宗保,"同州观察"乃是文广死后的赠官。至于莫州救驾之事,仅此书一见而不见他书。余嘉锡相信"其事容或有之,未必纯出于捏造"③,郑骞断言"杨业莫州扈驾之说,系属讹传"④。我认为,郑氏意见更具说服力,"莫州救驾"可能是南宋时期民间口头传说的杨家将故事片段之一,徐大焯将它当作信史采录。《烬余录》序称:"甲编记宋初宋末事,乙编记吴中事,半从先世笔记中录出,足以征信。"⑤现在看来并不完全可靠。但《烬余录》这段话的资料价值并不因此而降低,余嘉锡认为《烬余录》所述内容"但与小说合,与宋史及杂剧皆不同,此必当时之杨家将评话如此"⑥,可见它至少保留了早期杨家将评话的一个故事片段。而且,它在现存资料中又是首次提出"杨家将"这个名称。"杨家将"之名的出现,是麟州杨氏故事有可能走向系统化的关键一步——这个系统化的结果,就是"杨家将故事"。

通过谢维新和徐大焯的记载,可以看到一方面,早期杨家将故事摆脱历史束缚的方式有两种:移植历史——将各种史实杂糅在一起;掺入传说——在一段史实里增添虚构成分。另一方面,有了"杨家将"这个名目,早期不成系统的杨家将故事就有可能围绕这个核心概念凝聚起来。这一切,都为杨家将故事不断吸纳其他材料、不断扩大声势提供了可能,也是杨家将从历史走向小说的必然选择。

可能与杨家将故事相关的记载,另有六个有目无文的题名:小说名目《杨令公》《五郎为僧》《青面兽》《拦路虎》⑦,金院本名目《打王枢密爨》《救驾》⑧。

《杨令公》《五郎为僧》无疑是杨家将故事。《杨令公》大概是杨业本传之

---

① [元]徐大焯:《烬余录·甲编》叶六,刊刻信息不详,浙江大学图书馆古籍部藏。
② 杨业诸子之名分歧混乱,各书都有自己的说法。比较起来,《烬余录》和《宋史》算是最接近的。参看郑骞《景午丛编》下编(台湾中华书局 1972 年版,第 26—27 页)所列七种说法的对照表。
③ 余嘉锡:《余嘉锡论学杂著》下册,中华书局 1963 年版,第 423 页。
④ 郑骞:《景午丛编》下编,台湾中华书局 1972 年版,第 48 页。
⑤ [元]徐大焯:《烬余录·李模序》,刊刻信息不详,浙江大学图书馆古籍部藏。
⑥ 余嘉锡:《余嘉锡论学杂著》下册,中华书局 1963 年版,第 423 页。
⑦ [宋]罗烨:《新编醉翁谈录》卷一,古典文学出版社 1957 年版,第 4 页。
⑧ [元]陶宗仪:《南村辍耕录》卷二十五,中华书局 1959 年版,第 310、315 页。

类的短篇故事,仅截取杨业生平的一个片断来讲述,依托历史的成分居多。元杂剧《汉钟离度脱蓝采和》第一折【油葫芦】唱词有句云:"做一段老令公刀对刀,小尉迟鞭对鞭。"①"小尉迟鞭对鞭"讲的是唐代尉迟恭、尉迟宝林父子相认的故事,杂剧《小尉迟将斗将认父归朝》专演此事②。严敦易据此推测"老令公刀对刀"指"有令公的一本杨家将戏"③,杨芷华(1932—)进一步认为"已佚元杂剧'老令公刀对刀',演的就是南宋评话《杨令公》故事"④。虽然"老令公"或许另有其人,这仍不失为一种可以考虑的意见。《五郎为僧》所述应为杨五郎出家五台山事。然据《宋史》《烬余录》所记,杨业七子除一人随父战死、其余诸子受到朝廷封赏,并无五郎出家事。这说明,《五郎为僧》是宋代流行的民间传说,且与《烬余录》采录的民间传说不是一个系统。

《水浒传》里有自称"三代将门之后,五侯杨令公之孙"的杨志,《清平山堂话本》有一篇《杨温拦路虎传》,主人公也自称是杨家将后裔。一般认为,《青面兽》后来发展为《水浒传》里的杨志故事,《拦路虎》即《杨温拦路虎传》的蓝本⑤,所以它们可能是杨家将故事。当然,考虑到"杨家将后代"这个身份与杨志、杨温在《水浒传》《杨温拦路虎传》里的行动并无太大关联,不排除这两个话本名目攀附杨家将故事的可能。如果是前一种可能,这说明早期杨家将故事的不定型。如果是后一种可能,那说明早期杨家将故事对其他故事的影响力。

"院本"由"院体"演变而来,"院体"是宋代伶人对其表演范式出自皇家教坊的一种标榜,表演形态与宋杂剧完全相同。院本直接继承的是北宋杂剧的传统。⑥ 明确这一点,再来考察两个院本名目与杨家将故事的关系问题。

老辈学者一致认为,《打王枢密爨》的王枢密即指王钦若,所叙当为杨家将故事。⑦ 而据杨芷华考证,"金院本《打王枢密爨》可能是现今所知的第一

---

① 王季思主编:《全元戏曲》第七卷,人民文学出版社 1990 年版,第 118 页。

② 此据《元曲选》题名。脉望馆钞校本题名作《小尉迟将斗将鞭认父》。

③ 严敦易:《元剧斠疑》,中华书局 1960 年版,第 660 页。

④ 杨芷华:《宋代评话中的杨家将故事》,《山西大学学报》1980 年第 2 期。

⑤ 参看谭正璧:《话本与古剧》,上海古典文学出版社 1956 年版,第 32 页;胡士莹:《话本小说概论》,中华书局 1980 年版,第 215 页。

⑥ 刘晓明:《杂剧形成史》,中华书局 2007 年版,第 348 页。

⑦ 参看余嘉锡:《余嘉锡论学杂著》下册,中华书局 1963 年版,第 475 页;翦伯赞:《杨家将故事与杨业父子》,收入《中国史论集》第二辑,国际文化服务社 1948 年再版,第 211—230 页;谭正璧:《话本与古剧》,上海古典文学出版社 1956 年版,第 192—193 页;严敦易:《元剧斠疑》,中华书局 1960 年版,第 258 页。

个杨家将剧目,杨家将故事早在金代就已经登上中国戏曲舞台"①。我觉得这或许过于乐观。从题名看,"打"即"扮演"②,爨剧是宋金杂剧的重要形式,包括足部舞蹈动作、以歌伴舞、化装扮演、表演幻术、念颂诙谐诗词歌赋等五种表演形态③,王枢密指一个姓王的枢密使。即便这个王枢密指王钦若,《打王枢密爨》的内容也不是必然要与杨家将故事相涉,而很有可能是由伶人假扮王钦若,然后通过足部舞蹈动作或念颂诙谐诗词来讽刺他。④至于《救驾》一目,谭正璧(1901—1991)认为:"不知是演薛仁贵沙滩救驾,还是演尉迟恭夺槊救驾……元杨景贤有《偃时救驾》杂剧,也不知所叙为何事?"⑤杨芷华则提供了另一种解释,即《救驾》可能与《烬余录》所载杨氏父子莫州救驾有关。⑥ 因为材料欠缺,目前只能存疑。

上述相关记载表明,杨家将故事的发展是一个逐渐摆脱历史束缚的演变过程。但无论怎么演变,一些根源性质的内容是不会变的。杨家将故事的兴起,缘于杨业祖孙三代(严格来说是杨业、杨延昭两代,因为在杨文广成名之前,杨家将故事就已广为流布)的御敌史事,"杨氏御敌"就是杨家将故事带有根源性质的内容。所以,明代杨家将小说所讲述的杨业投宋抗辽、杨六郎镇守三关、杨文广从征侬智高(仅将主帅改为杨宗保)等大关目,都可以征之于史。后来加入的新故事,也无不是围绕"杨氏御敌"而生成。

3. 麟州杨氏事迹与小说的对应:以杨业为例

在具体情节方面,两部明代杨家将小说内容与麟州杨氏事迹存在或显或隐的对应。现以杨业故事为例,摘引数条,略述如次:

(1)两部小说所写杨业之死,除将被俘绝食而死改成碰李陵碑而死之外,其他叙述和史载基本相同。

(2)《杨家府演义》说杨业乃北汉刘氏养子,与史吻合。唯其又将杨业当作何氏之子、北汉刘氏之甥,则不知何据。

(3)《杨家府演义》叙杨业初不肯降宋,太宗多次招抚,乃约定三个条件

---

① 杨芷华:《金院本〈打王枢密爨〉考》,《山西大学学报》1980 年第 4 期。

② 胡忌:《宋金杂剧考》,古典文学出版社 1957 年版,第 227 页。

③ 刘晓明:《杂剧形成史》,中华书局 2007 年版,第 308—310 页。

④ 据《宋史》卷二百八十三《王钦若传》载,王钦若"状貌短小,项有附疣,时人目为'瘿相'"(中华书局 1985 年新 1 版,第 9564 页)。他又与丁谓、陈彭年、林特、刘承珪朋比为奸,人称"朝中五鬼"。若伶人以杂剧讽刺他,正是继承滑稽杂剧的固有传统。

⑤ 谭正璧:《话本与古剧》,上海古典文学出版社 1956 年版,第 202 页。

⑥ 杨芷华:《金院本〈打王枢密爨〉考》,《山西大学学报》1980 年第 4 期。

而降,事属无稽,但也有一定历史根据。路振《九国志》记刘继业(即杨业)降宋事曰:

> 初,刘继业为继元捍太原城,甚骁勇。及继元降,继业犹据城苦战。上素知其勇,欲生致之,令中使谕继元俾招继业。继元遣所亲信往,继业乃北面再拜,大恸,释甲来见。上喜,慰抚之甚厚,复姓杨氏,止名业。①

小说接着写宋太宗见业大喜,"遂赐姓杨",这似即由"复姓杨"讹传而来。

(4)《北宋志传》叙杨六郎、杨令婆不识天门阵,提到杨业曾有"三卷六甲兵书,惟下卷难晓,皆是阴文妖道之术"这样的议论,并"曾留下兵书一册"。天门阵故事虚诞不足信,书中说杨业精通六甲兵法却有根据。欧阳修《书遁甲立成旁通历后》一文说:

> 此本得于杨畋。畋,继业之后也。继业善用兵,以见昔时名将皆精于所学,非止一夫之勇也。此本尤为简要,世罕传也。②

文中称自己从杨畋处得到罕传的《遁甲立成旁通历》一书,由此赞叹杨业"善用兵",并不只是一个勇夫。揣测文意,这部书似是杨畋得之于杨业。小说所言兵书,原型大概就是类似《遁甲立成旁通历》这样的行军手册,本身并不神秘。它的神秘化,一是故事需要,二是它世所罕传。

由上可知,历经六百余年的演变,杨家将小说里的杨业故事(包括某些小细节)与历史仍有许多照应之处。类似这样的照应自然不少,只是小说倾向增饰抟合,年代久远,很多人物、故事已难以确指其历史原型和本事。譬如杨业七子延彬无表现,杨家将故事却塑造了一位武艺高强的杨七郎延嗣。这个七郎,可能是与杨延昭并称"二杨"的杨嗣的化身。③又譬如杨家将故事必定阑入了杨畋的事迹④,惜乎我们无法肯定哪些故事有他的身影。

---

① 引自[宋]李焘:《续资治通鉴长编》卷二十,中华书局 2004 年版,第 459 页。
② [宋]欧阳修:《欧阳修全集》卷一百五十五,李逸安点校,中华书局 2001 年版,第 2574 页。
③ 罗继祖:《再谈杨家将》,香港《广角镜》第 87 期第 50 页(1979 年 12 月 16 日)。
④ [宋]谢维新《古今合璧事类备要》将杨畋和杨延昭、杨业混淆,欧阳修《书遁甲立成旁通历后》以杨畋为杨业后人,似乎忘记他曾赞扬杨琪之子杨畋"贤而有文武材"(见《供备库副使杨君墓志铭》),这两条材料已透露了个中消息。

　　杨畋(1007—1062)字乐道,麟州杨重勋曾孙,杨琪之子,进士及第。他曾率兵征讨岭南猺族之叛,又奉旨讨侬智高。① 杨畋征侬智高,恰在杨文广从狄青南征侬智高之前不久,杨畋又是杨文广从侄。郑骞因此推测:"小说戏剧中之杨宗保及文广征南故事,恐有此人若干成分在内。"②可备一说。

　　总结一下本节所论。杨家将故事的兴起,根源于杨业祖孙三代抗击外族的真实历史。他们的忠勇精神赢得朝野上下的推崇,他们的悲剧遭遇激起广大民众的同情,他们一门三代皆为名将极具传奇色彩。这一切,都为杨业祖孙的事迹从"时事"变为"故事"提供了契机。从早期相关记载来看,杨家将故事兴起之后,逐渐在口头传说过程中摆脱历史束缚,走上随意捏合、自由虚构的道路,一些本来不属于杨业祖孙的事迹开始被糅合进来(如杨畋)。但是,变中自有不变,譬如杨业故事基本定型(两部小说所叙杨六郎故事比较相似,恐怕也与它基本定型有关),大关节甚至与史实高度吻合。这说明杨家将故事在长期演化过程中,其核心部分自成一个较为稳定的故事段落。

第二节　民族争战与杨家将故事的壮大

　　杨家将故事的兴起与麟州杨氏密切相关,然而它的壮大,却离不开其他历史因素。前文提及,"杨氏御敌"是杨家将故事带有根源性质的内容,这里不妨进一步强调:"御敌"才是杨家将故事的核心密码。因为其他家族、其他将领的御敌事迹,杨家将故事完全可以吸纳过来,改造成麟州杨氏御敌。职此之故,每当汉民族政权与外族政权发生争战时,杨家将故事就会成为唤起汉人民族自尊心、鼓舞汉族人民斗志的犀利武器,从而在民族争战中得到发展。这层意思,余嘉锡阐述得极为透彻:

　　　　试更取其杂剧小说而观之,往往取两宋名将之事,演为话本,被之管弦,莫不欲驱胡虏而安中国。故扮演杨继业父子,为其能拒辽也,装点狄青,为其能平蛮也,描写梁山泊诸降将,为其招安后曾与征辽也(率兵随童贯征辽,乃杨志之事,水浒传误,属之宋江,详见余宋江三十六人考实),推崇岳武穆,为其能破金也,其他牵连以及古之贤臣勇士,皆所

① ［元］脱脱等:《宋史》卷三百,中华书局 1985 年新 1 版,第 9964—9965 页。
② 郑骞:《景午丛编》下编,台湾中华书局 1972 年版,第 31 页。

以鼓忠义之气,望中国之复强。①

在杨家将故事兴起和杨家将小说刊刻之间的这段时期内,两宋之际的宋金对抗、南宋末年的元灭宋、元末明初的驱元是几次大的民族争战,而各个民族部落之间的摩擦、冲突从来就没有止息过。宋元争战和部落冲突对杨家将故事的可能影响,放在下一节谈。本节拟先探讨宋金争战对杨家将故事的巨大影响,重点分析五郎为僧、四郎归宋两个故事的素材来源。作为补充,我接着指出抗金名将杨存中、明初武将杨洪及其家族与杨家将故事的可能关系。最后评析元明时期杨家将故事的相关记载和作品,考察它的演变状况。

1. 宋金争战的影响:以五郎为僧和四郎归宋为例

伴随着两宋之际抗金斗争的爆发,杨家将故事迎来它的第一个壮大时期。对此,余嘉锡早已指明:

> 余以为杨业父子之名,在北宋本不甚著,今流俗之所传说,必起于南渡之后。时经丧败,民不聊生,恨金人之侵扰,痛国耻之不复,追惟靖康之祸,始于徽宗之约金攻辽,开门揖盗。因念当太宗之时,国家强盛,傥能重用杨无敌以取燕云,则女真蕞尔小夷,远隔塞外,何敢侵陵上国。由是讴歌思慕,播在人口,而令公六郎父子之名,遂盛传于民间。②

除"今流俗之所传说,必起于南渡之后"这一句不确之外,余氏这段话深刻揭示了宋金争战期间杨家将故事流行的社会心理背景。在这种社会心理驱使下,宋金争战无疑会在原有杨家将故事里留下自己的印记。譬如太行山在杨家将小说中占重要地位,这应与活跃于太行山一带的南宋抗金忠义有关联;杨家将故事开始与"水浒""说岳"等相同性质的故事相互渗透,这也是根植于宋金争战的共同历史背景。③ 下面具体分析杨五郎为僧故事和杨四郎归宋故事的素材来源,以期说明宋金争战对于杨家将故事的巨大影响。

---

① 余嘉锡:《余嘉锡论学杂著》下册,中华书局 1963 年版,第 442 页。

② 余嘉锡:《余嘉锡论学杂著》下册,中华书局 1963 年版,第 421 页。

③ 详见第三章第五、六节。按孙述宇研究《水浒传》的来历,对抗金忠义军民的重要作用有精彩论述,这也有助于我们理解抗金斗争带给杨家将故事的影响,可参看《水浒传的来历、心态与艺术》一书中的"南宋民众抗敌与梁山英雄报国""曾头市与晁天王"两节,台湾时报文化出版事业有限公司 1983 年再版。

杨五郎人到中年才在五台山落发，是个"杀人和尚灭门僧"（《昊天塔孟良盗骨》第四折）。到了明代杨家将小说，他身上的这股子粗莽气息并未消失，仍然身入佛门却大开杀戒，屡屡下山与辽作战。杨五郎以和尚身份抗击契丹，出家地点又在五台山，这和杨业第五个儿子是否在五台山当过和尚没多大干系。它的"真实性"，扎根于宋金争战时期和尚积极投身抗金事业这一历史事实。

两宋之际时局不靖，僧人激于爱国之心而走上抗金之路，这在当时是很普遍的事，当事人视之为"除妖降魔"，旁观者也不认为有违僧家戒律。一位万安僧举兵抗金，打的旗号就是"降魔"和"时危聊作将，事定复为僧"。① "时危聊作将"的僧人尤以五台山居多，根据《三朝北盟会编》记载，山东武汉英要救援太原，因为兵少，就到五台山见庞僧正，劝说他聚集本山僧人，前往代州劫杀金人之军②；杨可发为解太原之围，同样前往五台山及其周边地区招兵，所得人马中有不少五台僧人③。《宋史》有一篇五台爱国僧人的传记：

> 僧真宝，代州人，为五台山僧正。学佛，能外死生。靖康之扰，与其徒习武事于山中。钦宗召对便殿，眷赉隆缛。真宝还山，益聚兵助讨。州不守，敌众大至，昼夜拒之，力不敌，寺舍尽焚。酋下令生致真宝，至则抗词无挠，酋异之，不忍杀也，使郡守刘翰诱劝百方，终不顾，且曰："吾法中有口四之罪，吾既许宋皇帝以死，岂当妄言也？"怡然受戮。北人闻见者叹异焉。④

这位和尚忠于王事，全无"沙门不敬王者"之本色，而更像忠义人。他被列入"忠义传"，可谓实至名归。

传述杨家将故事的人，大概就是糅合这类僧人的事迹，从而塑造出一位"时危聊作将，事定复为僧"的杨和尚形象。南宋已有话本《五郎为僧》，在时间上与这个推测吻合，可为旁证。

杨四郎入赘辽邦为驸马、后来重返大宋的故事不见于史书，也不见于今

---

① ［元］脱脱等：《宋史》卷四百五十五，中华书局1985年新1版，第13382页。
② ［宋］徐梦莘：《三朝北盟会编》卷第四十八，上海古籍出版社1987年版，第362页。
③ ［宋］徐梦莘：《三朝北盟会编》卷第五十一，上海古籍出版社1987年版，第386页。
④ ［元］脱脱等：《宋史》卷四百五十五，中华书局1985年新1版，第13382页。

存元明杂剧①。现存资料中,明代两部杨家将小说首次完整讲述了这个故事,内容大致可概括如下:幽州救驾一役,杨四郎被辽军俘虏,更名木易,被萧后招为驸马。但杨四郎身在辽邦,心向宋朝,先助孟良取得萧后之发,再送粮草给困在九龙谷的宋军,最后里应外合,协助杨六郎灭辽之后返回宋朝。

杨四郎自辽归宋故事的素材来源是什么?李孟君在研究杨家将戏曲情节来源时认为,"杨家将的故事中杨业撞李陵碑及杨八郎、四郎后来投降辽国娶公主之事,都跟李陵的故事有些雷同,应是后人从史传中汲取灵感,移花接木改编而成的"②。这个意见只能解释杨四郎的入赘,不能解释他的返宋,因为李陵最后并没有返回汉朝。我认为,杨四郎归宋这一构思应是受到两宋时期归正人和归明人的启发,而杨家将后裔杨嗣兴归宋为它的形成提供了契机。

归正人和归明人是两宋时期的特殊社会群体,统指那些投归赵宋政权的人,但略有区别,"'归正人',元是中原人,后陷于番而复归中原,盖自邪而归于正也。'归明人',元不是中原人,是徭洞之人来归中原,盖自暗而归于明也"③。众所周知,赵宋政权先后与北方的辽、西夏、金、元政权共存对峙,所以终宋之世,所谓的归正人和归明人一直特别活跃。赵宋政权多数时期也是鼓励招纳归正人和归明人,并积极采取优惠措施来笼络、安置他们。这一点,下引数条史料足资为证。

> (宝元元年)己巳,以契丹归明人张惟良为三班奉职,赐名庆,弟惟成为下班殿侍,赐名显。④
>
> (嘉祐二年)丁亥,以契丹归明人郝永言为邓州司士参军,给俸,仍赐田二顷。⑤
>
> (熙宁六年)赐西界归明人李崇贵开封府界屋租钱,日五百。初,上批赐崇贵田十顷,后复改之。⑥

---

① 仅有两句唱词提到杨四郎的去向:《六使私离三关》的"陷在北番不还乡"(《善本戏曲丛刊》第一辑第 3 册,台湾学生书局 1984 年版,第 257 页),《焦光赞建祠祭主》的"延朗逃奔辽邦"(《善本戏曲丛刊》第一辑第 4 册,台湾学生书局 1984 年版,第 81 页)。

② 李孟君:《杨家将戏曲之研究》,台湾私立辅仁大学 2006 年博士论文,第 56 页。

③ [宋]黎靖德编:《朱子语类》,中华书局 1986 年版,第 2719 页。

④ [宋]李焘:《续资治通鉴长编》卷一百二十二,中华书局 2004 年版,第 2882 页。

⑤ [宋]李焘:《续资治通鉴长编》卷一百八十六,中华书局 2004 年版,第 4491 页。

⑥ [宋]李焘:《续资治通鉴长编》卷二百四十三,中华书局 2004 年版,第 5925 页。

（绍兴三十二年九月）辛亥，振淮东义兵及归正人。①

（乾道八年十二月）甲辰，诏京西招集归正人，授田如两淮。②

三省枢密院奏招纳归附（引按脱"归"字）正人赏格：应接纳金人万户或蕃军千人者，补武翼郎，下至蕃军五人汉军十人者，补进男（引按应作"勇"）副尉，凡十等。如蕃汉金军自能归附者，并优补官资，有官人优加升转，仍不次擢用。令降皇榜晓谕。③

这些源源不绝的归正人和归明人大都被编入宋朝军队，成为宋朝抵抗外敌的重要力量。李心传（1167—1244）《建炎以来朝野杂记》甲集卷十八"赤心忠毅忠顺强勇义胜军"条曰：

赤心、忠毅、忠顺、强勇、义胜等军，皆归正人也。赤心军者，宣和中来归之士，以燕人王钧甫、马柔吉领之，二人皆文臣，后从苗、刘为乱，诛死。忠毅军者，绍兴末，归正人也。……强勇军者，淮南安抚司所籍绍兴末归正人也。义胜军者，四川宣抚司所籍归正人，契丹、女真汉儿也。二军各数百，月给如效用。义胜始有五百屯洋州，绍兴乙卯，金人来索，尽予之。今之义胜军，乃辛巳以后来归之人也。④

"赤心""忠毅""忠顺"这些名号，让人不禁联想起两宋之交的忠义人。事实上，归正人和忠义人可以合称，《宋史》即有"十一月壬戌，遣知无为军徐子寅措置楚州官田，招集归正忠义人以耕"⑤、"癸未，给襄阳归正忠义人田"⑥之类的记载。《宋会要辑稿》兵一七之三六提到一群归正的北方盗贼，其实也是忠义人：

（嘉定）十四年正月二十三日，诏王裕特补承信郎，杨璘下班祗应，张公裕、赵锐德进义副尉，李显进勇副尉，苏沂、牛清、李顺、张世兴、齐归、张进、魏璜、马威、王宋兴、王永兴守阙进勇头尉，张文通、于端同进勇副尉。以四川宣抚安丙言，裕等各系北界永宁寨主首头目并归附人，

① ［元］脱脱等：《宋史》卷三十三，中华书局 1985 年新 1 版，第 619 页。
② ［元］脱脱等：《宋史》卷三十四，中华书局 1985 年新 1 版，第 654 页。
③ ［宋］李心传：《建炎以来系年要录》卷一百九十三，中华书局 1988 年版，第 3236 页。
④ ［宋］李心传：《建炎以来朝野杂记》，中华书局 2000 年版，第 423—424 页。
⑤ ［元］脱脱等：《宋史》卷三十四，中华书局 1985 年新 1 版，第 644 页。
⑥ ［元］脱脱等：《宋史》卷三十五，中华书局 1985 年新 1 版，第 670 页。

或首先造谋，纠合徒旅，剿杀伪官，或于利路都统司请领旗榜，唱义去贼，或奋勇随义，杀戮蕃军，皆能舍逆归朝，委见忠顺，合行旌赏，故有是命。①

军队里的士兵是宋代说话伎艺的重要服务对象，也是"士马金鼓"和"兴废争战"故事的主要传播渠道。不难设想，说话人为了取悦军队里的那些归正人和归明人（包括忠义人），一定会绘声绘色地敷演他们的杀敌功绩和归投事迹，而归正人和归明人相互之间想必也会回顾他们的经历，讲述他们自己的传奇故事。所以，就像忠义人对当时及后世的水浒故事施加了巨大影响一样，这些归正人和归明人的存在，也势必影响到当时流行的说话题材，杨家将故事自然亦在此之列。在这种历史背景之下，杨家将故事产生杨四郎归宋的情节并不突兀。杨家将后裔杨嗣兴的归宋，则可能直接启发说话人把归正人和杨家将故事联系起来，激发了人们编创杨四郎归宋故事的灵感。《宋会要辑稿》兵一六之一七记载：

> （嘉定）十四年正月二十三日，诏杨嗣兴特补武修郎，王参从义郎。以四川宣抚安丙言，嗣兴先在北界，伪官至定远大将军、貔虎军统军。元系先朝名朝（引按当作"将"）杨业之后，虽世受勇闻，未尝一日忘本朝，思欲自拔来归。今乘机会，抛弃家属，拾逆归正。②

这是宋金对峙时期戏剧性的一幕，当时想必颇具政治宣传效应。在对上引材料进行一番简要考证后，赵冬梅指出："杨嗣兴先仕于金，后归于宋，与戏曲小说中的杨四郎故事略有相通之处。"③联系两宋时期归正人和归明人的频繁活动，我认为这个说法是有道理的。

故事素材的来源一般是多渠道的，杨四郎故事的形成，可能还与杨四（又作"泗"）将军传说有关。杨四将军是长江一带的水神。作为水神，他的主要功绩是"斩龙护国"。民间相传，杨四将军读私塾时，有一个同学叫无义龙，常心怀逆志，他夸下海口说："我有日得志要把中国搅成中洋大海。"杨四将军就和他赌赛说："你敢把中国搅成中洋大海，我便誓斩孽龙。"后来，杨四将军成神，无义龙也修成道法。无义龙兴风作浪，杨四将军手执大斧和他一

---

① ［清］徐松：《宋会要辑稿》，中华书局 1957 年版，第 7055 页。
② ［清］徐松：《宋会要辑稿》，中华书局 1957 年版，第 7037 页。
③ 赵冬梅：《杨业后裔小考》，《北大史学 12》，北京大学出版社 2007 年版，第 438 页。

场恶斗，龙战败逃走，将军在后面追赶。观音大士怕伤及无辜百姓，便化出一家面馆。无义龙逃到这里，肚子饿了，就进馆叫一碗面吃。哪知道，吃下去的面变成铁链，锁住了龙心。观音大士现出本相，将无义龙投入井里。①

杨四郎故事有水神斩龙的影子。首先，按照小说所述，萧后是龙母下凡，而且屡次兴兵侵犯中原。这与无义龙誓将中国搅成中洋大海有些类似。杨四郎曾诈称心疼，帮助孟良轻而易举取得龙母（萧后）之发，又在杨六郎攻打幽州时起到内应的作用。这种情节构思，背后似乎隐含这样的类比思维——杨四郎即杨四将军，龙母萧后即无义龙。其次，小说叙述杨四郎里应外合，迫使萧后走投无路之下，解下龙绦自缢而亡。《杨家府演义》紧接着有诗赞曰："媚居抗宋几光阴，顿借龙绦化铁心。回首瑶池家别是，菱花尘暗夜沉沉。"（38/518）"顿借龙绦化铁心"一句容易让人想起那根锁住龙心的铁链，透露出杨四将军信仰的些许气息。由此似可揣测，这里的龙母萧后自缢，应是无义龙被铁链锁住的变形叙述。

黄芝岗（1895—1971）的研究表明，杨四将军传说源于更早的二郎神传说，并同许真君、金龙四大王等水神传说有密切联系，它的流传地域极其广泛，演变途径也有分歧。② 杨四郎或许是通过杨四将军传说与源远流长的民间水神信仰发生联系，从而具备水神"斩龙护国"这一主要功绩。

2. 杨存中与杨家将故事

宋金争战、对峙局势是造成杨家将故事壮大的时代背景，而南宋两位抗金名将也用自己的方式推动了杨家将故事的发展。一位是岳飞，他精忠报国，其人其事对杨家将故事的影响非常明显，譬如杨六郎身上就有他的影子（详见第三章第六节）。另一位是杨存中，作为杨姓武将，他对杨家将故事的影响可以说并不逊色于岳飞。

杨存中（1102—1166）本名沂中，字正甫，代州崞县（今山西代县）人，《宋史》卷三百六十七有传。他生于将家，起于行伍，"大小二百余战，身被五十余创"，是独当一面的抗金名将，颇为宋高宗倚重③。他与杨家将故事的密切关系，可从两个方面去考察。

---

① 黄芝岗：《中国的水神》，上海文艺出版社 1988 年版，第 2—4 页。
② 参看黄芝岗：《中国的水神》第二至九章，上海文艺出版社 1988 年版。
③ 宋高宗在不同场合说过"杨存中唯命东西，忠与无二，朕之郭子仪也""朕于存中，抚绥之过于子弟""杨存中之罢，朕不安寝者三夕"这样的话。［元］脱脱等：《宋史》中华书局 1985 年新 1 版，第 11438、11439 页。

首先,无论是出于朝廷宣传,还是出于民众敬仰,中兴名将的抗金事迹肯定会是南宋初年说话人热衷的题材①。杨存中名列南渡十将之一,他的事迹自然会被编入中兴故事,这在《大宋中兴通俗演义》等小说中还能看到一些痕迹。而不论杨存中是不是杨业后裔②,对于擅长捏合的南宋说话人来讲,他的姓氏、籍贯和抗金业绩,都很方便与一百多年前的杨家将联系起来。在当时,杨家将故事与中兴故事同样流行于勾栏瓦肆之间,说话人今天说中兴故事,明天说杨家将故事,把杨存中扯进杨家将故事不是不可能的事③。

其次,从明代两部杨家将小说来看,杨家将故事的确有杨存中生平事迹的影子。杨存中的祖父杨宗闵是北宋麟州守将,因为另一位守将傅亮勾结金人,献城投降,杨宗闵不幸战死,部下将官多随其殉难,这与杨业之死颇为相似。《杨家府演义》叙杨业死节事,突然插入一个叫傅昭亮的人物。这个人物是代州守将,曾逢迎潘仁美,应是对傅亮投敌的隐晦谴责。杨存中的父亲杨震守麟州,金人来犯,杨震夫妻与两个儿子执中、居中全部死难,杨存中当时从军河北,得以幸免。这个身世似即杨家将故事中杨六郎父兄皆亡、仅余一人的原型。《杨家府演义》有句云:"挞懒得旨,即日与大将韩延寿、耶律斜轸引兵从瓜洲南下。"(7/81)《北宋志传》也说:"挞懒领旨,即日与大将韩延寿、耶律斜轸部兵二万,从瓜州南下。"(17/632)这里的瓜州或瓜洲,明显是地理错误,当是中兴抗金故事的影响痕迹。杨存中固守江淮防线,曾与从瓜洲来犯的金军作战,这个痕迹最有可能是他遗留下来的。④

有理由相信,杨存中事迹会给当时的杨家将故事打上更多烙印,甚至杨存中及其家族可能是杨家将故事演出的长期赞助者⑤。但为什么在后来的杨家将故事里,这种烙印所剩无几了呢?我推测这应与岳飞冤狱有关。杨

---

① 吴自牧《梦粱录》卷二十提到王六大夫敷演《中兴名将传》,"听者纷纷"(浙江人民出版社 1980 年版,第 196 页);罗烨《新编醉翁谈录》载"新话说张、韩、刘、岳"(古典文学出版社 1957 年版,第 4 页)。据此可知中兴故事在南宋初期的流行程度。

② 常征考出杨存中是杨业后裔(《杨家将史事考》,天津人民出版社 1980 年版,第 57—58 页),《杨氏族谱》(山西省图书馆藏 1983 年武祠铅印本)收录杨存中的封诰和传记材料,但这个说法不可全信。

③ 举一个相似的例子:中兴故事阑入当时流行的水浒故事,在今存《水浒传》中仍有踪迹可寻。侯会对此有精细考述,参看《〈水浒〉源流新证》,华文出版社 2002 年版,第 173—190 页。

④ 此处叙述杨存中生平事迹与杨家将故事之对应关系,所举例证,取自付爱民《杨家将话本小说与南宋时事及名臣杨存中的关系》一文,见网页:http://shenmucxs.bokee.com/6156112.html。

⑤ 付爱民《杨家将话本小说与南宋时事及名臣杨存中的关系》提出这个观点。

存中在整件事情上扮演了不光彩的角色(先是诱逮岳飞①，后又监斩岳云、张宪②)，他因此饱受清议是可以肯定的。后来的民间说话人自然不会将他与杨家将相提并论，反而要千方百计将他的事迹剔除出去，甚至可能会在敷演其他故事时讥讽他一番③。岳飞故事的崛起，同样会强化这种趋势。久而久之，杨存中对杨家将故事的影响痕迹，也就差不多被清除殆尽了。

3. 明初杨洪家族与杨家将故事

杨家将故事糅入其他杨姓武将的事迹，杨存中绝不是孤例，明初杨洪及其家族的征战事迹可能是另一个例子。

杨洪(1381—1451)字宗道，六合人。他以敢战著名，"久居宣府，御兵严肃，士马精强，为一时边将冠"④。迤北诸部惮之，称他为"杨王"。这和辽人称杨业为"杨无敌"、称杨延昭为"杨六郎"如出一辙。洪子俊，从子能、信都跟随他镇守宣府，累军功而官极品。杨洪家族"一门三侯伯。其时称名将者，推杨氏"⑤。杨洪及其家族捍卫边疆的事功与北宋杨业一门较为相似。王世贞(1526—1590)《弇州山人四部稿》卷一百六十一曰："市巷人俚歌，称杨业之子曰杨六郎延昭，延昭之子宗保。宗保子文广征南，陷南中，其事多诬罔……本朝杨武襄洪，子俊，从子信、能，俱有威名，故人以附会业、延昭辈，称'杨家将'，却不足论。"⑥王氏提到杨洪一门被称为"杨家将"，颇可重视。这反映杨家将故事在明代初期很流行。另一方面，正因为有"附会"，那么杨洪家族与瓦剌作战的事迹糅入杨家将故事也说不定。

郑骞指出："戏剧小说敷演古人事迹，往往与作者当时事迹有关，其无意者为'混淆'，其有意者为'影射'。明代边患，始终不绝，边将升沉成败，事迹甚多，所谓杨家将故事，实难免有若干明代'事迹'混淆其中，或借题'影射'，错综变化，遂难彻底究诘。"⑦杨家将故事"有若干明代'事迹'混淆其中"，我还可以找到一个细微例证。《杨家府演义》有一句"神宗大怒，贬胡富辽东口外军"(55/719)，"辽东口外军"应是明人的说法。朱元璋在洪武"四年置定

---

① [宋]岳珂:《鄂国金佗稡编续编校注》，王曾瑜校注，中华书局1989年版，第1613—1614页。

② [宋]李心传:《建炎以来系年要录》卷一百四十三，中华书局1988年版，第2298页。

③ 孙述宇认为，《水浒传》林冲故事袭用了岳飞的材料，林冲杀陆谦这段情节，是水浒故事的说话人对杨存中的惩罚，参看《水浒传的来历、心态与艺术》，台湾时报文化出版事业有限公司1983年再版，第237—238页。

④ [清]张廷玉等:《明史》卷一百七十三，中华书局1974年版，第4610页。

⑤ [清]张廷玉等:《明史》卷一百七十三，中华书局1974年版，第4613页。

⑥ [明]王世贞:《弇州山人四部稿》，台湾伟文图书出版有限公司1976年版，第7344—7345页。

⑦ 郑骞:《景午丛编》下编，台湾中华书局1972年版，第55页。

辽卫,八年改为辽东都司"①。沈周(1427—1509)《用志边军劳苦》诗有句云:"从军莫从口外军,身挟战具八十斤。"②这未尝不能作为六合杨氏家族的征战事迹羼入杨家将故事的旁证。

4.元明时期的杨家将故事

经历宋金争战的"洗礼",杨家将故事迅速壮大,元明两代关于杨家将的材料就明显要比早期多。在杨家将小说刊刻问世之前,这些材料包括元杂剧两本、明代杂剧四本、元明杂剧和传奇残曲(残出或存目)若干,以及为数不少的其他文字记载。这些文字记载以及杂剧和传奇残曲(残出或存目)虽说是一鳞半爪,但对于考察杨家将故事在元明两代的发展情形同样不可或缺。现分类介绍如下③:

(1)元代杂剧

A.《昊天塔》,正名为《昊天塔孟良盗骨》,元朱凯作④,仅存《元曲选》本,题目作:瓦桥关令公显神。剧演杨业和杨七郎托梦杨六郎,六郎才得知父亲撞李陵碑而死,骨殖被辽将韩延寿吊在幽州昊天寺塔尖上,每日轮一百个小军,每人射他三箭,名曰百箭会。杨六郎不忍父亲遗骸受苦,激孟良前往盗骨,自己暗下三关随后接应。骨殖到手后,韩延寿领兵追赶,六郎逃至五台山,幸遇在此出家的杨五郎,遂协力杀死韩延寿,做道场超度令公和七郎。

B.《孟良盗骨》,元关汉卿作,仅存《北词广正谱》所录第一折【仙吕·青歌儿】残曲二句:"算着我今年合尽,来日个众军众军传令。"⑤元明诸家戏曲书目关汉卿名下均无此剧,不知《北词广正谱》所据为何。

C.《盗骨殖》,《录鬼簿续编》失载名氏剧目,题目正名作"杀人和尚退敌兵,放火孟良盗骨殖"⑥,与《昊天塔》剧情相符。不知是否即为《昊天塔》,而题目正名为臧晋叔所窜改。

D.《谢金吾》,正名为《谢金吾诈拆清风府》,元无名氏作,仅存《元曲选》

① [明]魏焕:《皇明九边考》卷第二,四库全书存目丛书本,第29页。
② [明]沈周:《石田翁客座新闻》卷二"边军劳苦"条,续修四库全书本,第87页。
③ 明代相关材料,若能确定是在杨家将小说刊行后编写的,放在第四章介绍;不能肯定其编撰年代的,一并在此处介绍。参看杨芷华:《元明杨家将杂剧考略》,载《宋元文史研究》,广东人民出版社1988年版。
④ 《元曲选》本不题撰人,曹本《录鬼簿》卷下载朱凯作《孟良盗骨殖》,因定此本为朱氏之作。按此本是否即为朱氏作,尚难定论。相关意见参看严敦易:《元剧斟疑》,中华书局1960年版,第654—661页。
⑤ 引自王季思主编:《全元戏曲》第一卷,人民文学出版社1990年版,第457页。
⑥ [明]无名氏:《录鬼簿续编》,中国古典戏曲论著集成本,中国戏剧出版社1959年版,第295页。

本,题目作:杨六郎私下瓦桥关。剧演王钦若唆使女婿谢金吾奏请拆毁杨家清风无佞楼,杨六郎闻知后私自下关探母,部属焦光赞杀死谢金吾一家。事发,王钦若请旨将六郎、光赞斩首,六郎岳母长国姑大闹法场。恰值孟良截获王钦若与辽国通敌书信,王钦若被诛,六郎仍镇守三关。

E.《私下三关》,正名为《杨六郎私下三关》,题目作:王枢密知流二国。曹本《录鬼簿》云为王仲元作①。此剧剧情或与《谢金吾》相同,但不会是同一个剧本。

以上五本(存二佚三)②所述故事无非两个:一为盗骨殖,一为下三关。这是日后杨家将故事的重要情节单元。明代杨家将小说讲述孟良两次盗骨故事:第一次,孟良瞒着六郎,假扮渔翁混入幽州,盗回骨殖;第二次,因前次所盗是假骸,孟良奉令前往盗骨,因失手杀死焦赞,托人捎回骨殖后自杀。这两次盗骨与《昊天塔》截然不同③,当是另有所本。小说叙杨六郎私下三关,与《谢金吾》在谢金吾拆清风府、杨六郎私下三关、焦光赞杀谢金吾、王钦若乃辽国奸细等大关目上是一致的,但也有许多差异④。小说此段取材,应该不止《谢金吾》一剧。

《昊天塔》和《谢金吾》两本杂剧是宋金杨家将故事的演衍,体现了元代杨家将故事发展的两条基本线索。一条围绕杨令公殉节展开,另一条围绕杨六郎镇守三关和反迫害展开。从人物、情节来看,杨家将故事的基本骨架在宋元之际就已经构成,并形成外抗敌国和内除奸臣两大主题,后来的杨家将故事,基本上没有脱离这两个主题。⑤ 但我要指出的是,元杂剧中的杨业诸子之名与《宋史》《烬余录》所载完全不同。这就意味着,宋元之际必定有大量有关杨家将的传说、话本和杂剧,这些杨家将故事之间必定是歧异迭出。两条基本发展线索只是从众多相互歧异的线索中间优选出来的,并不表示宋金杨家将故事仅有这两条线索。

---

① 与《昊天塔》的情形一样,王仲元是否作了《私下三关》或所作《私下三关》是否为别本,也不能完全确定,参看严敦易:《元剧斠疑》,中华书局 1960 年版,第 253—263 页。

② 《盗骨殖》有可能即为《昊天塔》或《孟良盗骨》,所以我们知道的剧目也许只有四种(存二佚二)。

③ 譬如杂剧谓骨殖在昊天塔,小说谓在红羊洞(假)和望乡台(真);杂剧谓六郎前往接应,并在五台山遇见五郎,小说无之,却有焦赞随后前往而被孟良误杀的情节,等等。

④ 譬如小说谢金吾和王钦若同官枢密,杂剧说金吾乃钦若之婿;小说九妹前去三关请杨六郎回府,杂剧谓院公往三关告知六郎不要私自下关;小说八王救杨景、焦赞,免死发配,杂剧谓长国姑劫法场;小说萧后已败,王钦(若)逃遁被擒,验其脚底之字而诛戮,杂剧谓孟良截获王钦若通辽书信,即按验诛之。

⑤ 周华斌:《略谈杨家将故事的历史衍变》,第 5 页,收入周华斌、陈宝富校注:《杨家将演义》,北京出版社 1981 年版。

(2)明代戏曲

A.《开诏救忠》杂剧,全名《八大王开诏救忠臣》,作者失载,脉望馆钞校本。剧演潘仁美陷害杨令公,致使令公撞李陵碑而死,又射死杨七郎。杨六郎突围入京告状,八大王派寇准勘问,寇准设计套取口供,虽将仁美下狱,却适逢大赦。杨六郎痛于父仇难报,八大王暗示六郎到狱中杀死潘仁美,再开读诏书赦六郎死罪。此剧内容与《杨家府演义》相关段落接近,应是后者所本。

B.《活拿萧天佑》杂剧,全名《焦光赞活拿萧天佑》,作者失载,脉望馆钞校本。剧演宋辽交战,杨六郎率军抵御,焦光赞生擒萧天佑故事,不见于小说。

C.《破天阵》杂剧,全名《杨六郎调兵破天阵》,作者失载,脉望馆钞校本。演杨六郎被贬至汝州,王钦若暗中派人取其首级,汝州太守胡祥以死囚代替。辽闻六郎死,举兵犯境,寇准夜观天象知六郎未死,设计宣召六郎领军破天阵。"六郎诈死"和"破天门阵"是明代杨家将小说的大关目,但较杂剧有很多变化:汝州太守叫作张济;宣召六郎的是八王;六郎复出是前往魏府铜台救驾,而非为了破阵;布阵者为吕洞宾,阵设在九龙谷,而非杂剧所说的颜洞宾布阵铜台。①

D.《黄眉翁》杂剧,全名《黄眉翁赐福上延年》,明朝教坊编演,脉望馆钞校本。剧演杨六郎镇守三关,值母寿辰,由寇准奏准其赴京祝寿。仙人黄眉翁因六郎忠孝两全,赠仙桃、仙酒为佘太君祝寿。在杨家将故事的发展过程中,此剧算是可有可无的锦上添花。

E.《三关记》传奇,作者不详,存《焦光赞建祠祭主》一出,收入万历元年(1573)刊行的《词林一枝》。② 焦光赞建祠祭主事不见于小说(小说有岳胜等人建庙祀六郎事),其词多有不同于小说之处:焦光赞杀死的金吾名叫谢廷銮;焦光赞也曾单枪匹马救驾;三郎被俘不屈,跳入油锅,而非被乱刀砍死;七郎被诬私通敌国,圣旨赐一百一十枝花铜宝箭射死。

F.《金铜记》传奇,作者名氏不详,存《六使私离三关》一出,收入万历三十九年(1611)刊行的《摘锦奇音》③,在另一戏曲选本《八能奏锦》(万历元年

---

① 杂剧以颜洞宾为布天门阵者,并非无据。李日华《紫桃轩杂缀》卷之一云:"俗传洞宾戏妓女白牡丹,乃宋人颜洞宾,非纯阳吕祖。"四库全书存目丛书本,第5页上。
② 王秋桂主编:《善本戏曲丛刊》第一辑第4册,台湾学生书局1984年版,第79—86页。按施凤来撰《三关记》(详见第四章第二节)不是此本,但可能以它作为蓝本。(王古鲁:《明代徽调戏曲散出辑佚》,古典文学出版社1956年版,第54页。)
③ 王秋桂主编:《善本戏曲丛刊》第一辑第3册,台湾学生书局1984年版,第251—258页。

刊行)中讹为《金箭记·六使私离三关》①。演杨六郎得到家书,知道奸佞要拆毁天波楼,权衡再三决定下关,情节简单,与《谢金吾》第二折曲文前"白"中所叙无异。它交代杨家父子是被说士游说降宋,与《焦光赞建祠祭主》同(可见《北宋志传》"赵光美奉使说杨业"一段情节必有所本);剧中一句"太平原是将军定,不许将军见太平"也见于《焦光赞建祠祭主》。可以肯定,《金铜记》和《三关记》的编写时间较为接近。

H.《百箭记》传奇,《昆弋雅调》选《令公托梦》。未见,存考。

I.《金牌》,祁彪佳(1602—1645)《远山堂曲品》列入"具品":"杨延昭事,《三关》及此凡两见矣。取境不同,而庸俗则一。"②剧本不传,内容不详。

(3)民间祀神戏

20世纪80年代,一批记载民间迎神赛社活动仪式的珍贵资料陆续在山西发现,它们包括:《迎神赛社礼节传簿四十曲宫调》,简称《礼节传簿》,明万历二年(1574)抄本;《扇鼓神谱》,清宣统元年(1909)抄本;《唐乐星图》,清嘉庆二十三年(1818)抄本③;《迎神赛社祭祀文范及供盏曲目》,简称《曲目文范》,清道光间抄本④。四种资料之中,《礼节传簿》最受瞩目,因为它形成时间最早⑤,又使我们认识到,"形成中国戏曲,还有另一条路子,即由乐舞、叙事乐舞、供盏队戏,哑队戏、正对戏、即从歌舞、叙事歌舞,进而吸收诗赋体念白、诗赞体吟诵,到诗赞体说唱往下延续的板腔体戏曲"⑥。

这批资料提供了大量以前不为人知的剧目,其中杨家将剧目计有:

《礼节传簿》所载正队戏四种:《告御状》《七郎八虎战幽州》《九龙峪八王被困》《大破天门阵》;供盏队戏七种:《两狼山潘杨征北》《七郎回朝》《六郎搬兵征北》《杨宗保救主》《私下三关》《杨宗保取僧代卷》《杨宗保取僧兵代卷》;

---

① 《八能奏锦》原书有缺叶,此出恰在缺叶中。王古鲁认为"金箭记"有讹误的可能,"金铜记"之名较为正确,《明代徽调戏曲散出辑佚》,古典文学出版社1956年版,第53页。

② [明]祁彪佳:《远山堂曲品》,中国古典戏曲论著集成本,中国戏剧出版社1959年版,第88页。

③ 另一残存抄本有"维大明嘉靖元年厶月厶日重抄"字样,说明《唐乐星图》早在嘉靖之前就已经存在和流行。参看李天生:《〈唐乐星图〉校注》,《中华戏曲》第十三辑,第1—117页。与《唐乐星图》出自相同系统的祭神仪式抄本另有十三种,内容不出《唐乐星图》的范围,故从略。参看廖奔:《晋东南祭神仪式抄本的戏曲史料价值》,《中华戏曲》第十三辑,第131—157页。

④ 寒声、栗守田、原双喜:《〈迎神赛社祭祀文范及供盏曲目〉注释》,《中华戏曲》第十一辑,第1—62页。

⑤ 万历二年是抄写时间,学者一致认为,《礼节传簿》形成于明前期,而蔡铁鹰推测明代前期可能只是经过一次修订,它的底本毫无疑问在元代甚至更早的时候问世。参看《西游记的诞生》,中华书局2007年版,第135—137页。

⑥ 寒声、栗守田、原双喜、常之坦:《〈迎神赛社礼节传簿四十曲宫调〉初探》,《中华戏曲》第十三辑,第128页。

杂剧两种:《六郎报仇》和《天门阵》。①

《曲目文犯》所载两种:《天门阵》和《出幽州》。

《唐乐星图》所载杂剧十一种:《杨宗保周台保驾》②、《杨宗保取僧代卷》③、《赵二舍三下河东》《保鸾驾八虎出幽州》《杨六郎击鼓告御状》《杨六郎铜台破天门阵》《杨六郎私下三关》《孟良盗骨什》《瓦桥关孟良错配》《杨六郎三捉孟良》《杨清赫退李王朝》。队戏四种:《六郎大破天门阵》《大破天门阵》《六郎私下三关》《六郎告御状》。另有《杨六郎大破天门阵》角色排场单,照录如下:

宋真宗驾头　　八王子　　寇准　　王强　　孟良　　焦赞　　岳胜　　张盖
木桂英　　六郎　　钟道人　　杨和尚　　扮盛光佛　　九曜　　硕太君　　山老母
柴郡主　　二十四指挥　　肖太后　　洞宾　　韩延寿　　韩延虎　　肖太左
肖大右　　镇八百万番兵摆天门阵(按五斗星、四真星、紫微大帝、九天玄女摆三百六十小阵、一百八十大阵)　　天宝大将　　按五梁刂上散④

结合学者对《礼节传簿》的研究⑤,大致可断定,这三十种剧目是北方戏曲,源于早期金院本和元杂剧,多数形成于元至明正德年间⑥。从剧名看,杨宗保最值得留意,有五种关于他"保驾""救主""取僧兵"的故事。"保驾"

---

① 剧目内容,参看廖奔:《〈迎神赛社礼节传簿四十曲宫调〉剧本内容考》,《中华戏曲》第七、八辑;徐扶明、徐循行:《〈礼节传簿〉剧目补考》,《中华戏曲》第十三辑。按《杨宗保取僧兵代卷》比《杨宗保取僧代卷》多一"兵"字,二者必有一误,徐扶明、徐循行认为该剧讲述杨宗保派遣孟良前往五台山搬请杨五郎下山助战之事,"代卷"可能是"助战"之误。

② 李天生认为"周台"应为"铜台","杨宗保"或为"杨六郎"之误,《〈唐乐星图〉校注》,《中华戏曲》第十三辑,第32页。

③ 李天生推测,"卷"应为"郡",内容当是杨宗保去五台山求五郎下山帮助破辽的事。《〈唐乐星图〉校注》,《中华戏曲》第十三辑,第33页。

④ 抄本原有讹误,参看李天生:《〈唐乐星图〉校注》,《中华戏曲》第十三辑,第105—106页。

⑤ 黄竹三指出"《礼节传簿》所载剧目基本上是北方戏曲"(《我国戏曲史料的重大发现——山西潞城明代〈礼节传簿〉考述》,《中华戏曲》第三辑,第140页),张之中认为队戏的产生,"大约不会晚于宋金之际"(《队戏、院本与杂剧的兴起》,《中华戏曲》第三辑,第157页),《礼节传簿》所载正对戏、院本、杂剧都相当古老,可以追溯到金元,供盏队戏或哑队戏则比较杂,吸收了明代早期剧目(《中国古代戏曲的南北交流——〈礼节传簿〉探索之二》,《中华戏曲》第八辑,第133页),廖奔断定《礼节传簿》和唐乐星图有同源关系,"源头可能会早到明代前期",《礼节传簿》所载多数剧目的"前身可能是词话、平话、讲史甚或民间传说"(《晋东南祭神仪式抄本的戏曲史料价值》,《中华戏曲》第十三辑)。

⑥ 《曲目文范》所载明以前剧目与《礼节传簿》基本相同,不同的是新添了明万历至清初之剧目若干,《天门阵》《出幽州》可能是新添作品。《杨六郎打破天门阵》角色单里出现"王强""扮(炽)盛光佛"(即如来佛),也可能是明嘉靖之后的作品。

"救主"云云,内容不详,大概是早期民间传说。可见,以杨宗保为主角的故事在元明两代大概还有不少。《瓦桥关孟良错配》一目,未见学者考述,我认为可能是讲述孟良强娶百花娘子之事。《杨清赫退李王朝》本事不详,《杨家府演义》所叙杨文广征讨李王故事没有杨清,但在幽州救驾故事中出现杨清,他是魏直手下牙将。这些剧目表明,民间祀神戏保留了宋金时期的杨家将故事,与明代两部杨家将小说有一定距离。

从上列明代戏曲和民间祀神戏可得出如下认识:

首先,与元杂剧的情形一样,杨六郎仍是明代戏曲(含民间祀神戏)世界里的绝对主角。这说明在《北宋志传》和《杨家府演义》之前,元明时期的杨家将戏曲主要围绕杨六郎展开,宋金时期占据同等位置的杨令公故事开始退居其次。

其次,第三代杨家将杨宗保出现在戏曲舞台上,且表现突出。杨文广在戏曲世界里并没有露面,这和《北宋志传》仅在末尾提及他较为一致,而和《杨家府演义》中杨文广的活跃极为不同。角色排场单出现木桂英的名字,这一点很值得注意。

再次,上述明代戏曲作品多半与现存两本元杂剧的题材不同,其情节却在两部杨家将小说中有不同程度的体现。与此相反,一些民间祀神戏的内容又不见于两部杨家将小说。中国戏曲作品一般本于史书、话本或民间传说,凭空结撰者很少。这再次证实,现在所知有关杨家将的话本、杂剧、传奇等作品只是有幸传世(更多的杨家将故事则不幸散佚),明代杨家将小说是综合宋代以来的有关杨家将之各种材料而编成的。

(4)其他记载

除戏曲作品外,元明两代尚有其他关于杨家将故事的文字记载,从中可见元明时期杨家将故事发展的另一侧面。

A.《明成化说唱词话丛刊》多处提到杨家将故事,譬如《新刊全相说唱张文贵传》"武官好个杨文广,正是擎天柱一根。收了九溪十八洞,灭得蛮家化作尘"(2/a)、《新编说唱包龙图断白虎精传》"文官只说包丞相,武官好个姓杨人"(1/b)、《新刊全相说唱足本仁宗认母传》"寡人差杨文广收下九溪十八洞,管得山河铁也似牢"(8/a)、《新刊全相说唱足本仁宗认母传》"因为北番兴人马,来侵大宋不安宁。拜起将军杨六使,侵杀番家马与人。收了番家肖太后,真宗该做太平春"(6/a)之类皆是。唱词表明,杨家将故事是民间说唱文学的主要题材之一。这批成化年间(1465—1487)刊刻的词话在上海嘉定发现,是宣昶妻室棺木中的随葬品。① 宣昶的妻室大概生前喜欢这类唱本,所以死后还要带上它们。

B. 刘元卿《贤奕编》卷三"沈屯多忧"条:"沈屯子偕友入市,听打谈者说杨文广围困柳州城中,内乏粮饷,外阻援兵,蹙然踊叹不已。"②杨文广兵困柳州城是杨家将著名故事之一,《杨家府演义》叙及。刘氏记载证明这个故事所受欢迎的程度。

C. 蒋一葵《长安客话》卷六《畿辅杂记》"古广陵"条:"又有六郎堤,近中亭河,亦延朗筑于水中以渡兵者。今唱本称杨家砦四面皆水,有六十里暗桩,独杨氏马习行之,他马莫能近,虽极张饰,然非无本。"③清代小说《海公小红袍全传》第二十四回叙写杨家将隐居海外岣屺山,四面皆海,只能依靠马踏梅花桩出入,大概就是取材于这类唱本。

D. 王世贞《弇山堂别集》卷二十一"史乘考误二"曰:"金书铁简,此优人弹唱宋八大王事也。"④按八大王是杨家将故事的重要角色,足证这也是弹唱杨家将故事的一条记载。

E. 叶盛(1420—1474)《水东日记》卷二十一"小说戏文"条:"今书坊相传射利之徒伪为小说杂书,南人喜谈如汉小王(光武)、蔡伯喈(邕)、杨六使(文广),北人喜谈如继母大贤等事甚多。农工商贩,钞写绘画,家畜而人有之;痴騃女妇,尤所酷好,好事者因目为《女通鉴》,有以也。"⑤叶氏的这段话说明:第一,故事的流行有地域之分;第二,杨家将小说在 15 世纪前期已有刻本和钞本,而不是仅在口头流传。另外,所谓"农工商贩,钞写绘画,家畜而人有之;痴騃女妇,尤所酷好"云云,恰可与宣昶妻室喜欢唱本的事实互证。

F. 谢肇淛(1567—1624)《五杂组》云:"惟《三国演义》与《钱唐记》《宣和遗事》《杨六郎》等书,俚而无味矣。"⑥据谢氏所记,《杨六郎》应是一部类似于《宣和遗事》的短篇话本,在艺术上较为粗糙。

---

① 对这批词话的详尽介绍,参看赵景深:《谈明成化刊本"说唱词话"》,《曲艺丛谈》,中国曲艺出版社 1982 年版,第 3—10 页;谭正璧、谭寻:《明成化刊本说唱词话十三种》,《评弹通考》,中国曲艺出版社 1985 年版,第 347—381 页。

② [明]刘元卿:《贤奕编》,笔记小说大观本,新兴书局 1984 年版,第 2673 页。戴不凡《小说识小录·杨文广》引《渔矶漫钞》"心疾"条与刘氏所记同(《小说见闻录》,浙江人民出版社 1980 年版,第 288 页)。据清人丁仁《八千卷楼书目》卷十四著录《渔矶漫钞》十卷,国朝雷琳撰,刊本"(续修四库全书本,第 275 页上)可知,戴氏以《渔矶漫钞》为宋人笔记,实误。

③ [明]蒋一葵:《长安客话》,北京出版社 1960 年版,第 110 页。

④ [明]王世贞:《弇山堂别集》卷二十一,中华书局 1985 年版,第 388 页。

⑤ [明]叶盛:《水东日记》,中华书局 1980 年版,第 213—214 页。

⑥ [明]谢肇淛:《五杂组》,中华书局 1959 年版,第 447 页。

G. 宋楙澄（1569—1620）《瞻途纪闻》"郑州"条："宋三关也，小说家称杨业第六子景驻师于此，其死友曰孟良、焦赞，皆勇冠三军。景痛父令公死李少卿碑下，潜使良入虏盗骨归葬。焦属垣知之，私踵良后，乘间先良盗骨。良夜遇之，不知为焦也，自脑后槌之，焦流髓死。良裹令公骨归报与景，心疑焦之窜去。后有自虏中归传焦死令公葬处，萧后大喜，临朝受贺。孟始知向夜击死为焦，痛绝悲思不已，卒自杀。院本亦有偷骨四折，为元人作，造语奇峻，得西京风骨。景累受王钦若诬，贬谪穷海。母佘太君英武不愧令公，子孙多奇迈不羁。相将入太行，屯牧自由，至今尚在，其说多不经。然非令公已下意气绝伦，安能使人千古摩神习习，犹有生气耶？"①宋氏这段话，提供了一些与现存杨家将小说有异的细节：焦赞知道孟良要盗骨，此言因他隔墙偷听得知（"属垣"），小说谓府中众人告知；此言孟良误杀焦赞，当时没有察觉，自己带着骨殖返回，小说谓孟良即时发现误杀焦赞，托人捎回骨殖后自刎殉友；此言六郎被贬谪穷海，小说谓六郎先后贬至郑州、汝州。不过，杨氏子孙入太行山与《杨家府演义》相符，这说明宋氏所记"小说家称"更接近《杨家府演义》。《瞻途纪闻》收入《九籥集》，后者有谢廷谅撰于万历壬子（1612）的《九籥集序》，比《杨家府演义》的刊刻晚六年。饶是如此，这一可能仍不能排除：宋氏看到的本子是今存《杨家府演义》据以改编的旧本。

　　上引七条记载说明，明代杨家将故事同时凭借话本小说、口头说唱及其唱本的形式广为流传。小说和说唱作品视杨六郎为杨家将故事的中心人物。但一个突出现象是，杨文广作为日后杨家将故事的重要角色，突然在民间说唱世界里极度活跃起来。"武官好个杨文广"之类的唱词，显示他已取得和包拯、狄青并驾齐驱的资格；"杨六使（文广）"或"杨六使、文广"的记载，表明他在杨家将故事中的重要性足以和父亲相比——不论是杨六郎的"六使"专称误用在杨文广身上，还是杨文广和杨六郎同列。这与杨文广在元明戏曲舞台上的缺席适成对比，而和他在《杨家府演义》里的表现吻合。联系《北宋志传》里杨文广的"神龙一现"，同时注意叶盛对"南人"和"北人"的区分，有把握推断：杨文广故事是南方说唱文学世界的产物，《杨家府演义》继承的是南方说唱文学系统。与此相反，《北宋志传》继承的是北方戏曲文学

① ［明］宋楙澄：《九籥集·瞻途纪闻》，续修四库全书本，第689页。

系统,杨令公、杨六郎、杨宗保故事属于这个文学系统。① 对此论断需要补充一句,鉴于成书之前的《杨家府演义》和《北宋志传》相互间有影响,两个文学系统的区分并非绝对的,本书仅据哪个系统成分在小说中占更大比重而言。明确这一点,对于理解明代两部杨家将小说的版本关系、故事系统和成书过程非常关键。

综合本节所述,杨家将故事在南宋时期的壮大,与抗金斗争的人和事息息相关。南宋忠义人和抗金将领在明代杨家将小说中留下影子,就是最好的证明。宋元之际,杨家将故事围绕抗外敌和除内奸两条思想主线展开,杨令公、杨六郎这两代杨家将故事的大致轮廓成形。元至明代(限小说成书前),杨令公的故事基本定型,杨家将故事主要围绕杨六郎讲述。第三代杨家将杨宗保虽然出现在戏曲舞台,但"戏份"相对不够。民间祀神戏《杨六郎大破天门阵》里出现木桂英这个角色,很可能是晚期添加进去的。与此同时,在南方说唱文学系统中,杨文广作为第三代杨家将"异军突起",成为足以与杨六郎抗衡的故事人物。明初六合杨氏家族与瓦剌作战的事迹也可能被附会到杨家将故事中。

第三节 播州杨氏与杨家将故事的变异

通过比较、分析宋代以来有关杨家将故事的各种资料,我在上节提出一个论断,即《杨家府演义》和《北宋志传》整体上各自代表不同的文学系统,小说中的杨文广故事来自南方说唱文学世界,而小说中的杨令公、杨六郎、杨宗保故事属于北方戏曲文学系统。我们比较的结果又显示,除民间祀神戏偶然出现一次"木桂英"的名字外,以她为代表的杨门女将在之前的杂剧、传奇、话本、小说、词话、唱本等作品里不见任何踪迹,她们似乎是突然在明代两部杨家将小说中现身并大展身手。为什么会这样呢? 要回答这个问题,

---

① 在分析杨家将小说的素材构成时,上田望把破天门阵故事(《北宋志传》第 32—38 回,《杨家府演义》第 25—32 则)视作杨家将平话 B,把《北宋志传》第 33—35 回、《北宋志传》第 16—45 回的内容(相当于《杨家府演义》的第 1—40 则,破天门阵故事除外)称为杨家将平话 A。又以杨家将平话 C 指代《北宋志传》第 46—50 回的杨宗保征西夏故事,以杨家将平话 D 指称《杨家府演义》第 41—58 则所述的杨宗保征侬智高、杨文广征李王、杨怀玉上太行等故事。他认为,杨家将平话 A 以杨业、杨五郎、杨六郎为中心人物,与话本《杨令公》《五郎为僧》等故事系统联结在一起。从 A 故事与很多元杂剧的情节相似这一点来看,A 故事可能起源于北方。而杨家将平话 B、C、D 则可能是以南方讲唱艺术为基础的。参看《講史小説と歴史書(3)——〈北宋志伝〉、〈杨家将演義〉の成書過程と構造》,《金泽大学中国语学中国文学教室纪要》第 3 辑(1999 年),第 5—7 页。

必须考察杨家将小说与播州杨氏家族的特殊关系。

1. 小说的西南气息和地理错位

若从故事发生的地域考虑,杨家将祖孙三代主要活动在西北、华北地区(杨文广在广南西路不过七八年的时间),但杨家将小说的西南气息并不比西北气息淡薄多少。《杨家府演义》所述杨宗保征侬智高故事自不待说,其他故事不经意间也会漏出一股西南地区的气味。譬如《杨家府演义》"十二寡妇征西"明明是写西征,却莫名其妙插入一首诗:

> 威镇边关独擅名,激扬荆楚鬼神惊。
> 遥思白璧还朝重,谁为黄金博带横。
> 月照罗浮炎瘴灭,风行海岛蜒烟清。
> 家山咫尺人千里,翘翘依依望岭云。(55/728—729)

诗中"激扬荆楚""罗浮炎瘴"和"海岛蜒烟"等词句,可证杨文广征讨李王故事不完全是征西,而杂糅了某个征南故事的因素。

与此呼应,《北宋志传》叙杨宗保征讨西夏,几番交锋后,西夏李穆王关心的是:"近日西南兵势若何?"(47/887)刘青向宋真宗奏称战况,第一句话是"往日西南交兵,互有胜负"(48/896)。两个"西南",又可证这个发生在西北的争战故事,可能原本属于西南地区。

还有一个类似例子。《北宋志传》讲述杨六郎魏府铜台救驾后,功授三关都巡节度使,乃与岳胜、孟良等军马望三关进发。小说此处有诗赞道:

> 大将南征得胜回,旌旗云拥后军催。
> 须知此去存威锐,竟使皇家诏旨来。(31/763)

据郑骞考证,"魏府"即今河北大名,"铜台"应为"铜雀台"之讹,在今河南临漳县,离大名很近。[①] 所以,杨六郎召集三关旧部前往魏府铜台救驾,应该称为"征北"(按《礼节传簿》载《六郎搬兵征北》剧目,或即指此事而言)。"大将南征得胜回"云云,纯属"南辕北辙"! 很可能,这首诗是从一个征南故事里抄来的。

---

① 郑骞:《景午丛编》下编,台湾中华书局1972年版,第47页。

饶有趣味的是,杨家将小说多处地理错位,往往伴随着西南地名的突兀出现。

例一,《北宋志传》叙杨六郎决定私离三关,他吩咐岳胜谨守边境,又说:"待焦赞问我所在,只说往眉山打猎未回,不可漏此风与知。"(27/723,《杨家府演义》仅言"打猎去了"。)按眉山,眉州属县之一,宋代属成都府路。三关与眉山,一个属河北路,一个在成都府路,杨六郎怎么可能会用这样不着边际的借口来搪塞焦赞呢?

例二,《北宋志传》写杨六郎要召集旧部兴兵救驾,"先往邓州界访问焦赞消息,并无下落。行到锦江口,见一伙僧家,卿卿哝哝而过"(30/746,又见《杨家府演义》21/295)。按锦江,岷江分支之一,也在成都境内。又查《中国历史地图集·宋辽金时期》(图 29—30),北宋时期夔州路的田氏境内有锦江(南宋、元时属思州,明时改为铜仁大江,属铜仁府),流经江口、铜仁。不管所指何处,六郎从汝州到邓州,都不可能经过锦江口。

例三,《杨家府演义》叙杨六郎三关宴诸将,有句云:"忽近臣奏曰:'西洋国进贡大宋一匹骗骊良骥,路经幽州,被守关军人夺来。'"(14/189)按周致中《异域志》卷之上有"西洋国"条,陆峻岭注曰:"明代称印度洋为西洋,此西洋国即今印度西海岸之科泽科德(Calicut)。"①这个西洋国向大宋进贡骗骊良骥,是不必绕道幽州的。

这种种地理错位和小说的西南气息,让我们有理由初步推测,杨家将故事可能在西南地区发生一些大的变化,两部小说掺杂了性质迥异的属于西南地区的杨家将故事。播州土司杨氏家族的存在,为这个推测提供了向前推进一步的可能。

2. 播州杨氏对家族史的制作

播州,古夜郎且兰地,汉属牂牁,唐贞观中置播州,是为播州得名之始。唐末,南诏陷播州。杨端应募复之,为播人所怀服,历五代,子孙世守其地。宋大观二年(1108),即播酋所献地分建为播州、遵义军。元设播州宣抚司。明置播州宣慰司。万历年间,播州杨应龙叛。事平,分其地为遵义府(隶四川)和平越府(隶贵州)。播州杨氏,自始祖杨端传至杨应龙,历二十九世,统治播州七百余年,缔造了一个雄踞西南的土司政权。"西南夷族之大,盖自

---

① [元]周致中著、陆峻岭校注:《异域志》,中华书局 2000 年版,第 23—24 页。

汉之夜郎、唐宋之南诏、大理而外，无出其右者。"①

关于播州杨氏家族，较早的完整记载见于明初宋濂（1310—1381）所撰《杨氏家传》。在这篇长文中，宋濂主要追述播州杨氏家族的来历和世系，其中有一段话颇堪注意：

> 贵迁，太原人，与端为同族。其父充广，乃宋赠太师中书令业之曾孙，莫州刺史充本州防御使延朗之子。尝持节广西，与昭通谱。昭无子，充广辍贵迁为之后。自是守播者，皆业之子孙也。②

《杨氏家传》必定是宋濂根据播州杨氏家谱而写，而所谓"通谱"，也必定是杨氏家谱已有的说法。换句话说，至迟在元末明初，播州杨氏开始对外声称自己是杨家将后裔。王世贞相信这个通谱的说法，认为"充广"即《宋史》所记载的"文广"，"家传不言文广而云延（引按当为'充'之误）广，盖以第三世复有文广，故讳之耳"③。但据谭其骧考证，这是播州杨氏汉化后的依附虚构之辞，不足征信，《杨氏家传》中"其先太原人"的说法，是宋末明初之间编造出来的，亦不足信。④ 我赞同谭氏之言。

杨业后裔之说是播州杨氏攀附名门、自抬身价的宣传策略，是播州杨氏对家族史的精心制作。这种祖源制作背后的意图可能有二：一是对内塑造汉族征服者形象，巩固本家族对播州这片蛮夷居住之地的统治权威。唐时入播者以及元明时期的播州土官，大都称其始祖为外地汉族，意图不外乎此。二是对外塑造忠义者形象，保证本家族统治权威不受中央政权的猜忌。洪武五年（1372），当时主政播州的杨铿打消观望心态，向明朝进贡方物，以示臣服之意。⑤ 联系这一背景考虑，播州杨氏刻意通过名儒宋濂来传播自己乃杨家将后裔的信息，可谓意味深长。

3. "杨氏家传"在小说中的投射

播州杨氏以杨家将后裔自居，一方面证明元明之际杨家将故事已传入西南地区，另一方面似乎又暗示，播州杨氏家族和杨家将故事之间有某种联

---

① 谭其骧：《播州杨保考》，《长水集》上册，人民出版社 1987 年版，第 261 页。
② ［明］宋濂：《宋学士文集》卷第三十一，四部丛刊初编本，叶二（b）。
③ ［明］王世贞：《弇州山人四部稿》，台湾伟文图书出版有限公司 1976 年版，第 7345 页。
④ 参看谭其骧《播州杨保考》《〈播州杨保考〉后记》两文，俱收入《长水集》上册，人民出版社 1987年版。
⑤ ［清］张廷玉等：《明史》卷三百十二，中华书局 1974 年版，第 8039 页。

系。对此,小松谦曾猜测:"播州杨氏有文广这样的人物,贵迁讨伐侬智高,以及因叔父背叛而丧失性命等等,让人觉得这就是杨文广讨伐侬智高和身'陷南中'故事的原型了。"①付爱民也撰文就这个问题做了进一步论述②。在充分考虑两家意见的基础上,我将播州杨氏和明代杨家将小说的关系概述如下:现存两部明代杨家将小说有影射播州杨氏家族史的内容,穆桂英形象和杨文广故事源于播州杨氏与周边部落之间的争战事迹。这些与播州杨氏相关的痕迹,可能是播州杨氏将家族史事渗入当时已经成型的《杨家府传》或《杨六使》的结果③,也可能来自一个专门讲述播州杨氏家族史的旧本《杨家府》,或曰小说化的《杨氏家传》。为方便下文讨论,现以世系为序,制成播州杨氏历代征战简表,见表5:

表5 播州杨氏历代征战简表

杨氏世系	征战内容	资料来源
端	唐乾符三年,破南诏,复播州。	《杨氏家传》
牧南		
部射	伐罗闽,闽附南诏,力战死。	《杨氏家传》
三公		
实	讨小火杨及新添族。	《杨氏家传》
昭	平邕广之侬智高,被旨讨泸。	《杨文神道碑》④
贵迁	叔蚁结闽为乱,败之,蚁亡入闽;欲击侬智高,暴疾,还,途中被刺杀。	《杨氏家传》
光震	平泸南夷罗乞弟及其闽党宋大郎⑤。	《杨氏家传》
文广	杀理郭;平老鹰砦獠穆族之叛;讨西平猺视诸蛮。	《杨氏家传》
惟聪	叔祖光明欲行加害,事败,入闽死;李献发兵入播,败之;弟惟吉作乱,诛之。	《杨氏家传》
选	弟逡谋入闽作乱。	《杨氏家传》
轸		

① [日]小松谦:《中国历史小说研究》,汲古书院2001年版,第204页。原文为日文。
② 付爱民:《明代杨家将小说的发展与播州杨氏家族》,载蔡向升、杜雪梅主编:《杨家将研究·历史卷》,人民出版社2007年版,第476—486页。
③ 付爱民即持此说。见《明代杨家将小说的发展与播州杨氏家族》,蔡向升、杜雪梅主编:《杨家将研究·历史卷》,人民出版社2007年版,第479页。
④ 贵州博物馆《遵义高坪"播州土司"杨文等四座墓葬发掘记》(《文物》1974年第1期)一文的附录。上、下文阙,姑系于此。
⑤ 据苏轼《答李琮书》所记,杀宋大郎者为杨贵迁。《苏轼文集》,中华书局1986年版,第1434页。

续表

杨氏世系	征战内容	资料来源
轼		
粲	帅师征讨吴曦;斩南平夷穆永忠;败闽酋伟桂于滇池;诛杨焕,平下杨。	《杨氏家传》
价	端平中,解青野原之围;戍夔峡,击退元军;嘉熙初,屯兵江南,与宋军互为声援,元军不敢犯。	《杨氏家传》
文	嘉熙中,禀父命,遣赵暹戍岷江;淳祐八年,助蜀帅俞兴西征;淳祐十一年,命赵寅从余玠伐汉中;淳祐十二年,解嘉定围;宝祐三年(《家传》作二年),遣弟大声统兵阻击元军;宝祐五年,元军将入播,遣兵设防,谕降闽酋勃先;六年,解渔城围,灭乌江寇;景定间,战礼义山、悬壶平。	《杨氏家传》《杨文神道碑》
邦宪	大败闽众于乌江,擒其酋罗汝;复败闽,获酋长阿鲊,数其罪而释之;至元十九年,罗氏鬼国叛,从李德辉讨平之;助元征缅。	《杨氏家传》《元史》、姚燧《中书左丞李忠宣公行状》
汉英	大德五年,助刘深讨八百媳妇国;六年,从刘国杰平闽妇蛇节、宋隆济;延祐五年,征南蛮芦莽。	《杨氏家传》《元史》、许有壬《刘平章神道碑》
嘉贞		
忠彦		
元鼎		
铿	明朝征讨云南,为先锋。	《明史》
昇	招谕草塘、黄平、重安所辖当科、葛雍等十二寨蛮人来归;剿清水江叛蛮。	《明史》
纲		
辉	征铜鼓、五开叛苗;攻败湾溪、夭坝干地诸苗。	《明史》
爱	从剿苗蛮;以平苗功受赐;奉调征贵州贼妇米鲁。	《明史》
斌	平普安蛮。	《播雅》
相		
烈	与水西构难,杀其长官王黻。	《明史》
应龙	从征喇嘛诸番;协防松潘;随征蜀建昌蛮。	《明史》《黔中平播始末》

　　播州杨氏征战事迹在明代杨家将小说里的投射,主要集中在杨文广征西番、杨宗保征侬智高两个故事之中。

《杨家府演义》第五十至五十七则讲述杨文广征讨西番新罗国。"新罗"乃朝鲜古称,小说随意捏合,大概是受薛仁贵征东故事的影响。西番"即土番,亦名巴苴,居金沙江边"①。在宋元争战中,西番诸部配合蒙古大军,与宋为敌。淳祐八年(1248),杨文率兵五千人随俞兴征西,擒其酋长秃懑于大渡河。杨文广征西番的名目,或由杨文征西番部落而来。但这个故事的素材,主要取自播州杨氏与罗罗族世代相攻的历史。

罗罗,又称罗鬼、罗闽,今彝族先民。彝族起源的主源是以黄帝为始祖的"早期蜀人",继为融合"早期蜀人"东夷族系的"昆"(昆明、昆弥),"昆"又融合于炎帝一系开明氏之蜀的后裔"叟"。之后的彝族族称,在南北朝至唐时期为"爨"(黑爨),唐宋为"乌蛮",元明以来为"罗罗"。②与播州杨氏世相仇杀的"闽",就是罗罗居住在水西的一支。郑珍(1806—1864)《白锦堡考》引《杨氏家传》记载杨实弟先、蚁拥兵事的一段文字,之后按语:"所称闽,或称罗闽,即指今水西。"③郭子章(1542—1618)《黔记》卷五十七《故宣慰列传·播州杨氏》:"当时,宋隆济、蛇节叛,隆济,今洪边族。蛇节,今水西族也。元人籍杨氏力讨平之。"④俱可为证。

彝族先民融合了炎帝一系的后裔"叟",所以,作为炎帝文化特征之一的"神守—鬼主"制度,在彝族先民"爨"及其后裔"乌蛮""罗罗"统辖的地区内广泛建立。它们的部族首领,号称"(都)鬼主",意为"神守"。⑤有关这一称号的记载,不在少数。譬如樊绰《蛮书》卷一说"东爨乌蛮……大部落则有鬼主"⑥,《宋史·蛮夷四》称"夷俗尚鬼,谓主祭者鬼主,故其酋长号都鬼主"⑦,等等。鬼主在族邑内实行"神守—鬼主"制,同时也接受中原王朝赐封的官衔。如《新唐书》载:"开成元年,鬼主阿佩内属。会昌中,封其别帅为罗殿王,世袭爵。其后又封别帅为滇王。"⑧西番主将张奉国号称"鬼王",大概就是这类部落首领。杨文广所征"西番"以及杨宗保所征西夏,原型主要是播州西南的水西闽族(前文指出"西南"在《北宋志传》征西夏故事里出现两次,至此不言而喻)。咸淳二年(1266),闽入寇,杨邦宪"大败闽众于中流,斩首

① 〔清〕阮元声:《南诏野史》下卷"南诏各种蛮夷",巴蜀书社 1998 年影印胡蔚刻本,叶三十一(b)。

② 易谋远:《彝族史要》下册,社会科学文献出版社 2000 年版,第 544—545 页。

③ 〔清〕郑珍:《郑珍集·文集》,贵州人民出版社 1994 年版,第 17 页。

④ 〔明〕郭子章:《黔记》,北京图书馆古籍珍本丛刊本,第 969 页。

⑤ 参看易谋远:《彝族史要》下册,社会科学文献出版社 2000 年版,第 546—563 页。

⑥ 〔唐〕樊绰:《蛮书》,巴蜀书社 1998 年版,叶四(b)至叶五(a)。

⑦ 〔元〕脱脱等:《宋史》卷四百九十六,中华书局 1985 年新 1 版,第 14231 页。

⑧ 〔宋〕欧阳修、宋祁等:《新唐书》卷二百二十二下,中华书局 1975 年版,第 6319 页。

千级,擒其酋罗汝归"①。《杨家府演义》描写鬼王被堵在江里,几次变化不能逃脱,最终被擒,这个情节即脱胎于此,还可能糅进了杨文在大渡河擒获秃潓的战绩。另,"叟"的先世来源为炎帝一系的楚人,而楚人"信巫鬼,重淫祀"②。小说后半段,杨宗保、杨文广、宣娘、八臂鬼王等人能呼风唤雨、变来化去乃至上天入地,恐怕是受西南地区楚巫文化浸染的结果。

杨宗保征侬智高故事(《杨家府演义》第四十一至四十五则)本于北宋皇祐年间的侬智高之乱,杨文广从征,也和史事相符。然而小说里的杨文广应指播州杨文广(详后),杨宣娘的原型则可能是播州杨氏家族一位能征善战的女子。袁桷(1266—1327)《黄宗道播州杨氏女》一诗描写播州杨氏女子的勇武:

> 长头黑发垂玄云,矫矫马首双手分。雕弓宝刀左右挟,欲领铁骑趋昆仑。前关涛涌如坏墙,后砦百溜奔溪箐。群蛮簇唇争叫嚣,云是杨家女子功最高。旋如长蛇转空洞,快若俊鹘凌风飘。还家膏沐带簪珥,父母见之眼垂泪。君不闻木兰女儿着金铠,年少从军颜不改。一朝脱役归故乡,乐府相传至今在。③

诗中武艺高强、威慑群蛮的杨氏女子,与小说中法术高妙、降服五国蛮王的宣娘不无相似之处。

如果承认杨宗保征侬智高故事有影射播州杨氏的内容,那该故事出现的几个古怪国名似可解释。小说叙述侬智高杀入南蛮水德国,称侬王天子。又借五国蛮兵相助,这五国分别叫交趾国、罗暹国、捍坪国、乌扎国和打煎国。交趾和罗暹指现在的越南和泰国。乌扎国疑即乌仗那国,周致中《异域志》卷之上有"乌仗那国"条,陆峻岭注曰:"乌仗那亦译作乌苌、乌场,为Uddiyana,Oddiyana对音,在今印度河上游及斯瓦特(svat)地区。"④其他三个大概是播州周边的少数民族部落。南蛮水德国疑指水德长官司(今贵州思南)。《明史考证攟逸》云:"水德江本水特姜长官司,元属思州,洪武初改名,属思南,永乐十二年属府,万历三十三年改置安化县。"⑤郭子章《黔记》

---

① [明]宋濂:《宋学士文集》卷第三十一《杨氏家传》,四部丛刊初编本,叶五(b)。
② [汉]班固:《汉书》卷二十八下,中华书局1962年版,第1666页。
③ [元]袁桷:《清容居士集》卷第四十五,四部丛刊初编本,叶十。
④ [元]周致中著、陆峻岭校注:《异域志》,中华书局2000年版,第24页。
⑤ [清]王颂蔚:《明史考证攟逸》卷三十八,嘉业堂丛书本,叶二十二(a)。

亦云:"(万历三十三年秋九月)戊戌,改水德长官司为安化县。"①箄子坪长司官(今湘西吉信),明永乐三年(1405)设,隶保靖州军民宣慰使司②,它可能是捍坪国所本。打煎国似指打煎炉(今四川康定)。《打箭炉志略》曰:"打煎炉,雅州府西南五百九十里。□□南□地相传蜀汉诸葛武侯征孟获,遣郭达造箭于此。"③播州杨氏在向周边拓展的过程中,势必要和周边族群发生争战。播州杨氏也曾随元朝大军远征缅甸。上述古怪国名,很可能是它们的隐晦反映。

付爱民认为,《杨家府演义》的后续两段故事(即征侬智高和征西番)属播州杨氏后人刻意附会之作,遵循这条思路,可以解释杨家将小说许多新增内容的来历。譬如川贵一带土司的妻室往往主持政务、军事,杨门女将的产生应由此获得灵感;杨六郎收服三关众将,可能是播州杨氏以武力平服周边少数民族的体现;小说中孟良所据山寨叫"可乐洞",或与播州宣慰司东南的"葛浪洞"有关;杨宗保死于刺客行刺,与杨贵迁被川南酋长拦截杀死有几分相似;三次盗马情节,是对播州地区缺少土产良马现实的一个体现,等等。④这是很有眼力的观察。同样道理,将播州杨氏家族考虑进来,小说的西南气息和地理错位就很好理解,小说的一些细节也可解释得比较圆满。

前文所举地理错位的第一个例子,"眉山"一词极可能是杨价、杨文父子抗击元军事迹的遗留。《杨文神道碑》记载杨文向制使余玠条陈保蜀之上策:"连年虏寇如蹈无人之境,由不能御敌于门户故也。莫若近司利阆之间,节次经理三关,为久驻计,此为上。"⑤这里的"三关",应指武休关、仙人关、七方关⑥。南宋在川陕一带布置防御体系,以"三关五州(阶、成、西和、凤、天水军)"为要冲。从此处"三关"到眉山打猎,自然要比杨延昭镇守的"三关"来得合乎情理些。播州杨价、杨文一生抗元,播州兵是南宋守蜀官员倚重的劲旅,"孟珙宣抚荆湘,余玠制置西蜀,皆倚价为重"⑦。他们的功绩,足

---

① [明]郭子章:《黔记》,北京图书馆古籍珍本丛刊本,第38页。
② [清]张廷玉等:《明史》卷三百十,中华书局1974年版,第7995页。
③ 吴丰培整理:《打箭炉志略》"建置",中国民族史地资料丛刊之十三,叶一(a)。
④ 付爱民:《明代杨家将小说的发展与播州杨氏家族》,蔡向升、杜雪梅主编《杨家将研究·历史卷》,人民出版社2007年版,第480—482页。按杨宗保并非遭人行刺而死,而是死于疾病,杨贵迁因暴疾还师,途中遇害身死,其间的移花接木很明显。
⑤ 贵州省博物馆:《遵义高坪"播州土司"杨文等四座墓葬发掘记》,《文物》1974年第1期,第70页。《杨氏家传》所记文字稍异,也有"经理三关"四字。
⑥ 常征引用《杨氏家传》这段文字时,径直改"三关"为"武休、阳安、大散诸关",未知何据。《杨家将史事考》,天津人民出版社1980年版,第245页。
⑦ [明]宋濂:《宋学士文集》卷第三十一《杨氏家传》,四部丛刊初编本,叶四(b)。

以让播州杨氏家族引以为豪。虽然余玠并没有采纳"经理三关"之上策,但说不定,播州曾流传过杨文镇守三关、抗击元军的故事。

所举地理错位的第二个例子,锦江口无论是在成都还是在思州,都属播州附近地区。播州杨氏历代向外拓展辖地,活动足迹必然及于周边区域,这个地名大概也是讲述播州杨氏征战事迹的故事所留下来的。

大破天门阵故事有一段小插曲,讲述杨宗保在红垒山得擎天圣母娘娘传授兵书之事。这个"红垒山",或由"玉垒山"讹变而来。玉垒山是四川名山,万历年间坍塌。① 清陈祥裔《蜀都碎事》卷一记曰:"玉垒山在灌县。众峰丛拥,远望无形,惟云表崔嵬,稍露山石。莹洁可为器,亦碔砆之类。"②这与小说所写的"穷源僻坞""两边树木茂密"以及神秘氛围较为吻合。我颇疑心小说原本作"玉垒山",后因此山坍塌不存,今本编撰者顺手就将它改成今名。所幸另一处被疏忽,成为漏网之鱼。《杨家府演义》有诗曰:"坐筹玉垒智谋深,训练强兵贯古今。自顾勤劳甘百战,白头不改少年心。"(43/584)"坐筹玉垒"云云,或许是杨价、杨文父子在玉垒山某次抗元战斗的遗痕,这证实我的猜测当不至于大谬。

两部小说的十二寡妇征西故事都有刘青变犬突围的情节(《杨家府演义》55/718,《北宋志传》48/895),《北宋志传》又叙孟良"变作一番犬,入驸马府中见四郎",告知取发之事后,"仍复变形而出"。(35/790)杨家将部属竟然变作犬形,不免令人惊诧:为什么不是其他变化呢? 这应与南蛮祖先槃瓠传说有关。岑家梧(1912—1966)的研究告诉我们:槃瓠传说有狗女婚配而生其族和以狗有功其族两大类型;槃瓠狗王是南蛮的图腾,狗受到普遍崇拜;所谓槃瓠之后的蛮夷计有苗、瑶、畬、獠、獞和仡佬,瑶、畬二族至今尚保留着狗女婚配而生其族的槃瓠传说。③ 而郭子章《黔中平播始末》说:"播贼杨应龙者,槃瓠遗种、夜郎支酉。"④播州杨氏乃槃瓠之后⑤,可能保留了对狗的图腾崇拜习俗。因而在西南地区流传的杨家将故事里,英雄变作狗不足为怪。

---

① [明]李化龙:《平播全书》卷三云:"玉垒,蜀之望山,乃至坍塌倾裂,远近惊骇。"丛书集成初编本,第98页。

② [清]陈祥裔:《蜀都碎事》,四库全书存目丛书本,第27页。

③ 参看岑家梧:《槃瓠传说与瑶畬的图腾制度》,《西南民族文化论丛》,岭南大学西南社会经济研究所,1949年,第53—74页。

④ [明]郭子章:《黔中平播始末》,四库全书存目丛书本《蠙衣生传草》卷之十四,第184页。

⑤ 关于播州杨氏的族属,学界有罗族说、苗族说、汉族说、仡佬族说、僰人说、僚人说等意见。参看王兴骥《播州杨氏族属探研》一文的介绍,《贵州文史丛刊》1990年第4期。

《杨家府演义》十二寡妇征西故事另有"三军裹布化作虎"情节,略云:宣娘命军士用黄布裹头,与敌交战之际,吹气一口,宋兵自觉力气倍增,番军看见城中出来的、城外进来的都是黄斑猛虎,由是大败。故事怪异,却有所本。道光《贵阳府志》载:"苗民无城郭,或三十家,五十家,据险而居,以防弋获。每一处合募一勇士,号曰'老虎',饮食供奉有加焉。战则老虎当先,指挥调度,合诸苗计之,为老虎者不知其几千百也。"①小说描写的化虎军士,大概就是指这类号称"老虎"的苗民。播州杨氏"世抚诸苗"②,播州兵自然包括大量苗民。杨应龙主政播州时,特意"选枭勇善战者七八千人豢养之,名老虎军"③。所谓"老虎军",应即由这类苗民构成。

以上围绕西南气息、地理错位,以及小说内容和杨氏事迹的对应关系,论证播州杨氏与杨家将小说之间的密切关系。下面着重探讨穆桂英形象、杨文广故事与播州杨氏家族的联系。

4. 穆桂英的原型问题

穆桂英这个形象的原型是谁?学界有种种猜测。流行的看法以为是慕容氏④,常征觉得还应加上播州杨文广攻打獠穆族山砦这个因素⑤。另一种看法认为是么些女子,卫聚贤猜测道:"云南丽江的么些,其酋长称木天王……或者杨文广征广西时娶么些的女子为妻,亦未可知。"⑥任乃强(1894—1989)持相似意见,他说:"俗传穆桂英杂剧,其父曰穆天王,其将曰木瓜,盖即隐写摩些故事也。"⑦当然也有学者否认原型的存在,马力就指出:"'穆桂英'这个名字,纯粹是因为小说故事情节发展的需要而衍生出来的,她和慕容氏其人,是毫无关系的。"⑧"慕容氏"和"獠穆族"两种说法认

---

① (道光)《贵阳府志》余篇卷十九"杂识上",中国地方志集成·贵州府县志辑本,第275页上。
② 《明实录》卷之三百五十四云:"国初名铿者纳土归降,高皇帝还其地,授宣慰使,予敕印,令世抚诸苗,子孙相继不绝。"台湾"中央研究院"历史语言研究所校印本,1962年,第6631页。
③ [明]诸葛元声《两朝平攘录》卷五上,续修四库全书本,第192页下。
④ 参看卫聚贤《杨家将考证》,《说文月刊》第四卷合刊本,1944年,第857页;翦伯赞《杨家将故事与杨业父子》,《中国史论集》第二辑,国际文化服务社1948年再版,第220页;郑骞《景午丛编》下编,台湾中华书局1972年版,第39页;郝树侯《穆桂英其人》,《山西大学学报》1978年第1期;等等。汤开建《穆桂英人物原型出于党项考》(《西北民族研究》2001年第1期)认为"穆桂英形象有可能取材于环州党项部落慕容家族之事迹",这可视为"慕容氏"说的变通。
⑤ 常征:《杨家将史事考》,天津人民出版社1980年版,第277—280页。
⑥ 卫聚贤:《杨家将考证》,《说文月刊》第四卷合刊本,1944年,第857页。
⑦ 任乃强:《西康图经·民俗篇》,新亚细亚学会1934年,第315页。
⑧ 马力:《真中有假假亦真——论穆桂英的衍化和杨宗保其人》,《明报月刊》第15卷第3期(1980年3月),第75页。

"流"为"本"——将演化过程羼入的素材当作原型，它们有助于了解穆桂英形象的演变，却无助于解决她的原型问题。否认原型的意见有偷换概念之嫌，我完全赞成"穆桂英"这个名字很可能真是因故事需要而衍生出来的，但同样坚持这个名字所指的那个形象当有其原型。我认为，卫聚贤和任乃强的推测比较接近事实，值得进一步探讨。先看明代两部杨家将小说对穆桂英的介绍：

> （孟）良即辞五郎，径望木阁寨来。恰遇寨主，乃定天王沐羽之女，小名木金花，别名木桂英。生有勇力，箭艺极精，曾遇神授三口飞刀，百发百中。（《北宋志传》35/794）
>
> 孟良辞别五郎，竟往木阁寨而去。却说木阁寨主，号定天王，名沐羽。有一女名木金花，又名木桂英。生有勇力，曾遇神女，传授神箭飞刀，百发百中。（《杨家府演义》28/38）

由引文可知，"穆桂英"原作"木桂英"，又叫"木金花"，其父号"定天王"。定天王既为桂英之父，名字自应作"木羽"（"沐"大概只是刻写之误，不过也能让人联想到明初平定云南的沐英），所以可称"木定天王"。这个称号，很容易和云南丽江木氏称"木天王"联系起来。

丽江木氏，原为丽江纳西（古称么些）土酋。元世祖征大理，其酋阿琮阿良迎降，授茶罕章官民官，赐地丽江郡，势力始盛。[①] 明洪武十五年（1382），其酋阿甲阿得率众首先归附，朱元璋赐以木姓[②]。元明两代，丽江木氏向北扩张，不断与吐蕃发生争战，至万历间，"自维西及中甸，并现隶四川之巴塘、里塘，木氏皆有之"[③]。在武力征服的过程中，丽江木氏为吐蕃诸部所敬畏。藏人称木氏土司"绛洒当杰布""萨当汗""木天王"，有的甚至称其为"卓贡玛"（纳西帝）。藏族民间说唱艺人也有将其说成是与格萨尔王作战的黑姜国萨丹王的。一些藏区寺庙更将其神化，在庙中设"木王殿"，还供有"木王"

---

① 《木氏宦谱》，云南美术出版社 2001 年版，第 10、103 页。
② 《木氏宦谱》，云南美术出版社 2001 年版，第 14、111 页。
③ ［清］余庆远：《维西见闻录》，丛书集成初编本，第 1 页。

神像。① 又，么些语以有田禾的山谷为阁，寨为么些土司所住之地②，则"木阁寨"来源自明。

以上是卫聚贤和任乃强据以猜测的根据。有没有进一步的佐证证实穆桂英与丽江木氏的关系呢？我认为是有的。一些迹象表明，杨家将小说里的天门阵故事和丽江存在隐秘联系。

首先，天门阵是椿岩奉吕洞宾之命而设。这个椿岩，乃碧萝山万年椿木精。方国瑜（1903—1983）《中国西南历史地理考释》云："元一统志丽江路疆界曰：'西至兰州冰琅山外卢蛮界四百八十里'。按：冰琅山即碧罗山（怒山），则丽江路西界至碧罗山以外达怒江边或更远之地，此元代之疆理可知也。"③可见，椿岩"祖籍"是丽江冰琅山。

其次，辽朝向五国借兵，其中有个国家叫"黑水国"。周去非《岭外代答》卷二"海外诸蕃国"条云："西南海上诸国，不可胜计，其大略亦可考，姑以交阯定其方隅。直交阯之南，则占城、真腊、佛罗安也。交阯之西北，则大理、黑水、吐蕃也。"④杨武泉注曰："黑水，作为国名，未见他书，疑为水名，即今怒江。"⑤黑水国既在大理和吐蕃之间，则指丽江无疑。可以举出两条证据：一条是藏学家多识在一次题为"汉藏文化同源论"的座谈对话中指出，"纳西"实为藏语 nagcu（黑水）的古读音。⑥ 另一条是据小说言，辽朝希望黑水国助羌兵五万，可知黑水国属"羌"，这与丽江纳西源于南徙羌人一支——旄牛羌⑦相吻合。

将这些线索合在一起考虑，穆桂英迟至破天门阵故事才出现就显得有

---

① 格勒：《甘孜藏族自治州史话》，四川民族出版社 1984 年版，第 114 页。藏人称木氏土司"萨当汗""木天王"的缘由，方国瑜《么些民族考》有两个推测，其一曰："今藏语 Sando 意即东方，'萨当'即其音译；萨当汗犹言东方王……今康藏边区犹有'木方天王'之称，适土司姓木，称木方，或以木为东方，故译萨当之意而易称之也。"其二曰：吐蕃封异牟寻为日东王，"正与萨当汗之称相类。则吐蕃视元明之木氏犹唐代之南诏，故以称南诏之号称木氏也"。《方国瑜文集》第四辑，云南教育出版社 2001 年版，第 64—65 页。洛克（J. F. Rock）提到，三赕（Sa—ddo）〔藏语称（Sa—tham）〕这个词在宋明时用于指丽江，丽江雪山的保护神三多就是纳西人从西藏东部带来的三赕，纳西人视三多为战神。《中国西南古纳西王国》，刘宗岳等译，云南美术出版社 1999 年版，第 121—122 页，第 127 页注 17。佛教密宗的毗沙门天王是众生保护神，也是战神。"萨当""天王"之称，盖源于此。
② 卫聚贤：《杨文广平闽十八洞》，见卫聚贤等：《小说考证集》，说文社 1944 年版，原文无页码。
③ 方国瑜：《中国西南历史地理考释》，中华书局 1987 年版，第 846 页。
④ 〔宋〕周去非著、杨武泉校注：《岭外代答校注》，中华书局 1999 年版，第 75 页。
⑤ 〔宋〕周去非著、杨武泉校注：《岭外代答校注》，中华书局 1999 年版，第 76 页。
⑥ 伍义林、多识、龙西江：《汉藏文化同源论》，《北京日报》2001 年 7 月 30 日第 15 版。
⑦ 方国瑜：《么些民族考·么些民族远古之推测》，《方国瑜文集》第四辑，云南教育出版社 2001 年版，第 26—44 页。

意义了。我认为，天门阵故事的一些要素可能是从丽江地区某个（些）传说移植过来的，在这个（些）传说里，穆桂英以木氏土司之女的身份出现。这就可以解释，为什么作为寨主的定天王只剩下名字而没有任何事迹，因为杨家将故事也只需移植他的名号而已。这似乎也能解释，小说为什么要特意注明"木桂英"又名"木金花"①（两个名字都很普通，小说似无必要如此郑重其事）。因为有移植就有综合，两个名字必定是综合两种素材来源的结果。考虑到播州与丽江邻近，且播州杨氏曾随朝廷大军征讨缅甸、云南等地，这种移植或综合大概是以播州杨氏征战事迹为中介。

马力指出："有关穆桂英的传说，主要是流传在当时宋辽战争的所在地——雁门关南北一带，而不在南方。"②这个现象该如何解释？我觉得可以这么理解：穆桂英故事是从丽江传说移植过来的，但在西南地区的杨家将故事中尚未充分发展。它的完全成熟，是在传到河北、山西、陕西一带且融入当地杨家将故事之后。久而久之，穆桂英也就"反认他乡是故乡"了。

至此基本可以肯定，穆桂英形象的原型是丽江土司之女。论者以丽江木氏先民不曾与播州杨氏有过姻亲关系来否认这一点③，仍是犯了执本为末的错误。因为为了"攀附"杨家将，穆桂英原型原有的故事很可能被置换。如果穆桂英招亲本不属于原型人物的故事，就不能以丽江木氏与播州杨氏不曾有过姻亲关系作为否认穆桂英原型为丽江土司之女的理由。

正如常征所言，著名的穆桂英招亲故事是本于播州杨文广攻打獠穆族老鹰砦一事。按《杨氏家传》，老鹰砦獠穆族叛，杨文广命令谢都统讨平之，"杀戮穆獠，释其党七人"④。穆氏被征服后，成为播州杨氏的部属。如《杨氏家传》称杨粲斩杀南平夷穆永忠，《明史》载杨应龙手下有大将穆照（《万历三大征考》《两朝平攘录》《明史纪事本末》俱作穆炤）。⑤ 杨文广威恩并施，平定獠穆之叛，杨、穆由此成为姻亲不无可能。付爱民又推测说，元代播州有"木老寨"，獠的发音为"老"，木老即"穆獠"。又有地名"木瓜仡佬"，明时

---

① ［清］陈祥裔《蜀都碎事》卷一曰："金花娘子，俗云是姜维之妹，殁而为神。雅州诸处居民奉之甚虔，庙食无替，姜公弗若之矣。"（四库全书存目丛书本，第 28 页）"木金花"这个名字，不知与金花娘子有无关系，姑记于此备考。
② 马力：《真中有假假亦真——论穆桂英的衍化和杨宗保其人》，《明报月刊》第 15 卷第 3 期（1980 年 3 月），第 75 页。
③ 付爱民：《明代杨家将小说的发展与播州杨氏家族》，蔡向升、杜雪梅主编：《杨家将研究·历史卷》，人民出版社 2007 年版，第 481 页。播州杨氏不曾与丽江木氏先民有过姻亲关系，这个前提无法证实或证伪。我们也可猜测，播州杨氏曾在云南作战，或许与丽江么些族有过婚姻。
④ ［明］宋濂：《宋学士文集》卷第三十一《杨氏家传》，四部丛刊初编本，叶二（b）。
⑤ 常征：《杨家将史事考》，天津人民出版社 1980 年版，第 279—280 页。

名"木瓜司",其地名发音综合即成"木阁寨"之木阁(仡音"阁")。另外,播州附近盛产"大木",常被作为方物进贡朝廷。或许"木老寨"或"木瓜仡佬"之地生产大木,杨氏前往采伐,两相争斗,最后反倒结为至亲。① 不过我认为,播州杨氏与之争夺大木的更有可能是水西,争斗场所则在木阁青山。

弘治《贵州图经新志》卷之一"贵州宣慰使司上"曰:"木阁青山,在治城西北四十里,延袤十余里,材木荟蔚,阖郡材木,咸于此抢焉。中有阁道,通水西、毕节。"②根据小说所述,要过木阁寨,须留买路财,否则一年也过不去,可见其路之狭隘。所以,木桂英只需把住隘口,孟良就进退不得,乖乖脱下金盔买路。这和木阁青山"中有阁道"极为吻合。播州杨氏和水西安氏世代相仇,双方关系却很不简单。从播州杨氏历代征战简表可看出,播州杨氏数次内乱都与水西有关,杨氏或入闽谋作乱(杨逊),或败走水西避难(杨蚁、杨光明)。杨相也是因家难被逐,客死水西,事后还引起一场地界之争。③李化龙(1554—1611)《平播全书》卷十四《杨监军》云:"安杨二氏,先世原为敌国,安曾求亲,杨氏不从,求以女嫁之,亦不从。盖自负为太原诗礼旧家,而安为罗鬼,耻与同盟也。"④但杨应龙和水西安氏是姻家。万历年间杨应龙叛,败死之后,民间尚传言他被姻家安疆臣所匿。⑤ 所以,招亲故事可能还有杨、安结为亲家的本事,是杨、安二氏结为姻亲和杨文广攻打獠穆族老鹰砦的合璧。

读者或许要问:攻打木阁寨的明明是杨宗保,怎么会扯上攻打老鹰砦的杨文广呢? 这就涉及杨宗保和杨文广的关系问题。如果说,穆桂英形象的原型问题是解开杨家将小说成书之谜的一把关键钥匙,那么这就是另一把。

5. 杨宗保与杨文广:父子,抑或兄弟?

和穆桂英一样,杨宗保也是个令人困惑的人物。对于他的身份,卫聚贤曾先后提出"杨文广之兄""杨文广""杨充广"三种说法⑥。余嘉锡根据《隆

① 付爱民:《明代杨家将小说的发展与播州杨氏家族》,蔡向升、杜雪梅主编:《杨家将研究·历史卷》,人民出版社 2007 年版,第 481 页。
② (弘治)《贵州图经新志》卷之一,中国地方志集成·贵州府县志辑本,第 11—12 页。
③ [明]朱国祯:《涌幢小品》卷之三十"杨安地界"条,中华书局 1959 年版,第 706 页。
④ [明]李化龙:《平播全书》,丛书集成初编本,第 783 页。
⑤ [明]沈德符:《万历野获编》卷三十,中华书局 1959 年版,第 764 页。
⑥ 参看卫聚贤:《杨家将考证》,《说文月刊》第四卷合刊本,1944 年,第 854 页;《杨文广平闽十八洞》,卫聚贤等:《小说考证集》,说文出版社 1944 年版,原文无页码。按卫氏以充广为延昭长子,文广为次子,则三说实为两说。然曾巩《隆平集》载延昭三子名为"传永、德政、文广",可知"充广为长子"不确。

平集》"诏录其子传永、德政、文广有差"的记载怀疑："岂所谓杨宗保者即传永、德政两人中之一耶？"①他显然倾向于认为宗保是文广之兄。郑骞赞成"文广宗保实一人也"②。杨芷华则从字形、字音去论证宗保就是文广的观点："仲与宗字音相近，容与宝字形相似，而宝与保读音相同。大概在口头传说与文字记录的过程中，仲容与宗保相讹。"③郝树侯（1907—1994）和马力一致认为，杨宗保是小说虚构的人物。④　我们暂且抛开以上看法，从头检讨这个问题。

现存资料之中，徐大焯《烬余录》最早提到杨宗保，并把他说成是杨延昭的儿子。余嘉锡认为这个说法"但与小说合，与宋史及杂剧皆不同，此必当时之杨家将评话如此"⑤。我觉得，《烬余录》的这个记载不能孤立看，应该联系以下事实：第一，《烬余录》所记宗保官职是杨文广殁后赠官；第二，《破天阵》杂剧也说杨宗保乃延昭之子（余氏一时失察，遗漏了这本杂剧）；第三，《杨家府演义》同样说杨宗保是延昭之子；第四，小说谓杨宗保征侬智高和西夏，这与史书所记麟州杨文广曾从狄青征侬智高、从范仲淹宣抚陕西、从韩琦防御西夏的事迹接近；第五，在明前期（或更早）的民间祀神戏中，杨宗保比较活跃，相反，史书明确记载为延昭子的杨文广，却没有在同期的北方杨家将故事里露面。

将这五个事实和诸家意见结合起来考虑，我认为杨宗保是以杨文广为原型的虚构人物——这个"杨文广"指麟州杨文广（字仲容），他至迟在南宋就已出现在杨家将评话里。至于为什么不直接以"杨文广"作为故事人物，而要换成"杨宗保"这个名字，由于资料匮乏，目前只能存疑。在没有更好解释的情况下，我觉得杨芷华的解释仍可备一说。总之，杨宗保是麟州杨文广在杨家将故事里的对应人物——这个"杨家将故事"属于北方戏曲文学传统。在这个意义上，杨宗保和杨文广实即一人。然而，两部杨家将小说中的杨文广另有其人，他就是播州杨文广（字敬德）。

播州杨文广对于杨家将故事的影响之大，可能远远超过我们的预料。上文提到，他攻打老鹰砦成为穆桂英招亲故事的主要素材之一。《杨家府演义》有句云："侬王天子见宗保须鬓雪白，又见手下一清秀孩童披挂端坐于马

---

①　余嘉锡：《余嘉锡论学杂著》下册，中华书局 1963 年版，第 484 页。

②　郑骞：《景午丛编》下编，台湾中华书局 1972 年版，第 29 页。

③　杨芷华：《杨家将的历史真实》，《山西大学学报》1978 年第 2 期。

④　参看郝树侯：《穆桂英其人》，《山西大学学报》1978 年第 1 期；马力：《真中有假假亦真——论穆桂英的衍化和杨宗保其人》，《明报月刊》第 15 卷第 3 期（1980 年 3 月），第 76 页。

⑤　余嘉锡：《余嘉锡论学杂著》下册，中华书局 1963 年版，第 423 页。

上。"(43/579)麟州杨文广征侬智高时,大概五十来岁,这和小说中杨宗保"须鬓雪白"相符(杨宗保以麟州杨文广为原型,这又是一证)。播州杨文广"少孤"而"年仅三十六而殁"①,可能自幼随父征战,接近小说中杨文广"清秀孩童"的形象。播州杨文广平獠穆族之叛,只斩穆獠(酋长),而释放附叛七人,西平徭狡黠难服,播州杨文广擒获他们,谴责一番也就作罢。这和小说中杨家将斩杀魁首侬智高而释放五国蛮王相似。可见,播州杨文广才是杨宗保征侬智高故事中的杨文广的原型。

不唯如此,杨家将小说中的杨文广故事极可能都是播州杨文广的故事,与麟州杨文广了无关系。

播州杨文广是播州杨氏家族史上的重要人物,《杨氏家传》称:"当文广之时,蛮獠为边患,杨氏先世所不能縻结者,至是叛讨服怀,无复携贰,封疆辟而户口增矣。"②他对家族的最大贡献,是平服九溪十洞。《杨氏家传》载,播州杨氏第二代牧南"痛父业未成,九溪十洞犹未服,日夜忧愤"③,可见收服九溪十洞是播州杨氏数代人的心头大事。"九溪十洞"是宋时惯语,系指播州北部川黔交界地区,包括南平綦江,珍州思宁、绍庆等处,因在播州边缘,习惯上又称沿边洞溪。④ 杨文广攻打的老鹰砦,常征认为在穆家川(即遵义府)⑤,误。光绪《黔江县志》卷一云:"宋之黔江,置二十九砦,今考半在施南府界内。明初各土司叛乱蚕食,疆日以削,如前志载入之酉阳山、荷敷山,黄连大、小垭山,大、小歌罗山,羽人山,老鹰寨,以今考之,俱不在境内,非尽《寰宇记》《方舆胜览》《方舆纪要》记载之讹,良以古今定制不同,疆域亦异。"⑥则老鹰砦(同"寨")原属黔江,黔江与宋之珍州接壤,宋之珍州即明时播州所辖真州司(避明玉珍讳改)。所以老鹰砦大致在珍州与黔江交界处,属九溪十洞之地。这和《杨氏家传》所记"理郭奔高州蛮,谋作乱,会老鹰砦獠穆族亦叛"⑦正相吻合,高州蛮在宋代之珍州,《宋史·蛮夷四》载:"高州蛮,故夜郎也,在涪州西南。宋初,其酋田景迁以地内附,赐名珍州。"⑧

卫聚贤曾撰文指出,清代小说《平闽十八洞》演播州杨文广平闽事,这个

---

① [明]宋濂:《宋学士文集》卷第三十一《杨氏家传》,四部丛刊初编本,叶二。
② [明]宋濂:《宋学士文集》卷第三十一《杨氏家传》,四部丛刊初编本,叶二(b)。
③ [明]宋濂:《宋学士文集》卷第三十一《杨氏家传》,四部丛刊初编本,叶一(a)。
④ 土兴骥:《播州土司势力的扩展及地域考释》,《贵州文史丛刊》1993年第2期。
⑤ 常征:《杨家将史事考》,天津人民出版社1980年版,第279页。
⑥ (光绪)《黔江县志》卷一,中国地方志集成·四川府县志辑本,第24页下。下划线为笔者所加。
⑦ [明]宋濂:《宋学士文集》卷第三十一《杨氏家传》,四部丛刊初编本,叶二(b)。
⑧ [元]脱脱等:《宋史》卷四百九十六,中华书局1985年新1版,第14243页。

"闽"指今贵州南部以至云南之地。① 按播州杨文广曾收服九溪十洞，并无平闽之事，卫氏以杨文广讨平獠穆族为平闽，以"戮穆獠"为杀闽王蓝凤高，纯系主观臆测。我认为，《平闽十八洞》本于播州杨文广收服九溪十洞的故事，"平闽（福建）"云云，是这个故事流传到福建之后的演化结果。而在发生这一变化之前，播州杨氏数代和闽（水西闽族）作战的事迹可能已与杨文广平九溪十洞故事合璧，形成平闽（水西闽族）十洞故事。前引说唱词话"武官好个杨文广，正是擎天柱一根。收了九溪十八洞，灭得蛮家化作尘""寡人差杨文广收下九溪十八洞"可证，杨文广收复九溪十八洞故事迟至明成化年间已见流行。九溪十八洞是元代名称，犹如宋代称"九溪十洞"，《元史》卷十二记载："辛亥（引按指至元二十年六月辛亥日），四川行省参政曲立吉思等讨平九溪十八洞。"②因而大致能够断定，杨文广收九溪十八洞故事最有可能形成于元末明初，它的雏形——收九溪十洞故事的形成时间自然还可提前。

又，陈家瑞认为杨文广平闽十八洞故事是唐代陈元光入闽史事的转变。③ 叶国庆也提出："平闽全传盖借宋名将杨文广之名，以演唐陈政陈元光父子入闽平峒蛮，辟草昧之事迹。"④他从双方事迹、人名和地域之相似进行详细论证，并解释陈元光平闽事迹之所以附会杨文广平闽的原因有：(1)传说之堆积性；(2)陈杨二家事迹之类似；(3)杨文广确有平蛮（侬智高）事；(4)陈元光被称为"陈圣王"或"开漳圣王"，在当地屡显灵异，土人敬畏，不敢用元光之名，故以杨文广代之。⑤ 闽语中"元光"和"文广"音近，以"文广"代"元光"也很自然。但我以为，杨文广平闽和陈元光入闽之所以合二为一，不排除另一种可能原因。播州之乱将平之际，李化龙提出善后事宜，其中一款说："系杨氏族人，除剿杀外，有杀不尽者，迁之闽广地方，不复令得留播地，使后人有兴复之议。"⑥这意味着，讲述播州杨文广征战事迹的故事至迟在明末传入福建。据黎士宏（1618—1697）《仁恕堂笔记》载："汀郡城西之五里，土名曰祭旗山，有地方圆不二丈，草根产珠，大如粟米，视之俨然珠也。手揉之则成粉，理最不可解。俗云杨文广征西过此，珍珠伞为风所破，故留迹至今。俚语不经可笑。"⑦汀郡即福建汀州府。黎氏所记，证实杨文广故

① 卫聚贤：《杨文广平闽十八洞》，见卫聚贤等：《小说考证集》，说文社 1944 年版。
② ［明］宋濂等：《元史》卷十二，中华书局 1976 年版，第 255 页。
③ 陈家瑞：《杨文广平闽与陈元光入闽》，《民俗》第 34 期第 1—3 页，1928 年。
④ 叶国庆：《平闽十八洞研究》，《厦门大学学报》第 3 卷第 1 期（1935 年），第 29 页。
⑤ 参看叶国庆：《平闽十八洞研究》，《厦门大学学报》第 3 卷第 1 期（1935 年），第 29—61、73—74 页。
⑥ ［明］李化龙：《平播全书》卷十四，丛书集成初编本，第 801 页。
⑦ ［清］黎士宏：《仁恕堂笔记》，丛书集成续编本，上海书店 1994 年版，第 1067 页下。

事必定流行于汀郡。又漳州风俗，冬至日儿童吃粉团时常念"杨文广，一粒浮，一粒爽"，漳州还有"文广被困柳城，一半欢喜一半惊"之类的唱词。① 这又可证明杨文广故事在漳州的流行。然而，迁入闽地的播州杨氏后裔，可能出于政治禁忌而不敢直接传述播州杨文广平闽（罗闽）故事②，故将明显影射播州杨氏事迹的平闽故事置换为唐初陈政、陈元光父子平闽（福建）开漳的史事。

唐初陈氏事迹在《杨家府演义》中也留下痕迹，这证实《杨家府演义》与影射播州杨氏事迹的平闽故事颇有渊源，上述推测可能接近事情的真相。《杨家府演义》叙杨文广被困于白马关，杨门女将商议领兵前往，书中有段文字说："时木夫人已死，魏老夫人还在。宣娘遂请出魏太太来……魏太太曰：'这等极好。'"（55/723－724）这个魏老夫人出现得非常突兀，前文没有交代，后文也不再提起。我推测可能是指陈政之母、陈元光之祖母魏氏。陈政征闽，初因寡不敌众退守九龙山。陈政兄长陈敏和陈敷"领军校五十八姓来援，敏、敷道卒，母魏氏多智，代领其众入闽，乃进师屯御梁山之云霄镇"③。漳州民间至今流传"魏太夫人百岁挂帅"的传说④，很容易让人想到后世戏曲中百岁挂帅的佘太君。二者之间必有传承关系，可为旁证。除魏氏外，陈氏家族入闽征蛮者另有女将，譬如陈元光妻种氏及其女柔懿夫人。⑤ 同播州杨氏女子一样，她们应该也是杨门女将的诸多原型之一。

综上，播州杨文广收服九溪十洞故事在后来的演化过程中，因糅合不同素材而逐渐分化出两支。一支刺取唐初陈政、陈元光父子平闽史事，并撷取福建其他地方传说（如丁七姑传说），转变为杨文广平闽（福建）十八洞故事。一支和讲述杨业祖孙三代御故事迹的杨家将故事结合起来，形成讲述五代杨家将征战事迹的故事系统。

杨文广平闽十八洞故事的形成过程，启发我们解释杨家将小说中杨文

---

① 引自叶国庆：《平闽十八洞研究》，《厦门大学学报》第 3 卷第 1 期（1935 年），第 74 页。
② 遵义地区的杨姓转窝子（即外来人和当地土著结合所生的后裔）自称是播州杨应龙的后裔。尖山堡杨姓转窝子说他们的祖先是杨端，"传到杨应龙时被奸臣向万历皇帝假奏了一本，说他私造皇城谋反，皇帝下旨诛之，见杨姓就杀，连杨树都改成灰巴条，所以杨姓只好四处逃散，在几代人后才迁回来"。凤冈县民族识别材料，引自王兴骥《播州杨氏族属探研》（《贵州文史丛刊》1990 年第 4 期）一文。这种传说，是播州杨氏家族的历史记忆，可能反映了明末播州杨氏后裔遭受屠戮的实情。
③ （光绪）《漳州府志》卷之二十四"陈政"条，中国地方志集成·福建府县志辑本，第 481—482 页。又见（光绪）《漳浦县志》卷十四，中国地方志集成·福建府县志辑本，第 31 册，第 142 页下。
④ 漳州市地方志编纂委员会编：《漳州市志》第 2 卷，中国社会科学出版社 1999 年版，第 2159 页。
⑤ 参看叶国庆：《平闽十八洞研究》，《厦门大学学报》第 3 卷第 1 期（1935 年），第 39 页。

广故事的来源问题。简单说,所有杨文广故事都是从另一个杨家将故事系统移植过来的,这个故事系统主要讲述播州杨氏家族的事迹。很凑巧有两个杨文广,所以移植也就以杨文广为中心,将播州杨氏家族史渗入当时流行的杨家将故事,因而形成《杨家府演义》这样的小说文本。

据前引刘元卿《贤奕编》,杨文广困陷柳州城是非常受人欢迎的说唱故事。它首先被增插到《杨家府演义》的征侬智高故事之中,可能有这方面的因素,但主要是为了与通谱之说相照应。通谱是杨延昭子杨充广(文广)将儿子杨贵迁过继给播州杨昭为子,这三人与平侬智高之叛多少有些瓜葛:杨昭、杨贵迁都有征讨侬智高的意向(见"播州杨氏历代征战简表"),麟州杨文广的确从狄青征讨侬智高。说唱艺人将困陷柳州城情节糅进征侬智高故事,既能保证一定的史实影子,又再次明确了播州杨氏与杨家将的族系渊源,为后面增添更多播州杨氏事迹提供充分理据。

杨文广进香取宝故事的民间气息很浓,应是说唱艺人套用民间故事固有模式编织而成。譬如杨文广连娶窦锦姑、杜月英、鲍飞云和花关索连娶鲍三娘、王悦、王桃极为神似①,月英怒攻锦姑的情节袭用了"双女夺夫"模式②,杨文广所取宝物分别是万年不灭青丝灯、自报吉凶玉签筒、夜明素珠,这是"三件宝物"民间文学主题的复现③。这个故事与播州杨氏可能的关联,可由以下几点推想:第一,杨文广和花关索相似很多,双方必有密切关系,而花关索故事在云、贵、川一带流传广泛。第二,播州杨氏土司为安抚辖境内各部族,常以联姻手段与周边部族结盟,导致土司一人妻妾成群,为夺嫡而斗,这或即娶妻故事的现实根源。④ 第三,杨文广被窦锦姑擒获逼婚,他说:"吾乃堂堂天朝女婿,岂肯与山鸡野鸟为配乎! 宁死不失身于可贱之人。"(46/621)这句话与 "安曾求亲,杨氏不从,求以女嫁之,亦不从。盖自负为太原诗礼旧家,而安为猡鬼,耻与同盟也"(前引李化龙语)何其相似!

---

① 杨文广和花关索之间诸多相似之处的比较,详见第三章第一节。

② 《古本董解元西厢记》卷一【柘枝令】:"也不是崔韬逢雌虎,也不是郑子遇妖狐,也不是井底引银瓶,也不是双女夺夫。○也不是离魂倩女,也不是谒浆崔护,也不是双渐豫章城,也不是柳毅传书。"《新刊全相说唱开宗义富贵孝义传》有唱词曰:"一女寻夫孟姜女,二女争夫赵姓人,三女争夫王皇后,四女争夫陈子春。"由此可见(双女)夺夫故事的流行。《三迤随笔·蒙段时俗》载:"三女共一夫,无夫寡妇于合欢会争夫抢斗,皆平常。"(《大理古佚书钞》,云南人民出版社 2002 年版,第 82 页)多女争夫故事的起源,大概和这习俗有关。

③ 譬如说唱话《新刊全相说唱张文贵传》出现青丝碧玉带、逍遥无尽瓶、温凉盏三件宝物,《新编全相说唱足本花关索出身传》出现绯红绣罗旗、豹雷马、南海赤龙鳞甲三件宝物。

④ 付爱民已指出这一点,《明代杨家将小说的发展与播州杨氏家族》,蔡向升、杜雪梅主编:《杨家将研究·历史卷》,人民出版社 2007 年版,第 479 页。

　　小说中的杨文广故事,是从讲述播州杨氏事迹的故事系统中移植过来的。这样一来,传述杨家将故事的人势必要做出某些调整(杨文广攻打老鹰砦被改造成杨宗保攻打木阁寨,大概就是调整的结果),重新厘定杨家将的谱系,尤其是两个杨文广(即移植过来的播州杨文广和原有杨家将故事系统里的杨宗保)的关系。对此,不同传述者自然会有不同说法。在《杨家府演义》里,杨宗保和杨文广是父子关系;在《北宋志传》里,两人则是兄弟关系。按史书记载,杨延昭、杨文广是父子,但文广卒年在延昭卒后六十年,文广又字仲容,延昭必定不止一子。所以,父子和兄弟两种说法各有它的道理,能够在一定时期内并存不废。这种情形反过来又给文学、历史研究带来混乱,杨宗保(包括穆桂英)的原型之所以成为问题,多半在此。我的看法是:就原型而言,杨家将故事里的杨宗保和杨文广没有任何关系——前者原型是麟州杨文广,后者原型是播州杨文广。认为杨宗保和杨文广是同一人的看法,也仅在这个杨文广是指麟州杨文广的情况下正确。

　　综上所述,讲述杨业祖孙三代抗敌业绩的杨家将故事传到西南地区后,吸纳了播州杨氏家传以及其他内容,从而发生重大变异。这些变异主要包括:(1)情节的神魔化——因为楚巫文化的浸染,杨家将征战故事被涂抹上神、魔斗法的色彩。(2)内容的异质化——因为播州杨氏的存在,杨文广、穆桂英等说唱故事,以及它们携带的播州土司杨氏家传等内容进入原有的杨家将故事系统,给后者输入异样的故事因子。(3)地域的西南化——因为前述两种因素的影响,西南成为杨家将活动的又一重要地区,小说因而具有很浓郁的西南气息。

第四节　平播之役与杨家将小说的刊刻

　　以上描述了麟州杨氏、播州杨氏两个家族与杨家将故事兴起、壮大以及变异之间的关联。由此推测,杨家将故事可能有三个系统:一个是讲述麟州杨氏——杨业祖孙三代抗击外敌的英勇事迹,我们姑且名之曰"西北系统"。一个是讲述播州杨氏——杨端及其后裔开拓辖地的征战事迹,我们称之为"西南系统"。一个是讲述杨文广平闽(福建)故事的东南系统,它是由西南系统分化出来的一个子系统。杨家将故事有西北系统,不言自明。西南系统的杨家将故事存在与否,尚需作进一步的说明。

1. 两个故事系统及其汇合途径

播州杨氏"虽受天朝爵号,实自王其地"①,是播州的实际最高统治者,在当地享有崇高威望。民国《桐梓县志》卷三十一"风俗"载:

> 四官爷,财神也,俗称酉溪洞中求财打宝四员官将。乡市间家供此牌,祀之钱、马、香烛,酒一瓶,列四杯,肉一方,谓之刀头。置刀椹上,旁盛盐椒水。降神奠献毕,各执杯酬饮,切肉点盐拈食。李凤翽曰:'酉溪,五溪之一,神盖洞人也。'按正安旧志:太原杨端居播有善政,播人立祠祀之,称为三抚老穆相公,附以严、唐、罗、冉为四官财神,至今遍祀。按:财神者,商贾首祀。所称酉溪官将、三抚相公,各方俗祀矣。又按:绥阳赵里赵练士,唐时人,有仙裹,殁后屡著灵异。明初赠播南显化三抚相公,土人祀之。则三抚相公之称,不仅杨端也。②

这段记载逗人猜想。杨端成为播人奉祀对象,意味着他不仅是播州杨氏家族的始祖,也是播州的地方保护神。杨端从家族始祖上升为地方神祇,这必定是播州杨氏家族宣传、运作的结果,意图无非是神化祖源,强化本家族对播州地区的统治权威。这和播州杨氏制作通谱之说的意图一样,和丽江土司木氏虚构始祖神话的做法亦无不同③。既为地方神祇,则不能没有灵验事迹。因为正如韩森(Valerie Hansen)所说:"尽管一个神祇支持者的地位与财富都很重要,但它们并不意味着一切。如果没有灵迹,祠祀最终必然衰落。没有灵迹,就不会有信奉者前来祈拜祠庙,参加庙会。"④据谭其骧考证,杨端复播之说乃播州杨氏家族"刺取前史,巧相比附"的结果,事实上,"南诏之陷播,唐自复之,端之所复,乃系杨保族在播鄙之故土"。⑤ 播州杨氏后裔既然可以制作始祖复播的"神话",自然也可能制作始祖屡显灵异的

---

① [清]张廷玉等:《明史》卷三百十一,中华书局 1974 年版,第 8001 页。
② (民国)《桐梓县志》,中国地方志集成·贵州府县志辑本,第 401 页上。(道光)《遵义府志》卷二十"风俗"、(民国)《贵州通志·风土志》所记至"至今遍祀"止。
③ 据《木氏宦谱》记载,丽江木氏始祖叫爷爷,是一位"好东典佛教"的西域蒙古人。一日禅定,忽起一蛟,他于雷雨交兴之际乘大香树浮入金江,在北浪沧登岸,受到当地夷人的敬重,遂居焉。参看《木氏宦谱》,云南美术出版社 2001 年版,第 99 页。洛克根据另一本木氏宦谱和木氏土司墓地石碑的记载指出,这一说法是附加的内容。《中国西南古纳西王国》,刘宗岳等译,云南美术出版社 1999 年版,第 43—44 页。
④ [美]韩森:《变迁之神:南宋时期的民间信仰》,包伟民译,浙江人民出版社 1999 年版,第 125 页。
⑤ 谭其骧:《长水集》上册,人民出版社 1987 年版,第 274—275 页。

故事。"三抚老穆相公"殊不可解（"老穆"或即"狨狄"之转变），联系赵练士因"殁后屡著灵异"而被封为"播南显化三抚相公"来看，其含义应与杨端屡显灵验的故事有联系。另外，杨端被称为"三抚老穆相公"，又"附以严、唐、罗、冉为四官财神"，这个格局与五路财神极为相似。在民间传说里，财神成为善神之前，一般会有不光彩的为害一方百姓的强盗或恶神经历，譬如赵公明、五通神、华光神等等，无不如此。① 所谓四官财神的说法，在西南地区颇为盛行。有理由相信，他们原本也许是西南地区的四位强盗或恶神，播州杨氏可能借鉴赵公明收服四将而为四官财神的传说②，虚构了同样性质的杨端收服严、唐、罗、冉四位强盗或恶神的故事。总之，杨端既为播州地方神祇，那么容易推想，播州肯定曾流传过许多关于他显示灵迹的神奇故事。

作为旁证，《杨氏家传》有三处记载透露播州杨氏神化祖先的迹象。一是"三公怒，瞋目视舟，嘘者三，舟奔而前，三公遂涉"，二是"三公剪帛系獠颈，吸水噀之，帛成蛇形。獠伏地哀祈，誓输赋不敢反。三公复噀之，帛如初"，三是杨轸"畜一虎，驯服左右，常驾以出游。人异之"。③ 三公噀水化帛为蛇的幻术，尤其给这个家族增添了神秘色彩。所谓"世传杨氏能驱蛇杀人，皆此术也"④，正反映了时人对播州杨氏家族的好奇和敬畏。

"古今世族，每考肇基，定多奇迹"⑤，神化祖源是一个普遍性现象。稍为特殊的是，虚构通谱之说成为播州杨氏自神其族的另一举措，播州杨氏由此与历史上的杨家将联系起来。这可以解释播州何以出现杨家将古迹和传说。

道光《遵义府志》卷十载："白鹤亭，在正安旧城，相传杨六郎曾寓此。"又载："三块石，相传杨六郎曾憩此，石上有掌迹。"⑥

民国《绥阳志》卷一载："六郎坉，在城西金里。绝壁千仞，险峻难到。相传为昔年杨逆应龙屯粮之所。"另载："六郎城，城东旺二甲石卵关上有一大山，下有三小山并列。相传昔年杨六郎经过此地，在中小山顶修筑一城，周围土墙，至今遗址犹在。"⑦

---

① 这几位财神的恶神经历，参看吕微：《隐喻世界的来访者——中国民间财神信仰》相关章节，学苑出版社 2001 年版。

② 王跃《四川省江北县舒家乡上新村陶斋的汉族"祭财神"仪式》提到这个故事的不同说法，引自吕微：《隐喻世界的来访者——中国民间财神信仰》，学苑出版社 2001 年版，第 73 页。

③ ［明］宋濂：《宋学士文集》卷第三十一《杨氏家传》，四部丛刊初编本，叶一（b），叶三（b）。

④ ［明］瞿九思：《万历武功录》卷五，续修四库全书本，第 347 页下。

⑤ 《木氏宦谱》，云南美术出版社 2001 年版，第 99 页。

⑥ （道光）《遵义府志》卷十，中国地方志集成·贵州府县志辑本，第 241 页。

⑦ （民国）《绥阳志》卷一，中国地方志集成·贵州府县志辑本，第 249 页下、第 260 页上。

遵义府即原播州之属蜀者,绥阳在遵义东北。杨延昭一生在北方征战,足迹未曾踏入播州。这些所谓杨六郎留下来的古迹,或许正如《遵义府志》解释的那样:"此必是杨昭当年憩寓之所,后人因贵迁以后守播系杨业子孙,而杨昭又适与俗传杨六郎名同,因附会以为重耳。"①然而,"附会"云云,恰可证明播州杨氏事迹糅入杨家将故事的事实。之所以会有"附会",恐怕多半是播州杨氏支持和推动的结果。

情况类似的还有以"宜娘"命名的地名。雍正《陕西通志》卷十六载:"宜娘子关,在县(引按指洋县)东八十五里。宋置,因杨文广妹宜娘子守此,故名。明洪武间设守,正德间裁。"②郭子章《黔记》卷五十三"宜娘"条曰:"宜娘,宋人,营兵于黄平,今黄平城北三里有宜娘垒,城南五里有宜娘山。明同知高任重诗云:'阿娘何代此专征,百世英威尚有名。试向山人咨往事,潇潇瓦砾是遗城。'"③宜娘古迹在播州出现(黄平属播州),大概和杨六郎古迹一样,也是出于附会。另一种可能恰恰相反,宜娘是播州杨文广的姊妹。在杨家将故事里,播州杨文广被附会成麟州杨文广,宜娘也就成了麟州杨文广之妹,从而转战陕西边关。前面谈到,《杨家府演义》中宜娘原型是播州杨氏家族一位能征善战的女子。现在补充一句,"宣娘"应是"宜娘"之讹,三台馆本《北宋志传》开篇古风有句云"更有宜娘法术奇,炎月瑞雪降龙池"(后来诸本改作"姨娘")可证。

总之,播州杨氏自神其族的做法,以及它在播州的统治权威,必然会促使播人将杨氏家传故事化、传说化。这些传说和故事在口头流传的同时或稍后,很有可能被编成戏文、词话和小说。换句话说,以播州杨氏家传为内容的戏文、词话和小说可能有文字记录或改编本。

播州及其附近地区,民间戏曲表演风气历来很浓。何乔新(1427—1502)《勘处播州事情疏》说:"彼有本处(引按指播州)军民,照依年例迎赛壁山土主,装扮义夫节妇过街,人马喧闹,男女混杂。"④可见播州向有迎神赛社之风。余上泗有一首《蛮峒竹枝词》描写大定府的新春跳神风俗:"征鼓鸣钲集市人,将军脸子跳新春。凭谁认得杨家将? 看到三郎舌浪伸。"诗后自注曰:"土人岁首跳神以为傩,所唱皆杨家将,有六郎、七郎、八郎之称。"⑤按

---

① (道光)《遵义府志》卷十,中国地方志集成·贵州府县志辑本,第241页。
② (雍正)《陕西通志》卷十六,景印文渊阁四库全书本,第845页下。
③ [明]郭子章:《黔记》,北京图书馆古籍珍本丛刊本,第920页下。
④ [明]何乔新:《勘处播州事情疏》,丛书集成初编本,第65页。
⑤ (道光)《大定府志》卷五十八,中国地方志集成·贵州府县志辑本,第129页。

余氏字凫山,贵州镇宁人。乾隆二十五年(1760)举人,曾任黎平、黔西学正。清代的大定府位于遵义西南,辖地是明代贵州宣慰司的一部分,与播州邻近。诗中提到演唱杨家将故事的傩戏,虽是清代乾隆年间的情形,却足以证明当地傩戏之盛和杨家将故事在民间的流行。播州杨氏事迹早在元明时期就成为民间戏曲的故事题材,也不无可能。

另一方面,播州杨氏"世传儒雅,不得仅以忠顺土官目之"①。据《杨氏家传》载,杨选"性嗜读书",注意网罗四方贤士。杨轼"留意艺文,蜀士来依者愈众,结庐割田,使安食之。由是蛮荒子弟多读书攻文,土俗为之大变"。杨价"好学,善属文"。杨文"留心文治,建孔子庙"。杨汉英"大治泮宫",广纳南北之士,又撰有《明哲要览》《桃溪内外集》。② 正因有这样的家世背景,元明两代许多文人士大夫才乐意与播州杨氏结交,并受邀为这个家族撰写家传、碑铭、酬赠之类的应酬文章。③ 因此不妨大胆推测,播州杨氏既然能邀请这些文人撰写家传、碑铭,自然也能邀请他们编撰讲述杨氏家族事迹的戏文、词话和小说。

杨家将故事的西南系统起初必定与西北系统没有任何交集,它讲述另一个杨氏家族性质完全不同的征战故事。但随着西北系统的杨家将故事广为流传,当播州杨氏决意以杨家将后裔自命并开始虚构通谱之说的时候,两个系统的杨家将故事便可能会首先在西南地区(准确地讲,是在播州)走向汇合。接着理所当然的,这一趋势会逐渐扩及更大的区域范围。它们汇合的途径,大致不外如下几类:

一是乐户和说书艺人的流动。民间的乐户和说书艺人为了生计,不得不"冲州撞府""负鼓作场"。《宦门子弟错立身》戏文里的王金榜就是一位"冲州撞府"的散乐(又称"路歧"),陆游(1125—1210)《小舟游近村舍舟步归》一诗提到的"负鼓盲翁"则是在乡村作场的说话艺人(又称"打野呵")④。他们的流动性极大,是故事传播的最好途径之一。何乔新《勘处播州事情疏》提到山西乐户逃至播州一事:"成化六年,月日不等,有山西乐户刘寿、刘

---

① [清]郑珍:《播雅》卷二,贵阳文通书局 1911 年铅印本,叶十五(b)。
② [明]宋濂:《宋学士文集》卷第三十一《杨氏家传》,四部丛刊初编本。
③ 这类作品,除宋濂《杨氏家传》外,另有程文海《忠烈庙碑》(《雪楼集》卷十六)、袁桷为杨汉英撰写的神道碑铭(《清容居士集》卷二十六)、卢安世《杨生族谱序》〔(道光)《遵义府志》卷四十三〕、谢一夔《杨侯挽诗跋碑》〔(道光)《遵义府志》卷十一"金石"〕、刘春《播州十二景为杨宣题》(《东川刘文简公集》卷之二十四)、梁本之《播州杨氏忠孝堂记》(《坦庵先生文集》卷之二),等等。
④ 全诗曰:"斜阳古柳赵家庄,负鼓盲翁正作场。死后是非谁管得,满村听说蔡中郎。"[宋]陆游著、钱仲联校注:《剑南诗稿校注》,上海古籍出版社 1985 年版,第 3193 页。

鉴、郭福亮、张顺为因本处艰难,各不合逃来本州,趁食住过。"他们在播州杨
氏土司的筵席上"弹唱劝酒"(如刘鉴、郭福亮),甚至"教习杂剧",专门为播
州杨氏土司训练艺人(如刘寿)。① 类似这样的山西乐户,肯定能将西北系
统的杨家将故事传入播州。

二是商客的携带。商客外出经商,为消除旅途寂寞,往往会随身携带一
些小说、唱本之类的书籍,无形之中,也就促使以这类书籍为物质载体的故
事流播各地。一个显著的例证便是《清平山堂话本》。这部话本小说集原分
六集:《雨窗集》《长灯集》《随航集》《欹枕集》《解闲集》《醒梦集》。马廉
(1893—1935)早就怀疑"'雨窗''欹枕'都与话本小说的作用相关"②。从六
个题名来看,这部话本小说集的刊刻,是为了供人阅读以消解旅途闲闷的。
这恰好满足商客的需要,应属他们所携书籍中的一种。与此相应,另一个值
得指出的事实是:晋商自明代以来开始崛起,商业足迹遍及全国。所以,与
山西乐户的情形差不多,不难想象西北系统的杨家将故事也会随着入川的
晋商进入播州,他们同时又能够将西南系统的杨家将故事带到播州之外的
其他地方。

三是军队的调动。士兵是"士马金鼓"和"兴废争战"故事的主要接受
者,军队的调动则是这类故事的重要传播渠道。元明两代用兵西南,屡次派
遣大军南征,征战结束后又留下军队驻守,这就为西北系统的杨家将故事输
入西南地区提供了便利条件。

四是播州子弟的传述。据《明史》卷三百十二记载:"(洪武)十七年,铿
子震卒于京,命有司归其丧……二十一年,播州宣慰使司并所属宣抚司官,
各遣其子来朝,请入太学,帝敕国子监官善训导之。"③播州杨氏土司的儿子
死在京城(南京),播州子弟被遣往南京国子监,多少有作为人质的意味。他
们在南京生活和学习,讲述播州杨氏事迹的杨家将故事很可能随之在南京
一带流传开来。

最后一条途径较为特别,涉及明初"一门三侯伯"的杨洪家族。明罗日
褧《咸宾录·南夷志》卷之七"播州"条记载:

我朝洪武初,其首领杨铿率其属来朝。杨铿者,自唐至今世为播州

① [明]何乔新:《勘处播州事情疏》,丛书集成初编本,第9—10、64、90页。
② 马廉:《影印天一阁旧藏雨窗欹枕集序》,刘倩编:《马隅卿小说戏曲论集》,中华书局2006年版,第84页。
③ [清]张廷玉等:《明史》卷三百十二,中华书局1974年版,第8040页。

安抚者也。唐末南诏陷播州,太原人杨端应募往复之,遂有其地。四传至昭,无子。时宋益州刺史杨延昭之子充广使广西,与昭通谱,以其子贵迁后之。其孙文广从狄青南征有功。后至粲而益大。(此宋景濂《杨氏家传》所载,与《宋史》不同。)铿乃其后裔也。诏封铿为播州宣慰使,领长官司安抚司,二世守其地。寻讨云南,铿为先锋。其后又有杨洪、杨俊、杨信者俱著威名。成化中刑侍何乔新等以播州宣慰杨爱、杨友兄弟攻讦,奏:"奉命勘问监候,窃惟杨氏五百余年,蛮夷服从久矣。今恐生他变,宜提二人面对虚实,免其监禁为便。"从之。(友、爱皆杨辉子,以嫡庶故相仇杀,事详《炎徼纪闻》。)本朝待杨氏最厚,大抵若此。①

在叙述播州杨氏事迹的这段文字中间,罗氏突然插入一句"其后又有杨洪、杨俊、杨信者俱著威名",这应与时人将杨洪、杨俊、杨信附会杨业、杨延昭辈,称他们为"杨家将"有关(见前引王世贞《弇州山人四部稿》)。罗亨信(1377—1457)《六合杨氏族谱序》云:"杨氏系出唐播州宣慰之后,至宋有讳辀者为六合令,终于官。子孙有桐乡之爱,因家焉。八传至顺。顺生政……政生景……景生宣府总戎都督公洪。"②陈循(1385—1462)《武襄杨公神道碑铭》记载相同,又指出杨辀是杨选之子。③ 由此可见,六合杨氏为播州杨氏之后。罗曰褧所谓"其后",似即指此。这个世系当然不可全信,但时人将六合杨氏附会成"杨家将",仍不失为播州杨氏故事和麟州杨氏故事汇合的途径之一。

经由上述途径,杨家将故事的两个系统逐渐汇合,并形成两大类群:一类以西北系统为主,羼入西南系统的因素;另一类以西南系统为主,缀以西北系统的段落。不过我要强调一点,汇合之后,两个系统自身仍各有独立的演变轨迹。

2.平播之役和小说创作之关系

杨家将故事两个系统各有旧本,揆之常理,汇合后的杨家将故事应有更多小说文本行世,《北宋志传》篇首按语提及的《杨家府》大概就是其中一种。

---

① [明]罗曰褧:《咸宾录》,中华书局 1983 年版,第 192 页。
② [明]罗亨信:《觉非集》卷之二,四库全书存目丛书本,第 509 页。按《杨氏族谱》(山西省图书馆藏 1983 年武祠铅印本)卷之一《开平杨氏续录序》(目录题作"六合杨氏续谱序")提到杨景和杨业后裔会谱之事,卷之十收录杨洪、俊、能、信等人的传记。
③ [明]陈循:《芳洲文集》卷之七,四库全书存目丛书本,第 213 页。

但怪异的是,杨家将小说现存四种明代刊本集中刊刻于万历年间,而以前的众多本子(包括《杨家府》在内)竟然没有一种留存下来。针对这一现象,付爱民指出:"只有一种解释能够说通,就是万历年间以前的刊本全都带有直白的追续播州杨氏的内容,在播州杨氏谋反事发以后,一并销毁。"①事情真是这样吗? 恐怕未必。下面,我首先考察平播之役与小说创作、出版之间的关系。

平播州与平哱拜、征倭寇并称"万历三大征",是震动朝野的重大时事。平播之役从万历二十一年(1593)正月朝廷正式用兵,至二十八年(1600)六月平定,历时七年零五个月,"征调兵凡二十万,出师甫逾百日,计三省征剿、防守约二百万"②,费银近二百四十万两③。

隆庆六年(1572),杨应龙袭职,主政播州。杨应龙嗜杀无忌,弄得人人惴恐,很快招致五司七姓的反对。万历十七年(1589),张时照与所部何恩、宋世臣等奏告杨应龙叛。当时,贵州巡抚叶梦熊疏请大征,而四川抚、按力主招抚,朝议命两省会勘。二十年(1592),"应龙诣重庆对簿,坐法当斩,请以二万金赎。御史张鹤鸣方驳问,会倭大入朝鲜,征天下兵,应龙因奏辨,且愿将五千兵征倭自赎,诏释之。兵已启行,寻报罢。巡抚王继光至,严提勘结,应龙抗不出。张时照等复诣奏阙下,继光用兵之议遂决"④。二十一年(1593),王继光发三路大军征播,后因王继光论罢退兵。抚、剿之争再起。二十三年(1595),王士琦前往播州勘抚,交涉结果是:杨应龙革职,罚交赎金四万两;播事暂时由应龙长子朝栋受理;应龙次子可栋羁押在重庆府,作为追讨赎金的人质。杨可栋不久死在重庆,杨应龙大恸,置关据险,决意反叛。随后的三四年内,杨应龙四处劫掠,残杀五司七姓仇家。二十七年(1599),朝廷以郭子章任贵州巡抚,起用李化龙节制川、湖、贵三省兵事,进剿播州。二十八年(1600),李化龙调集大军,二月誓师,六月讨平播州。

杨应龙之叛,并非他的初衷,而是由各种因素推动的。杨应龙桀骜不驯又心存侥幸,终成骑虎难下之势。一些官员贪功,力主用兵。五司七姓要借朝廷之力,铲除杨应龙。亡命之徒鼓动杨应龙反,企图从中牟利。而根本原因在于,改土归流是历史趋势,朱明政权不会让播州杨氏永远独霸一方。所以,播州平定后,朝廷析播地为二,分置遵义府和平越府,而征播将士们已开

---

① 付爱民:《明代杨家将小说的发展与播州杨氏家族》,蔡向升、杜雪梅主编:《杨家将研究·历史卷》,人民出版社 2007 年版,第 483 页。

② [明]茅瑞徵:《万历三大征考》,续修四库全书本,第 37 页上。

③ [明]诸葛元声:《两朝平攘录》卷五下,续修四库全书本,第 230 页上。

④ [清]张廷玉等:《明史》卷三百十二,中华书局 1974 年版,第 8046 页。

始忙于争夺功劳、捞取赏赐了。《四库全书总目》五十四《杂史类》存目三"平播始末"条云:"万历间,播州宣慰使杨应龙叛,子章方巡抚贵州,被命与李化龙同讨平之……子章亦尝有《黔记》,颇载其事。晚年退休家居,闻一二武弁造作平话,左祖化龙,饰张功绩,多乖事实,乃仿记事本末之例,以诸奏疏稍加诠次,复为此书,以辨其诬。"①时人对此心知肚明,茅瑞徵(1594—1644?)评论说:"盖考杨酋,察其终始,信怨毒于人为甚也!酋始因系重庆逾年,弭耳乞怜,岂有意反者哉?"②

万历四十三年(1615),郭子章撰《黔中平播始末》。他这样陈述撰写缘起:

> 自万历庚子六月六日破海龙,醢逆龙,献俘,至于今十有六年矣。平播一事未有纪述,每一念之,如溺者谈水,焚者谈火,稍捉笔辄中辍,然终不可已。又如贾人子负责未偿,旦且夜遥遥也。忆曩播甫平,监军杨义叔请告归。予谓义叔年方艾,又善序事,且亲在行间,睹闻最真,以讨逆志托之《入黔记》。亡何,义叔卒。予又念李少保霖寰年方艾,更善序事,总三省事最要,当有《平播志》。已少保以全集序见属,余阅之,平播有全书,而简表重烦,不及删润成编,亡何亦卒。而予拮据黔中,留滞十余年,亡须摇隙。己酉归养,于今又七年矣。两挂苴经,泪血成池,那暇及此? <u>乙卯嘉平,始释经,闻一二武弁无识,倩坊间措大作平话,类《水浒传》,左祖逆龙。又或倩文士作《平播录》,饰张己功,浮夸没实。</u>予愤然曰:"充国有言:'兵,国之大事,当为后法。'老臣岂嫌□一时事,以欺明主哉?脱死,谁当复言之?"乃以诸奏疏稍加铨次,效古人作《通鉴纪事本末》,名曰《黔中平播始末》。③

话说得很清楚,郭子章撰《平播始末》,并非针对李化龙,他的"辩诬"对象是"一二武弁"请人撰写的平话和《平播录》。四库馆臣改"左祖逆龙"为"左祖化龙",合两事为一事,诚所谓"差之毫厘,谬以千里"。这段话也透露,平播之役刺激了平话的创作,并形成两种不同倾向。一是为杨应龙申冤

---

① [清]永瑢等:《四库全书总目》,中华书局1965年版,第485页上。清人俞樾《九九销夏录》卷十二"平话"条引述其说,中华书局1995年版,第140—141页。
② [明]茅瑞徵:《万历三大征考》,续修四库全书本,第37页。
③ [明]郭子章:《黔中平播始末》,四库全书存目丛书本《蠙衣生传草》卷之十四,第174页。下划线为笔者所加。

("左祖逆龙")。如前所述,杨应龙并非"有意反者",他根本不具备叛明的势力。杨应龙与征播大将刘綎、吴文杰为盟兄弟,"一二武弁"大概就是指他们,或指与杨应龙交好、为播州杨氏抱不平的其他将领。二是夸耀一己之功("饰张己功")。除郭子章提到的《平播录》,万历三十一年(1603),演述征讨杨应龙事的《征播奏捷传通俗演义》出版。这部小说详于战阵而略于帷幄,以陈璘为征播统帅,或系陈璘本人授意而作。与此类似,另一征播大将李应祥曾厚礼托张凤翼作《平播记》传奇,想必也是夸饰功绩。① 这表明,付爱民的解释并不可靠。既然袒护杨应龙的平话可以在坊间出现,万历以前的杨家将小说刊本也就没必要"一并销毁"。万历二十九年(1601),朝廷的确有禁书旨令,但禁毁对象是"非圣叛道之书"②,不是针对杂糅播州杨氏事迹的杨家将小说。

那么,平播之役与万历年间杨家将小说相继问世之间究竟有何关系?联系郭子章的记述和《征播奏捷传通俗演义》的迅速刊刻,我认为最大的可能是,平播之役引发了人们对杨家将故事题材的再度关注,刺激了杨家将长篇小说的编撰和刊刻。至于万历以前的大量杨家将小说刊本没有留存下来,这或许仅仅是出版市场的优胜劣汰规律发挥了作用。毕竟,明代或更早年代的小说刊本亡佚不存,杨家将小说不是个案。现在能看到的明代小说,也肯定远远少于明代实际刊刻的总数。

首先,由于宋濂《杨氏家传》的揄扬,播州杨氏乃杨家将后裔当为明人所熟知。万历年间,朝廷征讨播州杨应龙,人们因此关注平播的进展和播州杨氏的命运,书商因此抓住时机编撰、刊刻杨家将小说,这都在情理之中。现在能确定刊刻时间的杨家将小说首刻本是世德堂本(三台馆本稍早,但刊刻时间不详),序作于万历二十一年(1593),恰是朝廷决定用兵播州的那一年。这和《征播奏捷传通俗演义》在播州平定的第三年就刊行问世非常相似。明代书商对市场的快速反应,于此可见一斑。

其次,军队的征调为杨家将长篇小说的编撰提供了条件。李化龙征讨播州,除川、贵、湖三省官军和土兵外,还调集了陕西、甘肃、河南、延绥、浙

---

① 参看廖可斌:《征播奏捷传通俗演义·前言》,古本小说集成本。

② [明]冯琦《宗伯集》卷之五十七《遵奉明旨等事》说:"近日非圣叛道之书盛行,有误后学,已奉明旨,一切邪说伪书,尽行烧毁。但与其焚其既往,不如慎其将来。以后书坊刊刻书籍,俱照万历二十九年明旨,送提学官查阅,果有裨圣贤经者,方许刊行;如有敢倡异说,违背经传,及借口著述,创为私史,颠倒是非,用泄私愤者,俱不许擅刻。如有不送提学查阅,径自刻行者,抚、按、提学官及有司将卖书、刊书人等,严行究治,追板烧毁。"四库禁毁书丛刊本,第 13 页。晚明思想巨擘李贽和达观分别在 1602 年、1603 年被害,正与冯氏所说的"万历二十九年明旨"吻合。

江、山东、天津、云南、广西、宁夏等省的军队。很有可能,这些外省士兵在平播之后,会将他们在播州听到的杨家将故事,以及得到的杨家将小说读本带回原籍。这是杨家将故事两个系统最为集中的一次汇合,编写者因而能够参考不同性质的资料编撰杨家将小说。

最后,"一二武弁"能在平播后请人撰写平话,左祖杨应龙。杨应龙在平播之前及其初期,更有可能赞助杨家将小说的编撰和刊刻。目的是利用杨家将的忠勇声誉为自己辩护,就像他的先祖在改朝换代之际对外自称杨家将后裔一样。也可能是要通过宣传杨家将的征战故事,达到激励士气的目的。

以上几种可能,推想的成分居多,但平播之役刺激了杨家将小说的编撰和刊刻,这是毋庸置疑的。现存两部杨家将小说——《北宋志传》和《杨家府演义》就是这一刺激下的产物——虽然它们的编撰方式大为不同。

3.《北宋志传》和"熊大木模式"

《北宋志传》与《南宋志传》合刊,以《南北宋志传》的名称行世。它的世德堂本和叶昆池本俱不题撰人姓氏,现存最早的三台馆本《南宋志传》卷一题"云间陈继儒编次"。本文第一章第二节指出,三台馆本和世德堂本并无直接承袭的可能,它们有一个更早的相同底本,叶昆池本则以世德堂本作为底本。显然,"云间陈继儒编次"是三台馆山人添刻的,底本没有作者题署。如果有的话,世德堂本没有理由剜去大名鼎鼎的陈眉公。三台馆本卷首《叙南北两宋传序》又说:

> 昔大木先生,建邑之博洽士也。遍览群书,涉猎诸史,乃综核宋事,汇集一书,名曰《南北宋两传演义》。事取其真,辞取其明,以便士民观览,其用力亦勤矣。

孙楷第指出"大本先生"当即熊大木,并据此认为他就是小说的作者。[①]但马力注意到,序中提到的《南北宋两传演义》的内容,讲的是历史上南北宋的事情,与现在的小说正文并不吻合。所以他推测说:"熊大木编写过《南北两宋传演义》,三台馆山人余象斗重刻该书时为它写了序。后来熊大木的原书已佚,三台馆后人用旧板重新刊行,误将《南北宋志传》当作《南北两宋传

---

① 孙楷第:《日本东京所见小说书目》,人民文学出版社1958年版,第43—44页。同书第46页,孙氏怀疑熊大木所撰只是《南宋志传》,《北宋志传》为后人所缀续。

演义》，并将余序拼了上去……三台馆刊本虽然有可能是旧板复印，较为早出，但这个刊本的序里虽然提到了熊大木，却不等于说《南北宋志传》就是熊大木所写的。"①

"陈继儒编次"之说不可靠，熊大木也不是小说的作者。在没有新资料佐证以前，《北宋志传》的作者最好暂付阙疑。不过，《北宋志传》虽不是熊大木所作，其编撰方式却表明它属于"熊大木模式"作品。

"熊大木模式"是陈大康提出的一个概念，具有两层含义。首先是指书坊主越位，成为小说创作主体。从熊大木开始到万历中期，他们几乎垄断通俗小说创作领域。其次，编撰方式幼稚粗糙，作品有着易于辨认的形态。②具体而言，"熊大木模式"作品的编撰方式包括如下要素：连缀、译写（将文言译成白话）乃至直接抄袭民间传说、话本、戏曲、史书记载等各种资料；以"按《通鉴纲目》而取义"③标榜，追求史家叙事的品格；插入诗词、诏令、奏章、书信等文体和史论，增加作品的史实感和史学味。《北宋志传》正是以这种方式编撰而成的，该书三台馆本第一回前有段按语交代得很明白：

> 谨按是传，前集纪一十卷，起于唐明宗天成元年石敬瑭出身，至宋太祖平定诸国止。今续后集一十卷，起宋太祖再下河东，至仁宗止。收集杨家府等传，总成二十卷，取其揭始要终之意。并依原成本，参入史鉴年月编定。四方君子览者，幸垂藻鉴。

其中的"前集"指《南宋志传》，"后集"指《北宋志传》。"收集杨家府等传"，"并依原成本，参入史鉴年月编定"云云，透露了《北宋志传》是连缀"杨家府等传"，"按鉴演义"而编成。

《北宋志传》有三则按语提到"小说"，用来称呼它所收集的"杨家府等传"。但《北宋志传》自称"演义""志传"，这表明"杨家府等传"很可能就是平话本子。三则按语如下：

> 按《一统志》，文广，杨延昭所生。小说作宗保之子，差误尤甚。（37/812）

---

① 马力：《〈南北宋志传〉与杨家将小说》，《文史》第十二辑（1981 年），第 267 页。
② 陈大康：《明代小说史》，上海文艺出版社 2000 年版，第 274—275 页。
③ ［明］熊大木：《序武穆王演义》，《大宋中兴通俗演义》，古本小说集成本。

按《一统志》，王贵，太原人，与杨业结为莫逆之交。在宋屡立战功，竟以名显。小说作杨还，记者之误。(38/818)

按小说，天佐现出本相，头截飞落黄州城，后作火离国王。尾截飞去铁林洞，后作河口军师，又乱中国。此语且表过。(38/820)

前两则意在以史实纠正"小说"的讹误，第三则表明编写者干脆删掉"小说"荒诞不经的情节。这种向历史靠拢的意识，是"按鉴演义"的体现之一。

"按鉴""按"的是以《资治通鉴》《资治通鉴纲目》为代表的"通鉴"类史书。"通鉴"类史书乃编年体例，所以，《北宋志传》每卷之前"参入史鉴年月"，标明起止时间，这是"按鉴演义"的另一体现。

"按鉴演义"的第三个体现是袭用"通鉴"类史书的内容和论断作为小说按语。按语一般包括两类：一是介绍史实，对小说提到的人和事进行解释、补充或辨正。二是引述史论，以史学家的口吻评论小说提到的人和事。表6是《北宋志传》（三台馆本）按语与《增修附注资治通鉴节要续编》（明刘剡编，简称《节要续编》）的对应表①：

表 6 《北宋志传》按语与《节要续编》对应表

按　语	出　处	备　注
卷13：宋史断曰："齐贤之论，其知本矣。然徒知辽未可伐，而不知幽燕在所当取。岂独齐贤不知，虽是赵普、田锡、王禹偶几人，亦不之知也。盖幽蓟之所当取者有二：一则中国之民陷于左衽，二则中国之险，移于夷狄。燕蓟不收，则河北之地不固。河北不固，则河南不可高枕而卧也。"时太宗特未有其机耳。	《节要续编》卷2李焘评	《李氏纲鉴》卷28、《汤氏纲鉴》卷49、《王氏纲鉴》卷2俱作"李焘评"，成化刊本和慎独斋嘉靖刊本的《续纲目》卷2、《通鉴纂要》卷68、《黄氏纲目续编》卷2、《钟氏纲鉴》卷50作"吕中评"，文字出入不大。《通鉴续编》无此评语而《节要续编》有这段"李焘评"，大概是在刘剡之后所增补。

---

① 根据［日］上田望：《講史小説と歴史書(3)——〈北宋志伝〉、〈楊家将演義〉の成書過程と構造》（载《金沢大学中国语学中国文学教室纪要》第3辑，1999年）第8—11页的评注一览表制成。本文稍作删节、变更。

续表

按 语	出 处	备 注
卷13：按陈抟亳州真源人，尝举唐长兴中进士，不第，遂不复官禄，以山水为乐。因服气辟谷，日饮数杯而已。历二十余年，乃隐华山云台观。每寝处，多百余日不起，故俗人有"大睡三千，小睡八百"之语也。	《节要续编》卷2按	画线部分不见于《节要续编》，"官禄"在《节要续编》里作"干禄"。
卷14：按普性深沉刚毅果断，虽多克忌而能以天下事为己任。故其当揆，惟义是从，偃武修文，慎罚薄敛，以立宏规于后世，其功大矣。少习吏事，寡学术。太祖劝以读书，遂手不释卷，每归私第，阖门启箧，取书诵之竟日。及次日临政，处决如流。既卒，家人发箧取书视之，则《论语》二十篇也。尝谓帝曰："臣有《论语》一部，以半部佐太祖定天下，以半部佐陛下致太平。"普相两朝，未尝为子弟求恩泽。卒年七十一岁，后谥忠献公，封韩王。	《节要续编》卷2："×普性深沉刚毅果断，虽多克忌而能以天下事为己任。故其当揆，惟义是从，偃武修文，慎罚薄敛，以立宏规于后世，其功大矣。少习吏事，寡学术。太祖劝以读书，遂×不释卷，每归私第，阖户启箧，取书诵之竟日。及次日临政，处决如流。既卒，家人发箧取书视之，则《论语》二十篇也。尝谓帝曰：'臣有《论语》一部，以半部佐太祖定天下，以半部佐陛下致太平。'普相两朝，未尝为子弟求恩泽。×××××××。后谥忠献公，封韩王。"	《李氏纲鉴》卷28与《节要续编》相比，画线部分所缺文字有异。《王氏纲鉴》卷2同《李氏纲鉴》。
卷19：按《通鉴》，八王乃德昭也，初封武功郡王。因太宗久不行太原之赏，德昭以为言。帝大怒曰："待汝自为之，赏未晚也。"德昭退而自刎。时在太平兴国四年，此小说终于真宗之朝，舛误甚矣。因表出而为智者考焉。	《节要续编》卷2："八月，皇子武功郡王德昭自杀。初，德昭从帝攻太原。军中尝夜惊，不知帝所在。有谋立德昭者。会知帝处，乃止。帝闻不悦。乃还朮。故久不行太原之赏。德昭以为言。帝大怒曰：'待汝自为之，赏未晚也。'德昭退而自刎。帝闻之惊悔，往抱其尸，大哭曰：'痴儿何至此耶？'追封魏王。"	《通鉴》当然不会有这个记载。《节要续编》的这段话与以后诸书记载最为接近，而《李氏纲鉴》卷28、《续纲目》卷2的记载也大体一致。画线部分是熊大木的评语，《续纲目》也有类似语句表达这层意思。

为了强化作品的史实感，"按鉴"之余，《北宋志传》又插入诏令、奏疏、书信等历史文献，尤其增添大量的咏史诗。诏令、奏疏、书信等历史文献可以营造历史氛围，让读者相信小说所述故事的真实性；以咏史诗为主的诗词作品不仅增添史的风味，也使通俗小说带上一点文雅的味道。表7是《北宋志传》（三台馆本）所增这类文体的数量分布表：

表 7 《北宋志传》所插增各类文体数量分布表

卷	后人	无名氏	宋贤	周静轩	古风	杜 甫	词	诏表疏
11	1	3		1	1		1	2
12	2	3						4
13	3	2		3				3
14	3	1						3
15	2	2					2	1
16	1	1				1	2	1
17	3	12						2
18		7						
19	4	1	1	1			1	1
20		8						
计	19	40	1	5	1	1	6	17

综上,《北宋志传》运用"熊大木模式"的编撰方式,意在将不那么雅驯的"杨家府等传"之类的英雄传奇故事,改编成较为雅正、能够争取士人认可的历史演义小说。

4.《杨家府演义》和民间讲史

《杨家府演义》"全采戏曲小说及当时词话为书"①,可见也是连缀辑补已有材料而成。但与《北宋志传》的编撰方式不同,《杨家府演义》偏离"按鉴演义"的轨道,更多保留了民间早期讲史的特征。

形式上,《杨家府演义》分则不分回,单句则目不对称,且字数多寡不一。这是因为早期章回小说的前身讲史平话本子都分则。柳存仁指出:"我们研究通俗小说的板刻,假如单从回目方面着眼,也可以知道凡是刊刻时代稍早(例如明末 1600 年左右)的版本,分则的可能性一定比分回目的成分多。这里所谓分则,并不是单有一个号码数字而已,实际上也写成一句单句。"②

语言上,《杨家府演义》"文字质朴,古意盎然,又幼稚,又淳厚,颇为可爱"③。它的文白杂糅是早期讲史的遗留,绝不是一部成熟的通俗小说所应

---

① 孙楷第:《戏曲小说书录解题》,人民文学出版社 1990 年版,第 91 页。
② 柳存仁:《论明清中国通俗小说之版本》,《和风堂文集》,上海古籍出版社 1991 年版,第 1113 页。
③ 赵景深:《杨家将故事的演变》,《中国小说丛考》,齐鲁书社 1980 年版,第 214 页。

有的语言形态。

思想上，《杨家府演义》与正统史书的历史观判然有别，体现了浓郁的民间色彩。吴虞（1872—1949）《松冈小史序》一文指出："小说撰自民间，非若正史之出于钦定，其笔削自由，无忌讳拘挛之累。虽或有肆恩怨之私，淆是非之实者，然据以考一代之风尚、一事之真相，往往较读帝王之家谱、官吏之行述，所得者为亲切而有味。"①《北宋志传》"按鉴演义"，自然包括演述"通鉴"类史书的义理（亦即书法），"笔削自由"云云，也就不那么突出。《杨家府演义》在这一点上却颇有些异端气味。譬如它明确指出宋太宗在"烛影斧声"之中夺位登基②，并以诗句"可惜乾符私授子，至今人道悖君亲"（11/142）直斥宋太宗违背金匮之誓。它对杨怀玉"尘视侯封上太行"的赞赏，可谓抨击皇权思想这枚硬币的另一面。这和民间讲史是一脉相承的。

马力推测说："《明成化说唱词话丛刊》中，十一种说唱词话就有三种是讲史的，即《花关索传》《唐薛仁贵跨海征辽故事》和《石郎驸马传》，都是讲名将事迹的。因此在三台馆本之前有一个杨家将故事的祖本——评话本子'《杨家府》传'，看来也不是完全没有可能的。"③我完全赞同这个看法。本文第二章第二节引述多条材料证明：元明时期的杨家将故事，尤其是杨文广故事在民间说唱世界里十分流行。《杨家府演义》有民间讲史的词话本子作为底本也就不无可能。

《杨家府演义》中的杨文广故事来自杨家将故事的西南系统，播州及其附近地区说唱、傩戏之风又颇为盛行（详见第二章第四节）。这意味着，杨文广故事存在说唱词话本子的可能性非常大。如果再考虑到杨文广和花关索之间的诸多相似（还可以将与花关索相似的《大唐秦王词话》中的尉迟恭、《残唐五代史演义传》中的李存孝考虑进来），以及孟良盗马情节与《花关索传》所述姜维盗马故事的高度一致④，我们完全有把握说，《杨家府演义》中的杨文广故事是取自一部类似于《花关索传》的《杨文广传》说唱词话。《北

---

① 引自胡从经：《中国小说史学史长编》，上海文艺出版社 1998 年版，第 25 页。

② 《杨家府演义》此处采纳民间野史的说法。宋代文莹《续湘山野录》"太宗即位"条记之颇详："俄而阴霾四起，天气陡变，雪雹骤降，移仗下阁。急传宫钥开端门，召开封王，即太宗也。延入大寝，酌酒对饮。宦官、宫妾悉屏之，但遥见烛影下，太宗时或避席，有不可胜之状。饮讫，禁漏三鼓，殿雪已数寸，帝引柱斧戳雪，顾太宗曰：'好做，好做！'遂解带就寝，鼻息如雷霆。是夕，太宗留宿禁内，将五鼓，周庐者寂无所闻，帝已崩矣。太宗受遗诏于柩前即位。"中华书局 1984 年版，第 74 页。

③ 马力：《〈南北宋志传〉与杨家将小说》，《文史》第十二辑（1981 年），第 271 页。

④ 参看第三章第一节，以及［日］宫纪子《花関索と楊文広》一文，《汲古》第 46 号（2004 年），第 36—41 页。

宋志传》所据底本《杨家府》也有杨文广征侬智高故事,其中"炎月瑞雪降龙池"的法术描写不见于《杨家府演义》,可证两书的杨文广故事来自不同系统。这种情形很像《三国演义》不同版本系统里的关索和花关索故事。平话本子《杨家府》原有杨文广故事,但被《北宋志传》的改编者删去了,只在书首的长篇古风中留下些许痕迹,在末尾留下一句预告性质的"惟有令婆恩典,直待文广征服南方而后受封也"(50/915)。这就像《三国演义》罗氏原本本来有关索故事,却被嘉靖刊本删削干净,仅在一些建阳刊本和江南刊本中得以保存一样。《杨家府演义》所据旧本是一个糅合民间说唱文学里的杨家将故事而拼凑成的本子(纪振伦校订时保留了这些鄙俚的内容,同时也保留了旧本拼凑的痕迹),就像《三国演义》诸多建阳刊本借鉴民间流行的《花关索传》说唱词话来编写它们的花关索故事一样。

其他内证也可找到一些。《杨家府演义》有 124 首以"有诗为证"领起的五、七言诗,《北宋志传》只有 68 首。两书的这些诗除三首可以看出是相同作品外①,其他绝大多数毫无关系,显然来源不同。似乎可以这样解释:《杨家府演义》底本是词话本子,唱词本来就多,所以纪振伦的校订本才会比《北宋志传》多了 56 首诗。纪氏修订时又可能参考了《北宋志传》,所以就出现三首较为相似的诗。谓余不信,不妨先看《杨家府演义》的如下一段文字:

> (木桂英)有一日与众喽罗打猎,射落一鸟。有诗为证:
>> 结队纷纷出寨东,分围发纵势豪雄。
>> 龙泉光射腰间剑,鹊血新调手内弓。
>> 犬带金铃飞草际,鹘翻锦翅没云中。
>> 平原十里秋风冷,沙草萧萧半染红。
>
> 木桂英游猎之间,只见一鸟飞过,拽弓射之。那鸟应弦而落,恰落于孟良面前。(28/388—389)

这里,诗的前、后文字所述内容重复,无非是说木桂英射落一只鸟罢了,诗也是赞咏游猎过程的,读起来不免别扭。《北宋志传》此处无诗,仅用一句"是日正与部下出猎,射中一鸟,落于孟良面前"(35/794)就交代清楚,干脆利落。不过,如果这首诗是供口头唱诵的,《杨家府演义》的这段文字根本就是说唱词话删汰未尽的遗留,那么毋宁说,在以一篇诗吟唱一番之后,重复

---

① 参看孙旭、张平仁:《〈杨家府演义〉与〈北宋志传〉考论》,《明清小说研究》2001 年第 1 期。

一次用以叙事的说白是必要的。另外，《杨家府演义》末尾杨怀玉和周王的一番对答，形式和意蕴都极似《张子房慕道记》。伊维德认为"《张子房慕道记》可以被视作一篇道情作品"①，但它更像是一篇由说唱作品改编过来的短篇小说，就如同《李道人独步云门》是根据说唱作品《云门传》改编而成的那样。② 所以《杨家府演义》末尾的这番对答，是能够说明它的说唱渊源的。

还可以通过其他途径确认《杨家府演义》的说唱词话渊源。词话深深扎根于乡村社会，这一点，元朝颁布禁止民间搬演词话的数道诏令可以证明。《元典章·刑部》卷之十九《杂禁》"禁学散乐词传"条：

> 至元十一年十一月二十六日中书兵刑部承奉中书省札付，据大司农司呈，河北河南道巡行劝农官申：顺天路束鹿县头店，见人家内聚约百人，自搬词传，动乐饮酒。为此本县官司取讫社长田秀井、田拗驴等，各人招伏，不合纵令侄男等攒钱置面戏等物。量情断罪外，本司看详，除系籍正色乐人外，其余农民市户、良家子弟，若有不务本业，习学散乐、般（搬）说词话人等，并行禁约。③

《元典章·刑部》卷之十九《禁聚众》"禁聚众赛社集场"条：

> 今后夜间聚着众人唱词的，祈神赛社的，立集场的，似这般聚众着妄说大言语、做歹勾当的，有呵，将为头的重要罪过也者。其余唱词、赛社、立集场的，每比常例加等要罪过。④

《元典章·刑部》卷之十九《杂禁》"禁弄蛇虫唱货郎"条：

> 在都唱琵琶词、货郎儿人等，聚集人众，充塞街市，男女相混，不唯引惹斗讼，又恐别生事端。⑤

----

① W. L. Idema, General Introduction, *Chinese Vernacular Fiction: the Formative Period* (Leiden, E. J. Brill, 1974), P. XXVII.原文为英文。
② 参看［美］韩南《〈云门传〉从说唱到短篇小说》一文，《韩南中国小说论集》，王秋桂等译，北京大学出版社 2008 年版，第 102—114 页。
③ 《元典章》卷五十七，修订法律馆 1908 年版，叶四十九。
④ 《元典章》卷五十七，修订法律馆 1908 年版，叶四十五（b）。
⑤ 《元典章》卷五十七，修订法律馆 1908 年版，叶四十九（b）。

《元史·刑法志四》"禁令"条：

> 诸民间子弟，不务生业，辄于城市坊镇，演唱词话，教习杂戏，聚众淫谑，并禁治之。①

上引材料说明：第一，搬演词话的人包括农民、市户、良家子弟，场所在乡村集市和城市坊镇。第二，搬演词话和民间迎神赛会活动有关。第三，"搬唱词话""演唱词话"表明词话和戏曲渊源颇近。结合"攒钱置面戏等物"来看，这里最可能是指假面扮演的乡村傩戏，而词话可能是它的歌词。② 王兆乾（1928—2006）对安徽池州傩戏和成化刊本《说唱词话》之间渊源的研究③，金文京对《花关索传》和池州傩戏、云南关索戏之传承关系的论述④，都能证明这一点。对此，还可以考虑日本学者田仲一成（Tanaka Issei，1932—　）的观点。

田仲一成认为，中国早期戏剧由乡村祭礼仪式转化而来。中国乡村最原始的祭祀是"社祭"，分为两种：一是春天向社神祈福的"春祈"，伴随着召唤傩神驱邪逐疫的禳灾礼仪；一是秋天感谢社神的"秋报"，伴随着镇抚孤魂野鬼的镇魂礼仪。随着宗教、巫术色彩的逐渐消退，社祭礼仪由三条途径向技艺和戏剧转化：通过巫师的依托（诸神"附体"于巫）演出向庆祝剧转化；通过农民的傩神武技向角抵戏、武戏转化；通过僧侣、道士的降伏礼仪向悲剧转化。⑤ 这一系列转化的契机在于，宋代农村市场圈的发达，促使村落旧的社祭活动向以集市为中心的新的"迎神赛会"方向发展。当迎神赛会这种新的"社会"祭礼取代社祭时，祭礼的文艺化也就完成了，并进一步发展为戏剧。具体来说，从巡游礼仪中产生了杂技文艺，从神诞祭礼的神、巫对舞和对唱表演中产生了参军戏、"院本"（爨体）等庆贺戏，从建醮祭礼中产生了镇

---

① ［明］宋濂等：《元史》卷一百五，中华书局 1976 年版，第 2685 页。
② 金文京推测"搬唱词话"是演出由词话转变过来的诗赞系戏曲，参看《诗赞系戏曲考——中国戏曲史的两大潮流》，林徐典编：《汉学研究之回顾与前瞻》上册，中华书局 1995 年版，第 202—208 页。
③ 参看王兆乾：《池州傩戏与成化本〈说唱词话〉——兼论肉傀儡》，《中华戏曲》第六辑，第 135—164 页。
④ 金文京：《花關索傳の研究·解說篇》，汲古书院 1989 版，第 72—78 页。金文京推测，《花关索传》中鬼头、鬼面、铁头、金睛兽等称号，原意应指傩戏演员戴的假面具，这是很有说服力的新鲜见解，见该书第 75 页。
⑤ 参看［日］田仲一成：《中国戏剧史》第一章，云贵彬、于允译，北京广播学院出版社 2002 年版。

抚英灵的悲剧和镇抚冤魂的审判剧。① 这些构成乡村祭祀活动一部分的戏剧演出,田仲一成称之为"祭祀戏剧"。词话的搬演者身份和搬演场所,词话和迎神赛会、戏曲的渊源,似乎都可以从田仲一成重构中国戏剧史的尝试中找到答案。简单来说,词话可能经历了与乡村祭祀戏剧相同的孕育过程,双方都源于祭祀礼仪,且在很长一段时期内共同生长。这可以解释词话与傩戏何以关系尤为密切。乡村的傩神武技在"表演故事的时候,歌唱者演唱七言连缀的所谓诗赞体词曲","是一种歌唱者只管歌唱,表演者只管表演的属于分演形态的东西"②。但当它向戏剧方向发展时,表演者开始担任歌唱任务,讲述体转化为代言体,原来的歌唱者就可能脱离出来,独立演唱诗赞体词曲。这也可以解释元杂剧中何以有大量的诗赞体唱词。按照田仲一成的看法,不同题材的元杂剧源于不同场合的祭祀(乡村、宗族、市场),因而也就是源于不同形态的傩戏(乡傩、堂傩、市傩)。由此形成的乡村戏剧、宗族戏剧和市场戏剧一直延续至明清时期。③ 所以,我们可以通过考察《杨家府演义》与元明戏剧的关系来说明它的词话渊源。

现存杨家将杂剧之中,《昊天塔孟良盗骨》和《大大王开诏救忠臣》值得注意。前者以杨业、杨七郎的英灵诉冤而始,以杨五郎、杨六郎做七昼夜的大道场超度亡魂而终,中间叙述众多出场的人物为救助英雄亡灵所做的各种努力。全剧贯穿着英灵镇魂祭祀的骨架,属于源自乡村祭祀的英灵镇魂剧——英雄剧。④ 后者第三、四折叙述寇准设计套出实情,将谋害杨业父子的潘仁美等人审判定罪。杨六郎在八大王授意下杀死潘仁美等人,终于为父亲和弟弟报了仇。结构上采用审判形式,因而可以说包含了源自乡村祭祀的冤鬼镇魂剧——公案剧的因素。当然,由于是时代比较靠后的杂剧,在"由神佛进行拯救"的部分增加"由人的努力进行拯救"的因素⑤,这也是可以理解的。将杂剧和小说稍加对照就能明白,《杨家府演义》的"孟良盗骨殖""勘问潘仁美"两段情节显然和上述两本杂剧属于同一个故事系统,而《北宋志传》所述的这两个情节和杂剧差别很大,必定另有源头。两本杂剧

① 参看[日]田仲一成《中国祭祀戏剧研究》一书,尤其是绪论和结语部分。布和译,北京大学出版社 2008 年版。
② [日]田仲一成:《中国戏剧史》,云贵彬、于允译,北京广播学院出版社 2002 年版,第 78 页。
③ 参看[日]田仲一成《中国戏剧史》第三、四章,云贵彬、于允译,北京广播学院出版社 2002 年版。
④ [日]田仲一成:《中国戏剧史》,云贵彬、于允译,北京广播学院出版社 2002 年版,第 136—137 页。
⑤ 《昊天塔孟良盗骨》强调了杨六郎、孟良和杨五郎的努力,《八大王开诏救忠臣》强调了八大王、寇准、杨六郎的努力。但超度英灵安排在五台山兴国寺,"勘问潘仁美"出现一个雪冤(小说作"雪云")和尚,似是神佛力量的变形。

都源于乡村祭祀,这似乎能间接证明《杨家府演义》和词话的关联。再举一个类似的例子。《杨家府演义》叙周王命人在法场假扮冤鬼,唬得胡富说出杨府受诬的实情(54/711—716),相似情节见于明成化刊本说唱词话《仁宗认母传》。据词话所唱,"审郭槐"是由宋仁宗扮作地府罗王,包拯扮作阴曹判官,"包家手下人"扮作夜叉鬼面,最后问出真相(15/b—17/a)。两段情节可以说都采取了冤鬼镇魂剧——公案剧的审判结构。

这个杨家将故事的词话旧本,最有可能产生于元代。试举两例为证。"不花颜儿"显然是蒙古人的名字,它在《杨家府演义》里出现两次(2/19,32/448),可能是祖本的遗留。在杨六郎打破幽州城这段情节中,小说叙写杨四郎设计除掉辽朝"上万户""下万户""乐义""乐信"四员大将。(《杨家府演义》2/516—517,《北宋志传》42/856—857)按"上万户""下万户"都是官职名,元代设置。上万户府管军七千之上,所设万户正三品。下万户府管军三千之上,所设万户从三品。① 明代无此官职。揣测文意,"上万户"和"下万户"在祖本里应是"乐义""乐信"两人的官职。后来的改编、校订者大概不解其意,就把它们说成是四个人的名字。

《杨家府演义》题"秦淮墨客校阅",书前有秦淮墨客撰写的《杨家通俗演义序》。据名下钤章,知秦淮墨客即纪振伦,字春华。他以编选、校阅小说和戏曲而为人知。明刊本《续英烈传》首序署"秦淮墨客"。金陵唐振吾刊行的《宵光记》《八义双杯记》《西湖记》《武侯七胜记》《三桂联芳记》《霞笺记》《折桂记》等七种传奇俱题"秦淮墨客校正"。《乐府红珊》题"秦淮墨客选辑",也由金陵唐振吾刊行。很有可能,纪振伦是一位不得意的下层文人,受雇为金陵唐氏书坊编书。

孙楷第曾怀疑纪振伦是《杨家府演义》《续英烈传》的作者②。余嘉锡认为纪振伦"殆因旧本校阅之而已"③,不能算是《杨家府演义》的真正作者。《杨家通俗演义序》没有一句话提及撰作之事,题署也仅言"校阅"而不说"编次"。从这两点来看,余氏意见是对的。

平播之后,"一二武弁"请"坊间措大"撰写"类《水浒传》"的平话,为杨应龙辩护(见前引郭子章语),这是很值得重视的记载。如上所述,纪振伦可能就是一个"坊间措大"。《杨家府演义》分段缀合的结构很像《水浒传》(详见

① [明]宋濂等:《元史》卷九十一,中华书局 1976 年版,第 2310—2311 页。
② 孙楷第:《戏曲小说书录解题》,人民文学出版社 1990 年版,第 90 页;《中国通俗小说书目》,人民文学出版社 1982 年版,第 68 页。
③ 余嘉锡:《余嘉锡论学杂著》下册,中华书局 1963 年版,第 425 页。

第三章第五节），又有许多影射播州杨氏征战功绩的内容，尤其是西南系统的杨文广故事在这部小说中占据较大篇幅。相反，《北宋志传》删去旧本原有的杨文广故事①，影射痕迹不是很明显。所以我认为，《杨家府演义》或许就是"一二武弁"雇人编成的平话之一。只是这位受雇的编书先生纪振伦水平有限，用一个旧本稍作改写敷演了事，远远谈不上撰作。

如果这一意见成立，《杨家府演义》流露出来的对文官、知识阶层的反感态度就很好理解了。小说最末一则借杨怀玉之口宣称："且佞臣何代无之？他每恃是文臣，欺凌我等武夫，受几多呕气。"（58/765）这明显是站在武人立场说的话。纪振伦在《杨家通俗演义序》中感叹道："使其将相调和，中外合应，岂不足树威华夏？奈何三捷未效，而掣肘于宵人之中制，竟使生还玉关之身，徒为死报陛下血。良可惜哉！良可惜哉！"这是为武将受制于朝廷小人而深感痛惜。重视武人，蔑视文士，这和传统文人士大夫阶层的"万般皆下品，唯有读书高"观念尖锐对立，代表的正是武人阶层的价值观念。小松谦指出，对文官、知识阶层极为反感，这是词话系小说的通行价值观。譬如《残唐五代史演义传》第十七则有句云："征战之际，只论武，谁来论文？"（17/142，李存孝语）《水浒传》有"这厮又是文官，又没有本事"（33/402，花荣评价刘高）、"不强似受那大头巾的气"（34/421，燕顺劝秦明落草）、"免受那文官的气"（34/424，秦明劝黄信入伙）之类的语句，等等。② 可见，《杨家府演义》的编写应与"一二武弁"有关。

综上，除西北系统之外，杨家将故事还存在一个属于说唱文学的西南系统，以及由它演化出来的东南系统。西南系统是东南系统的源头，但东南系统对西南系统也有所影响。西北和西南两个系统互相渗透，经由各种途径逐渐走向汇合，而平播之役可能给它们提供了最为集中的一次汇合。平播之役刺激了人们对杨家将故事题材的再度关注，以及杨家将小说的编撰和刊刻。现存的两部杨家将小说之中，《北宋志传》按照"熊大木模式"编成，属"按鉴演义"一派的历史小说。它的编撰，反映了书商对市场的灵敏嗅觉。《杨家府演义》保留了更多的民间讲史特色，属于承袭民间说唱文学而来的英雄传奇小说。它的刊刻，可能与武人阶层的支持有关。

---

① 《北宋志传》卷首按语交代全书叙事"至仁宗止"（实止于真宗），卷末说："惟有令婆恩典，直待杨文广征服南方，而后受封也。"第一回前的古风也提及："仁宗统御升平盛，蛮王智高兵寇境。杨府俊英文广出，旌旗直指咸归命。更有宜娘法术奇，炎月瑞雪降龙池。"可见旧本原有杨文广征南故事，《北宋志传》削去不载。

② ［日］小松謙：《詞話系小説考——〈殘唐五代史演義傳〉を絲口に》，《中國歷史小說研究》，汲古書院 2001 年版，第 226—230 页。

本章小结

从北宋初期杨业祖孙三代的史实,到明代晚期的两部杨家将小说,这一过程曲折漫长。由于时代久远和资料匮乏,其间的具体演化细节已经很难一一复原。这里,我尝试根据前面四节文字的描述,对杨家将小说的成书过程作一总体概述。因为很多环节无法证实,本书的结论只能说是一个构想,一个可能的答案。

杨业祖孙三代的英勇事迹很早进入民间传说、说话和杂剧(这里指现在所说的宋金古剧)领域。在长期口耳相传的过程中,讲述这个杨氏家族的故事逐渐摆脱史实的束缚。一方面,故事本身发生变形、走样,譬如杨业原是被俘绝食而死,却被说成是撞李陵碑而死,杨延昭不是行六而被呼为"杨六郎",杨文广在故事里叫杨宗保,等等。另一方面,本来不属于杨业祖孙三代御敌的内容阑入其中,譬如杨畋的作战事迹,以及两宋之际的抗金史实。尤其是后者,可以说是这个故事壮大的重要因素。在抗金以及随后的宋金对峙期间,忠义人和抗金名将(以杨存中、岳飞为代表)在这个故事中投射下巨大的影子,五郎为僧、四郎归宋等重大关目也得以产生。迟至南宋末年,讲述这个杨氏家族作战事迹的故事有了一个专名,即杨家将故事。我们将这个讲述杨业祖孙三代事迹的杨家将故事视为它的西北系统。

比这个杨氏家族稍早,僻处西南一隅的播州杨氏家族开始崛起。从唐代末年的杨端到宋哲宗时的杨文广,经过九代的艰难征战和苦心经营,播州杨氏俨然成为播州之主。播州杨氏的征战,除与周边部落争夺土地外(以罗罗族为主要对手),也包括为宋廷效力。其中,杨价、杨文父子抗击元军、保卫蜀地的业绩最为著称。作为实际统治者,播州杨氏家族受到当地民众的尊崇,其事迹必定在当地广为传述,并逐渐演化成一个家族的征战神话。杨文广征讨"九溪十洞",杨价、杨文父子的抗元,无疑会是这个神话的主要内容。杨端成为播人祠祀的"三抚老穆相公",大概就是这个神化过程的结果。讲述播州杨氏家族事迹的故事,我们称之为杨家将故事的西南系统。

宋代至元代前期,杨家将故事的两个系统各自独立发展。元朝统治中原以后,人心思宋,西北系统的杨家将故事更加盛行[1]。以杨业、杨六郎、杨

---

[1] 余嘉锡《杨家将故事考信录·流传因果第二》论之甚详,参看《余嘉锡论学杂著》下册,中华书局1963年版,第428—434页。

宗保三代为主的杨家将故事被编成平话、杂剧,活跃在书场和戏曲舞台上。西南系统的杨家将故事则主要以说唱文学形式在播州及其周边地区流传。像西北系统一样,它也开始吸纳周边地区的故事,譬如有关丽江木氏的传说(木天王和木桂英),就这样被扯进杨家将故事西南系统。

元末至明代是杨家将故事发展的重要时期。一方面,明初武将征战事迹(如六合杨氏家族)被附会到西北系统的杨家将故事之中,促使后者进一步壮大。演述杨业、杨六郎、杨宗保故事的小说和戏曲(包括杂剧、传奇、民间祀神戏)比以往增多。另一方面,由于政治宣传的需要,播州杨氏开始以杨业后裔自居,对外自称"杨家将"。在这个家族的推动下,以杨文广为核心人物的杨家将说唱故事蓬勃发展,并逐渐渗入西北系统的杨家将故事,借此向全国范围扩散。

这一时期,杨家将故事的两个系统相互影响,由种种途径走向汇合。但汇合并不意味着统一。首先,由于两个系统已经各有相当程度的发展,各有书面文本(平话本子、戏曲本子),汇合之时必然多有抵牾之处。杨宗保(西北系统)和杨文广(西南系统)之间的关系有父子、兄弟两种说法,就是这方面的显著例子。其次,汇合之后的杨家将故事会有相应的书面文本,但不难设想,这些本子之间必然千差万别。现存两部杨家将小说之间歧异很多,小说与戏曲也有差别,是这一情形的自然延续。最后,原先的西北、西南两个故事系统仍有各自独立的演变,并不因为汇合而消亡。譬如清宫大戏《昭代箫韶》主要承袭西北系统,一个显著标志是,它没有来自西南系统的杨文广故事。杨文广平闽十八洞故事则纯粹是由西南系统的杨家将故事演变而来,可以视为西南系统的一个子系统——东南系统。它杂糅了开漳圣王传说(即唐代陈政、陈元光父子入闽故事),以及福建其他地方传说,并且受到西南系统另一个子系统——以《杨家府演义》为代表——的影响。当然,陈氏平蛮事迹还可能掺入以《杨家府演义》为代表的这个子系统。

万历年间,播州杨应龙叛,明朝调集各省大军平播。平播之役的爆发,刺激人们再度关注杨家将故事题材,促使西北和西南两个杨家将故事系统进一步汇合。书坊主抓住时机,纷纷编撰、刊刻杨家将小说。在"熊大木模式"的巨大影响下,他们多半用"按鉴演义"的方式改编杨家将小说旧本。删除旧本里的一些神怪内容(主要来自西南系统),增加"史鉴年月"、诏令奏疏乃至"有诗为证"之类的内容,好让小说看起来更符合历史。为了将小说置于据正史而演义的行列,余象斗刊刻的这部杨家将小说题为"北宋志传",以便与历史上的"北宋"对应。另一方面,播州平定之后,"一二武弁"请"坊间措大"造作平话,袒护杨应龙。于是,一个包含大量影射播州杨氏征战功绩的内容的杨家将小说旧本,在万历丙午年(1606)以《杨家府演义》的名称重新刊刻问世。

根据以上概述,杨家将小说成书过程可以用图7表示:

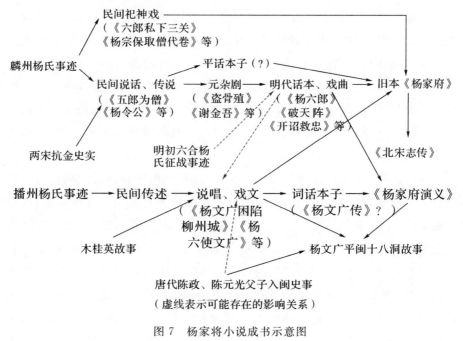

图 7　杨家将小说成书示意图

第三章　杨家将与其他故事关系论略

　　杨家将的传说，至迟在宋仁宗时期（1023—1063）就已经流行于民间乡野，欧阳修即称"至今天下之士，至于里儿野竖，皆能道之"①。而仁宗之世是各种民间说话、讲唱文学都比较繁荣的时期②，这些口头说唱文学在长期的讲述和传播过程中，难免要发生交叉渗透、相互影响的现象，有关杨家将的口头文学自然也不例外。另外，和其他世代累积型小说一样，杨家将小说的取材同样不外乎史书、笔记、民间传说以及前代的文艺作品，这也就意味着杨家将小说必定与其他小说有着千丝万缕的关系。换句话说，无论是在口头文学阶段，还是在书面文学阶段，杨家将故事与其他故事联系都比较密切。

　　侯会指出，《水浒》作者"对瓦舍勾栏中的说话、戏曲题材最为熟悉，这些作品成了小说家学养之源。他们在摹状人物、引喻取譬时，也多半以这些作品为武库。透过种种借鉴之迹，我们还可大致了解所借鉴作品的创作、发展情况。对于小说研究而言，这又是很有意思的课题"③。本章即研究这个"很有意思的课题"，拟对杨家将故事与其他故事的关系作一番考察，以说明杨家将故事得以兴起、壮大的文学背景，以及杨家将小说所处的文学环境。按照故事的发生时间，本书考察的顺序是：三国故事、隋唐故事、五代故事、狄青故事、水浒故事和岳飞故事。最后，杨家将与神魔小说的关系，本章也拟作专节讨论。

---

① ［宋］欧阳修：《供备库副使杨君墓志铭》，《欧阳修全集》卷二十九，李逸安点校，中华书局 2001 年版，第 444 页。
② ［明］郎瑛《七修类稿》卷二十二"小说"条："小说起宋仁宗，盖时太平盛久，国家闲暇，日欲进一奇怪之事以娱之，故小说得胜头回之后即云话说赵宋某年。闾阎淘真之本之起，亦曰'太祖太宗真宗帝，四帝仁宗有道君'。国初瞿存斋过汴之诗有'陌头盲女无愁恨，能拨琵琶说赵家'，皆指宋也。若夫近时苏刻几十家小说者，乃文章家之一体，诗话、传记之流也，又非如此之小说。"上海书店出版社 2001 年版，第 229 页。"小说起宋仁宗"这一说法自然是错误的，但郎氏所举证据却足以反映仁宗朝说唱文学的盛行。
③ 侯会：《〈水浒〉源流新证》，华文出版社 2002 年版，第 243 页。

第一节　杨家将和三国故事

三国历史成为通俗故事,恐怕很早就已经开始,而"在北宋时代,三国故事,已成为极流行的一种讲史了"①,孟元老就曾提到一个"说三分"专家尹常卖②。另外,罗烨《新编醉翁谈录》列有"三国志诸葛亮雄材"③这样的说话题材。这说明,三国故事是宋代瓦舍演说的热门题材,也是说书艺人招徕听众的重要项目。正是根植于这样的民间文艺土壤,三国故事相继有了大量的杂剧、传奇作品④,也有了《三国志平话》《三国演义》这样或粗陋或精湛的小说作品,甚至还有了《花关索传》这样的说唱文学作品。它们,尤其是《三国志平话》《三国演义》《花关索传》,与杨家将故事有着密切的关系。

作为第一部长篇历史演义小说,《三国演义》对后世同一类型小说的影响是巨大的。在故事情节方面,明代杨家将小说借用《三国演义》的地方就不在少数。譬如杨六郎三擒孟良显然模仿了诸葛亮七擒孟获,禁宫祈禳八大王与五丈原孔明禳星在描写上有些雷同,这是为人熟知的两个例子⑤,不必多谈。下面举出的这个例子却是容易忽略的,也能进一步说明明代杨家将小说对《三国演义》的借鉴,似乎已达到了一种习焉不察的程度。

1. 惊悉凶信

在杨家将小说中,焦赞是被孟良误杀,而《三国演义》里张飞是为部下所害,两人身死的情节大为不同。但是,杨六郎知悉焦赞死讯和刘备知悉张飞死讯的细节描写不无相似之处,这是颇堪注意的一点。

《三国演义》描写张飞遇害之后,紧接着是这样的一段文字:

> 却说先主是夜心惊肉颤,寝卧不安。出帐仰观天文,见西北一星,其大如斗,忽然坠地。先主大疑,连夜令人求问孔明。孔明回奏曰:"合

---

① 郑振铎:《三国志演义的演化》,《中国文学研究》,作家出版社 1957 年版,第 170 页。
② [宋]孟元老著、邓之诚注:《东京梦华录注》,中华书局 1982 年版,第 133、164 页。
③ [宋]罗烨:《新编醉翁谈录》,古典文学出版社 1957 年版,第 4 页。
④ 参看陈翔华:《三国故事剧考略》,周兆新主编:《三国演义丛考》,北京大学出版社 1995 年版,第363—435 页。
⑤ "三擒孟良"见《杨家府演义》第十三则和《北宋志传》第二十二、二十三回;"祈禳八大王"见《杨家府演义》第四十则和《北宋志传》第四十五回。"七擒孟获"见《三国演义》第八十七至九十回,"孔明禳星"见《三国演义》第一百三回。

损一上将。三日之内,必有惊报。"先主因此按兵不动。忽侍臣奏曰:
"闻中张车骑部将吴班,差人赍表至。"先主顿足曰:"噫! 三弟休矣!"及
至览表,果报张飞凶信。(81/686)

杨家将小说则描写杨六郎"心下怏怏,坐卧不安",又梦见孟良、焦赞拜
辞,醒后"忧疑不定":

> 捱至天明,忽府中人报:"日前焦赞赶孟良同往幽州。"六使听罢,顿
> 足惊曰:"焦赞休矣!"左右问其故。六使曰:"孟良临行曾言,若遇番人
> 缉捕,须手刃之。彼不知焦赞后去,必误作番人杀之矣。"众亦未信,适
> 巡军走入府中……仍遣轻骑,寻夜往幽州缉访。不数日回报:"孟良、焦
> 赞二尸身,俱暴露于幽州城坳,今以沙土壅之而回。"(《北宋志传》45/
> 873-874,《杨家府演义》40/545-548)

生者与死者的心灵感应,不祥的预兆(一为星兆,一为梦兆),甚至是未
曾确定凶信之前的顿足之叹,这些相似的细节足以使我们相信,"惊悉凶信"
是《三国演义》影响杨家将小说的又一实例。

当然,上述的情节借鉴实例仅是一个粗略的列举。如果不局限于《三国
演义》《杨家府演义》和《北宋志传》这三部小说,而是把考察范围扩充到戏
曲、民间传说、说唱文学等领域,杨家将与三国故事的关系就不仅仅是前者
袭用后者那么简单。以下着重分析三对人物形象及其事迹的相似,由此说
明杨家将故事和三国故事的关联程度。

2. 杨业和关羽

杨业和关羽的相似非常显著,可以说,杨业形象的塑造有着关羽的影
子。这不难理解,杨业的"忠勇"很容易让人将他和关羽的"忠义"联系起来,
从而生发更多有关两人相似的其他想象,譬如他们的容貌、他们使用的
武器。

(1)"面如重枣"

中国传统小说对于人物外貌的描写往往流于程式化,这当然不是优点。
但换个角度看,成功的程式化描写也能够将某个人物形象的外貌深深烙印
在读者的心中,从而在该人物形象和程式化描写之间形成固定的对应关系。
《三国演义》对关羽外貌的描写,就是这样的一个成功的例子。

《三国演义》首先通过刘备的视角去看关羽的外貌:"身长九尺,髯长二尺;面如重枣,唇若涂脂;丹凤眼,卧蚕眉:相貌堂堂,威风凛凛。"(1/4)后文再次用"身长九尺,髯长二尺,丹凤眼,卧蚕眉,面如重枣,声如巨钟"(5/44)形容关羽,第八十三回描写关羽容貌,用的还是这句"面如重枣,丹凤眼,卧蚕眉,飘三缕美髯"(83/700)。通过反复皴染,"面如重枣""丹凤眼""卧蚕眉"无疑成了描写"美髯公"关羽的标志性语汇。

明代两部杨家将小说都没有描写杨业的外貌,但在《南宋志传》里,记录了这样一段文字:"却说杨令公名继业,太原人,生得面如重枣,鬓分五髯,使一柄大杆刀,号为杨无敌。"(33/315)《飞龙全传》也以"面如重枣,五绺长髯"(50/449)形容杨业。"面如重枣,鬓分五髯"这八个字容易让人联想到关羽,只是关羽的"三缕美髯""髯长二尺"与杨业的"鬓分五髯""五绺长髯"稍有不同而已。

很有可能,杨业的这个外貌是说书人(或者编书人)从关羽形象那里搬来的。仅说"可能",是因为在早期的三国故事里,关羽的外貌并不如此。譬如《三国志平话》只说关羽"生得神眉凤目虬髯,面如紫玉,身长九尺二寸"①。换句话说,关羽的"面如重枣"袭自杨业也不是没有可能,即使这种可能性非常小。

(2)三个投降条件

《杨家府演义》叙述宋太宗招降杨业,有这么一段文字:

> 次日,党进赍诏至,继业不受。忽郭无为又至,言曰:"主上传言,事已定矣,抗拒枉然。"继业曰:"誓死九泉,决无受职之理。"汉主又遣一嬖臣至,言曰:"主上专谕将军来降,假主死于此,臣当殉之。今日不来,即反臣矣。"继业曰:"本全臣节,反以悖逆责我。"遂曰:"既要我降,烦党将军回奏宋主,从请三事,则下太行。不然,此头可断,此膝难屈。"党进曰:"是那三事?"继业曰:"一者,惟居汉主部下,不受大宋之职;二者,惟听宋君调遣,不听宣召;三者,我所统属,斩杀不行请旨。"(5/61—62)

非常自然地,我们想起《三国演义》"屯土山关公约三事"的著名情节。曹操破徐州,欲招降死守下邳的关羽,于是先设计将关羽困在一座土山上,再由张辽前往劝降。小说这样描写两人的一段对话:

---

① 钟兆华:《元刊全相平话五种校注》,巴蜀书社1989年版,第377页。

公曰："兄言三便,吾有三约。若丞相能从,我即当卸甲;如其不允,吾宁受三罪而死。"辽曰："丞相宽洪大量,何所不容。愿闻三事。"公曰:"一者,吾与皇叔设誓,共扶汉室,吾今只降汉帝,不降曹操;二者,二嫂处请给皇叔俸禄养赡,一应上下人等,皆不许到门;三者,但知刘皇叔去向,不管千里万里,便当辞去:三者缺一,断不肯降。"(25/218-219)

面临说降,杨业和关羽都提出了投降的三个条件,这大概是为突出两人对故主的忠诚而设计的情节。从句式上看,《杨家府演义》这个"从请三事"才降宋的情节显然袭用了《三国演义》"约为三事"的构思①,虽然"三事"的具体内容有所不同。

(3)金刀与青龙刀

按照俄国学者李福清(B. Riftin,1932—2012)的说法,在民间叙事诗作品中,壮士的武器和他的坐骑通常都占有很重要的位置,并且这一情形常常在中国的平话和演义小说里得到反映。作为论证,他提到了关羽的青龙刀和赤兔马,赵云的涯角枪,以及张飞的丈八蛇矛。② 这是一个很有见地的观察。中国小说世界的英雄们总会有专用的武器,譬如水浒英雄鲁智深的禅杖、李逵的板斧,又譬如瓦岗寨好汉秦琼的双锏、单雄信的槊,还有这里要谈到的杨业的金刀。

《宋史·杨业传》并没记载杨业使用的是什么武器,而在民间传说以及小说戏曲中,杨业号称"金刀杨令公"③,使用的是一柄金刀——所谓"金刀",自然不是说此刀是用黄金铸就。

与《三国演义》对关羽的青龙刀津津乐道不同,明代两部杨家将小说的编写者似乎无意描写杨业的金刀:《北宋志传》只有两处提到杨业的刀(第四回"业提刀纵马"和第十八回杨业"言罢舞刀跃马");《杨家府演义》只在"六郎怒斩野龙"这则故事里说杨六郎夺回杨业的金刀,之后就没有它的下文,而之前只能从"继业正欲近前砍之"(2/22)这句话推测杨业使用的是一柄刀。

---

① 这一点已为金文京所指出,见《三国志演義の世界》,东方书店 1993 年版,第 147 页。
② 参看李福清:《三国故事与民间叙事诗》,李明滨编选:《古典小说与传统》,中华书局 2003 年版,第 36—47 页。
③ 《北宋志传》第四十六回叙柴玉欲荐一人出征西夏,宋真宗问是谁,柴玉说:"三代将门豪杰、金刀杨令公之孙、官授京城内外都巡抚杨宗保也。"至于为何有"金刀杨令公"之说,据元明杂剧所说,因为杨业乃是"金刀教首(手)""金刀大将军"(见《谢金吾诈拆清风府》《焦光赞活拿萧天佑》和《八大王开诏救忠臣》),这与《水浒传》里的徐宁因为是金枪班教手而呼"金枪手"类似。

这种情形看起来与李福清的意见不太吻合,因为英雄的武器在这里并不占有重要位置。但是在其他相关故事里,杨业的金刀"戏份"颇重,并且和关羽的青龙刀有不易察觉的相似之处。

《北方真武祖师玄天上帝出身全传》(即《四游记》中的《北游记》)有一则题为"祖师遇着金刀难"的故事。该故事说"关羽有一沙刀成精,号为金烈将军,内有刀兵三千,俱能变为人形,在天台山居住。若有人在山下过者,拿入山中,用刀砍为肉泥而吃"(12/195),真武祖师前去收服刀精,反而"被飞刀打入身中,死于阵内"(12/195),最后还得由关羽亲自出马,刀精"见是主将,骨软如绵,变出本像,倒于地中"(12/197),成为关羽左手所执的"金烈沙刀"。

收服已经成精作怪的金刀,类似情节在杨家将故事里也有。《昭代箫韶》就讲述了杨业之孙杨宗显收服金神锋大王(即已成精的九环金刀)的故事:令公死节后,山神悯其忠义,将九环金刀收入两狼山下石井之中,以免金刀流落番邦。九环金刀本为神物,复蒙天子亲封号为"九环定宋金神锋",故能修炼成形,自称"金神锋大王",每年抢夺山神血食。杨宗显奉令去两狼山取九环金刀,以备破金锁阵之用,而黎山圣母座下弟子李剪梅与杨宗显有命定姻缘,奉师命下山助杨宗显收服金刀。最后,李剪梅以宝镜将九环金刀照回原形,杨宗显得以取回金刀。(第六本第二十一至二十三出)很明显,"金烈沙刀"和"九环金刀"的故事非常相似,唯后者在情节方面稍为复杂。

金刀和青龙刀之间的第二个相似之处,就是它们都经历了一个失而复得的过程。《三国演义》第八十三回叙关云长败走麦城,死后其青龙刀为东吴潘璋所得,但很快关公显圣,帮助关兴杀死潘璋,取回青龙刀。《花关索贬云南传》却说关公的大刀在他遇难时落入玉泉山潭中,后来花关索需要用关公大刀方可战胜吴将曾肖,于是遣关志潜水取回这柄大刀,花关索乃大破东吴。(8/b—10/b)而在《昭代箫韶》里,杨宗显得了九环金刀之后旋即被严洞宾作法摄去,于是先由焦赞去敌阵盗刀,不成,再由孟良盗回金刀。(第七本第三至十出)三个故事的人物及某些细节不尽相同,但"失而复得"的叙述结构相当一致。不过,关于九环金刀失而复得一事,《北宋金枪全传》有篇错页文字(见附录)另有说法,它介绍杨宗保之刀"是老令公祖父存传此刀,失落番邦。杨六郎延昭乃宗保之父,差孟良盗取三次,用尽下千番百计,今存于宗保之手"。这样说起来,金刀既没有成精作怪,然后经历一个收服、摄去和盗回的过程(如《昭代箫韶》所说),也没有立马被杨六郎从辽将手里夺回(如《杨家府演义》所讲),这实在是一个值得重视的歧异。

很难断定,金刀和青龙刀的上述相似是杨家将故事借用了三国故事的结果,还是相反。按照作品的时间来看,自然以前者为是。但从杨业的金刀下落有三种不同说法推测,也有可能,双方都是民间口头文学的产物。它们的相似,仅是因为出于同源。

3.孟良和姜维

孟良和姜维似乎很难放在一起讨论,因为他们的差别太大:一个虽然时见精细,总体上仍是鲁莽粗豪的英雄;一个却是智勇双全的军师型人物。但由下面引述的两个故事来看,这两个人物形象也有叠合之处,他们都临时扮演盗马贼和渔翁的角色。

(1)盗马贼

在明代两部杨家将小说里,孟良曾经盗马三次,尺蠖斋评论说:"孟良惯偷马如此矣,一偷骕骦,一偷万里云,今又偷白骥。此子与东方朔便堪敌对。"①第一个盗马故事值得注意。该故事讲述孟良私往幽州盗取令公骸骨,闻知西洋国进奉大宋的骕骦良骥被萧后夺去,乃想"计较此马":

> 次日往药铺买了两个天南星,回下处,椿捣成末,带入厩去。只见番人正在煮豆,孟良乃近槽边,撒下其药,竟回去了。那马去吮槽,被药麻倒。及待喂马军人将豆来喂,那马不食。军人慌报司官,司官急奏太后。太后曰:"马之不食,莫非汝等失调理也?"司官奏曰:"非臣等失调理,但异乡之马,来此不服水草,乞娘娘出下榜文,招取能医马者,来看何如?"太后允奏,即出榜文,张挂于外。孟良竟往揭之。守军引见太后,太后见是渔父,乃问曰:"汝又能治马?"孟良曰:"臣祖专门治马,故小人亦粗知其一二。"太后曰:"此马我甚爱之,汝能治疗,平复如初,即封汝职。"孟良拜谢毕,同司官至厩中,假意看马。良久之间,乃曰:"马初到此,不服水土,食豆太多,肚腹膨胀,故不食也。"因令军人将马捆倒,拿冷水洗其口,复把甘草末调水,灌了几碗,遂放起来,把草料与食。那马复食如故。
>
> 次早,司官进奏太后。太后闻奏大喜,即宣孟良升殿,言曰:"卿医好此马,今授汝燕州总管之职,以彰医马之功。"孟良叩头谢恩,自思:"我为此马而为此计,非为官职。"遂复奏曰:"今蒙娘娘授职,感恩无地。

---

① 《南北两宋志传题评》,古本小说丛刊本,第 1030 页。

但此马虽愈,病根还未尽除。若不调理,后恐再发,难以医治。臣愿带任所,驰骋几日,治愈断其病根,方保无虞。"太后曰:"卿言有理。"遂令孟良带往燕州而去。孟良得旨,叩头谢恩。退到下处,取了令公骸骨,辞了店主,跳上骗骝良骥,不去燕州,竟望佳山寨而走。(《杨家府演义》14/190—192)

无独有偶,在民间说唱文学里,姜维也做了一回这样的盗马贼。《花关索认父传》叙述因为廉旬有金精兽作为坐骑,花关索久战廉旬不下,忧闷不已,于是姜维去刘王寨借用关羽的因旨(胭脂)马:

> 唱 看看来到刘王寨,见了哥哥关统军。姜维抽身而便去,后槽去着(看)马龙驹。草料中间下了药,便转将身入帐门。坐下中军帐内面,汉王筵席众官人。正是众官都饮宴,有人来报姓关人。后槽倒了因旨(胭脂)马,四体不动半毫分。大小众官抬身起,忧杀荆王关统军。姜维见了微微笑,中我几(机)谋八九分。来到后槽看一看,果然倒在地中存。姜维近前看一看,哥哥但且放宽心。看了马儿不得土,姜维佐(做)个兽医人。 白 姜维道:"哥哥,这马多时不走,料中吃了毒物,胀了筋骨,我有消毒药,吃下便消了。骑向宽处走三五遭,毒气便散。" 唱 荆王见说心欢喜,姜维佐(做)个兽医人。不道多时下了药,马便欸欸始抬身。人道小军扶起马,喜了姜维一个人。就交姜维骑马走,喜杀荆王关统军。 说 姜维道:"哥哥,这里地窄难行。出寨门尚(向)荒场地面走三五遭便好。" 唱 荆王点头言道好,姜维上马便行呈(程)。出了兴刘名汉寨,跨下因方(胭脂)马便行。(8/a—b)

比较两个故事,可知两人盗马的法子一样,都是先下药,然后医好,最后借口"驰骋几日"将马盗走。这种高度的相似,说明两个故事之间必然有某种渊源关系。

(2)假渔翁

在上文引述的盗马故事之前,明代两部杨家将小说和清代宫廷戏《昭代箫韶》都有孟良假扮渔翁入幽州城的情节,说的是他假冒渔翁进献鲜鱼,庆贺萧后寿诞。① 而元杂剧《刘玄德醉走黄鹤楼》演述周瑜在黄鹤楼设宴欲害刘备而诸葛亮设计脱之的故事②，其中有一个情节讲述姜维扮作渔翁，提着一对金色鲤鱼，以"献好新"的名义进入黄鹤楼，乘机向刘备传达诸葛亮"彼骄必褒，彼醉必逃"的救应之计。③ 巧得很，两人假扮的渔翁都姓张（《北宋志传》作"张矮"，《黄鹤楼》作"渔儿张"，《昭代箫韶》作"张士纲"），这恐怕不是偶然。

　　盗马贼和假渔翁的故事固可说明杨家将与三国故事的密切联系，但无法据以说明孰先孰后、谁借鉴谁。在我看来，杨家将也好，三国故事也好，它们的这两个故事恐怕都是源于民间故事和传说。元杂剧有较多的杨家将戏和三国戏，而《花关索传》虽然刊于明成化年间，但一般认为它是据元刊本翻印的④。所以有理由相信，或许至迟在元代，这两个民间故事和传说就已经分别进入杨家将故事和三国故事之中。只是因为现存杨家将小说的刊行时间较晚，才给人以一种杨家将借鉴三国故事的错觉。

4.杨文广和花关索

　　杨文广是于史有征的历史人物，《宋史》有传，但杨文广故事显然掺杂了许多民间传说，不宜与历史等同。花关索即关索，是关羽的儿子，这当然是子虚乌有之事，民间有关他的传说却极多。譬如说唱词话《花关索传》讲述的就是他一生的故事，小说《三国演义》有他的故事片断⑤，而在云南、贵州、四川等西南地区的传说中，他也应该相当活跃，这有西南地区大量关于他的遗迹作证。⑥

　　杨文广和花关索本来是性质完全不同的人物形象（一为实有人物，一为虚构人物），不过在民间说书艺人的说唱世界里，杨文广和花关索这两个形象及其故事，一定曾有一段同时被广泛传唱的时期，所以刘夏（1314—1370）才会将两人并举："民间淫词艳曲，又如杨文广、花关索中言奸雄之事，一宜

---

① 见《杨家府演义》第十四则，古本小说集成本；《北宋志传》第二十四回，古本小说集成本；《昭代箫韶》第四本第六出，古本戏曲丛刊九集之八。
② 《三国志平话》也叙及这个故事，但前往黄鹤楼报信的是糜竺，并没有姜维假扮渔翁情节。
③ 王季思主编：《全元戏曲》第五卷，人民文学出版社1990年版，第218—222页。
④ 赵景深：《谈明成化刊本"说唱词话"》，《曲艺丛谈》，中国曲艺出版社1982年版，第5页。
⑤ 《三国演义》的建安刊本中，七种有花关索故事，九种有关索故事，一种有花关索·关索故事。参看金文京：《〈三国演义〉版本试探——以建安诸本为中心》，周兆新主编《三国演义丛考》，北京大学出版社1995年版，第28—33页。
⑥ 参看大木康：《花關索傳の研究·資料篇》第二节"西南地方と關索"，汲古书院1989年版。

禁绝。"①它们的流行既然曾经并驾齐驱,自然就会彼此交叉、相互影响。不过很遗憾,我们无从考察究竟有多少关于杨文广、花关索的故事在人们的口头流传。幸运的是,这段时期形成的有关杨文广和花关索之间的种种关联,仍能从现存资料中找到一些蛛丝马迹。

（1）美男子

《杨家府演义》数次提到杨文广的美貌,窦锦姑看他是"表表威仪,面如傅粉,唇如涂珠"(46/621),鲍大登说他"生得十分美貌"(47/630),鲍飞云见他"容貌美丽"(47/630),小说甚至还让窦锦姑说出这样一段话:"人谓杨郎貌美,恰似莲花,宋太后道莲花亚于杨郎。人问其故,太后曰:'杨郎解语,莲花岂解语乎?'人人爱着杨郎貌美,今看起来,果是莲花不及。"(49/656)又借鬼王之口称赞杨文广晚年的容貌和风度:"常闻杨郎貌美,今见果然。这般年老,犹有如此丰度,当妙龄之际,不知何如俊雅?"(52/694)这些语句表明,杨家将小说里的杨文广是一个颇具女性气质的美男子。

《花关索出身传》形容花关索的外貌是"腮红口小抹朱唇""胭脂脸上水(粉?)妆成"。(9/b,类似语句亦见 4/b)我们又注意到,《梦粱录》提到一个女占赛关索②;《水浒传》里的杨雄"鬓边爱插翠芙蓉"(44/556),而他的绰号正是病关索(周密《癸辛杂识》作"赛关索");元宵夜观灯走失,除花关索之外,这个主题的其他故事一般是女性主人公,譬如莲女(《清平山堂话本·花灯轿莲女成佛记》)、刘都赛(《明成化说唱词话丛刊·全相说唱师官受妻刘都赛上元十五夜看灯传》)和香菱(《红楼梦》)③。将这三点联系起来考虑,可以确定花关索也是一个女性化的美男子,这与《杨家府演义》对杨文广的外貌描写如出一辙。另外,陈墨香《墨香剧话》"义勇辞金"条引述某渔鼓书的内容,大意谓关索乃关羽和曹操之女的女儿,女扮男装从诸葛亮征云南,有大功,后嫁大将鲍康,世称鲍三娘。④ 说关索是女儿身,又将关索和鲍三娘视为一人,荒唐无稽,不知所本,但花关索的美男子形象似可由此略见一斑。

固然,才子佳人小说里的才子们往往也是女性化的美男子,其他文人小说也不乏这样的男性主人公(譬如《红楼梦》里的贾宝玉),但民间文学里的

---

① ［明］刘夏:《刘尚宾文续集》卷四,续修四库全书本,第 158 页上。
② ［宋］吴自牧:《梦粱录》卷二十"角抵",浙江人民出版社 1980 年版,第 196 页。
③ 这里所举例子,参考了金文京《花關索傳の研究·解説篇》第五节"《花關索傳》与民间传承"第一小节"民间说話"的相关论述,汲古书院 1989 年版。
④ 陈墨香:《墨香剧话》,《剧学月刊》第一卷第十一期(1932 年),第 10—11 页。

男性英雄人物一般偏重阳刚之美，女性化的阴柔之美较为少见，所以杨文广与花关索在这一点上的相似就显得相当特别，值得留意。

（2）妻子

杨文广和花关索第二个引人瞩目的相似之处，是他们都通过比试武艺娶得三个妻子。稍微不同的是，杨文广在比试中落败，是被迫娶妻；而花关索在比试中取胜，是恃强娶妻。

两人所娶的三个妻子之中，杨文广的妻子窦锦姑和杜月英是结义姐妹，这与花关索的妻子王桃、王悦是姐妹俩比较接近。而最值得注意的是飞云与三娘，她们都姓鲍，这一点颇有意味。

事实上，她们都是强盗的女儿，家庭成员也有点类似。《杨家府演义》有一段文字介绍道："燕家庄上有一人姓鲍，名大登，身长一丈，力拔生牛之角，自称为燕皇帝，入海为贼，官军屡捕不得。生三子一女：长子名大卿，次子名少卿，幼子名世卿，女名飞云，俱有力善战。"（47/628）在《花关索传》里，鲍三娘是鲍家庄鲍凯之女，有两个兄长鲍礼、鲍义；鲍家也是"有名强徒草寇人"，以至于他人有"狞（宁）过三条江，莫过鲍家庄，宁吃三斤姜，莫引包（鲍）三娘"（前集 6/a）之说。两人的兄弟数目略有不同，但在母亲健在这一点上相同：鲍飞云的母亲是江氏，而"包（鲍）氏三娘归山去，还去庄中士（侍）二亲"（别集 11/b）这一句说明鲍三娘的母亲也健在。

就比试娶妻故事来看，有两点应该指出。一是在与未来的妻子比试之前，杨文广和花关索都先后击败她的父兄，然后才引出他们与未来妻子的斗演武艺。二是两个故事都出现了三件宝物的民间故事主题：杨文广在取宝进香的途中娶得鲍飞云，之前他已从焦山杜月英手里取得三件宝物（万年不灭青丝灯、自报吉凶玉签筒、夜明素珠）；花关索在往西川认父的途中夺得吴国进奉给曹操的三件宝物（二十四面绯红绣罗旗、豹雷马、南海赤龙鳞甲），之后才引出与鲍三娘成亲的情节。这两点相似的情节无疑加强了两个娶妻故事的联系。

松浦智子比较了这两个娶妻故事，指出它们的原型是李全和妻子杨妙真的事迹①，见解新颖。不过，鉴于花关索和鲍三娘的传说由来已久（明人

---

① 参看［日］松浦智子：《〈楊家將演義〉にぉける比武招親について——その祖型と傳承の一端をめぐって》，早稲田大学中国文学会编：《中国文学研究》第 31 期（2005 年），第 103—116 页。

朱孟震和清人俞樾、平步青都曾有所论述①），我认为，《杨家府演义》的"文广与飞云成亲"情节很可能借用了花关索和鲍三娘的故事，只是在借用时根据情节需要把"鲍家庄"改为"燕家庄"，而把地点从西川途中改在去泰山的路上。

最后，关于妻子的问题，顺便指出，《北宋志传》说"令婆不胜欢喜，遂以百花公主配与杨文广为室，时文广一十二岁也"（50/915），《杨家府演义》在"文广，长善公主之偶"之后注云："又名百花公主。"（44/596）这意味着杨文广另有一个妻子叫作百花公主。奇怪的是，在一部关索戏《花关索战山岳》中，花关索的妻子竟然也叫"百花公主"②，这恐怕不是凑巧。

（3）小人

明人钱希言说："传奇小说中常有花关索，不知何人。东瀛耿驾部橘，少时常听市上弹唱词话者两句有云：'枣核样小花关索，车轮般大九条筋。'"③《花关索传》有多处文字可以证实这一点。花关索前往胡家庄认外公，胡员外不相信花关索是自己的外孙，理由是："他父生得长大，如何这孩儿恁小？"（前集 3/b）曹操约刘备到落凤坡宴会、议事，花关索扮作小童随行（后集 10），这个"小童"也点明了花关索的体小。其他譬如"马上不比拳来大"（后集 7/b）、"上下不长四尺五"（后集 10/a）、"身材不抵拳来大"（后集 10/b）之类的语句，都可以说明"枣核样小花关索"是有根据的。但就是这么一个身材矮小的人，先后打败了像廉康、廉旬、吕高大王、王志、周仓这样的大汉。

在这一点上，杨文广和花关索也是一致的，只不过杨文广作为小人的这个形体特征有可能已置换到其他人物的身上。清代《绣像十二寡妇征西》鼓词凡四卷三十二回，前、后两卷各十六回，所述内容与《杨家府演义》第八卷的杨文广征李王故事基本一致。这篇鼓词多了一个特别活跃、有趣的矮小人物——韩奇，书中用了"身矬矮小人""奥妙矮将""矮小奥妙人""身不满三尺，只有二尺七八寸"等词句形容他。韩奇首次露面，是在鬼王连擒宋军八将，打死宋军四将的危急形势下主动请缨，鬼王见他"高不过吾膝，大不过吾拳"，过于托大，最后反被身材矮小、动作灵活的韩奇打败。（卷二第十至十二回）之后，韩奇还偷营救出八员大将。（卷二第十三回）这是小人打败精

① 参看[明]朱孟震：《河上楮谈》卷二"秦宜录妻"条，续修四库全书本，第 622 页；[清]俞樾：《茶香室丛钞·三钞》卷三"关锁"条，中华书局 1995 年版，第 1031—1032 页；[清]平步青：《小栖霞说稗》，中国古典戏曲论著集成本，中国戏剧出版社 1959 年版，第 191—192 页。

② [日]上田望：《雲南関索戲とその周辺》，《金沢大学中国语学中国文学教室纪要》第 6 辑（2003 年），第 15 页。

③ [明]钱希言：《狯园》卷十二，续修四库全书本，第 712 页。

怪（鬼王是蟹精）的一个例子。

　　毋庸讳言，韩奇这个人物形象可能受到《封神演义》土行孙形象的影响，书中说他"不亚似纣时得道土行孙"可以为证。但是也有可能，韩奇是杨文广的置换形象。鼓词叙述韩奇救出八员大将之后，鬼王恼羞成怒，摆下迷魂阵。韩奇再次偷进敌营，探知静山井水可以解除妖术，于是骑着木鸦飞到静山，取水救人。鬼王得知此事，变作古虚道人将井水破坏，复设迷魂阵。韩奇再去取水，这次自然无法破阵。杨文广欲遣人搬取救兵，于是刘青变作大青狗出城，前往汴京求援。（卷二第十四至十六回）我们知道，在《杨家府演义》的这个故事里，取水救人的任务是由杨文广担任的。

　　这里存在两种可能。一种可能是鼓词以《杨家府演义》为基础进行了改编和再创作，韩奇只是一个增插的人物，他的矮小与杨文广无关。另一种可能是鼓词所述内容与《杨家府演义》的杨文广征李王故事同出一源，但保留了更多的旧有故事，只是将杨文广的矮小特征转移到一个新增的人物身上。若是后一种可能，那就意味着在早期故事中，杨文广很有可能是和花关索一般大小的人，就像他和花关索都是美男子一样。后起的鼓词保留来源较古的故事，这并非不合情理。

　　当然，由于"矮矬小人杨文广"仅是我的推测，他和"枣核样小花关索"之间的关系，只能有待于更多材料的发现。小人打败大汉乃至妖魔鬼怪，从而形成一种滑稽风趣的效果，这是民间文学惯用的叙事手法之一。所以如果真的有一个"矮矬小人杨文广"的话，他和花关索作为小人的形体特征，恐怕更有可能都是来自民间文学的创造。这样的话，也就没有必要追问他们究竟是谁影响了谁。

　　以上从美男子、妻子和小人这三个方面考察了杨文广和花关索之间的联系，我的初步看法是：作为历史人物的杨文广，在民间传说里被附会了许多本来不属于他的故事和特征，而这其中就可能包括了花关索传说。

第二节　杨家将和隋唐故事

　　李唐灭隋建国的历史，以及活跃于这段历史的英雄人物，早在晚唐时期就已成为民间和文人阶层共同热衷传述的故事。敦煌变文有《唐太宗入冥记》，表明隋唐故事有可能在唐代说话中存在。晚唐诗僧贯休《观怀素草书歌》已有"忽如鄂公喝住单雄信,秦王肩上剁着枣木槊"①这样的诗句,所叙单鞭夺槊故事当源于民间说书。文人写作领域也兴起一股叙说隋唐故事的潮流,出现了《虬髯客传》这样的传奇名篇。宋元时期,隋唐故事在说话、戏剧领域全面发展,吴自牧《梦粱录》载:"讲史书者,谓讲说《通鉴》、汉、唐历代书史文传,兴废征战之事。"②王恽(1228—1304)《鹧鸪引·赠驭说高秀英》记女艺人高秀英讲史"田(引按当作'由')汉魏,到隋唐,谁教若辈管兴亡"③。由此可见,隋唐故事是宋元讲史的重要题材之一。现存元杂剧中,讲述隋唐故事的共有九种④。另据傅惜华(1907—1970)《元代杂剧全目》、庄一拂(1907—2001)《古典戏曲存目汇考》,尚有《尉迟恭鞭打李道焕》《尉迟恭病立小秦王》《老敬德挝怨鼓》等数种已佚作品。进入明清两代,讲述隋唐故事的词话、传奇和演义小说更是蔚为大观,涌现了《大唐秦王词话》《麒麟阁》《投唐记》《瓦岗寨》《五虎记》《虹霓关》《隋唐两朝志传》《唐书志传通俗演义》《隋炀帝艳史》《隋史遗文》《隋唐演义》《说唐全传》等一大批作品。在民间评话领域,隋唐故事也是兴盛不衰的重要题目,并出现擅长演说隋唐故事的著名说书艺人柳敬亭,譬如清代小说《说岳全传》第十回描述了明代书场说《兴唐传》的情景,孔尚任《桃花扇》第十三出详细记载柳敬亭说《秦叔宝见姑娘》的内容。

1. 六万石粮食的下落和罗艺的三个条件

杨家将故事和隋唐故事的密切关系有迹可循,元杂剧《汉钟离度脱蓝采和》第一折"做一段老令公刀对刀,小尉迟鞭对鞭"的唱词,以及《说岳全传》第十回所叙说书场景将《金枪倒马传》和《兴唐传》并举,都可以看出二者在传播过程中的关联。《说唐演义全传》第四十三回叙洛阳仓飞鼠搬运粮食十五万石,后来都有下落:尉迟恭兵困樊城,掘得三万石;秦叔宝扫北兵,围牧羊城时掘得三万石;唐天子跨海征辽东,被困三江越虎城时得了三万石;余下的"六万石直到宋朝杨六郎兵困幽州,杨七郎一箭射下月光,得了这六万石"(43/767)。这样的交代,自然是说书艺人随意捏合,但足见杨家将故事影响隋唐故事之一斑。该书第二回所叙罗艺开出三个降隋条件的情节,应

---

① [清]彭定求等编:《全唐诗》卷八百二十八,中华书局1960年版,第9335页。
② [宋]吴自牧:《梦粱录》卷二十"小说讲经史"条,浙江人民出版社1980年版,第196页。
③ [元]王恽:《秋涧先生大全文集》卷第七十六,四部丛刊初编本,叶十二(a)。
④ 这九种杂剧是《小尉迟斗将认父归朝》《尉迟恭单鞭夺槊》《尉迟恭三夺槊》《功臣宴敬德不服老》《程咬金斧劈老君堂》《魏征改诏风云会》《徐懋功智降秦叔宝》《长安城四马投唐》《尉迟恭鞭打单雄信》。

是沿袭《三国》关羽降曹之事，但三个具体条件分别是：部下自己调度，永镇燕山；不上朝见驾，听调不听宣；生杀自专。这显然更与《杨家府演义》里的杨业降宋情节一致（见本章第一节所述），应该也有杨家将故事的影响在。

2. 呼延赞和尉迟恭

至于隋唐故事影响杨家将故事的地方，细微处如"刘黑达"这个名字跑到杨家将小说里（见《北宋志传》第十三回，《杨家府演义》第九则出现辽将"黑嗒"），显著的是尉迟恭影响了杨家将小说对呼延赞的塑造。

尉迟恭（585—658）字敬德，新、旧《唐书》均有传，是李世民麾下的重要将领，因战功封鄂国公，死后陪葬昭陵，绘图凌烟阁。在传说、小说、戏曲等通俗文学领域，他的生平事迹逐渐被赋予神奇色彩，这是历史人物演变为民间英雄的通例。唐人卢肇《逸史》写尉迟恭贫贱时以债券付书生，以便后者能够借取由神人看管的钱财的故事①，离奇神异，显然来自民间传说。现存隋唐题材的元杂剧大半是以尉迟恭为主角，而明清小说对他的事迹也多有记述，这些内容当然不会局限于史书的简单记载，所以类似"单鞭夺槊""大战美良川""三鞭换两锏"等名目，都已成为民间说书艺人的熟语典故。《大唐秦王词话》第二十一至第三十四回从尉迟恭出场一直写到他降唐，基本上可以视为尉迟恭的本传，但所叙内容完全偏离史传，带有浓厚的民间色彩。尉迟恭和秦琼后来一起被奉为门神，这自然得力于上述小说、戏曲等通俗文学作品的渲染。

北宋名将呼延赞（？—1000）为人勇猛强悍，忠心为国。《宋史》称他"具装执鞭驰骑，挥铁鞭、枣槊，旋绕廷中数四""遍文其体为'赤心杀贼'字，至于妻孥仆使皆然，诸子耳后别刺字曰：'出门忘家为国，临阵忘死为主。'……绛帕首，乘骓马，服饰诡异"。② 杨家将小说里的呼延赞，和历史上的呼延赞相似度不那么高，却与隋唐故事里的尉迟恭颇为神似——《水浒传》安排孙立和呼延灼交战时的赞诗有句云"呼延赞对尉迟恭"（55/693），可以视为《水浒传》作者对这种神似的领悟。史载呼延赞"自谓慕尉迟敬德"③，小说这样写，恐怕即由此而来。《北宋志传》前面数回专述呼延赞出身和归宋故事，书中第一回形容他"生得面如铁色，眼若环珠，貌类唐时尉迟敬德"，第二回叙呼延赞梦中得到尉迟恭传授武艺，明显是模仿尉迟恭形象来塑造呼延赞。

① ［宋］李昉等编：《太平广记》卷一百四十六，中华书局1961年新1版，第1048页。
② ［元］脱脱等：《宋史》卷二百七十九，中华书局1985年新1版，第9488—9489页。
③ ［宋］曾巩：《隆平集》卷十七，景印文渊阁四库全书本，第168页上。

更有意思的是,书中特意安排了一个"呼延赞单骑救驾"的情节:

> 太宗宣入八王,谓之曰:"朕以赞新将,未见其武艺,今欲试观之,汝有何策?"八王奏曰:"陛下欲观赞之武艺,此事极易,当效先朝榆窠园故事,便见其能也。"太宗曰:"单雄信之士,军中或可有,小秦王之类,难为其人也。"八王曰:"臣愿装作小秦王,使呼延赞为尉迟敬德。惟单雄信,陛下降旨,于百万军选之。"帝允其奏,因命群臣拣择,将帅中谁可为单雄信者。潘仁美终怀毒恨,又欲生计害之,出班奏曰:"臣之婿杨延汉,弓马娴熟,只有他能充此职。"太宗允奏,即下命于延汉军中道知。延汉受命,自思:"此必岳父欲起害赞之心,特举我充此职,而与其子报仇也。昔我被赞所捉,已蒙不杀之恩,临行又赠黄金。今日若不救他,则为失义人耳。"遂进八王府中,道知其事。八王大惊曰:"汝若不言,险然弄假成真也。汝且退,我自有方略。"延汉辞出。(世德堂本 6/709—710)

三台馆本《北宋志传》接着叙述八王入奏太宗真相,"太宗遂辍其事",仿效榆窠园救主一幕终究没有上演。但在世德堂本和叶昆池本中,最终由高怀德举荐许怀恩担任单雄信之职,照旧搬演尉迟恭救驾故事,于是有了如下文字:

> 次日,教场中旌旗四立,军伍齐备,枪刀出鞘,盔甲鲜明。不移时,太宗车驾来到,文武官各依班而序。太宗宣过八王、呼延赞、许怀恩三人入军中,谓之曰:"朕本欲试卿之武艺,且与军中信服,各宜用心走马,勿徒相伤。"八王等各皆受命。太宗因赐呼延赞金鞭一条,赐许怀恩檀枪一根,赐八王画弓羽箭。三人拜赐出帐外。那八王跨着高骏马,挥鞭兜辔而走。许怀恩骤马绰枪来追,虚声叫曰:"小秦王休走!"八王转过箭垛边,弯弓架箭,睹定许怀恩矢来。怀恩眼快,闪过一矢,挺枪径赶进。八王再发一矢,又被怀恩躲过。场中军士观者,无不凛然。呼延赞见许怀恩势气渐逼,即划马提鞭,生成真敬德一般,在后大叫曰:"追将慢走!呼延赞救驾来也。"许怀恩见赞追来,要显出平生手段,欲擒之以献,遂勒回马来敌呼延赞。赞举鞭骤骑,与怀恩交锋。二人在场外战上二十余合,不分胜负。赞自思(引按原文漏刻这三字):"我若在此擒与主上,不见我之威风,待引于御前算之。"即勒马佯输,绕教场而走。怀恩激怒曰:"不捉此贼,何以服众心?"骤马亟追。将近御前,赞转过身,

绰起金鞭,将怀恩打落下马。潘仁美等见之,皆失色。时八王复马回见太宗。太宗大悦曰:"不枉为先帝所知,赞乃真将军也。"亲赐赞黄金一百两,骏马一匹,命之于天国寺安止。赞谢恩而退。君臣各散。(世德堂本 6/710－712)

在这段文字之上,世德堂本有眉批曰:"按此书直欲以呼延等于尉迟,故叙其出身,则曰似尉迟敬德。既而梦则尉迟,试则尉迟,盖赞真类敬德耶!"(6/711)这明确点出呼延赞与尉迟恭的类似关系。众所周知,"榆窠园救主"是尉迟恭故事的一个重要情节,《隋唐两朝史传》第六十一和六十二回、《大唐秦王词话》第三十六至三十九回、《隋唐演义》第五十七回都曾叙及,其中又以前面两部小说所叙尤详,不厌其烦地敷演成三次救驾,后两次分别由李元吉和黄太岁(或黄庄)扮作单雄信重新表演此事。《北宋志传》上引"榆窠园救驾"故事同样属于扮演性质,无疑深受《隋唐两朝史传》和《大唐秦王词话》的影响。

呼延赞和尉迟恭之间,还有一个不易为人注意的相似之处:他们都被授予特权去担任保护者的角色。《大唐秦王词话》中,李渊在尉迟恭的鞭上亲题十六字"虽无銮驾,如朕亲临,但有奸邪,打死不论"(39/786),以便尉迟恭保护秦王李世民。而在杨家将故事里,同八贤王一样,呼延赞也是保护杨家将的重要人物,明代两部杨家将小说都叙及八王奏请呼延赞随营保护杨业父子一事,《北宋志传》还交代说为保证杨业能够回京,呼延赞携有宋太宗亲赐金简一把,这把金简和李渊题的十六个字具有同等的作用。

3.龙须作为一种药物

《薛仁贵征辽事略》和杨家将小说也有相似的内容。《薛仁贵征辽事略》描写英公李勣忽得奇疾,需得龙须为药引方可治愈。原文抄录如下:

英公一骑马亲奔岭下,仰头望了,不知见甚来,大叫一声,堕于马下,口中一道血出似绛桥一般,惊煞太宗,叫苦不迭:"若英公有失,教寡人怎归本国?"和大小众官向前,是见甚的来。帝令扶英公上车归寨,烦恼煞太宗,遂问随军医官巢论,奏曰:"臣先视其容,后察其脉。"巢论遂诊脉取奏曰:"此证两得,先中海毒,后伤心气。此病可治,臣有药料,缺药引子。"帝曰:"何物?"巢论曰:"中原巴豆杏子毒,以绿豆汤解之;既中海毒,以龙须烧灰入药解之。今英公先中海毒,后中心气,非龙须灰不可下药。"帝问曰:"何处有龙须?"巢论曰:"海内有龙须。"太宗自思,撩袍离御座,转屏风后归帐去。顷刻复回,手将龙须赐与巢论道:"卿烧为灰,与英公下药。"太宗七德安天下,剪须烧药赐功臣李勣。果然圣感动天,英公立愈。(不分回/48)

杨家将小说叙述杨六郎得知天门阵的破绽已被补全,不觉昏闷倒地,不省人事。钟离下凡诊治,说需要龙须、龙母之发方能疗好。两段情节都出现龙须,体现了人们对须发作为药物的信仰①。唐太宗"剪须烧灰赐功臣"②史有其事,《薛仁贵征辽事略》据以演述。杨家将小说写杨六郎用龙须烧灰治愈暴疾,可能受到它们的启发。

第三节　杨家将和五代故事

今存的五代史籍,有薛居正《旧五代史》和欧阳修《新五代史》。而在史家撰写史籍的同时,有关五代历史的故事就已由汴梁的说话艺人广为传播。和三国故事一样,五代故事也曾作为专门的说话题材盛行于市井瓦肆。孟元老《东京梦华录》两处提到"尹常卖,《五代史》",其中一处是和"霍四究,说《三分》"并举。③ 元人杂剧也屡次提到《五代史》的演说情况,譬如《风月紫云亭》第一折【混江龙】唱词里就说:"我勾栏里把戏得四五回铁骑,到家来却有六七场刀兵。我唱的是《三国志》先饶十大曲,俺娘便《五代史》续添《八阳经》。"④杨维桢(1296—1370)介绍一位讲史女艺人朱桂英,说她"善记稗官小说,演史于三国五季"⑤。不独如此,《五代史》还流传到北方的金国,引起女真贵族的兴趣,完颜亮的弟弟完颜衮就曾听说话人刘敏讲说《五代史》。《三朝北盟会编》卷第二百四十三引《神麓记》说:"有说书者刘敏讲演书籍,至五代梁末帝以弑逆诛友珪之事,充(引按应作'衮')拍案厉声曰:'有如是

① 发须被认为有药物功效,参看江绍原:《发须爪——关于它们的迷信》,中华书局 2007 年版,第28—41 页。
② [唐]白居易:《七德舞》,[清]彭定求等编:《全唐诗》卷四百二十六,中华书局 1960 年版,第 4690 页。
③ [宋]孟元老著、邓之诚注:《东京梦华录注》卷之五"京瓦伎艺"条、卷之六"元宵"条,中华书局 1982 年版。
④ 王季思主编:《全元戏曲》第三卷,人民文学出版社 1990 年版,第 548 页。其他例子,可参看胡士莹:《话本小说概论》,中华书局 1980 年版,第 704 页。
⑤ [元]杨维桢:《东维子文集》卷之六《送朱女士桂英演史序》,四部丛刊初编本,叶十一(b)。

乎!'"①所以,至少在宋元时期,《五代史》的流行程度是不亚于"说《三分》"的。但是五代故事后来逐渐不显,逐渐丧失与三国故事分庭抗礼的地位。严格来说,流传下来的作品,除了一部残缺不全的《五代史平话》、一部"拙笨无文的残唐五代传"②之外,恐怕也就剩下为数不多的话本、戏曲和说唱作品了③。当然,我在谈杨业和关羽的关系时已提到,《南宋志传》和《飞龙全传》都包含了一些杨家将故事,而它们恰好也是讲述五代故事的。所以就本节讨论的问题来说,它们是两部不能忽略的作品。

五代故事和杨家将故事之间难以做到"井水不犯河水",它们都曾通过民间说书艺人的唇吻传播,在故事时间上又是相互衔接的。《残唐五代史演义传》末尾叙述赵匡胤登基后,有句云:"余见宋传,此编不多录也。"(60/565)这个"宋传",可能即指讲述杨家将故事的《北宋志传》,因为后者正是从赵匡胤登基开始叙述的。无独有偶,《飞龙全传》叙赵匡胤结束五代纷争,以"《飞龙传》如斯而已终。但世事更变,难以逆料,要知天下此后谁继?当看《北宋金枪》,便见原委也"(60/562)这样一段话结束全书,这部《北宋金枪》虽不知其详,但无疑是演述杨家将故事的小说。(道光博古堂刻本《北宋金枪全传》的内容同《北宋志传》,题名则明显与这部《北宋金枪》相关。)另外,《北宋志传》紧接《南宋志传》,二者往往合称"南北宋志传"刊印。而据学者考证,《南宋志传》有不少内容袭自《五代史平话》,可以补《五代史平话》之阙失。④ 这一切,都暗示了杨家将故事和五代故事剪不断的关系。

1. 王彦章和马风

《北宋志传》叙刘钧召集群臣商议退兵之计,有如下一段文字:

> 中尉宋齐丘奏曰:"河东城坚池深,精勇之士不下数十万,若使背城一战,成败未可知也,何以辄屈膝而事他人乎?臣举一将,足以破宋师。"刘钧问曰:"卿举何人?"齐丘曰:"世居幽州人氏,姓马名风。当黄巢作乱之时,闻此人名声,兵不敢入州。使一根铁管枪,与王彦章齐名。

---

① [宋]徐梦莘:《三朝北盟会编》,上海古籍出版社 1987 年版,第 1748 页下。
② 郑振铎:《三国志演义的演化》,《中国文学研究》,作家出版社 1957 年版,第 166 页。
③ 话本有《史弘肇龙虎君臣会》《临安里钱婆留发迹》《赵太祖千里送京娘》;南戏有《刘知远白兔记》;杂剧有《李嗣源复夺紫泥宣》《压关楼叠挂午时牌》《宋太祖龙虎风云会》等;说唱有《刘知远诸宫调》《石郎驸马传》。与演说三国故事的繁多作品相比,讲述五代时期英雄人物故事的作品的确不算多。
④ 参看戴不凡:《小说见闻录》,浙江人民出版社 1980 年版,第 68—89 页。

今弃武学道,隐居于嵩山。陛下若降诏一道,召其为帅,率兵以退宋师,必收万全之功也。"刘钧曰:"谁可赍诏召之?"有卷帘将军徐重进曰:"臣愿赍诏前往。"钧即下命,遣重进前诣嵩山。来到山前,远远望见一所茅庵。径进庵门,首窥内,一人身长八尺,黑面红须,端坐于石墩上看经。重进前揖曰:"此处莫非马将军庄上否?"其人起而问曰:"阁下从何而来?"重答曰:"小可奉汉主之命,赍诏来宣马道士下山,以退宋兵。"其人曰:"吾即马凤矣。"因唤出小童,拜受诏旨毕,邀重入庵后,分宾主坐,乃问之曰:"宋君此一回举兵北征,谁为正将?"重答曰:"宋军士惯战之将极多,惟有先锋呼延赞英雄莫敌,近来攻取关州,皆此人之力也。今有宋中尉举足下能御宋师,特遣下官赍诏来宣。乞承旨下山,以慰我主之望。"马凤笑曰:"贫道肤体衰弱,鬓毛霜白,年近九十岁矣,非昔日之比,且弓马久废,焉能任其职哉? 今山后杨令公拥重兵于应州,何不举之退敌,而来召我耶? 公宜亟复主命,勿误军情。"徐重闻罢,不敢强请,只得辞马凤归见北汉主,奏知其事。(9/557—558)

这个插入的情节主要是为了引出刘钧再召杨业抗宋一事,所提到的王彦章是五代故事中的重要角色。王彦章为后梁名将,骁勇善战,史称他"能跣足履棘行百步。持一铁枪,骑而驰突,奋疾如飞,而佗人莫能举也,军中号王铁枪"[1]。更为难得的是他"性忠勇,有膂力,临阵对敌,奋不顾身"[2],被俘后不屈遇害,所以欧阳修作《死节传》,将他列为全节之士第一人。这样忠勇双全的人,自然会得到民间说话艺人的青睐,王铁枪也就成为众多小说、戏曲的要角。《五代史平话》基本上是按史演义,《唐史平话》写到王彦章两次拒绝投降之事:一是晋王以其妻子家小要挟诱降他,一是彦章被俘后唐王想劝降他。这都是于史有征的。该书的《梁史平话》缺下卷,不然我们或许会读到这位好汉的更多事迹。《残唐五代史演义传》则带有更多的民间色彩,将王彦章说成是除李存孝之外的第一好汉,存孝殁后,王彦章无人能敌。小说第三十六至四十二回将这层意思发挥得淋漓尽致。书中说王彦章屯兵宝鸡山二年,连斩唐军大将十来名,气死沙陀李晋王,最后才由史建瑭设计,五龙逼死王彦章。所谓"五龙",指有"天子之分"的李嗣源、李存勖、石敬瑭、刘知远、郭彦威等五人。杂剧《狗家疃五虎困彦章》亦演述此事,这段情节后又

---

① [宋]欧阳修:《新五代史》卷三十二,中华书局 1974 年版,第 347 页。
② [宋]薛居正等:《旧五代史》卷二十一,中华书局 1976 年版,第 292 页。

被夸饰成"五龙二虎斗彦章"——加上了高行周和作为第一代杨家将人物的杨衮(《飞龙全传》第五十回提及杨衮是杨业之父),这是后来五代故事吸纳杨家将故事的例证。

王彦章威名赫赫,还经常被其他作品引为典故。《水浒传》叙述没羽箭张清连败梁山泊杨志、索超、董平等大将,宋江慨叹:"我闻五代时,大梁王彦章,日不移影,连打唐将三十六员。今日张清无一时,连打我一十五员大将,虽是不在此人之下,也当是个猛将。"(70/868)甚至传说中的济公,在张太尉宠爱的蟋蟀"王彦章"老死出殡时,也说出这么一段"语录":"促织儿,王彦章,一根须短一根长。只因全胜三十六,人总呼为王铁枪。休烦恼,莫悲伤,世间万物有无常。昨宵忽值严霜降,好似南柯梦一场。"①"连打唐将三十六员""全胜三十六"的说法当有所本,可惜今天已难以考索。在这种背景下,《北宋志传》虽然仅提及王彦章之名,我们联想到的,自然会是五代故事里王铁枪的威风八面。换个角度看,小说让与王彦章齐名的马风推荐山后杨令公,似有以王彦章衬托杨令公的意思,杨业的勇将形象也就呼之欲出了。

至于马风其人,不见于史籍记载,但他也应与五代故事密切相关。上引文字说他"使一根铁管枪,与王彦章齐名",黄巢作乱之时,闻马风之名,"兵不敢入州"。简短两句,背后极可能隐藏着不亚于王彦章大战宝鸡山的热闹故事。只是很可惜,就像"连打唐将三十六员"的出处已不为人知一样,有关马风的传说故事恐怕也早已湮灭无闻。五代时期倒是有个人叫作马峰,乃并州太原人,仕北汉,官至枢密使,后劝刘继元降宋。(见《宋史》卷四百八十二,《新五代史》卷七十)《宋史》称他"善服饵养生,体强无疾……卒,年八十余"②,不知和这个弃武学道、年近九十岁的马风有无关系。

2. 杨七郎之死与李存孝之死

《北宋志传》写杨七郎之死,有个细节颇堪注意。杨七郎回到瓜州行营向潘仁美求援,言语有所冒犯,仁美恼怒,下令处死杨七郎:

> 军校得令,将延嗣系于舟樯上。众军齐齐发矢,无一箭能着其身者。仁美惊曰:"真乃奇异!众人所射,皆不能中。"延嗣听得,自知难免,乃曰:"大丈夫就死,亦何惧焉?只虑父兄存亡难保。"因教射者:"可

---

① [明]沈孟柈:《钱塘湖隐济颠禅师语录》,古本小说集成本,第113页。
② [元]脱脱等:《宋史》卷四百八十二,中华书局1985年新1版,第13944页。

将吾目蔽住,射方能中。"众军依言,遂放下,割着眉肉,垂蔽其眼,然后射之。可怜杨七郎乱箭着处,身无完肤,见者无不哀感。(19/645—646)

这个情节让人想起五代故事里的李存孝之死。《残唐五代史演义传》第三十二回述李存孝受诬被杀经过:康君令假传父命,要车裂李存孝,可是李存孝力气大,五牛之力合在一起都无法挣死他。金甲神人现身告诉李存孝,他原是上界铁石之精降临凡世,此刻正是他归天之时。于是李存孝主动叫军士割断他的手足之筋,而后身躯才被牛车裂成五块。同样是被奸人陷害,同样是英雄说出自己的弱点才能被杀死,杨七郎和李存孝的确相像。《北宋志传》于"垂蔽其眼"后还有小字注曰:"传说七郎有箭眼,射不能伤。"(19/646)"箭眼"之说,《飞龙全传》第二十一回也有类似描写,说的是宋金花以"瞅箭法"瞅落马长老的连珠神箭。由此看来,《北宋志传》关于杨七郎之死的描写与五代故事某些内容确有渊源。

3.《南宋志传》和《飞龙全传》里的杨家将故事

讲述赵匡胤发迹变泰之前故事(也属五代故事)的《南宋志传》和《飞龙全传》都有关于杨家将故事的内容,前者见于第三十三至三十五回,后者见于第五十至五十二回。两部书中,故事大意谓周世宗征讨河东,引出北汉主征召杨业父子,接着是八郎认兄归宋,而后杨业决水击退周兵,率领诸子上五台山参禅,智聪长老逐一为杨业七子看相,再引出杨五郎深夜恳求长老指点而得到小皮匣的情节。比较起来,《飞龙全传》较《南宋志传》更为详细,不仅有预示杨业归宿的十六字偈言"立名无佞,建业天波。辛勤劳苦,李陵荣枯"(51/463),还简要介绍了杨业之父杨衮,以及杨业与妻子余氏的成亲故事。这两部小说没有直接的承袭关系,《飞龙全传》"不是南宋传的增订本而是一本独立的小说。它可能根据同一早期的平话,即已被纳入南宋传的那一本"①,所以它们之间的异同是可以理解的。就它们与《北宋志传》的关系而言,也可看到其间既有吻合之处(譬如《北宋志传》第十七回写到杨五郎冲破重围后打开皮匣,悟出智聪长老指点之意,于是剃发走往五台山为僧去了,这与智聪长老交给杨五郎一个小皮匣遥相呼应;又譬如《飞龙全传》里的

---

① 伊维德:《南宋传与飞龙传》,王秋桂编:《中国文学论著译丛》,台湾学生书局 1985 年版,第429—430 页。

那十六字偈言正是两部杨家将小说所述杨业一生事业的概括),也有抵牾之时(譬如《北宋志传》没有交代杨业和佘氏成亲一事,也没有提到杨业的父亲,却让杨六郎说出"四哥好看承母亲,今兄弟中惟汝福寿两全"这样一句显然与智聪长老之言相矛盾的话)。马力认为《南宋志传》的这三回杨家将故事是"杨家将小说"的一个开头部分,而且很有可能羼入了吴璿删定本《飞龙全传》之中①,这个推测不能说全无道理,但他没有注意到杨四郎的结局与智聪长老的预言不相吻合。我以为,明代杨家将小说《北宋志传》与《南宋志传》《飞龙全传》究竟关系如何,仍需更多材料的发现。目前,只能确定《南宋志传》和《飞龙全传》中的这三回内容是当时流行的杨家将故事之一,尚不能充分肯定它们是"杨家将小说"《北宋志传》的开头部分。

第四节　杨家将和狄青故事

狄青(1008—1057),汾州西河(今山西汾阳)人。他是北宋著名武将,在对西夏作战时大小二十五战,屡建战绩,后征广源州蛮侬智高,尤以夜袭昆仑关为史家所艳称。狄青出身低微而能以战功官至枢密使,再加上他"临敌披发、戴铜面具,出入贼中,皆披靡莫敢当"②的诡秘和勇猛,这些足以让他成为通俗文学领域的绝佳主角。罗烨《新编醉翁谈录》已有"三国志诸葛亮雄材,收西夏说狄青大略"③之语,戏曲作品有金院本《说狄青》(佚)、元杂剧《狄青扑马》(佚)、《狄青复夺衣袄车》《刀劈史鸦霞》、明传奇《夺昆仑》④,通俗小说则有清代的《万花楼演义》《五虎平西前传》和《五虎平南后传》等多部。狄青的活动时间,与杨文广(?—1074)差不多同时,后者还随从前者南征侬智高。可以想见,杨家将故事和狄青故事之间会有较多的重叠之处,甚至会有激烈的竞争。

1."姓杨人"和"狄将军"

这种情形在元明说唱文学领域犹存痕迹。《新刊说唱包龙图断曹国舅

①　马力:《〈南北宋志传〉与杨家将小说》,《文史》第十二辑(1981年),第263—264页。
②　[元]脱脱等:《宋史》卷二百九十,中华书局1985年新1版,第9718页。
③　[宋]罗烨:《新编醉翁谈录》,古典文学出版社1957年版,第4—5页。
④　庄一拂《古典戏曲存目汇考》将《夺昆仑》列入"明清阙名传奇作品"中,谓"演狄青事。以夺昆仑关,破侬智高为关目",上海古籍出版社1982年版,第1668页。《水浒全传》写御前搬演戏剧,提到"狄青夜夺昆仑关"(82/1010),不知是否即《夺昆仑》。

公案传》有段唱词云："记得南蛮人马动,狄青杨广上边廷。收蛮九年六个月,今日山河得太平。自从得胜回朝日,边廷留下马和人。狄青杨广回朝转,未曾赏赐众军人。"(2/a)"杨广"显然指杨文广,唱词所述正是狄青、杨文广同征南蛮侬智高事。明成化说唱词话里的包公断狱故事,起首往往有将包拯(999—1062)和狄青并举的套语,譬如《新刊全相说唱包待制出身传》说"文有清官包待制,武有西河狄将军"(1/b),《新编说唱包龙图公案断歪乌盆传》又是"文官只说包丞相,武官只说狄将军"(1/b),《新刊说唱包龙图断曹国舅公案传》另作"文官只说包丞相,武官好个狄将军"(1/b),《师官受妻刘都赛上元十五夜看灯传》唱的却是"文曲星官包丞相,武曲星官狄将军"(1/b)。但这个与包拯并称的武官,在另外两篇词话里是杨文广,《新编说唱包龙图断白虎精传》谓"文官只说包丞相,武官好个姓杨人"(1/b),《新刊全相说唱张文贵传》则谓"武官好个杨文广,正是擎天柱一根。收了九溪十八洞,灭得蛮家化作尘"(2/a)。类似这样的套语,一方面反映了杨家将故事和狄青故事的并行盛况,另一方面也暗示着"姓杨人"与"狄将军"在通俗文学领域内的竞争关系。

2. 与杨府作对的狄太师

竞争可以促进双方的繁荣和发展,有时却会导致匪夷所思的结果,譬如杨家将故事里的狄青,就与他在历史上的名将形象相去甚远。《杨家府演义》第四十一至四十九回则写到狄青,相关内容大致是:狄青征讨侬智高失利,包拯举荐杨宗保前往代之。在交接帅印时,狄青有轻慢之意,杨宗保本欲斩之,杨文广求情方免。狄青受此羞辱,怨恨不已,誓要灭绝杨氏一门。他先逼令家丁师金行刺杨宗保,适逢杨宗保"身体不快","须臾而卒";后又奏言杨文广有欺君之罪,迫使杨文广化鹤归去。有关这位狄太师的故事,小说以宋仁宗"大骂狄青谗佞,陷害忠良"作结。小说所述南征侬智高固属史实,但杨文广的年龄、杨文广和狄青的隶属关系都与史不符(杨宗保本为虚构人物,可以不论)。狄青还被描写成一个专意与杨家府作对的奸臣,这不仅有违历史,也与演述狄青故事的三部通俗小说截然相反。

3. 狄青故事里的杨家将

演述狄青故事的三部清代小说,《万花楼演义》又称《后续大宋杨家将文武曲星包公狄青初传》,全书将"姓杨人""包丞相"和"狄将军"的故事汇为一编,但"简略于杨,稍详于包,而特详于狄,实为'狄青初传'"①。该书穿插了杨宗保镇守三关和中锤丧命故事,其中曾叙及杨宗保要以失军衣之罪处斩狄青,但双方不存在忠奸之辨。相反,杨宗保殁后,狄青继任三关镇守之职。《五虎平西前传》叙写狄青奉命征讨西辽、夺取彼国珍珠旗故事,杨文广随征。该书多处点明狄、杨两家的交谊。《五虎平南后传》演述狄青平定广南侬智高故事,书前牌记署"狄青演义",并有"杨文广挂帅"字样,全书以狄青为主。换句话说,它们所讲述的狄青故事和《杨家府演义》里的狄青故事不属一个系统。不过,这三部前后相续②的小说在人物和情节方面与杨家将故事多有勾连、照应之处。杨家将故事里的人物在这三部小说中频频露面,杨宗保、穆桂英、杨文广、杨金花、王怀女、魏化、孟定国(孟良之后)、焦廷贵(焦赞之后)等人物形象尤其活跃。《万花楼演义》第六十七回叙述杨文广讨西夏时与百花小姐阵上议婚,情节颇似杨宗保和穆桂英阵上招亲,且与《北宋志传》的说法相合——在《北宋志传》里,杨文广娶得正是西夏百花公主。《五虎平南后传》第二十二回介绍王怀女乃金刀圣母之徒,由父亲王令公做主匹配杨六郎,这与明代杨家将小说的描写一致。第三十四回交代焦赞是因盗取尸骨而死,也照应了杨家将故事里的情节。

4. 诈死者:杨六郎和狄青

情节照应是三部清代小说与杨家将故事之间关联的一个侧面,另一侧面则是情节的类似。《五虎平西前传》第五十四至七十七回讲述狄青诈死埋名之事,大意谓:庞洪奏称狄青从西辽取回的珍珠旗是假的,仁宗大怒,要以欺君论罪处斩,幸有太后出面,乃赦狄青死罪,发配游龙驿。庞洪修书令驿丞王正暗害狄青,王正以狄青系大宋擎天柱,不肯加害,反以实情相告。狄青遵王禅老祖之教,吞下灵药,诈死埋名,此后五虎将住在天王庙中。西辽闻狄青身故,起兵侵宋,边关告急。钦天太史夜观星象,知狄青未死,告知包拯。包拯因往天王庙探访,敦促狄青出仕。最后,狄青提兵解救三关之危,

---

① 曹光甫:《万花楼演义·前言》,古本小说集成本。

② 《万花楼演义》有句云:"此书与下五虎平西二(应是'一')百一十二回每事略多关照之笔。"(68/921)《五虎平西前传》末尾说:"若问五虎如何归结,再看五虎平南后传。"(112/1452)《五虎平南后传》以一句"却说前书五虎将征服西域边夷,奏凯班师"(1/1)开头,末尾则有按语曰:"此书上回须名五虎平西,是前传。兹又采录得狄青降生、包公临凡,初传附有杨宗保守三关、狄青解征衣。按:守三关后封元帅,并录附包公审郭槐,内除灭群奸,曲折事情,即前后此书方全完也。前未得狄青初临凡、武曲星下降保宋古本,故在领守三关作始,如看者追全此书,兹今此书已有刊行者。"(42/530)

大破西辽。这个情节类似杨家将小说里的杨六郎兴兵救驾故事,现据《杨家府演义》将这个故事概括如次:杨六郎被发配汝州监造官酒,王钦若诬奏他私卖官酒,真宗大怒,令胡延赞前往汝州取六郎首级。八王等人以调包之计救下六郎,杨六郎得以诈死藏身无佞府。萧后知杨六郎死,举兵将真宗君臣困于魏府。八王持赦书到杨府,劝请杨六郎领兵救驾。于是杨六郎重召旧部,解除魏府之围。两个故事之间,细节多有不同,狄青诈死埋名之事尤其曲折周详,但"发配—诈死—寻访—复起"是它们共有的情节模式。以成书时间先后判断,自然是狄青故事因袭杨六郎故事的可能性更大。

5.困陷柳州城

狄青困陷柳州城不见于以狄青故事为题材的戏曲和小说,但光绪《靖边县志稿》卷一"古迹"载:"柳州城,在龙州堡东北。俗传宋狄青北征,被胡将张天龙围困于此。"①这个"俗传"必定与杨文广困陷柳州城故事有某种关联。方志中"古迹"之类的记载一般不可靠,何况这条记载的时间又很迟。所以,狄青困陷柳州城应是民间的附会,只不过它所根据的杨文广困陷柳州城,原本已是民间附会。当然,它们也许差不多同时出现,但在随后的相互竞争中,杨家将故事压倒狄青故事,狄青困陷柳州城故事终至湮灭不彰。

第五节 杨家将和水浒故事

以《水浒传》为代表的庞大而又系统的水浒故事,最初原型是北宋末年宋江领导的一次规模不大的起义。众所周知,水浒故事从历史原型到小说巨著,其间历经了两个多世纪的漫长演化,滚雪球似的借鉴了大量其他的史实和故事:前者譬如南宋忠义军民的抗金斗争②,洞庭湖杨幺起义③等;后者譬如三国、五代、隋唐、杨家将等故事④。本节拟在前人研究的基础上,论述杨家将故事和水浒故事的相互关系。

---

① (光绪)《靖边县志稿》,中国地方志集成·陕西府县志辑本,第37册,第283页。
② 参看孙述宇《水浒传的来历、心态与艺术》第一部分,台湾时报文化出版事业有限公司1983年再版。
③ 参看侯会:《〈水浒〉源流新证》第一章和第三章,华文出版社2002年版。
④ 参看侯会:《〈水浒〉源流新证》第四章,华文出版社2002年版。

1. 小说构成上的若干类似点

在构成上，明代杨家将小说和《水浒传》有很多类似点。中钵雅量提到双方的四个类似点："第一，杨家一门追求的第一义是征辽，同时以与皇朝奸臣（前半部分是以潘仁美为代表，后半部分是以王钦为代表）的斗争作为次要方面。在征辽前，宋江为首的一百零八好汉的首要目标是打倒蔡京、高俅等皇朝奸臣，与杨家一门的重点有所不同，但是两者有同皇朝奸臣斗争的共同点。第二，两书的首领在追求目标的实现时，都努力使绿林英雄和地方势力家族成为自己的伙伴。这一点《水浒传》比较显著。《杨家将》中杨六郎、杨宗保为了征辽，在招降以孟良、焦赞为首的绿林英雄，以及以穆桂英为首的地方武装势力方面也做出了努力……第三，两书的时代背景：《杨家将》发生在北宋初期，《水浒传》稍微晚些，发生在北宋末期。但是，二者都是发生在与北方辽国对峙的北宋时代，这一点是不变的。追溯两书的说话和话本阶段，也是在同一时代。第四，小说、说话和话本里，杨家一门的活动舞台主要是在山西、河北、河南三省。从《水浒传》《宣和遗事》、元杂剧、说话和话本等阶段来看，宋江等人的活动舞台是上述三省加上山东地区。"①忠奸斗争是通俗历史演义的固有模式，无须多谈。双方共有的征辽情节，后面再谈。这里先对其他类似点作进一步的说明。

杨家将故事和水浒故事发生的时代背景和地域大体相同，这与历史事实有些出入：以时代论，历史上的杨家将活跃于北宋前期，宋江等人起事于北宋末年，双方相距百余年；以地域论，历史上的杨氏祖孙三代（杨业、杨延昭和杨文广）主要在山西、陕西、河北、甘肃和广西等地作战，宋江等人流窜于江苏、安徽、山东、河南、河北等地（即史书所称的"淮南""齐魏"和"河朔"），双方重叠区域仅河北一处。故事与史实之所以有这个差异，是因为在长期的传播、演化过程中，杨家将故事和水浒故事都曾与南宋时期河北、河南、山东、山西等地区的抗金斗争发生联系，从而都留下了那个时代和那片地域的痕迹。中钵雅量提出的后面两个类似点，如果从这个角度去理解，似乎更有意义些。

两套故事出现的人物绰号和太行山可以说明上述看法。先说绰号问题。杨家将故事和水浒故事里的英雄人物有绰号，一百零八好汉自不必说，

① ［日］中钵雅量：《楊家将演義と水滸傳》，《中国小説史研究——水滸伝を中心として》，汲古书院 1996 年版，第 159—160 页。原文为日文。

杨六郎部下最为知名的两位将军,孟良号为"孟火星"和"佳山太仆"(见《昊天塔孟良盗骨》),焦赞绰号是"虎头鱼眼"和"鱼眼司公"(见《焦光赞活拿萧天佑》),杨家将小说所列二十二员指挥使的名字之中,"林铁枪""宋铁棒""姚铁旗""董铁鼓"云云,也必定不是他们的真名。这应与南宋武夫(包括军贼、流寇和忠义人)喜取诨名的时代风气有关,诸如李天王、徐大刀、赛关索李宝、寇浪子、一丈青之类,既见于当时史籍,亦在《水浒传》里有所反映。① 杨六郎的另一位得力部下岳胜号"花刀"(见《北宋志传》和《杨家府演义》),又号"花面兽"(见《杨六郎调兵破天阵》),容易让人联想到《水浒传》里的大刀闻达和青面兽杨志,但他们之间或许没有直接的因袭关系,而可能都是来自活动于两宋之交的徐文和刘忠的绰号。徐文原本是南宋水军统领,后来投靠伪齐政权,《金史》说他能"挥巨刀重五十斤,所向无前,人呼为'徐大刀'"②。刘忠是山东盗寇,号"白毡笠"(杨志头戴"范阳毡笠"与此相似),曾屡次击败前来征剿他的官军,据说他"自黥其额,时号花面兽"③。再谈太行山问题。太行山一带是南宋忠义武装力量极其活跃的地方,他们的活动,在水浒故事和杨家将故事里打上了烙印:太行山成为英雄的安身之地。早期的水浒故事以太行山为中心,周密《癸辛杂识》所录龚开的《宋江三十六赞》,有五位英雄的赞语说到太行④,《新刊大宋宣和遗事》两次提到太行山:一次是杨志和结义兄弟孙立等人同往太行山落草;一次是晁盖等人与杨志等人结为兄弟,"前往太行山梁山泊去落草为寇"。⑤ 学者推测,在《水浒传》成书之前曾经存在过一套专讲太行山好汉的"山林故事"分支,今存《水浒传》尚留下这个分支的若干故事⑥,这是合乎情理的意见。杨家将故事里,太行山屡次出现,譬如呼延赞曾在太行山寨聚义(《北宋志传》第三回),"岳胜邀孟良等反上太行山,称草头天子"(《北宋志传》29/736,《杨家府演义》20/275),杨怀玉举家上太行,拒绝为朝廷效力(《杨家府演义》第五十八则)。

　　招安绿林豪杰和地方武装力量,这个类似点也可以从南宋的抗金活动中找到依据。两宋之交的抗金力量分为官方、民间两大类,民间抗金武装包

---

① 　前两例参看孙述宇:《水浒传的来历、心态与艺术》,台湾时报文化出版事业有限公司 1983 年再版,第 244 页;后三例参看余嘉锡:《宋江三十六人考实》,分见《余嘉锡论学杂著》下册,中华书局 1963 年版,第 382—386、391—392、395—399 页。

② 　[元]脱脱等:《金史》卷七十九,中华书局 1975 年版,第 1785 页。

③ 　[宋]李心传:《建炎以来系年要录》卷十九,中华书局 1988 年版,第 380 页。

④ 　[宋]周密:《癸辛杂识》,中华书局 1988 年版,第 145—150 页。

⑤ 　《新刊大宋宣和遗事》,中国古典文学出版社 1954 年版,第 37、39 页。

⑥ 　参看孙述宇:《水浒传的来历、心态与艺术》,台湾时报文化出版事业有限公司 1983 年再版,第 194—199 页。

括溃兵、盗贼（绿林豪杰）和自卫组织（地方武装力量）三类。这些武装力量的性质往往可以相互转换，官军败绩后可能沦为溃兵和盗贼，民间武装也可以加入朝廷的编制。对于民间的这些抗金武装，赵宋朝廷一方面鼓励他们积极抗击女真，另一方面更愿意采取招抚措施将他们收编过来，这样既可保证地方秩序，也可提高官军的战斗力。前者譬如在绍兴十年（1140），宋高宗为激励中原忠义之士，下诏许诺：

> 能取一路者，即付以一路，取一州者，即付以一州，便令久任。应府军所有金帛，并留赏给战士。其余忠力自奋，随功大小，高爵重禄，朕无所吝。①

后者可举例子尤多，譬如两宋之交的著名军贼之中，李成一度接受了刘光世的招安，张用接受了岳飞的招安，曹成接受了韩世忠的招安，他的部将杨再兴则归降岳飞；②绍兴元年（1131）十二月，"邵青受招安，为枢密院水军总制"③。杨家将故事和水浒故事里的首领都"努力使绿林英雄和地方势力家族成为自己的伙伴"，正是这段历史在通俗文学领域内的投影。

就杨家将小说与《水浒传》的类似而言，它们都是分段缀合结构——故事明显分成连缀在一起的几大块，这一点，中钵雅量没有指出。《水浒传》由聚义、招安、征辽、平田虎、平王庆、讨方腊等故事组成，《杨家府演义》可以划分为杨令公归宋死节、杨六郎抗辽保宋、杨宗保征侬智高、杨文广征讨李王、杨怀玉举家上太行五个故事段落（《北宋志传》在前面加上呼延赞故事，将后面三个段落换成杨宗保征西夏故事）。在众多世代累积型的小说之中，《水浒传》和两部明代杨家将小说的这个类似点显得异常突出。

在人物的渊源关系方面，《北宋志传》出现"郑天寿"这个名字（3/516），《杨家府演义》有殿前检点孙立这个人物（他曾领兵救应杨文广，又奉旨捉拿杨家一门）。我们当然不能将他们等同于《水浒传》里的那两位好汉，据此说明杨家将故事和水浒故事的联系，但杨志、鲁智深、呼延灼和杨温这四个人物，则完全可以作为这样的依据。

---

① ［宋］徐梦莘:《三朝北盟会编》卷第二百，上海古籍出版社 1987 年版，第 1444 页下。
② 参看邓广铭:《岳飞传》第四章，生活·读书·新知三联书店 2007 年版。
③ ［宋］徐梦莘:《三朝北盟会编》卷第一百四十九，上海古籍出版社 1987 年版，第 1084 页下。

2."五侯杨令公之孙"杨志

杨志首次出场,自称:"洒家是三代将门之后,五侯杨令公之孙,姓杨,名志,流落在此关西。"(12/136)北宋末年的确有个叫作杨志的军人,余嘉锡认为《水浒传》里的青面兽杨志即此人①,而孙述宇指出"杨志"这个名字是用来纪念一位杨姓抗金英雄的可能性更大,他提供了杨可发和杨可胜这两个人②。无论真实情况怎样,说杨志是"杨令公之孙",自然是在杨家将故事影响之下产生的小说家言。

3.杨五郎和鲁智深

鲁智深出家五台山的经历让人想起五台山为僧的杨五郎。这两个西北好汉都是以军官身份而半路出家,以僧人身份而大开杀戒,武艺高强,性情粗莽。罗烨《新编醉翁谈录》所载话本名目,《五郎为僧》和《花和尚》同属"杆棒"类③,双方自有借鉴、相通之处。杨家将故事在民间的流传,早于宋江起义百余年,所以《水浒传》追摹杨五郎形象来塑造鲁智深的可能性更大。④顺便提一下,元杂剧《谢金吾诈拆清风府》第二折交代杨六郎做过"关西五路廉访使",《水浒传》说鲁达(智深俗名)"始投老种经略相公,做到关西五路廉访使"(3/40),这似乎也透露了鲁智深与杨家将故事的血缘关系。

4.呼延赞和呼延灼

呼延灼号"双鞭",《水浒传》介绍他"乃开国之初,河东名将呼延赞嫡派子孙,单名唤个灼字;使两条铜鞭,有万夫不当之勇"(54/687)。又有赞辞说他"开国功臣后裔,先朝良将玄孙,家传鞭法最通神,英武熟经战阵"(54/687)。呼延赞是杨家将故事里的重要人物,史称他曾乘骓马,善使铁鞭(参看本章第二节),呼延灼在《水浒传》中也骑一匹踏雪乌骓马,在《宋江三十六赞》《大宋宣和遗事》里叫作"铁鞭呼延绰",可谓一派乃祖风范。所以这个人物显然与杨家将故事里的呼延赞有些瓜葛,即便他更多是受到韩世忠部将呼延通的启发而创作的。而且,呼延灼部下的两位先锋,韩滔"使一条枣木

---

① 余嘉锡:《宋江三十六人考实》,《余嘉锡论学杂著》下册,中华书局1963年版,第363—366页。
② 孙述宇:《水浒传的来历、心态与艺术》,台湾时报文化出版事业有限公司1983年再版,第258—260页。
③ 〔宋〕罗烨:《新编醉翁谈录》,古典文学出版社1957年版,第4页。
④ 参看侯会:《〈水浒〉源流新证》,华文出版社2002年版,第202—203页;侯会:《鲁智深形象源流考》,《首都师范大学学报》(社会科学版)1996年第2期。

槊",彭玘"使一口三尖两刃刀"(55/689),他们所使用的兵器可能也与呼延赞相关。①

5."拦路虎"杨温

杨温与上述三人的情况有些不同,他不是梁山好汉,也不曾出现在讲述杨家将故事的小说和戏曲里。但从这个人物身上,可以看到《水浒传》对早期杨家将故事的采纳。收入《清平山堂话本》的《杨温拦路虎传》是一篇非常出色的作品,讲述"杨令公之孙,重立之子"杨温从强人手中救出妻子冷氏的故事。故事开始,杨温迎娶了一位漂亮的妻子。偶然有一天,杨温在街上买了一卦,他的命运由此出现转折:算卦先生说他大凶当头,需要"出百里之外,方可免灾"。为了避灾,杨温携带妻子前往东岳泰山烧香,却在途中遭遇强盗,财物和妻子都被劫走。这段情节与《水浒传》第六十一回卢俊义被吴用赚上梁山的情节如出一辙。另外,元末明初杂剧《梁山五虎大劫牢》也有梁山好汉设计迫使韩伯龙上山入伙的故事,情节相差不大。卢俊义的落草故事,大概是糅合杨温和韩伯龙的故事而创作出来的。这位"三代将门之子"丢了妻子和财物,又受此恶气,病了半个月,这样的窘迫可能感染了杨志——说起来,两人还是杨氏将门的兄弟辈②。在《新刊大宋宣和遗事》中,杨志等候孙立不来,"旅途贫困,缺少果足"③,《水浒传》里的杨志一出场就是一副晦气满面的落魄形象。落魄的杨温在财主杨玉家里遇见棍棒手马都头,并与他较量武艺,这与《水浒传》第九回林冲在柴进庄里遇见洪都头,而后两人比试棍棒的场面非常相像,也与《水浒传》第二回王进、史进两人比试的场面十分相仿。最后,杨温参加东岳泰山的庙会时,打死了摆擂的山东夜叉李贵。这部分内容与《水浒传》第七十四回燕青在东岳泰山庙会的比武擂台上打死擎天柱任原的情节极其相似。④ 杨温的故事来源较古,罗烨《新编醉翁谈录》著录了一篇《拦路虎》,一般认为即是《杨温拦路虎传》。该书还著录了《徐京落草》《李从吉》,分别属于"杆棒"类和"朴刀局段"。⑤ 很可注意的是,《水浒传》开列征讨梁山泊的十个节度使的名单,其中赫然就有"上党

---

① 参看侯会:《〈水浒〉源流新证》,华文出版社 2002 年版,第 204 页;孙述宇:《水浒传的来历、心态与艺术》,台湾时报文化出版事业有限公司 1983 年再版,第 253—258 页。

② 不过,杨温后面自称"是杨令公之曾孙,祖是杨文素,父是杨重立",似乎又是杨志的子侄辈了。

③ 《新刊大宋宣和遗事》,中国古典文学出版社 1954 年版,第 37 页。

④ 关于《杨温拦路虎传》与《水浒传》的相似之处,参考了佐竹靖彦的论述,《梁山泊——〈水浒传〉一○八名豪杰》,韩玉萍译,中华书局 2005 年版,第 101—103 页。

⑤ [宋]罗烨:《新编醉翁谈录》,古典文学出版社 1957 年版,第 4 页。

太原节度使徐京""江夏零陵节度使杨温"和"陇西汉阳节度使李从吉"三人。这十个节度使"旧日都是绿林丛中出身,后来受了招安,直做到许大官职"(78/954)。综合上述情况,可以断言,《水浒传》吸收了杨温这位杨家将后裔的故事。杨温的故事属于早期杨家将故事之一,没有被后世成熟的杨家将故事吸收,"也许杨家将的这些后裔们过度地投身到盗贼'好汉'世界中,是造成以他们存在为契机的征辽故事不可能成立的原因"①。换句话说,以征辽为主体的杨家将故事不太可能容纳沦为盗贼的杨氏子孙——杨温绰号"拦路虎",自然不会是什么品行端正的人。不过,《杨温拦路虎传》可能仍在明代杨家将小说中留下了些许痕迹。譬如"拦路虎"这个绰号在《北宋志传》里出现一次(2/502),指一位未曾露面的强盗。另如《杨温拦路虎传》结尾提到陈千为恩人之子杨温效力,这样的构思在《杨家府演义》第九则里重现——郎千身受杨业之恩,所以特意渡杨六郎过黄河。具体报恩情节虽然不同,两位知恩图报者的名字却是一样的。

6. 衅起良马

梁山泊两打曾头市是《水浒传》的重要关目:第一次攻打损失惨重,晁盖中箭身亡(第六十回);第二次攻打有了周详准备,终于将曾头市踏平(第六十八回)。值得注意的是,梁山泊主动发起的这两次军事行动都缘于良马被劫:第一次是段景住欲将盗来的"照夜玉狮子马"献给宋江,途中被曾家五虎夺去;第二次是梁山好汉买回的二百匹好马被郁保四劫走,解送到曾头市。我前面也提到孟良盗马的情节,并引述了他第一次智盗骗骊良骥的原文(参看本章第一节),这和《水浒传》"衅起良马"的构思有些类似,毕竟在杨家将小说中,孟良盗回骗骊良骥也引发了岳胜与萧天佑的一场大战。我还要指出,在《水浒传》第一个"衅起良马"故事里,段景住盗来的照夜玉狮子马本是金国王子的坐骑,原打算献给宋江,却被曾家五虎夺去,而后仍然归于宋江;杨家将故事里的骗骊良骥本是西洋国进奉大宋的礼物,被辽国夺走,最后又由孟良盗回。良马数易其主的两个故事差可比拟。

7. 五台山参禅

就像太行山一样,五台山也是杨家将故事和水浒故事的重要场景。对此,前文讨论杨五郎和鲁智深的关系时略有涉及,现在主要谈五台山参禅一

---

① [日]佐竹靖彦:《梁山泊——〈水浒传〉一〇八名豪杰》,韩玉萍译,中华书局 2005 年版,第 103 页。

事。"五台山杨业参禅"在《南宋志传》和《飞龙全传》有近似的叙述,本章第三节已有介绍,这里不再赘述。"五台山宋江参禅"讲述宋江征辽成功,凯旋途中因鲁智深"欲往五台山参礼本师",于是宋江带领兄弟们随着鲁智深同去拜见智真长老。有趣的是,智真长老在小说前文并无多少特异之处,但现在他也能知过去未来之事,也写出了预示宋江一生之事的四句偈语:"当风雁影翩,东阙不团圆。只眼功劳足,双林福寿全。"(90/1093)一言以蔽之,现在的这个智真长老和杨家将故事里的那个智聪长老扮演了同样的角色,两个参禅故事的相似是毋庸置疑的。由于《南宋志传》和《飞龙全传》皆有所本,现行《水浒传》"五台山宋江参禅"情节又极有可能是一个以五台山为中心的水浒故事系统的遗留①。即使大致知道这三部小说成书时间的先后顺序,我们也无法据此判断两个五台山参禅故事的因袭关系。

8. 征辽情节

征辽是杨家将故事和水浒故事共有的情节,它在两套故事中的地位不同:征辽是明代杨家将小说(尤其是《北宋志传》)的主体;在《水浒传》里,它是插曲——仅仅占据一百二十回的七回(第八十三至八十九回)。两书的征辽情节不乏雷同的内容,兹举两例②。

第一,《水浒传》第八十六回,梁山军队欲攻取幽州,因不熟地理,中了辽将贺重宝的诱兵之计,卢俊义等十三位头领被困在"四面尽是高山,左右是悬崖峭壁,只见高山峻岭,无路可登"(86/1051)的青石峪,宋江等人则退守独鹿山。在宋江派解氏兄弟打探地形的同时,卢俊义差遣白胜裹着毡衫从山顶上滚下来,寻路报信。最后,两路合兵,破了贺重宝的妖法,解除青石峪之围。这种"中计被困山谷—某人寻路报信—里外合兵解围"的情节模式在杨家将小说里出现两次:第一次,杨六郎等人俱被困于"只有一条小路可通雁岭"的双龙谷,孟良扮作番人偷出雁岭,请来杨五郎解救;第二次,十大朝臣被困九龙(飞虎)谷,又是孟良偷出谷口搬请杨五郎和杨六郎两路救兵,然后里应外合大败辽军。"杨令公死节"讲述杨业中计被困于陈家谷,杨七郎杀出重围求援,但因奸臣不发救兵,杨业碰碑而死的故事,内容符合"中计被困山谷—某人寻路报信"这部分模式,而偏离了"里外合兵解围"的结尾。比

---

① 参看孙述宇:《水浒传的来历、心态与艺术》,台湾时报文化出版事业有限公司 1983 年再版,第251 页。

② [日]中钵雅量《楊家將演義と水滸傳》一文已提及这两个例子,《中国小说史研究——水滸伝を中心として》,汲古书院 1996 年版,第 161—168 页。

较这些情节,描写基本一致,白胜、孟良、杨七郎承担相同的功能角色。不同的是,杨家将小说中的潘仁美拒绝担任救助者的角色,而《水浒传》为突出公孙胜的作用,多了妖法内容。

第二,《水浒传》第八十七至八十九回描写宋辽斗阵:首先写辽将兀颜延寿摆出四个阵法,都被宋江识破,兀颜延寿反被宋江摆出的九宫八卦阵打败;接着写辽军统领兀颜光列出太乙混天象阵,梁山好汉多次打阵都未能奏功;最后写宋江忧愁无计之际,梦中得授天书,终能以九天玄女之法破阵成功。无论是从"阵"的构思还是从具体的描写来看,《水浒传》这部分内容都与著名的杨家将大破天门阵故事极为类似。斗阵自然少不了考察对手阵法知识的描写,《水浒传》写兀颜延寿摆阵,杨家将小说写王全节、杨六郎、宋真宗、杨令婆先后观阵,不脱这种考察知识的意图。无法破阵的忧闷情绪,宋江和杨六郎都一度有过。宋江梦里得授天书,与"宗保遇神授兵书"情节比较相似。最难得的是,太乙混天象阵和天门阵的摆法显然出自相同的构思,譬如它们都注重方位、颜色和时辰所体现出来的五行相生相克之理,都是一个"阵"配以七个旗门(将台),都提到对应的上界星君,都有太阳阵和太阴阵,对阵容的具体描绘在句式、用词方面也相当一致,等等。虽然"设阵"和"破阵"是中国军事演义小说描写军事生活的典型内容[1],其所用词句也趋于程式化,可杨家将故事和《水浒传》"斗阵"描写的类似仍可表明它们之间应有借鉴关系。征辽在《水浒传》里是后来增入的内容,而且就《水浒传》描写的仓促来看,它这三回有关斗阵的描写模仿杨家将故事的可能性更大。

中钵雅量推测说:"《水浒传》的征辽故事是在《杨家将》或者其前身杨家将传说、话本之后创作出来的。"[2]我赞同他的意见,认为杨家将故事里的征辽情节影响了《水浒传》征辽部分的构造。

9.还愿背后的故事

杨家将小说和《水浒传》都有还愿情节:前者是宋太宗五台山还愿,后者是宋江泰山还愿。两部杨家将小说的五台山还愿大致是这样讲述的:宋太祖病重不起,传位给其弟赵匡义,于是,赵匡义成了第二代皇帝太宗。宋太宗秉承宋太祖的遗诏,先召取太行山呼延赞,再招降杨氏父子,而后攻取河

---

[1] 夏志清:《军事演义——中国小说的一种类型》,勾承益译,《成都大学学报》(社科版)1990年第4期。

[2] [日]中钵雅量:《中国小说史研究——水滸伝を中心として》,汲古书院1996年版,第168页。原文为日文。

东,最后前往五台山还香愿。《新刊大宋宣和遗事》记载宋江泰山还愿一事:
宋江上梁山时,晁盖已死,吴加亮等人推举宋江为首领,并转告晁盖的遗
命——"从正和年间,朝东岳烧香,得一梦,见寨上会中合得三十六数;若果
应数,须是助行忠义,卫护国家"①。于是,"宋江统率三十六将,往朝东岳,
赛取金炉心愿。朝廷无其奈何,只得出榜招抚宋江等"②。两个还愿故事的
地点不同,但都是遵从上一代首领(皇帝)的遗嘱,这一点尤其需要重视,因
为这表明,还愿是使权力交替合法化的必要程序。当然,宋江泰山还愿情节
在《水浒传》里消失了,按照大冢秀高(Ōtsuka Hidetaka,1949—　)的看法,
这应与杨家将小说里的太宗五台山还愿故事有关系,直接原因可能是"原
《水浒传》的集成者发现,原'杨家将演义'(或者杨家将说话)也一样有还愿
这一主题,为了避开这一点,而代之以李师师与燕青的故事。晁盖和宋江之
间的更替经过,恐怕也作了修改。其目的大概是为了强调宋江的光明正
大"③。更为深层的原因,在于《大宋宣和遗事》中晁盖与宋江两代首领的泰
山还愿,影射了宋太宗和宋真宗的泰山封禅,还愿所透露的晁盖和宋江之间
的权力交替过程,影射了宋太祖和宋太宗之间的帝位继承过程,亦即"烛影
斧声之疑"。这样看起来,在杨家将故事和水浒故事各自的早期说话阶段,
双方还愿情节相互之间可能有所交流,并有相同的影射意图,甚至还愿地点
都可能一致——同在泰山,或同在五台山。毕竟,《杨家府演义》有杨文广奉
旨前往泰山进香还愿的故事,《水浒传》有"梁山泊发愿,五台山设誓"(111/
1300)、"登五台而发愿"(119/1399)之类的语句。这至少说明,对于两套故
事系统的还愿情节来说,五台山和泰山都是同等重要的。

10. 钩镰枪大破连环马

《水浒传》叙述呼延灼征剿梁山泊,使用的"秘密武器"是连环马。小说
这样描述连环马:"马带马甲,人披铁铠。马带甲,只露得四蹄悬地;人挂铠,
只露着一对眼睛","三千匹马军,做一排摆着,每三十匹一连,却把铁环连
锁;但遇敌军,远用箭射,近则使枪,直冲入去;三千连环马军,分作一百队锁
定;五千步军,在后策应。"(55/693)连环马极具战斗力,让梁山泊好汉吃了
不少苦头,一直要等徐宁上山教使钩镰枪法,宋江才能大破连环马。清代宫

---

① 《新刊大宋宣和遗事》,中国古典文学出版社 1954 年版,第 43 页。
② 《新刊大宋宣和遗事》,中国古典文学出版社 1954 年版,第 44 页。
③ ［日］大冢秀高:《天书与泰山——从〈宣和遗事〉看〈水浒传〉成书之谜》,阎家仁、董皓译,《保定
　 师范专科学校学报》第 16 卷第 1 期,第 13 页。

廷大戏《昭代箫韶》也有这个钩镰枪大破连环马的故事,讲述杨六郎和十位朝臣被辽将韩德让以连环马逼入九龙飞虎谷,无计得脱,杨宗显梦中得大郎杨泰传授钩镰枪法,突围回营,选五百军士教练钩镰枪,最后大破连环马,救出杨六郎等人。(见第十本第九至十五出)很明显,这里是《昭代箫韶》模仿了《水浒传》。

第六节　杨家将和岳飞故事

岳飞故事讲述抗金英雄岳飞的生平事迹,它原先属于"中兴"故事的一个组成部分。这里所谓的"中兴",指的是金灭北宋之后,赵构振兴宋统,建立了偏安江南一隅的南宋政权。南宋中兴之业的再造,离不开两宋之际出现的那一批抗金大将,其中又以张俊、韩世忠、刘光世(一说刘锜)和岳飞最为著称,号称"中兴四大名将"。南宋军民视这四员大将为抗金英雄,纷纷讲述他们的功勋事迹,至迟在南宋末年,中兴抗金故事成为说话领域的热门题材。吴自牧《梦粱录》卷二十"小说经讲史"条记载了王六大夫敷演《中兴名将传》的事实①,罗烨《新编醉翁谈录·小说开辟》也说:"新话说张、韩、刘、岳。"②随后时过境迁,张俊、刘光世逐渐成为历史罪人,岳飞则以他的精忠报国、含冤被杀而越发赢得人们的尊崇和同情,于是"中兴"故事发生演变,由四将格局演化成岳飞独传,岳飞故事③也就取代了之前的"中兴"故事。在后来的继续演化过程中,这位"中兴"故事里的末席将领被塑造成为功业最著的抗金英雄。

中兴抗金故事在南宋末年的迅速升温,与当时蒙古人对南宋政权的威胁迫在眉睫有关。再次面临亡国危机,人们需要这样的故事来鼓舞南宋军民的抗元斗志,这和人们需要杨家将抗辽故事是一样的道理。杨家将故事虽然在北宋仁宗年间就已经流传,但它的广泛传播,似乎也离不开南宋末年的时局形势。换句话说,虽然中兴抗金史实在两宋之交,而历史上的杨家将活动于北宋之初,但是"中兴"故事和杨家将故事的真正盛行于世,实发轫于

---

① 〔宋〕吴自牧:《梦粱录》,浙江人民出版社 1980 年版,第 196 页。

② 〔宋〕罗烨:《新编醉翁谈录》,古典文学出版社 1957 年版,第 4 页。

③ 有关岳飞故事的文学作品很多,较为知名的小说有《大宋中兴通俗演义》(熊大木编)、《岳王传演义》(余登鳌编)、《武穆精忠传》(邹元标编)、《岳武穆精忠报国传》(于华玉编)和《说岳全传》(钱彩编次、金丰增订)五部,戏曲作品据学者考证,可确定至少有 29 种,参看邓骏捷:《岳飞戏佚作考略》所附《岳飞戏作品表》,浙江大学古籍研究所编:《礼学与中国传统文化——庆祝沈文倬先生九十华诞国际学术研讨会论文集》,中华书局 2006 年版,第 459—460 页。

一个共同的历史背景。这个事实，表明杨家将故事和"中兴"故事必然有着相互借鉴的地方，本节主要以岳飞故事为例进行说明。

1."杨令公的子孙"杨再兴

《说岳全传》喜好通过人物形象来攀附那些著名作品，所以它所写的一些人物是水浒英雄或者他们的后代（譬如燕青、安道全、张青之子张国祥、董平之子董芳、阮小二之子阮良、关胜之子关铃、韩滔之孙韩起龙和韩起凤），甚至还有诸葛亮、罗成的后裔（诸葛锦和罗延庆），而其中声名最大的无疑是杨家将后裔杨再兴——小说称他"乃是山后杨令公的子孙"（10/68）。

杨再兴，《宋史》卷三百六十八有传。他原先是曹成部将，曾斩杀岳飞部下大将韩顺夫和岳飞之弟岳翻。曹成败，杨再兴归降岳飞，助飞抗金，最后在小商桥被金兵射死，"后获其尸，焚之，得箭镞二升"①。《大宋中兴通俗演义》《岳武穆精忠报国传》《武穆精忠传》这三部小说对他的事迹略有叙及，而对他战死小商桥一事的描写稍为详细。（《岳王传演义》未见，以它与《大宋中兴通俗演义》的关系来说，情况亦当如此。）相关史书和这些明代说岳小说都没有将杨再兴和杨家将联系起来，但这样的一位人物，后世的说话艺人和小说家要使他与世代忠勇的杨家将攀上关系，也在情理之中。所以到了《说岳全传》，杨再兴便被说成杨业的后代，他还有个儿子叫杨继周，父子两人的故事在小说中占有相当篇幅。这种变化，体现了杨家将故事的巨大辐射力。

杨再兴归降一事，宋人所撰史籍多有记载。下引为《三朝北盟会编》所记：

> 再兴走至静江界中，官军追及，跳入深涧中。官军欲杀之，再兴曰："我是好汉，当执我见岳飞。"遂受缚。飞见再兴，解其缚，曰："我与汝是乡人，汝好汉也，吾不杀汝，当以忠义报国家。"再兴受命归之。②

对此，明代的说岳小说仅以一句"生擒贼将郝通、杨再兴，收为手将"③带过，而《说岳全传》的叙述曲折有致多了。按照这部小说所言，杨再兴原在山东九龙山落草作乱，岳飞奉旨征讨。因为杨再兴武艺高强，岳飞久战不

① ［元］脱脱等：《宋史》卷三百六十八，中华书局1985年新1版，第11464页。
② ［宋］徐梦莘：《三朝北盟会编》卷第一百五十一，上海古籍出版社1987年版，第1092—1093页。
③ 分别见《大宋中兴通俗演义》（古本小说集成本）第352页，《岳武穆精忠报国传》（古本小说集成本）第245页，《武穆精忠传》（古本小说集成本）第407页。

下,忧闷之际,梦见杨景前来拜访,称"因我玄孙再兴,在此落草;特来奉托元帅,恳乞收在部下立功,得以扬名显亲"(48/372)云云,并传授可破杨家枪的撒手锏。最后,岳飞凭借撒手锏战胜杨家枪,将杨再兴收为已用。杨景即杨家将故事里的杨六郎,"撒手锏"云云,自然是小说家言,这个虚构的梦中传撒手锏情节无疑更加强化了岳飞故事和杨家将故事的联系。

2."五台山杨和尚"

杨家将故事里的杨五郎也曾在《说岳全传》中"神龙一现"。《说岳全传》用一首赞词描写金国国师普风的打扮,最后一句云:"初见时,好像梁山泊鲁智深无二;近前来,恰如五台山杨和尚一般。"(76/621)"五台山杨和尚"指杨五郎延德,他在五台山为僧的传说很早就流传民间,明代的两部杨家将小说也有这个情节。杨五郎和鲁智深是一对颇有渊源的莽和尚形象(参阅本章第五节),《说岳全传》的作者以他们来形容普风和尚,水浒以及杨家将故事对岳飞故事的影响亦可略见一斑了。

3.杨六郎和岳飞

反过来,岳飞故事也在杨家将故事里留下较深的影响痕迹。孙述宇已颇具眼力地指出岳飞对水浒故事的巨大影响力:宋江形象有岳飞的投影,林冲的部分故事利用岳飞资料写成,岳飞的言行常常在《水浒》中显现,南宋忠义民军的活动使岳飞成为推动水浒创作的最大力量。① 我认为,类似情况同样发生在杨家将故事的创作上,譬如杨六郎身上有岳飞的影子,岳飞抗金事迹在杨家将故事里有所体现。

历史上的杨延昭"在边防二十余年,契丹惮之,目为杨六郎"②,其御辽功绩虽不算小,毕竟不能与岳飞的抗金功业相埒——官方史书对杨延昭以及杨家将的事迹原本就语焉不详。不过,这并不妨碍故事里的杨延昭向"晚辈"岳飞靠拢,或者毋宁说,这种战绩的悬殊正是刺激杨家将故事吸取岳飞故事的诱因。

首先,明代两部杨家将小说不厌其烦,三次写到杨六郎有"直捣幽州,取其版籍"之意。第一次在铜台救驾之后,第二次在大破天门阵之后,这两次都是杨六郎主动奏请,但因为真宗不允而作罢。第三次在救出十位朝臣之

---

① 参看孙述宇《水浒传的来历、心态与艺术》第二部分的"岳飞""宋江""关胜与林冲"和第一部分的"南宋民众抗敌与梁山英雄报国"等篇目,台湾时报文化出版事业有限公司1983年再版。
② [元]脱脱等:《宋史》卷二百七十二,中华书局1985年新1版,第9308页。

后，八王先说出此意，杨六郎不请君命而行，终于打破幽州城。① 这个破辽故事与历史事实相违背，但根植于与《水浒传》插增征辽情节相同的历史背景，即南宋军民的抗金活动。南宋的忠义军民渴望恢复中原，这份渴望在现实中不能实现，则不免转移到说话伎艺和小说编撰等领域。以杨六郎"直捣幽州"而论，我们容易看出在这个历史大背景之下岳飞事迹的影响。岳飞一生以恢复中原、躬迎二圣为念②，加上他战绩卓著，所以他的"嘉言懿行"自南宋以来就广为传诵，《宋史·岳飞传》所载"直抵黄龙府，与诸君痛饮"③这句话即是如此。④ 杨六郎屡次奏请"直捣幽州"，这与岳飞"直抵黄龙府"的壮志何其相似！可惜岳飞壮志未酬，因十二道金牌而班师归镇，十年经营造就的抗金大好形势毁于一旦。《大宋中兴通俗演义》"岳飞兵距黄龙府"一节写到此处，曾叙及岳云以"将在军令，君命有所不受"劝岳飞"暂停数日，待擒了兀术，修理宫阙，迎取圣驾回京"（56/618）。或许是有感于此，明代两部杨家将小说要让八王说出"军中（阃外）之事，君命有所不受"（《杨家府演义》37/505，《北宋志传》42/852）这句话，杨六郎因此才敢不请君命而最后破辽。说到底，这不也是受到岳飞故事影响的曲折反映么？

其次，杨家将戏曲和小说多处提到杨六郎的部下，即所谓的"二十四位指挥使"（元明杂剧、《昭代箫韶》都言此数，小说则有"二十二位"和"十八位"之说），按照小说的交代，除了岳胜是职业军人出身之外，孟良、焦赞、张盖、刘超等人俱是杨六郎招抚的强盗。徐朔方认为这些人物带有农民起义者的色彩，并说："在金元杂剧里，杨六郎和他部下的二十四位指挥使的关系是结义兄弟，彼此以兄弟相称呼，从这一点看，很有梁山泊一百单八位好汉聚义的味道。这在朝廷军队中是难以想象的。"⑤这种情形的形成，固然与河北，尤其是太行山一带的抗金民众踊跃投至宋朝将领麾下有关，但我觉得，岳飞

---

① 分别见《北宋志传》（古本小说集成本）第 761、827、852 页；《杨家府演义》（古本小说集成本）第 325、451、505 页。

② ［宋］赵彦卫《云麓漫钞》卷一记叙岳飞住常州宜兴县张大年家，在张家厅事的屏风上写了一篇题记，其中有句云："即当深入虏庭，缚贼主，蹀血马前，尽屠夷种，迎二圣复还京师，取故地再上版籍。"中华书局 1996 年版，第 12 页。在《永州祁阳县大营驿题记》一文中，岳飞也表达了"扫清胡虏，复归故国，迎两宫还朝"的夙愿。《鄂国金佗稡编续编校注》，王曾瑜校注，中华书局 1989年版，第 986 页。

③ ［元］脱脱等《宋史》卷三百六十五，中华书局 1985 年新 1 版，第 11390—11391 页。

④ 据邓广铭考证，岳飞说这句话"应在绍兴六年秋间岳飞由襄阳进军去攻取镇汝军和蔡州等地之时"，黄龙府指今日的北京城。看看《"黄龙痛饮"考释》，收入《邓广铭治史丛稿》，北京大学出版社 1997 年版，第 583—593 页。

⑤ 徐朔方：《徐朔方集》第一卷，浙江古籍出版社 1993 年版，第 203 页。

故事可能才是直接的启发。出于恢复大计的考虑,岳飞广泛联络各地的忠义武装组织,甚至收编军贼和游寇,岳家军的主要构成也就是忠义人、军贼和游寇,朝廷配置的正规将士反而较少。《大宋中兴通俗演义》列出了岳飞所部三十六员统制官的名字(55/611—612),诸如张宪、徐庆、牛皋、董先、李宝、梁兴等十来人都曾有过一段做军贼或忠义人的历史。① 岳家军纪律严明,声名极隆。那岳飞怎样约束这些"四方亡命、嗜杀、好纵之人"②呢? 这肯定是当时人感兴趣的问题。宋朝军中又有结拜异姓的风习,《鄂国金佗续编》卷第二十八即载有岳飞呼杨沂中为"十哥"之事,并解释说:"盖时诸将结为兄弟行,自一至杨,十也。"③民间的说话人在讲述岳飞精忠报国的故事时,很有可能将这二者结合起来,从而把岳飞和部下的关系也说成是结义兄弟。这层意思在《说岳全传》中表现得最为充分,该书第四十八回叙岳飞先后与杨再兴、戚方、罗纲、郝先结拜为兄弟,并点明岳飞"帐下诸将,多是结拜过的了"(48/374)。杨延昭在兄弟排行里不是行六而叫"六郎",罗继祖推测有两种可能:一、六是延昭的总排行(包括堂兄弟);二、延昭在结拜兄弟中排行六。④ 马力认为后一种说法"接近事实的可能性较大"。⑤ 即便真是这样,仍不能完全排除:杨六郎与他部下的关系模式,很可能受到岳飞故事里岳飞和他部下结义关系的直接启发。

第三,在杨家将故事里,因为误信杨六郎已被王钦害死,岳胜、孟良等人"创立一庙于山下,中塑六郎之像,傍塑一十八员指挥使之像"(《杨家府演义》20/274—275),然后就到太行山和别的山寨"落草为寇"去了。一直等到杨六郎召取他们兴兵救驾,庙宇才被拆毁。明代戏曲选集《词林一枝》收录了《焦光赞建祠祭主》,内容与小说所写不尽相同,但从"觑真容,俨不差,貌堂堂,如存活。面如傅粉闰(润)无瑕,虎头燕额平开阔。赤秋波,两眼精神活。利双刀,眉分八字斜。鼻如悬胆不歪斜,吐珠唇皓齿银牙"⑥的唱词来看,焦光赞所建祠堂显然也有杨六郎的塑像。这个"杨六郎将军神庙"的来由,恐怕还得从岳飞身上去找。建炎四年(1130),宜兴县民已为岳飞建立生

---

① 关于岳飞部下的来源,孙述宇的叙述简明扼要,参看《水浒传的来历、心态与艺术》,台湾时报文化出版事业有限公司 1983 年再版,第 97—99 页。
② 〔宋〕岳珂:《鄂国金佗稡编续编校注》,王曾瑜校注,中华书局 1989 年版,第 1510 页。
③ 〔宋〕岳珂:《鄂国金佗稡编续编校注》,王曾瑜校注,中华书局 1989 年版,第 1613 页。
④ 罗继祖:《再谈杨家将》,香港《广角镜》第 87 期(1979 年 12 月 16 日)。
⑤ 马力:《真中有假假亦真——论杨延昭的排行》,香港《广角镜》第 95 期(1980 年 8 月 16 日)。
⑥ 王秋桂主编:《善本戏曲丛刊》第一辑第 4 册,台湾学生书局 1984 年版,第 81—82 页。

祠,雕刻石像。① 岳飞冤狱昭雪之后,宋理宗又把岳飞麾下六员大将追封侯爵,并塑像在鄂王庙里从祀配享。说岳小说按史演义,常将岳飞身后获得的褒奖和祭祀提上一笔。两相比较,不难发现岳飞在此处投下的影子。

第四,《杨家府演义》穿插了许多诗词歌赋,出于杨六郎之口的有两首:一首见于他与王钦的各自吟诵(9/111);另一首见于他和诸将的相互酬答(14/183)。这后一首,作者借岳胜等人之口大加称赞,尤其显得有些不伦不类。杨延昭能诗与否,史无明文记载,但从"延昭不达吏事,军中牒诉,常遣小校周正治之"②一语看,他多半不谙翰墨,这与他出身将门也相吻合。《杨家府演义》将杨六郎描写成能诗的儒将,我推测,这是追摹岳飞儒将形象的结果。《大宋中兴通俗演义》"岳飞兵距黄龙府"一节写岳飞夜观星象,知朝廷有人蔽惑圣聪,乃赋《满江红》词;《杨家府演义》"六郎夜宴赓诗"(目录作"六郎三关宴诸将")叙杨六郎见中秋之月而有所感触,于是口占一律。双方细节有差别,但构想类似。

4. 从拐子马到连环马

最后要说说拐子马。绍兴十年(1140),岳飞大破金朝精锐部队——拐子马,取得郾城大捷,这是岳飞抗金的重要战绩之一。岳珂《鄂国金佗粹编》卷第八记载如下:

> 初,兀术有劲军,皆重铠,贯以韦索,凡三人为联,号"拐子马",又号"铁浮图",堵墙而进,官军不能当,所至屡胜。是战也,以万五千骑来。诸将惧,先臣笑曰:"易耳!"乃命步人以麻扎刀入阵,勿仰视,第斫马足。"拐子马"既相联合,一马偾,二马皆不能行,坐而待毙,官军奋击,僵尸如丘。兀术大恸曰:"自海上起兵,皆以此胜,今已矣!"拐子马由是遂废。③

据邓广铭(1907—1998)考证,拐子马就是左右翼骑兵,而不是岳珂所说

① [宋]钱谌:《宜兴县生祠叙》,《鄂国金佗粹编续编校注》,王曾瑜校注,中华书局1989年版,第1650页。
② [元]脱脱等:《宋史》卷二百七十二,中华书局1985年新1版,第9307—9308页。
③ [宋]岳珂:《鄂国金佗粹编续编校注》,王曾瑜校注,中华书局1989年版,第530页;另见该书《续编》卷第二十,王曾瑜校注,中华书局1989年版,第1468—1469页。

的"贯以韦索,凡三人为联"。① 但讲故事的人毕竟不需要考证历史,所以,《大宋中兴通俗演义》等说岳小说不免以讹传讹,而职业说书人更会添油加醋,最终由这段记载敷演出钩镰枪大破连环马的著名故事。《水浒传》和《昭代箫韶》都讲述了这个故事,以时代论,自然是《昭代箫韶》脱胎于《水浒传》(见本章第五节)。但追溯源头,也可以说它们都是以岳飞故事作为基础。

第七节　杨家将和神魔小说

"神魔小说"之名,起于鲁迅。他在《中国小说的历史的变迁》中指出:"当时(引按指成化、正德两朝)的思想,是极模糊的,在小说中所写的邪正,并非儒和佛,或道和佛,或儒释道和白莲教,单不过是含胡的彼此之争,我就总括起来给他们一个名目,叫做神魔小说。"② 这种讲述"含胡的彼此之争"的神魔小说,继讲史演义而兴起,至万历年间而臻至鼎盛。③ 它和讲史演义是明代万历时期主要的两个通俗小说创作流派,这意味着它们之间存在借鉴的可能,尤其是当它们在编创手法上都是根据旧本和其他各种先行资料改编时,相互因袭在所难免。结果就是:神魔小说往往有"史"的成分,讲史演义则经常出现神魔斗法情节。基本定型于万历年间的杨家将故事也不例外。本节以杨家将小说为主要对象,考察杨家将故事和神魔小说之间的关系。

唐翼明认为明代两部杨家将小说只是"在《三国》《水浒》《西游》的影响下产生出来的一个杂糅的、粗糙的、没有才气的四流作品","就其掺杂迷信、时出鬼怪而言,又使人想起《西游》与《封神》。尤其是在破天门阵(《北宋志传》名南天阵)一节及《杨传》(引按指《杨家府演义》)后十八回,真所谓'牛鬼蛇神,无理取闹'。杨文广、宣娘、八臂鬼王等人不仅呼风唤雨,还能上天入地、变来化去"④。从艺术水准和文学传统影响的角度看,这样的观察可谓确切。杨家将小说与中国最为知名的两部神魔小说之间,的确存在明显的影响痕迹。

---

① 邓广铭:《有关"拐子马"的诸问题的考释》,见《岳飞传》附录二,生活·读书·新知三联书店2007年版。

② 鲁迅:《鲁迅全集》第九卷,人民文学出版社1981年版,第327页。

③ 参看陈大康:《明代小说史》第十二章第二节"万历后期的神魔小说",上海文艺出版社2000年版。

④ 唐翼明:《重读〈杨家将〉——试论有关作者、版本诸问题》,《古典今论》,台湾东大图书公司1991年版,第249—250页。

1. 向《西游记》取经

杨家将故事的某些神魔化描写是向《西游记》取经的结果。《杨家府演义》第五十六则"宣娘定计擒鬼王"（正文则目作"宣娘定计擒奉国"）所述内容如次：杨宣娘派遣杨文广、杨怀玉、满堂春、魏化诸人在空中守住四方，以防鬼王逃脱；鬼王被迫先变作一蛇入水，杨文广等人变为鹰，将鬼王啄得"鲜血迸流"；鬼王复变做木头，又被宣娘识破，要用铁链来锁拿他；鬼王最后"摇拽一下，化作一只鹁鸪冲天而去"，宣娘将征衣、征裙变成网罗，终于擒住鬼王。这段情节显系模仿了《西游记》所述天宫诸神布下天罗地网捉拿美猴王的热闹节目（第五回），杨宣娘和鬼王之间那种"一物降一物"的斗法描写，尤其与《西游记》第六回所述二郎神和孙悟空的变化比赛类似——孙悟空变做麻雀儿，二郎神变做雀鹰儿去扑打；孙悟空变做大鹚老，二郎神变做大海鹤"钻上云霄来嗛"；孙悟空变做鱼儿，二郎神变做鱼鹰；孙悟空变做水蛇，二郎神变做灰鹤来啄；孙悟空变做花鸨，二郎神才现出原身，"一弹子把他打个躘踵"（6/65）。擒住鬼王后，杨宣娘借来太乙炉，以真火炼出鬼王偷吃的仙丹（第五十七则），这自然让人想起《西游记》里，太上老君要用八卦炉炼出被孙悟空偷吃的仙丹（第七回），二者的相像不言而喻。另外，杨宣娘能取观音大仙净瓶之水以破绝路符（第五十五则），可以向太上老君讨取太乙炉（第五十七则），姑且不论观音大仙和太上老君是《西游记》中的重要神仙，杨宣娘的举动依稀就有孙悟空的影子。众所周知，《西游记》里孙悟空经常要向这两位神仙求援，借用他们的宝物去降妖伏魔。

2.《封神演义》里的宝物和阵法

杨家将故事里的某些宝物、情节、阵法与《封神演义》有可比之处。

关于宝物，《封神演义》第三回说崇黑虎曾拜截教真人为师，密授一个可以放出铁嘴神鹰的葫芦。元杂剧《昊天塔孟良盗骨》第三折【正宫·端正好】唱道："只一道火光飞，早四野烟云布。都出在我背上的这葫芦。火龙万坠空中舞，明朗朗正照着那幽州路。"①可见在早期杨家将故事中，孟良也有一个神奇的葫芦，但这个葫芦放出的是火，与铁嘴神鹰稍异。《杨家府演义》描写杨宣娘炼丹："乃令军士把鬼王绑缚，放于炉中，将铁罩罩倒。宣娘绕炉行走，画符念咒毕，又令军士将石头堆起，盖倒其炉。宣娘向袖中取出真火，四

---

① 王季思主编：《全元戏曲》第五卷，人民文学出版社 1990 年版，第 193 页。

围烧之。口念咒语,只见四围石头烧得火焰腾腾,一连熬了九日,才见鬼王口角溜出一颗。"(57/755—756)"太乙炉""铁罩""真火"云云,堪与《封神演义》太乙真人的九龙神火罩相提并论。《封神演义》叙太乙真人收服石矶娘娘,"将九龙神火罩抛起空中。石矶见罩,欲避不出,已罩在里面","石矶在罩内不知东西南北。真人用两手一拍,那罩内腾腾焰起,烈烈光生,九条火龙盘绕——此乃三昧神火烧炼石矶"(13/125—126)。经过这番烧炼,鬼王才会现出螃蟹本形,石矶娘娘也被炼出真形,"乃是一块顽石"。太乙炉、铁罩和真火加在一起,能将妖怪炼出原形,这与九龙神火罩的神奇功能一致;太乙炉和太乙真人、垛起的石头和石矶娘娘之间,似乎也有微弱关联——命名相同不会仅是偶然。这个例子并不限于宝物的相似,连情节构思也存在一定类似。我相信双方存在某种渊源。又《昭代箫韶》第八本第二十四出写任道安从师弟哪吒处借来九龙神火罩,将溪化道人炼成石块原形,则显然是借自《封神演义》。

杨家将故事与《封神演义》之间具有可比性的情节构思,柳存仁另举了一个很有意思的例子。他指出,古人相信人有两个灵魂,一个是死后入土的"魄",一个是死后升天的"魂",宋代以来的通俗文学则有"三魂七魄"之说。基于这一观念,《封神演义》有三处写到能够从身体内取出魂的邪恶法术(第三十六回张桂芳可叫散敌手的三魂七魄,第四十四回姚天君以落魂阵摄去姜子牙的魂魄,第四十八回陆压以钉头七箭书之术射杀赵公明),这种法术可立刻置人于死地,或使人逐渐憔悴而死。元杂剧《昊天塔孟良盗骨》第一折杨业托梦告知杨六郎,自己的骨殖被辽人挂在昊天寺塔尖上,每日用箭射之,使得自己疼痛不止。这种通过伤害身体使灵魂痛苦的描写,与《封神演义》所述取人魂魄而致人死亡的情节性质相同。[1]

阵法是传统军事斗争中行军、作战和宿营的队形布局,本身并不神秘。但随着占卜谶纬、阴阳五行和道家哲学等思想的阑入,加上历代兵家崇尚权谋、诡秘其术的心理作怪,行兵布阵之法也就逐渐染上诡异色彩,成为常人难以索解的专业知识体系。这一方面刺激了宋代以来的说话人和通俗小说编写者描写阵法的热情[2]——解释这种秘术无疑能够吸引更多的听众和读者,满足大众的求知欲;另一方面,自身知识水准的限制,提供多元化娱乐的

---

[1] LIU Ts'un—yan, *Buddhist and Taoist Influence on Chinese Novels Volume* I *The Authorship of the Feng Shen Yen I* (Wiesbaden, Otto Harrassowitz, 1962), PP. 204—206.

[2] 这种热情与北宋前期几位皇帝对阵法、阵图的热衷或许也有关系,参看吴晗:《阵图与宋辽战争》,见《灯下集》,生活·读书·新知三联书店 1961 年版,第 31—38 页。

主观意图,又决定了他们对阵法的讲述和描写,大都会糅杂厌胜、五行相生相克等民众较为熟悉的内容,从而更趋玄怪。

《水浒传》第七十六回宋江排下的九宫八卦阵,在编制和结构上不出北宋九军阵法的规模,描写视角基本上还是现实的①;第八十八回对阵法的描写则受到杨家将故事的影响,现实性大为减弱,象征意味要浓些(见本章第五节)。在《三国演义》的八阵图里,甚至巧妙排列的石头也被赋予超自然的神秘力量(第八十四回)。《新刊全相平话乐毅图齐七国春秋后集》黄伯杨布迷魂阵、鬼谷子以阴书所载之法破阵这段情节中,民间厌胜之术得到细致描述。② 在阵法描写方面,杨家将故事里的天门阵值得注意。夏志清(C. T. Hsia,1921—2013)认为:"在它后来的一系列改编作品(引按指《北宋志传》和《杨家府演义》)的基础上加以分析,《杨家府》旧本确实在军事生活的想象方面为后代提供了光辉的典型,尤其是它'阵'的构思方面。"③七十二座天门阵无疑和上述小说里的阵法有某些相仿之处:对各阵的具体描绘,与《水浒传》第七十六回对九宫八卦阵的介绍相似;强调神秘力量,和八阵图保持一致;杨宗保遇神授三卷天书以破阵,鬼谷子得三卷阴书而破阵,尤其是天门阵中也有迷魂阵,也提到倒埋于地下的七个孕妇,这类似于《新刊全相平话乐毅图齐七国春秋后集》。但天门阵具有比先前任何阵法更玄妙的神力(整体变化多端,太阴阵中,手持骷髅的黄琼女能用哭声退敌),构思更加周密(阴阳五行和巫术观念让天门阵具备可解释的逻辑性),布阵和破阵的过程描写更加详备(这与以往把斗阵写成斗将、布阵仅作为背景的写法截然不同)。更重要的是,天门阵实际上包含了人和神两个层次的战斗(即宋辽战争和钟、吕斗法),惊动为数不少的天地神仙——红垒山上的擎天圣母娘娘,以及"八仙"中的钟离权、吕洞宾是亲自现身,梨山老母、七仙姑、四天王、五瘟神则由人装扮,以虚拟方式参加这场大战。最后,神仙的干预并没有改变宋胜辽败的天命,或许他们的参战本身也是天命的一部分。《封神演义》讲述武王伐纣故事,但重在斩将封神,所以大量铺叙战争,侈谈神魔斗法。人间政权更替与阐截二教争胜构成整部小说的主体内容,这与天门阵故事涵括人、神两层纷争何其相像,只不过后者在小说中仅占据部分篇幅而已。

---

① 曾瑞龙:《宋公明排九宫八卦阵——〈水浒传〉对阵法的描写》,见马幼垣《水浒二论》,台湾联经出版事业有限公司 2005 年版,第 409—431 页。

② 钟兆华:《元刊全相平话五种校注》,巴蜀书社 1989 年版,第 158、163、166 页。

③ 夏志清:《军事演义——中国小说的一种类型》,勾承益译,《成都大学学报》(社科版)1990 年第 4 期。

《封神演义》描写了十绝阵、金光阵、红沙阵、黄河阵、诛仙阵、瘟瘟阵、万仙阵等一系列令人眼花缭乱的战阵,它们成为展示各路神仙赌宝、斗法的绝好场所。无论是设阵,还是破阵,发挥作用的都是各路神仙。依据小说所言,各路神仙纷纷临凡参与这场人间征战,最终意图不是改变周兴商亡的既定结果,而是为了应劫。他们扶周也好,助纣也好,都是劫数使然,只要他们的名字出现在封神榜上,就在劫难逃。这与天门阵故事可谓"同曲异工"——大致同样的阵法构思,具体描摹则以《封神演义》更为丰富。

3. 大破天门阵:谁抄袭谁?

明人吴元泰编写的《八仙出处东游记传》第三十二至四十三回也讲述天门阵故事,而且基本情节、文字、专名与明代杨家将小说讲述的大破天门阵几乎一致,区别仅在于前者简略而后者详细。究竟是略自详出,还是详由略增,这就涉及谁抄袭谁的问题。对此,夏志清觉得目前"很难判断这个'天门阵'的插曲最初究竟是属于杨世家还是属于吕洞宾。在《东游记》中,二仙的争执显得很自然,因为它的发生正好接在吕洞宾的出逃之后,而在杨世家的故事中,同一争执就显得有些牵强了,而且读者始终对这一争执的前因怀有疑团。不过,在另一方面,攻打天门阵的战斗在杨家将故事里却比在八仙故事里具有更强的逻辑性和吸引力"①。赵景深认为是《东游记》节自杨家将小说,"《东游记》之所以较简者,是为了《杨家将》自有其结构,前后脉络分明;如果完全照剪,便要露出马脚,事实将变得无头无脑。因此我还是认为《东游记》较《杨家将》晚出"②。周晓薇断言《东游记》抄袭《杨家府演义》,她将《东游记》和《杨家府演义》比读,从天门阵故事与整个小说情节之联系、人物的出场与结局、杨宗保"遇神授兵书"的细节、孟良盗马塞井的目的、黄琼女归降的原因、柴太郡带孕出阵的用意、"降龙棒"的线索问题等七个方面详加论证,有很强的说服力。③ 如果考虑到八仙(尤其是吕洞宾)传说和杨家将故事都有悠久传统,那么夏志清的态度不失为谨慎。就《东游记》和《杨家府演义》(或《北宋志传》)天门阵故事谁抄袭谁的问题来说,我赞成赵、周两人的意见,但还不能充分肯定"《东游记》的编成时间当在《杨家府演义》之

---

① 夏志清:《军事演义——中国小说的一种类型》,勾承益译,《成都大学学报》(社科版)1990 年第 4 期。

② 赵景深:《八仙传说》,《中国小说丛考》,齐鲁书社 1980 年版,第 237 页。

③ 参看周晓薇《四游记丛考》第五章"《东游记》天门阵故事抄袭《杨家府演义》之考辨",中国社会科学出版社 2005 年版。

后"①。徐朔方谈到《西游记》和《封神演义》孰早孰迟的问题时曾指出："假使两者成书年代都已确切地考查清楚,雷同的片断也未必都是迟的因袭早的。因为两者都经历了长期的流传过程,包括民间艺人说唱阶段在内。如果它们在形成过程中彼此渗透,成书早的作品也可能受到成书迟的作品的影响。成书迟的作品的产生和流传反而比成书早的作品更早,这样的可能性不能排除。"②反过来,道理是一样的:确定了雷同片断的因袭关系,并不必然意味着成书先后问题的完满解决。

4.《西洋记》的借鉴

罗懋登《三宝太监西洋记通俗演义》演说郑和下西洋事,"其书视太公封神、玄奘取经尤为荒诞,而笔意恣肆则似过之"③,是明代又一部影响较大的神魔小说。据考证,这部书主要取材于《瀛涯胜览》和《星槎胜览》两书,并袭取《西游记》《封神演义》《三国演义》《剪灯余话》等小说和各种里巷传说。④《三宝太监西洋记通俗演义》取材广泛,还可能受到杨家将故事的影响。该书第二十四回描写唐英和番将姜老星比试三箭,唐英用计射死对方,第六十五、六十六回叙写唐英、黄凤仙夫妇与金眼国三太子比试箭法,这两段情节类似于孟良和辽将谢留比试箭艺(《杨家府演义》第三十五则,《北宋志传》第四十回)。而姜老星会箭之法,"眼瞪左,箭落左;眼瞪右,箭落右;眼双瞪,箭落马前"(24/309),与杨七郎的箭眼同样神奇(见本章第三节)。又该书第三十九回叙述张天师遭困求救,却被樵夫用葛藤吊在半山腰,上不去也下不来,极似杨六郎第二次擒住孟良的情节(《杨家府演义》第十三则,《北宋志传》第二十三回)。罗懋登不过增添了一点笨拙的噱头,并点明张天师是被王神姑的幻术戏弄而已。《三宝太监西洋记通俗演义》有作者作于万历二十五年(1597)的序言,晚于《北宋志传》的刊行时间,上述类似情节大概是它借鉴杨家将小说的结果。

---

① 周晓薇:《四游记丛考》,中国社会科学出版社 2005 年版,第 94 页。
② 徐朔方:《小说考信编》,上海古籍出版社 1997 年版,第 354 页。
③ 俞樾:《春在堂随笔》卷七,辽宁教育出版社 2001 年版,第 96 页。
④ 参看向达:《关于三宝太监下西洋的几种资料》,收入《唐代长安与西域文明》,河北教育出版社 2001 年版,第 530—562 页;赵景深:《三宝太监西洋记》,收入《中国小说丛考》,齐鲁书社 1980 年版,第 264—295 页。又见陆树崙、竺少华校点:《三宝太监西洋记通俗演义》附录,上海古籍出版社 1985 年版。

本章小结

中国早期长篇通俗小说一般都是世代累积型创作,一代又一代的无名作者创造了庞大而又自成体系的故事群,再由某个(些)特定的作者连缀、改写各种先行材料,编成定本。这些先行材料包括民间口头传说、正史、野史笔记、白话短篇小说、文言短篇小说、传统诗文、戏曲、说唱文学等等。除此之外,它们通常还模仿、借鉴之前或差不多同时的其他长篇通俗小说。甚至在作家个人创作起步时,这种编撰方式仍发挥主要作用。譬如罗懋登创作的《三宝太监西洋记通俗演义》就东拼西凑,将各种传说、故事片断囊括进来,全书模拟《西游记》《三国演义》等作品的痕迹也很明显。① 这样的创作情形,决定了中国早期长篇通俗小说之间的高度相似性,同时也决定了这种相似性产生原因的复杂性。

如前所述,在长期演化过程中,杨家将故事和其他故事相互影响,互相借鉴,从而在人物、情节方面具有很多勾连和类似之处。从这些勾连和类似,有时能判断是一方因袭(或影响)了另一方,或者推测双方同出一源,多数时候则无从确定。但正如徐朔方《说唐演义全传·前言》指出的那样:"世代累积型的无名氏的长篇小说,同一作品有旧本和新本之分,如《隋史遗文》;题材相近的小说如《隋唐两朝史传》、各本《隋唐演义》《隋史遗文》和本书,既有无意的仅仅由刻板等技术原因所造成的文字出入;又有有意的增删和润色;成书迟的可能依据旧本,而成书早的倒可能经人增删:凡此种种,要一一考订它们的前后和异同有时非常困难而又烦琐。如果充分认识到这一类小说成书过程的复杂性,也许问题也就差不多近于解决了。"②本章所叙述的杨家将故事和其他故事的关系,自然也应作如是观:如果能够揭示杨家将故事得以发展、壮大的文学生态环境,促使人们深入了解世代累积型小说成书过程的复杂性,那本章的初衷就实现了。

---

① 参看廖可斌:《〈三宝太监西洋记通俗演义〉主人公金碧峰本事考》,《诗稗鳞爪》,浙江大学出版社 1999 年版,第 285—308 页。
② 徐朔方:《小说考信编》,上海古籍出版社 1997 年版,第 546 页。

第四章 杨家将故事后世传播论略

《北宋志传》和《杨家府演义》成书问世以后,杨家将故事结束零散、不成系统的状态,有了相对固定的长篇小说文本。如第二、三章所述,这两部小说的成书,根源于麟州杨氏家族的基本史实,糅合了播州杨氏及其他历史人物(如岳飞)的事迹,同时也离不开民间口头传说以及前代小说、戏曲、说唱故事(包括杨家将和类似题材三国、水浒等)的滋养和孕育。反过来,由于情节内容丰富,人物形象众多,明代两部杨家将小说又成为后世多数杨家将故事的渊薮,推动杨家将故事进一步传播和发展。

本章拟分"清代小说""明清戏曲""说唱文学""题咏及其他"四节,叙述明万历后期迄清末这段时期(某些内容不受这个时间范围限制)的杨家将故事传播情况。考虑到"明后期以后杨家将故事的传播,基本上就是以杨家将小说为主角的传播"①,本章的叙述,尤其要突出两部明代杨家将小说的影响。

第一节 清代小说

清代以杨家将故事为题材的小说大致可以分为两类:一类是明代杨家将小说的翻刻及其改作;另一类是新编之作,主要指杨文广平闽小说。② 杨家将故事在清代的文本传播,主要指这两类小说文本。除此之外,清代其他小说经常出现杨家将人物的活跃身影,家将系列小说在清代成为一股创作潮流。这是受明代杨家将小说的影响所致,自然也在本节叙述范围之列。

1.改头换面的《北宋志传》

明代杨家将小说在清代屡被翻刻,涌现大量良莠不齐的清刊本。对此,

---

① 蔡连卫:《"杨家将"小说传播研究》,山东大学 2006 年博士论文,第 47 页。
② 常征提到五种清代"杨家将"小说,《杨家将史事考》,天津人民出版社 1980 年版,第 305—306 页。按《北宋金枪全传》《天门阵十二寡妇征西》《杨家府》是改作,其中《杨家府》一书未见传本,故不论及。《平闽十八峒》和演杨业兵败陈家谷狼牙村事的《两狼山》是新编之作,《两狼山》未见,亦不详论。

诸家书目已有著录①,不拟多谈。杨文广平闽小说放在本节最后再行讨论。改作现存《北宋金枪全传》和《天门阵十二寡妇征西》两种,以下略作介绍。

《北宋金枪全传》,十卷五十回。书前有《北宋金枪全传序》,署"道光壬午岁鸳湖废闲主人题"。卷端书题"绣像北宋金枪全传",署"江宁研石山樵订正,鸳湖废闲主人校阅"。版心题"金枪全传"。有图八叶十六幅。正文半叶九行,每行二十一字。此书实即析《南北两宋志传》北宋部分而成,所谓的《北宋金枪全传序》,就是叶昆池刊本《北宋志传》的玉茗主人序,鸳湖废闲主人只对署名和个别文字作了一些修改。

从正文来看,鸳湖废闲主人极少改动原书内容,仅在回前或正文中增加一些诗词,有时也会加上回末评语,表达自己对小说情节的看法。譬如第三十二回评语说:"吕洞宾乃上八洞神仙,岂不知宋朝国运兴废而萧邦岂能成其一统之君? 而今反助萧邦,令兵摆阵,有违天意耶! 此段关节,一派寓言,实无此事。今照原板而作,其实不通。"(32/519—520)第三十七回评语说:"吕洞宾摆此天门阵,岂无仙法? 而能凡将破之,可发一笑。即汉钟离特来破阵,如何不出一谋,而用少年之人拜师调度耶?"(37/604)第四十三回评语说:"王钦前在萧邦,辞后来中国,彼时杨延朗却在萧邦,岂不知之? 若当时延朗差人捎信与六使,奏知真宗,其王钦岂能久在中国一十八年矣。此乃前后有个定数,非作者故意如此耳。"(43/697—698)这些评语对小说情节的不合理之处有所指正,体现改编者的理性态度。

小说书名称"金枪",当早有来历。《杨家府演义》叙征讨侬智高事,有句云:"文广见胜他不得,杀得性起,将交牙十二金枪之法刺之。侬王不能当抵,身被数枪,拍马逃走。"(43/584)其中已出现"金枪"一词。清乾隆间清凉道人在论述"小说所以敷衍正史,而评话又敷衍小说"时也提到"金枪"的名目。② 鸳湖废闲主人根据这个传统名称改编《北宋志传》,可能采入了评话《金枪》的某些情节。《北宋金枪全传》末尾叙述王禅老祖在后花园将一百零八路金枪之法授予杨文广,这一情节点明书名"金枪"的来历,恐怕是源于评话《金枪》。另,《北宋金枪全传》的道光博古堂刊本有不少错简,第二十八回和第三十回的错简内容(见本书附录)与《北宋志传》大相径庭,或许也是评话《金枪》敷衍的结果。

《天门阵十二寡妇征西》,四卷十九回。小型本,不题撰人,无序跋。卷

---

① 参看[日]大冢秀高:《增补中国通俗小说书目》,汲古书院1987年版,第220—225页。
② [清]清凉道人:《听雨轩笔记》卷三,笔记小说大观本,新兴书局1984年版,第553页。

端书题"新镌玉茗按鉴批点续北宋志天门阵演义十二寡妇征西"。版心题"北宋天门阵"（目录页版心作"天门阵演义"），下端镌"会元楼"三字。有绣像八叶十六幅。正文半叶十一行，每行二十三字。此书实截取《北宋志传》第三十二至五十回而成。

2.清代其他小说里的杨家将人物和故事

明代两部杨家将小说出现众多杨家将人物，他们，尤其是以穆桂英为代表的杨门女将活跃于清代其他小说的叙事世界，反映了杨家将故事对清代说部的巨大影响。

《群英杰》①第二十七回有段文字介绍杨门女将：大郎杨延平之妻花解语、二郎杨延广之妻杜秀兰、三郎杨延述之妻萧兰英、四郎杨延朗之妻萧霸莫（萧后之女）、六郎杨延昭原配柴鸣凤郡主（周世宗之女）和二夫人黄怀女（高丽国长公主）、七郎杨延信之妻杜金娥、杨宗保之妻木桂英、杨文广元配百花女和二夫人呼延金定（呼延丕显之女）。人名及诸女身份与杨家将小说所记有所不同，明显糅合了其他材料的记载。《五虎平南后传》第十三回也提到杨家女将："王怀女、杜金鹅、穆桂英、军（衍字）杨宫主、马赛英、耿金花、董月娥、杨金花、杨七姐、杨秋菊、它龙文（应为'女'）、八妹、九姐（应是'八姐、九妹'）等。"(13/165)基本与杨家将小说保持一致，而它龙女无疑就是后来著名的烧火丫头杨排风。《皇明通俗演义七曜平妖全传》第九回叙乜巢儿欲观沈晦等演法，说："俺想当年红罗女、胡永儿、沐玉英、杨满堂、壬（应为'王'）怀女、刘金锭、苏金锭、桃花女、张四姐、殷九姐，都是些女子，尚且行法，俺就看也看不得了？"(9/58)所列女将之中，杨满堂和王怀女应是《杨家府演义》中的满堂春和王怀女。该书有赞词形容杨总兵（肇基）是"一个梨花枪令公转世"(37/313)，又有赞词形容焦游击："此将不是凡人做，焦光赞后火龙精。"(41/339)以上所举，对于这些小说本身情节来说，都是无关紧要的闲笔。但这些闲笔说明，随着杨家将故事的广泛传播，杨家将人物逐渐成为广大读者所熟悉和喜爱的文学形象。

杨家将人物在清代说部里自然不仅是出现一个名字，他们的活动也构成小说情节的一部分。譬如《群英杰》第二十九回的"穆帅擒僧"，讲述穆桂英和妖僧法珍斗法故事，其中提到法珍施法将铁杖变成青蛇，穆桂英祭起降

---

① 　全称《绣像群英杰全传》，六卷三十四回，不题撰人。有天宝楼、翰文堂等刊本。全书叙王文英遇权奸陷害获救，后功成名就事。书名乃截取高超群、王文英、高超杰三位主角之名。

龙木破其法术。这显然是对杨五郎以降龙木打败萧天左情节的模仿。《海公小红袍全传》第二十三至三十一回,虚构出一段杨家将由太行山移居海外岣岐山,海瑞搬请杨家将以扳倒张居正的情节。书中描写杨令婆长生不死和岣岐山风景物产,已经近似神话。

受杨家将故事影响较显著的清代小说,还可以举出《赵太祖三下南唐被困寿州城》一书。这部小说以《南北两宋志传》前传自居[①],演述为惩戒赵匡胤杀功臣郑恩,赤眉老祖派徒儿余鸿下山帮助南唐抗拒宋军,困宋太祖于寿州城三年。梨山老母等仙则遣徒儿刘金定(高君保妻)、郁生香(高君佩妻)、萧引凤(郑印妻)、艾银屏(冯茂妻)、花解语(杨延平妻)五员女将助宋,终于救出宋主,攻破南唐。全书架构显系模仿《封神演义》,故事内容则时见明代杨家将小说的影响痕迹。譬如第三回叙余鸿设空城之计,诱宋军入城,复围困之,这有《杨家府演义》"文广兵困柳州城"的影子。第六回述城中缺粮,宋太祖祷告,得飞鼠运粮。有段文字说明粮食来源,提到尚有三十万待杨文广被困粤西柳州城得之。类似这样随意牵合的说法,也见于《说唐演义全传》。第三十二回插入杨家父子故事,提及杨业收高怀亮为义子之事,所以书中高君佩呼杨业为祖、杨衮为太祖。第四十一回叙余鸿布阵,极似杨家将故事里的天门阵。第四十四回详写杨延平和花解语比武招亲故事。第五十三回叙述宋太祖遗嘱后事,竟然是四件未完之事:一、取河东;二、厚聘杨业父子;三、任用张齐贤(征南唐途中所遇);四、召用太行山呼延赞。似是对明代两部杨家将小说不同说法的综合。后文又说宋太宗封赵德昭为八大王,这更加可以看出杨家将故事的影响痕迹。

3.家将系列小说的创作潮流

明代杨家将小说对清代说部的另一重要影响,是促使一股家将系列小说的编撰和刊刻风潮。所谓"家将系列小说",指以著名军事将领英雄事迹为主要内容的历史演义小说,包括薛家将(薛仁贵—薛丁山—薛刚)、罗家将(罗艺—罗成—罗通)、秦家将(秦叔宝—秦怀玉)、杨家将、狄家将(狄青—狄龙和狄虎)、岳家将(岳飞—岳云和岳雷)和呼家将(呼延赞—呼延必显—呼延守勇和呼延守信—呼延庆)等。杨家将故事与狄家将、岳家将故事之间的关系,第三章第四、六节已有论列,兹不赘述。薛家将、罗家将和秦家将都是

---

① 《赵太祖三下南唐被困寿州城》最末有句云:"但下河东征服刘钧、再敌北辽之事,已有南北两宋之书,不必复□矣。"(53/694)

由说唐故事衍生出来的,三家的故事往往共存于同一部小说作品之中。但是,逐渐脱离历史而趋向英雄传奇的说唐小说,往往以演述薛家将事迹为主,罗、秦两家仅处于次要地位。这反过来又造就了薛家将的声誉,"演义家所称名将,在唐曰薛家,在宋曰杨家"①,所以三家之中,演述其事的小说最多。② 呼家将是从杨家将故事派生出来的,今有《说呼全传》行世。从这些家将小说的故事演变和成书时间来看,杨家将小说应是该系列的首创,它所起的推动作用是明显的。现以薛家将和呼家将小说为例,略述杨家将小说施予它们的影响。

薛家将故事里的樊梨花形象,明显就有穆桂英的影子,这在《异说后唐传三集薛丁山征西樊梨花全传》里得到充分体现。樊梨花貌美艺高,善施仙法,捉住薛丁山逼其婚配,乃至阵中产子,都可以与穆桂英一一对应。③ 薛家将小说的某些情节,也明显袭自杨家将故事。譬如《异说反唐全传》第三十六回叙徐美祖遇女娲娘娘授天书,并吃香茶和红枣,这极似杨宗保受兵书情节。第三十七回叙薛刚告知徐美祖,武则天焚化他父亲徐敬业的尸骸,"将骨殖放在法云寺内塔顶上,每月射他三箭,名为比箭会"(37/366),后文又叙述徐美祖盗骨情节,这显然是对杨家将故事的模仿。最有意思的是,在这部小说辑补部分的第九十五回里④,窦必虎说:"那四侄薛强当年大宛国招为驸马,得公主孟九环为妻,霸占山后,屯兵虎头寨,称为武山王。生有八子二女,长子名薛琪,次子名薛琼,三子名薛瑶,四子名薛顼,五子名薛璞,六子名薛璟,七子名薛璐,八子名薛魁,长女名金花,次女名银花,俱孟九环所出。个个勇猛,人人无敌,山后呼为父子十一虎。"(95/10—11)这段文字与杨家将小说介绍杨氏父子的话太相似,显系照搬后者。

呼家将故事与杨家将故事的关系尤其密切,因为前者实即从后者派生出来。杨家将故事在民间传播深远广泛,民间说书艺人就凭借历史上的一点由头和杨家将故事中涉及呼家的一些情节,铺陈敷演,逐渐演成蔚为大观

---

① 钱静方:《小说丛考》,古典文学出版社 1957 年版,第 81 页。
② 讲述薛家将事迹的清代小说有《说唐后传》《说唐薛家府传》(又名《薛仁贵征东全传》,实即《说唐后传》的后六卷)、《说唐三传》(全称《新刻异说后唐传三集薛丁山征西樊梨花全传》)、《混唐后传》《异说征西演义全传》(内容与《混唐后传》同)、《异说反唐全传》(又名《薛家将反唐全传》)等。关于它们的版本、内容及其相互关系,参看江苏省社科院明清小说研究中心、江苏省社科院文学研究所编:《中国通俗小说总目提要》,中国文联出版社 1990 年版,第 297—298、492—496、517—522 页;徐朔方:《小说考信编》,上海古籍出版社 1997 年版,第 547—550 页。
③ 按杨家将小说所述,阵中产子者是柴郡主,《北宋志传》以此子为杨文广。在后来的故事演变过程中,杨文广是杨宗保之子的说法占上风,阵中产子者也就被说成是穆桂英了。
④ 瑞文堂本缺最后十回,古本小说集成本用复旦大学所藏百回本相关章节辑补于后。

的呼家将故事,最后写定成为小说《说呼全传》。《说呼全传》总体构架照搬《反唐演义》(即《异说反唐全传》),所写奸相庞集及其女多花,又显然受到狄青故事的影响。[①] 但全书演述呼氏和庞氏的忠奸斗争故事,有杨家将故事之忠奸对立叙事模式的影响在。具体情节方面,因为呼、杨两家被说书艺人说成是儿女亲家,所以小说出现杨业阴魂和杨令婆、杨五郎救助呼家的内容。某些细节也多与杨家将故事照应。譬如第五回写呼延守勇从地穴逃出,小说解释这是杨六郎破天门阵时钟道人留下的锦囊妙计。第十六回介绍齐国宝,说他是杨家将部属,因同十二寡妇征西时失队而流落西羌。

4.《杨家府演义》与《平闽全传》

讲述杨文广平闽故事的清代小说,今知有《平闽全传》和《杨文广平南全传》两种。[②]《平闽全传》八卷五十二回,今存最早版本为道光元年(1821)鹭江崇雅堂本,卫聚贤曾将它改题《杨文广征蛮十八洞》,刊入《杨家将及其考证》。《杨文广平南全传》四卷二十二回,有同治四年(1865)刊本。[③] 两书情节相似之处颇多,二十二回本大概是删节五十二回本而成。[④] 以下试以《平闽全传》为例,探讨《杨家府演义》和杨文广平闽小说的关系。

首先,《平闽全传》有许多人物取自《杨家府演义》,试略述如次[⑤]:

杨宣娘。两书都说宣娘是万寿娘娘的徒弟。她法力高强,能飞腾之术,屡助文广破蛮兵。不过,杨宣娘在《杨家府演义》中为文广之姊(45/612),在《平闽全传》里变为文广之姑(2/26)。

魏化。《杨家府演义》之魏化是宋朝殿前都虞候,任征南先锋。杨文广被困柳州城,他突围取救兵。后又同杨文广往东岳进香,学得飞升之术,能变化乌鸦。《平闽全传》之魏化原为闽将,守吴州城,后降宋,从杨文广平闽。(3/33—35)

木桂英。两书同谓她是杨文广之母。但《杨家府演义》介绍木桂英武艺仅说她"遇神女传授神箭飞刀"(28/388)。《平闽全传》则写她法术高超,能

---

① 参看黄毅:《说呼全传·前言》,古本小说集成本。

② 附带提及一下,李祥耀、黄汉坤:《泰国国家图书馆所藏〈绣像杨文广征南〉》(《文献》2007 年第 2 期)介绍了一部讲述杨文广征南唐故事的小说。从文章列出的回目来看,这部小说可能由鼓词《绘图杨文广征南》改编。关于《绘图杨文广征南》鼓词,详见本章第三节的介绍。

③ 参看侯忠义:《平闽全传·前言》,古本小说集成本。

④ 参看叶国庆:《平闽十八洞研究》,《厦门大学学报》第 3 卷第 1 期(1935 年),第 17—20 页。

⑤ 参看叶国庆:《平闽十八洞研究》"人物之出处"一节,《厦门大学学报》第 3 卷第 1 期(1935 年),第 64—70 页。

以阴阳扇扇起冲天火光（22/216），会借水遁腾腾而上，洪水也淹不着她（40/402）。

张茂。与杨府作对的奸臣，《平闽全传》述其事迹大体同《杨家府演义》。

《平闽全传》第二回出现杨怀玉（杨文广之子）、杜月英、飞云（皆为杨文广之妻）三人，后文讲述杨怀玉随杨文广平闽，这与《杨家府演义》恰相吻合。

《平闽全传》从杨文广平闽诸将中有焦廷贵、孟定国、岳云、王定六四人（2/24），分别是焦赞、孟良、岳胜、王贵的后人，这可以视为《杨家府演义》（或《北宋志传》）所述焦赞、孟良、岳胜、王贵随同杨六郎抗辽的转变。

在情节总体构架方面，《平闽全传》明显有《杨家府演义》所述杨文广征讨李王故事的影子。《平闽全传》第二回叙写宋仁宗封张茂为平闽大元帅，张茂受封归，依仗威势，鸣锣唱道而过无佞府。时杨文广化鹤隐居，正在后花园教子武艺，闻府外喧闹，知是张茂鸣锣过府，叹曰："此匹夫视吾家无英雄大将，故敢如此行状。"文广之子怀玉因往见张茂，愿为征闽先锋。张茂知杨文广尚在，担心帅印被夺，欲害怀玉。正值路花王打猎回来，救下怀玉，并奏明张茂谋害怀玉之事。仁宗改命杨文广为帅，杨怀玉为先锋，往征南闽。这段情节与《杨家府演义》第五十、五十一则所述相同，仅以仁宗代神宗，以路花王替周王，而将征西番新罗国改为征南闽，将书房训子改成在后花园教子武艺。又《杨家府演义》第五十三、五十四则叙杨文广征西番，鬼王以迷魂阵阻之。胡富入汴京求援，往见张茂。张茂威胁胡富诈言文广降敌，奏知宋神宗。神宗大怒，要斩杨家一门。周王力陈此事不可信，并设计查明真情。最后神宗贬张茂为庶人。《平闽全传》第五十、五十一回写张茂威胁杨建忠诈言文广降敌，与《杨家府演义》上述情节极为相似，只是把周王换成包拯而已。[①] 上举两例，一在开篇，一为结尾。可见，《平闽全传》之起结本于《杨家府演义》。

《平闽全传》约作于明万历三十四年至清雍正十二年（1606—1734）之间[②]，它模仿《杨家府演义》，自有可能。但以故事渊源而论，它们的关系不是那么简单。姑举两例为证。

例一，《平闽全传》开篇七律诗云："大将南征胆气豪，腰横秋水雁翎刀。风吹鼍鼓山河动，电闪旌旗日月高。天上麒麟原有种，穴中蝼蚁岂能逃。太平待诏归来日，朕与先生解战袍。"（1/1）这首诗，《交事纪闻》记作是明世宗

---

① 参看叶国庆：《平闽十八洞研究》"剽窃之痕迹"一节，《厦门大学学报》第 3 卷第 1 期（1935 年），第 73 页。

② 此取叶国庆之说，参看《平闽十八洞研究》，《厦门大学学报》第 3 卷第 1 期（1935 年），第 21—25 页。

的《御制送毛伯温南征诗》,《损斋备忘录》说是明太祖的《送总兵杨文征蛮诗》。王世贞引述两家记载后,称:"又见宋时一小说,云是哲宗送大将征夷,则其来久矣。然哲宗事亦不足信,盖野人之谈三变矣。"①我已指出,平闽故事本于播州杨文广收服九溪十洞的史事(见第二章第三节),也是由来已久。两相对照,《平闽全传》所录这首伪诗或有更早来源,有可能就是播州杨氏为渲染家族战绩而作,所谓"大将征夷",即指播州杨文广收服九溪十洞之事。播州杨文广主要活动于宋哲宗时期(1086—1100),这在时间上相当吻合。换句话说,杨文广平闽小说或许早在宋代就有了,它不会是单向接受明代小说《杨家府演义》的影响。

例二,《平闽全传》叙慧智长老留给杨文广四句诗,上写"紫云殿"三字,诗曰:"十八徒存鬼月姑,神仙齐付出蓬莱。黄河阵中遇一劫,功成奏凯到太行。"(13/125)众人不解其意,杨宣娘说这是"仙家法语,来日必有应验"。果不其然,前三句在书中一一应验:十八洞只有蝶仔洞洞主鬼月姑不助闽王反宋,故得以存活;杨文广被困于黄河阵;丁七仙姑邀请蓬莱山何仙姑、青鸾山纪仙姑、五龙山白云仙姑共破黄河阵。唯有"功成奏凯到太行"这一句没有着落。奇妙的是,《杨家府演义》最后一则恰是叙述杨怀玉在征西凯旋后举家上太行事。这种照应,表明《平闽全传》和《杨家府演义》渊源甚深,双方在早期成书过程中应有交流。

在考述明代杨家将小说的成书问题时,我推测杨文广平闽故事由杨家将故事的西南系统演化而来,它和《杨家府演义》原属同一系统的两个分支。这反过来表明,上述《平闽全传》和《杨家府演义》在人物和情节方面的照应和类似,恐怕不能简单视为前者对后者的因袭——尽管这种因袭是最有可能的。

第二节　明清戏曲

戏曲是杨家将故事传播的另一重要方式。与小说相比,它更容易扩大

---

① ［明］王世贞:《弇山堂别集》卷二十七,中华书局1985年版,第487页。按朱元璋《高皇帝御制文集》(万历姚士观刻本)卷二十也收入这首诗,题作"赐都督金事杨文广征南"。小松谦认为,这个明人赠诗给宋人的错误的产生,可能与明代的杨家将后裔——播州杨氏有关。见《中国歴史小説研究》,汲古书院2001年版,第203—204页。对这首诗真伪性质的考证,参看苏兴:《〈千家诗〉载明世宗〈送毛伯温〉与〈全明诗〉收〈赐都督金事杨文广征南〉的问题》,《东北师大学报》1995年第2期。

杨家将故事的普及范围,促使杨家将故事深入扎根于民间社会。因为小说对读者的文化程度要求虽说不高,却仍需读者具备一定的识读能力。戏曲则不然,它可为案头之物,也可为场上之曲。民间演戏祀神风气,以及戏曲本身的舞台表演性质,让它先天能比小说拥有更多受众。

从素材来源讲,有关杨家将故事的清代戏曲作品可以分为三类:一是承袭宋、金、元、明时期戏曲和曲艺的题材,如《三关记》《昊天塔》《李陵碑》《孟良盗骨》等;二是改自明代两部杨家将小说所提供的故事,如《穆柯寨》《杨门女将》《孟良盗马》《十二寡妇征西》等;三是根据清代说唱文学或其他材料新编的作品,如《女中杰》《铁旗阵》《杨金花夺帅印》《杨八姐游春》等。以下按杂剧、传奇、京剧、地方戏和清代宫廷戏五类,分别予以介绍。

1. 明清杂剧与传奇

《寡妇征西》杂剧。明范濂《云间据目抄》卷二载:"倭乱后,每年乡镇二三月间迎神赛会,地方恶少喜事之人,先期聚众,般演杂剧故事,如曹大本收租、小秦王跳涧之类",到了万历庚寅年(1590),"又增妓女三四十人,扮为《寡妇征西》《昭君出塞》色名,华丽尤甚"。① 该剧演十二寡妇征西故事,当本于杨家将小说。李玉(1591—1671)《永团圆》第四出《会衅》【北朝天子】曲也提到它:"惯征西女曹。战温侯虎牢。征东跨海人争道。钟馗戏妹,扮将来怎乔。咬脐郎真年少。朱买臣老樵,严子陵独钓,双妙双妙双双妙。黑旋风元宵夜闹。"②

《杨七郎引路》杂剧。姚燮(1805—1864)《今乐考证·国朝杂剧》引无名氏《花部剧目》著录。③ 内容疑即演杨七郎阴魂护送八妹事,详见下文《阴送》。

《三关记》传奇,明施凤来撰。《曲海总目提要》谓此剧:"谢金吾拆毁天波楼、六郎私下三关、焦赞杀死谢金吾,俱与元人《谢金吾》杂剧相同。八大王德昭奏请赦延昭死,充军汝州,焦赞充军邓州,则与元剧异。自此以后,皆

---

① [明]范濂:《云间据目抄》,笔记小说大观本,新兴书局 1984 年版,第 2635—2636 页。按三台馆本《南北两宋志传》刊刻时间比世德堂本稍早,后者刊于 1593 年。《寡妇征西》与三台馆本的时间先后难以确定,故在这里介绍。

② [清]李玉:《李玉戏曲集》,上海古籍出版社 2004 年版,第 306 页。按韩军《杨家将戏曲研究》征引的这支【北朝天子】曲在第五出,全文曰:"战温侯虎牢。钱云长锦袍。惯征东仁贵白袍罩。征西寡妇,粉将来怎娇。咬脐郎真年少。走潼关老曹,霸梁山姓晁,火烧火烧猛火烧。黑旋风元宵夜闹,元宵夜闹。"(南京大学 2001 年博士论文,第 38 页)大概所据版本有异。

③ [清]姚燮:《今乐考证》,中国古典戏曲论著集成本,中国戏剧出版社 1959 年版,第 183 页。

另自结撰。"①董氏所谓"与元剧异"者,正与《杨家府演义》相同。施凤来为万历丁未年(1607)会元,该剧记云"虎林会元施凤来撰",则编撰晚于杨家将小说刊刻,应会受到后者影响。董氏所谓"另自结撰"者,譬如令婆和六郎妻因天波楼被烧,同去找五郎,途中六郎妻失散,被胡援带往任所。这一情节与元杂剧及明人小说相左,大概是根据传奇生旦离合的熟套编成。

《祥麟现》传奇,明姚子翼撰。演成都杨文鹿事。据《曲海总目提要》所记,该剧"所引杨延昭、王钦若等,皆本《北宋演义》《杨家将传》二书,而参以汉时许武分产事"②。剧中所述杨文鹿为辽婿,以及夜珠在天魔阵中分娩、血光冲破阵法之事,系借自杨家将小说之四郎入辽为婿、大破天门阵故事,而稍加变易。

《正朝阳》传奇,《曲海总目提要》卷二十九著录,演包公之抱妆盒故事。中间点缀杨六郎、孟良征蛮事迹,"本杨家将演义而缘饰之"③。

《女中杰》传奇,《昭代箫韶·凡例》著录,并介绍它的内容"系杨令公父子之事,非通鉴正史,又非北宋演义,乃演义中节外之枝"。该剧全帙已不得见,韩军从《剧本杂钞二十九种》《车王府曲本》中辑出四出串本。④ 由残存散出可知,全剧主要讲述杨府丫头杨拍风通过与孟良比试武艺,被允许随军救援杨延昭之事。这一情节不见于《北宋志传》,但与《杨家府演义》满堂春被允征西、解救杨文广之事略微相似,可能受到后者的一些启发。

《昊天塔》传奇,清李玉撰。抄本,存二十七出,尾残。全剧包括杨业战死两狼山、孟良盗骨昊天塔、杨六郎私下三关等内容。大关节与以往戏曲和小说一致,但具体情节仍有不少差异。譬如按该剧所演,萧后南侵之际,皇上命杨业率三郎、四郎、七郎北征,大郎、二郎、六郎分别镇守三关,杨五郎则在五台山出家。杨业被陷,碰碑而死。七郎求援,遭潘仁美射杀。潘仁美又谎称杨业被围,遣大郎、二郎救援,却设伏于途中将二人杀害。杨六郎闻讯赶到两狼山,杀退辽兵,反被诬擅离三关,背叛朝廷。⑤ 这和《北宋志传》《杨家府演义》所述杨业父子幽州救驾故事不同。李玉撰写该剧,当参考过其他关于杨家将的资料。

① 黄文旸原本,董康等校订:《曲海总目提要》卷十一,天津市古籍书店 1992 年版,第 457—458 页。
② 黄文旸原本,董康等校订:《曲海总目提要》卷十四,天津市古籍书店 1992 年版,第 602 页。又见《传奇汇考》,书目文献出版社 1994 年版,第 572 页。
③ 黄文旸原本,董康等校订:《曲海总目提要》,天津市古籍书店 1992 年版,第 1300 页。
④ 韩军:《杨家将戏曲研究》,南京大学 2001 年博士论文,第 41—45 页。
⑤ 笔者未见剧本,情节概述据李修生编:《古本戏曲剧目提要》,文化艺术出版社 1997 年版,第 404 页。

2.京剧与地方戏

清代中叶以后,剧坛出现所谓的"花雅之争"。花即花部,指京腔、秦腔、弋阳腔、梆子腔、罗罗腔、二黄调等声腔,统称乱弹。雅即雅部,指昆山腔。[①] 花雅之争的结果是,雅部趋向衰落,花部诸声腔兴起,并逐渐形成争奇斗艳的京剧和地方戏诸剧种。从花部乱弹到后来的京剧、地方戏,都编演了大量的杨家将戏。

据《故宫所藏昇平署剧本目录》[②]记载,昇平署所藏杨家将戏的花部乱弹唱本计:乱弹本戏有《雁门关》十九册(一至九一套,又一套缺三本,三至四、二册)。乱弹单出戏有《清官册》二册、《洪洋洞》五册、《打韩昌》一册、《金沙滩》一册、《探母回令》二册、《破洪洲》十册、《穆柯寨》七册等。另外,焦循《花部农谭》载:"花部有《两狼山》剧,演杨业死事。"[③]《缀白裘》收入《阴送》(六集卷二)、《挡马》(十一集卷三)两出,都属花部乱弹腔。前者叙八妹前往幽州探听父兄消息,遇番兵不敌而走。时杨七郎已遭射杀,其阴魂乃护送八妹过岭。后者叙杨八姐乔装番将出幽州,被流落番邦开酒店的焦光普认出。时萧后悬赏捉拿杨家将,焦光普设法与杨八姐偷过雁门关。

后来形成的京剧和地方戏诸剧种之中,杨家将戏剧目就更丰富。据陶君起所编《京剧剧目初探》统计,有关杨家将的京剧总计四十九种。其中传统剧目四十二种,新编剧目六种。另有《佘赛花》一种,是传统剧目《佘塘关》的整理改编本。以下根据《京剧剧目初探》制成表 8。"剧情出处"栏的数字指该书页码,"剧本出处"栏转录周华斌《杨家将戏曲剧目小辑》[④],"备注"栏注明演相同故事的地方戏剧种。

表 8　杨家将京剧传统剧目表

剧　　目	异　　名	剧情出处	剧本出处	备　　注
紫金带	佘赛花	195—196		汉剧、河北梆子、豫剧
佘塘关	七星庙	196	《京剧汇编》89 集	川剧、汉剧、滇剧、秦腔、豫剧、同州梆子
锤换带	狮子崖、杨衮教枪、汜水关	197	《京剧汇编》6 集	河北梆子、汉剧、湘剧、徽剧、滇剧、川剧

---

① ［清］李斗:《扬州画舫录》卷五,中华书局 1960 年版,第 107 页。

② 载《故宫周刊》第 279—305 期,1933 年。

③ ［清］焦循:《花部农谭》,中国古典戏曲论著集成本,中国戏剧出版社 1959 年版,第 227 页。

④ 周华斌、陈宝富校注:《杨家将演义·附录五》,北京出版社 1981 年版,第 412—415 页。

续表

剧 目	异 名	剧情出处	剧本出处	备 注
下河东	白龙关、斩延寿	197		
龙虎斗	风云会	197	《京剧汇编》60 集	汉剧、川剧、晋剧、河北梆子、绍兴文戏
铁旗阵		198—199		川剧
打潘豹	瓦桥关，天齐庙	202	《京剧汇编》55 集	同州梆子
杨七郎吃面		203		
金沙滩	双龙会 八虎闯幽州	203	《京剧汇编》55 集	汉剧、晋剧、河北梆子、同州梆子、湘剧、秦腔、豫剧、滇剧、川剧
双被擒		203		
五郎出家	五台山	203		湘剧、滇剧、秦腔、河北梆子、豫剧、汉剧
呼延赞表功		204		
李陵碑	两狼山 托兆碰碑	204	《京剧汇编》55 集	汉剧、晋剧、湘剧、粤剧、河北梆子、同州梆子、豫剧、秦腔
攥御状		204	《京剧汇编》55 集	秦腔
雁门摘印	永平安 拿潘洪	205	《京剧汇编》55 集	汉剧、湘剧、同州梆子、徽剧、婺剧
清官册	审潘洪 霞谷县 升官图	205	《京剧汇编》55 集，《京剧丛刊》17 集	川剧、湘剧、汉剧、秦腔、晋剧、河北梆子、豫剧、婺剧、同州梆子
黑松林	红旗山	205	《京剧汇编》55 集	豫剧、河北梆子
五台山	五台会兄	205—206	《京剧丛刊》17 集	汉剧、川剧、桂剧、湘剧、滇剧、秦腔、同州梆子、柳子戏
神火将军	收孟良	206		
孟良盗马	翠黛山	206	《京剧汇编》18 集	桂剧
三岔口	焦赞发配	206	《京剧丛刊》10 集	汉剧、川剧、豫剧、秦腔
寇准背靴	脱骨计 寇准探地穴	207		婺剧、豫剧、晋剧、河北梆子、秦腔、同州梆子
赤梅岭		207		
洪羊洞	孟良盗骨 三星归位	213	《京剧汇编》89 集	湘剧、汉剧、豫剧、秦腔、河北梆子
如是活佛		207		
青龙棍	打孟良	207—208	《京剧丛刊》12 集	弋腔
演火棍	杨排风 打焦赞 打韩昌	208	《京剧丛刊》12 集	汉剧、桂剧、滇剧、河北梆子、川剧、湘剧、豫剧、秦腔

续表

剧　目	异　名	剧情出处	剧本出处	备　注
九龙峪		208		
四郎探母	四盘山 北天门	208—209	《戏考》2 册	湘剧、汉剧、川剧、河北梆子、赣剧、滇剧、同州梆子、晋剧
穆柯寨	降龙木	209	《京剧丛刊》2 集	汉剧、川剧、豫剧、滇剧、河北梆子、同州梆子
穆天王	枪挑穆天王	209	《京剧丛刊》2 集	
辕门斩子	白虎堂	209—210	《京剧丛刊》2 集	湘剧、汉剧、川剧、河北梆子、豫剧、滇剧、同州梆子、晋剧、秦腔、粤剧
背子破奇阵		210		
天门阵		210		汉剧、川剧、河北梆子、秦腔、同州梆子、豫剧
双挂印		211	《京剧汇编》89 集	川剧、豫剧、河北梆子
破洪州	天门阵	211		滇剧、豫剧、同州梆子
孤鸾阵	忠烈鸳鸯	211		
红羊塔	孟良认子 红阳塔	212		秦腔、汉剧、川剧
雁门关	八郎探母 南北和	212	《京剧汇编》30 集	川剧、滇剧、湘剧、汉剧、柳子戏、秦腔、徽剧、豫剧、河北梆子
孤注功	澶渊之盟	212—213		
牧虎关	黑风帕	213	《京剧汇编》3 集	川剧、汉剧、湘剧、滇剧、秦腔、同州梆子、豫剧、河北梆子、淮调
太君辞朝	长寿星 黄花国	213—214	《京剧汇编》34 集	川剧、汉剧、滇剧、晋剧、同州梆子、豫剧、河北梆子

　　除表 8"备注"栏所列之外,演杨家将故事的地方戏曲另有①:《杨令婆辩本》(潮剧)、《百岁挂帅》(又名《十二寡妇征西》,扬剧)、《杨八姐游春》(评剧)、《杨金花夺帅印》(上党落子)、《杨八姐闹馆》(汉调桃桃)、《满堂征西》(华剧)、《石佛口》(蒲州梆子)、《杨六郎招亲》(秦腔)、《杨文广征西》(秦腔)、《万寿宫》《乾坤带》《明公断》《金沙滩》《雁门关》(以上五种上党梆子是连台本戏,没有全名,一般以《万寿宫》剧名连演五本)等。

　　丰富的京剧和地方戏杨家将戏剧目表明,有清一代,杨家将戏曲不是局

---

① 　演杨家将故事的地方戏剧目无法也不必全部罗列,这里仅据《中国地方戏曲集成》《甘肃传统剧目汇编》《陕西传统剧目汇编》等资料略举数种而已。

限于文人书斋的案头文学,而是盛行于梨园的鲜活的舞台艺术。所以不仅剧本有梨园本子(譬如《梨园集成》收有《双龙会》《红阳塔》《杨四郎探母》全曲①),也产生了一批擅长杨家将曲目的梨园艺人。《都门纪略·初集》"词场"条载戏班艺人以"黄腔著名者",其中就有擅长杨家将曲目的艺人。这批艺人所属戏班及其擅长剧目和角色,如表9所示②:

表9 擅长黄腔之戏班艺人所演杨家将剧目表

所属戏班	艺人姓名	所演剧目	饰演角色
三庆班	程长庚	洪洋洞	杨六郎
春台班	周春奎	探母	杨四郎
	胡大魁	辕门斩子	杨六郎
	胡来	会兄	杨五郎
	郝蓝田	辞朝	余(佘)太君
	喜禄	四郎探母	公主
四喜班	三元	探母	杨四郎
	巧龄	探母	杨四郎
	秀兰	探母	公主
	小福	斩子	木桂英
	小元	青龙棍	杨排凤
双顺和班	徽州	探母	杨四郎
	洒金红	斩子	杨六郎
	秃红	天门阵	杨六郎
	大武生	余(佘)塘关	杨衮
	小六儿	余(佘)塘关	余(佘)赛花
		演火棍	排凤
祥和泰班	十八红	斩子	六郎
		探母	四郎
	强五十	碰碑	杨令公
	盖三省	七圣庙	佘太君

---

① 〔清〕李世忠编:《梨园集成》,续修四库全书本,第542—547、551—567页。

② 〔清〕杨静亭:《都门纪略》,中国风土志丛刊本,广陵书社2003年版,第131—145页。

当时著名的京剧表演艺术家,也大都有拿手的杨家将戏剧目。如老生余三胜(1802—1866)擅演《探母》《碰碑》,武生俞菊笙(1838—1914)擅演《金沙滩》,老生谭鑫培(1847—1917)擅演《李陵碑》《四郎探母》《洪羊洞》,老生汪桂芬(1860—1906)擅演《探母》《洪羊洞》,须生杨月楼(1844—1890)擅演《探母》,旦角梅巧玲(1842—1882)擅演《雁门关》《探母回令》,花旦杨小朵(1881—1923)擅演《穆柯寨》《破洪州》,等等。①

3.清代宫廷戏

清代宫廷盛行演戏。初期尚沿袭明代余绪,以教坊习艺太监偶尔搬演传奇和杂剧。至乾隆时期,风气为之一变,表现在:诏令南方伶工进京承差,民间乱弹进入宫廷。扩大南府(康熙朝设,道光年间改为昇平署)规模,设内学(太监伶人)和外学(民间召进伶人)。命词臣编创新剧本进呈,以便演习。宫廷演戏频繁,每月的固定节日有月令承应戏,各种喜庆之事有专门为之恭贺的法宫奏雅戏,还有在万寿节(即帝后寿诞)前后演出的九九大庆戏。②演出规模宏大,乾隆生母崇庆皇太后六十诞辰的大庆和宫廷大戏的排演,曾让赵翼(1727—1814)叹为观止。③ 嘉庆以来,宫廷演戏不再有乾隆鼎盛时期的景象,但一直没有辍止。④

在这样的背景下,清代宫廷创作和搬演杨家将戏曲的风气很盛。据王芷章(1903—1982)《清昇平署志略》载,以杨家将故事为题材的清代宫廷大戏计有《昭代箫韶》《铁旗阵》(演杨家将平南唐事)、《肃靖边》《忠义烈》(演杨文广平南事)、《雁门关》等五种。⑤ 下面以《昭代箫韶》为对象,考察杨家将故事在清代宫廷的传播情况。

《昭代箫韶》有三个脚本:一是嘉庆时内府刻本,朱墨套印,十本二百四十出,为昆弋腔剧本。它在道光年间由昇平署搬演两次,咸丰年间又曾一度排演。二是皮黄本,清钞本,四十本一百二十一出。光绪二十四年(1898),取旧日之《昭代箫韶》翻成皮黄,以昇平署内学太监和外传伶人合唱。三是

---

① 参看马少波等主编:《中国京剧史》上卷,中国戏剧出版社 2005 年版,第 389、410、416、424、435、482、513 页。

② [清]昭梿:《啸亭续录》卷一"大戏节戏"条,中华书局 1980 年版,第 377—378 页。

③ [清]赵翼:《檐曝杂记》卷一"庆典"条和"大戏"条,中华书局 1982 年版。

④ 清代宫廷演戏之沿革,参看翦伯赞:《清代宫廷戏剧考》,《中国史论集》第一辑,文风书局 1947 年版,第 254—268 页;王芷章:《清昇平署志略》第二章,商务印书馆 2006 年版;朱家溍、丁汝芹:《清代内廷演剧始末考》,中国书店 2007 年版。

⑤ 王芷章:《清昇平署志略》,商务印书馆 2006 年版,第 82、86—88 页。

本家本。清钞本,残存五本一百零五出。与内府刻本回目相吻合。除第一本首二出未翻之外,其余自第三出起,皆翻成皮黄。这个脚本是慈禧宫中太监专门为她演出而谱成的皮黄剧本。因为这些太监不隶属昇平署,故称"本家",他们演出用的脚本也就被称为"本家本"。①《昭代箫韶》多种脚本的存在,可证"自昇平署成立后,爨弄至四次之多,较他大戏为最受欣赏"②不为虚言。

《昭代箫韶》承袭西北系统的杨家将故事,叙事起于辽兵入寇,止于萧后降宋。该剧第一则凡例交代编创宗旨:"今依《北宋传》为柱(注)脚,略增正史为纲领,创成新剧。借此感发人心,善者使之入圣超凡,彰忠良之善果,恶者使之冥诛显戮,惩奸佞之恶报。令观者知有警戒。"在这样的创作意图下,剧本开头讲述杨继业以"忠于君父,勤劳辅国"的家箴训导诸子(第一本第四出),结尾交代王钦、潘仁美等奸佞在冥府受审判(第十本第二十三出),都是水到渠成的事情。

忠君报国("忠")和抵御外敌("勇")是杨家将故事相互依存的两个主题,也是它千百年来深受欢迎、持久不衰的主要原因。但作为清宫大戏,《昭代箫韶》产生的历史背景决定了它必然要渲染忠君报国的一面,而淡化抵御外敌这层内涵。为求统治稳固,历朝历代的统治者都会宣传忠孝观念。清朝统治者推崇关公,褒扬明朝尽节忠义,乃至编出"歌舞太平之文"《昭代箫韶》,无非是要"感发忠孝","寓维持风化之意"③。另一方面,清朝以少数民族政权入主中原,心理上接近同为少数民族的契丹,自然要淡化杨家将故事原有的御敌内容。这也就导致《昭代箫韶》与之前的杨家将故事相比,在内容方面有三个重要变化。

一是宋辽双方能尽忠尽孝的人物,都予以歌颂,而不像之前只是单方面歌颂杨家将。在原来的杨家将故事中,辽朝将领往往是被丑化的对象。最典型的例子,是元杂剧《昊天塔》将韩延寿描写成一个愚笨不堪的小丑。《昭代箫韶》改弦更张,在"阵瓦解女帅全忠""志扶辽双忠尽节"等出里,歌颂了辽国将士的忠君行为。在"郡主同殷孝母心""心向宋二女劝降"等出里,辽邦琼娥、青莲两位公主对母后的孝心也得到赞扬。

二是出现大量的神鬼戏关目。原先的杨家将故事也有鬼魂托梦情节(杨业、杨七郎、孟良、焦赞的鬼魂都曾向杨六郎托梦)和仙妖斗法故事(天门

---

① 周志辅:《昭代箫韶之三种脚本》,《剧学月刊》第三卷第一、二期(1934年)。

② 王芷章:《清昇平署志略》,商务印书馆2006年版,第82页。

③ [清]王廷章等:《昭代箫韶》第一本第一出,古本戏曲丛刊九集之八。

阵、征侬智高、征鬼王等），但还是不及《昭代箫韶》之多。剧本写北岳大帝和十殿阎君审案时，王钦、潘仁美等奸佞只能跪在地上，而杨业等可以坐在虎皮椅上。这种对比描写意在励忠惩奸。剧中又出现收服作祟金刀（第六本第二十一至二十三出），阴灵护妹（第八本第十出），哪吒、二郎神保护宋营（第八本第八出）等情节，诚可谓鬼魅杂出、仙妖并陈了。神鬼戏之大量出现，固然与《昭代箫韶》"感发忠孝"的创作意图有关，但最主要原因，是乾隆朝清宫大戏的创作风气。清宫大戏本质上是供宫中娱乐的，加上乾隆朝的高压文化政策，宫廷词臣只好选择编写热闹而不忤上意的神怪戏。第一部宫廷大戏《劝善金科》就是这样的神怪戏。影响所及，像《杨家将》这样的历史剧也就会杂糅许多神怪内容。

三是花费更多笔墨描写杨、萧两家结亲，并以大团圆作结。明代杨家将小说描写杨四郎入辽为驸马，协助宋朝攻破幽州之事，殊为简单。《昭代箫韶》对此予以详细描写，并且编出类似性质的杨八郎和青莲公主婚配情节。明代杨家将小说写宋辽交兵，以萧后自缢，琼娥公主被迫降宋结局。《昭代箫韶》讲述萧后在女儿琼娥、青莲的劝说下主动降宋，耶律姐妹随夫入宋，夫妻团圆。这样的改写，与清朝统治者淡化民族矛盾、宣扬满汉和好的政策是一致的。

由上述可知，杨家将故事在清代宫廷内的传播，是以适应彼时彼地、内在基本精神产生一些变异为前提的。饶是如此，《昭代箫韶》在杨家将故事传播史上仍占有重要地位。它大量吸收以往的杨家将故事，将这些故事剪裁成一部篇幅巨大、结构完整、情节庞杂的剧作。许多旧的故事赖以保存，许多新的故事由此生发①。它是明代杨家将小说和清代中后期杨家将戏曲之间的过渡，后世以杨家将为题材的京剧、地方戏也大率直接取材于它，而不是明代杨家将小说。

第三节　说唱文学

说唱文学曾经孕育了杨家将小说的产生，而在小说之后，各种说唱文学积极从小说中汲取素材，通过创造性的发挥和频繁的演出，使杨家将故事得

---

① 　像四郎探母、八郎探母这样的故事，应是从《昭代箫韶》演化出来的。《昭代箫韶》第一本第十出写宋太宗征辽，在倒马关安营立寨。这个"倒马关"，恐怕就是评话名目《北宋金枪倒马传》"倒马"一词的出处。韩军推测，《昭代箫韶》所述杨宗保在前往五台山搬取救兵的路上遇见穆桂英，两人结为夫妻的情节，应是继承了供盏队《杨宗保取僧兵代卷》的内容，"代卷"为"带眷"之误。其说颇有道理，可为一说。见《杨家将戏曲研究》，南京大学 2001 年博士论文，第 63 页。

到进一步丰富和发展。边连宝(1700—1772)《雄州怀古》说:"牢落三关古战场,延昭事业瓦桥霜。可怜野调盲弦里,附会犹能说六郎。"①潘祖荫(1830—1890)引近人诗句云:"拒马河边古战场,土花埋没绿沉枪。至今村鼓盲词里,威震三关说六郎。"②两首诗作表明,杨家将故事之所以能够深入民间,为那些目不识丁的愚夫愚妇所熟知,这类"野调盲弦""村鼓盲词"的作用不容忽视。以下选择若干说唱文学类型,介绍杨家将故事在清代说唱文学世界里的传播情形。

1. 评话和评书

清代说书艺人有"说大书""说小书"的说法,所谓"大书""小书",也就是评话和弹词。③ 周振鹤指出:"吴人善说古人陈事,有弹词、评话之分。弹词手挥三弦,多为闺阁琐事,俗曰小书。每次先奏一曲,名曰开篇。评话则仅小木一方,曰醒目,亦不奏曲,多英雄义事,俗曰大书。"④大概因为这种题材壁垒的缘故,弹词少有关于杨家将故事的书目,杨家将评话相对繁多。

清代杨家将评话没有本子传下来,但《说岳全传》引述了两个关于杨家将故事的评话,借此可以约略知道清代杨家将评话的内容和杨家将故事的演化。

《说岳全传》第十回描写牛皋跟随两个陌生人进入"大相国寺闲听评话"的场景:

> 却说牛皋跟了那两个人走进围场里来,举眼看时,却是一个说评话的摆着一个书场,聚了许多人,坐在那里听他说评话。那先生看见三个人进来,慌忙立起身来,说道:"三位相公请坐。"那两个人也不谦逊,竟朝上坐下。牛皋也就在肩下坐定,听他说评话。却说的北宋金枪倒马传的故事。正说到:"太宗皇帝驾幸五台山进香,被潘仁美引诱观看透灵牌,照见塞北幽州天庆梁王的萧太后娘娘的梳妆楼,但见楼上放出五色毫光。太宗说:'朕要去看看那梳妆楼,不知可去得否?'潘仁美奏道:'贵为天子,富有四海,何况幽州? 可令潘龙赍旨,去叫萧邦暂且搬移出去,待主公去看便了。'当下闪出那开宋金刀老令公杨业,出班奏道:'去

① ［清］边连宝:《随园诗草》卷之四《雄州怀古》,四库全书存目丛书本,第435页下。
② ［清］潘祖荫:《秦輶日记》,引自孔另境:《中国小说史料》,古典文学出版社1957年版,第122页。
③ 北方将属于历史性质的说书唤做"大书",侠义一类的叫"小书"。陈汝衡:《陈汝衡曲艺文选》,中国曲艺出版社1985年版,第133页。
④ 周振鹤:《苏州风俗·琐记》,中国风土志丛刊本,广陵书社2003年版,第90页。

不得。陛下乃万乘之尊，岂可轻入虎狼之域？倘有疏虞，干系不小！'太宗道：'朕取太原，辽人心胆已寒，谅不妨事。'潘仁美乘势奏道：'杨业擅阻圣驾，应将他父子监禁，待等回来再行议罪！'太宗准奏，即将杨家父子拘禁。传旨着潘龙来到萧邦，天庆梁王接旨，就与军师撒里马达计议。撒里马达奏道：'狼主可将机就计，调齐七十二岛人马，凑成百万，四面埋伏，待等宋太宗来时，将幽州围困，不怕南朝天下不是狼主的。'梁王大喜，依计而行。款待潘龙，搬移出去，恭迎天驾往临。潘龙复旨，太宗就同了一众大臣离了五台山，来到幽州。梁王接驾进城，尚未坐定，一声炮响，伏兵齐起，将幽州城围得水泄不通。幸亏得八百里净山王呼必显藏旨出来，会见天庆梁王，只说：回京去取玉玺来献，把中原让你！方能得骗出重围，来到雄州，召杨令公父子九人，领兵来到幽州解围。此叫作八虎闯幽州，杨家将的故事。"说到那里就不说了。那穿白的去身边取出银包打开来，将两锭银子递与说书的道："道友，我们是路过的，送轻莫怪。"那说书的道："多谢相公们！"

二人转身就走，牛皋也跟了出来。那说书的只认他是三个同来的，那晓得是听白书的。牛皋心里还想："这厮不知捣他娘什么鬼？还送他两锭银子。"那穿红的道："大哥，方才这两锭银子，在大哥也不为多。只是这里本京人看了，只说大哥是乡下人。"那穿白的道："兄弟，你不曾听见说我的先祖父子九人，这个个祖宗，百万军中没有敌手？莫说两锭，十锭也值！"穿红的道："原来为此。"（10/67—68）

第五十五回叙述王佐断臂假意降金，通过讲故事的方式点明陆文龙身世，以达到劝降陆文龙的意图。其中有一个故事，小说是这样介绍的：

王佐道："我再讲一个'骅骝向北'的故事罢。"陆文龙道："什么叫做'骅骝向北'？"王佐道："这个故事却不远，就是这宋朝第二代君王，是太祖高皇帝之弟太宗之子真宗皇帝在位之时，朝中出了一个奸臣，名字叫做王钦若。其时有那杨家将俱是一门忠义之人，故此王钦若每每要害他，便哄骗真宗出猎打围，在驾前谎奏：'中国坐骑俱是平常劣马，惟有萧邦天庆梁王坐的一匹宝驹，唤名为日月骅骝马，这方是名马。只消主公传一道旨意下来，命杨元帅前去要此宝马来乘坐。'"陆文龙道："那杨元帅他怎么要得他来？"王佐道："那杨景守在雍州关上，他手下有一员勇将名叫孟良。他本是杀人放火为生的主儿，被杨元帅收伏在麾下。

那孟良能说六国三川的番话,就扮做外国人,竟往萧邦,也亏他千方百计把那匹马骗回本国。"陆文龙道:"这个人好本事!"王佐道:"那匹骅骝马送至京都,果然好马。只是一件,那马向北而嘶,一些草料也不肯吃,饿了七日,竟自死了。"陆文龙道:"好匹义马!"王佐道:"这就是'骅骝向北'的故事。"(55/437)

清凉道人《听雨轩笔记》卷三《余纪》"评话"条云:"小说所以敷衍正史,而评话又以敷衍小说,小说间或有与正史相同,而评话则皆海市蜃楼,凭空架造,如《列国》《东西汉》《三国》《隋唐》《残唐》《飞龙》《金枪》《精忠》《英烈传》之类。"①这里提到的《金枪》评话和《北宋金枪倒马传》大概有些渊源关系。就它们远绍的对象来说,八虎闯幽州故事显然袭自明代杨家将小说的幽州救驾故事,骅骝向北故事则源于明代杨家将小说写到的孟良智盗骅骝马故事。不过,在《说岳全传》引述的这两个故事中,诸如宋太宗往幽州是要看萧太后的梳妆楼、突围召取杨业父子的人换成呼必显、杨氏父子一共是九人、孟良盗马是奉御旨而行、杨六郎镇守的是雍州关等众多细节,与明代两部杨家将小说所述都稍有差异。这是评话艺人"敷衍小说""凭空架造"的必然结果,反映了杨家将故事在清代的演变。

评话艺人的"敷衍",从现在整理出版的评书作品也可以窥知一二。这些由艺人代代口传或创造的杨家将评书数量繁多,除收入《杨家将九代英雄传》丛书者外②,尚有《大破洪州》《杨宗英下山》《杨再兴寻父》《金枪传》《杨家将》《杨家将全传》《群仙破天门》《杨宗保征西》《呼杨合兵》《小五虎演义》《玉面虎出山》《十二寡妇出征》《大宋三代英雄传》《杨文广平闽十八洞》《杨排风演义》《杨家将后传》等。可见,评话艺人不仅将明代杨家将小说、戏曲原有情节改编成书场里的故事(如破天门阵、杨宗保招亲、十二寡妇征西),还另起炉灶,自行创作新的杨家将故事(如杨士瀚扫北、杨再兴寻父)。一个显著的变化是,评话艺人将杨家将世系上推一代、下延三代,使杨家将英雄由《杨家府演义》所述五代变为九代。③ 新增的这四代杨家将的故事,自然是完全出于评话艺人的"凭空架造"。杨家将小说原有的情节,在评书中也多有改动。譬如十二寡妇征西故事,评书《十二寡妇出征》所述内容与《北宋

---

① [清]清凉道人:《听雨轩笔记》卷三,笔记小说大观本,新兴书局1984年版,第553页。
② 这九部书是《火山王杨衮》《金刀杨令公》《杨六郎挂帅》《杨宗保招亲》《杨文广征南》《杨怀玉征西》《杨士瀚扫北》《杨金豹下山》《杨满堂除奸》。
③ 另有十代之说,在杨金豹和杨满堂之间插入杨再兴作为第九代。

志传》大不相同，它列出的十二寡妇名单和明代两部杨家将小说所说也多不相合。① 这些整理出版的评书大多在民国时期就已播于人口。将它们和明代杨家将小说略作比较，双方差异之巨大让我们有理由相信，有清一代的杨家将评话十分兴盛，变化也相当大。总的趋势是越来越不受历史和原有小说的束缚，走向全面虚构。

2.木鱼书和潮州歌

木鱼书是木鱼歌的唱本。木鱼歌又叫摸鱼歌、月光歌，流行于珠江三角洲地带，至今有三百多年历史。屈大均（1630—1696）谈到粤地好歌风俗时说："其歌之长调者，如唐人《连昌宫词》《琵琶行》等，至数百言千言，以三弦合之，每空中弦以起止，盖太簇调也，名曰摸鱼歌。或妇女岁时聚会，则使瞽师唱之，如元人弹词曰某记某记者，皆小说也，其事或有或无，大抵孝义贞烈之事为多，竟日始毕一记，可劝可戒，令人感泣沾襟。"② 话中提到木鱼书是用三弦伴奏的，这和弹词相同。吴趼人（1867—1910）就说："弹词曲本之类，粤人谓之'木鱼书'。"③ 当然，木鱼书和弹词有各自的源头、演变和地方色彩，不能视为"异名同实"。和其他区域性说唱文学样式一样，木鱼书也"是从地区的民歌民谣的基础上发展起来的，后来又受到外地民间说唱文学的影响而更丰腴壮大"④。它的源头（或曰母体）是粤地民歌，与江浙一带的弹词自然有别。

现在可知的有关杨家将故事的木鱼书，有署"闲情居士订"的《大破天门阵全本》初至四集、《十二寡妇征西全本》初至四集，署"马学愚居士订"的《五续十二寡妇征西全本》，以及不署撰人的《金刀记》初至十四集（它前两集的名称分别是《新刻大宋鸳鸯壶全本》《二刻北宋杨八妹取金刀全本》）。《大破天门阵》《十二寡妇征西》共九集，由广州丹柱堂刊刻，其中有两集使用了荣德堂藏板。十四集《金刀记》由东莞萃英楼刊刻，也有使用其他书坊（如富文堂）藏板的情况。这些木鱼书汇集起来，总称《杨家将唱本》，凡四函三十二册，可谓卷帙浩繁。

这批木鱼书的内容，有基本袭自杨家将小说的，如《十三续金刀记大封

---

① 参看张政烺：《张政烺文史论集》，中华书局 2004 年版，第 778—779 页。
② ［清］屈大均：《广东新语》卷十二"粤歌"条，中华书局 1985 年版，第 359 页。
③ ［清］吴趼人：《小说丛话》，引自魏绍昌编：《吴趼人研究资料》，上海古籍出版社 1980 年版，第 323 页。
④ 谭正璧、谭寻：《释"木鱼歌"》，《木鱼歌、潮州歌叙录》，书目文献出版社 1982 年版，第 1 页。

杨家将全本》叙杨六郎攻破幽州,萧后逃往西羌,杨家将诸将受封,孟良盗骨误杀焦赞,六郎病殁,西羌李穆王欲出兵侵宋,内容出自明代杨家将小说而稍异。《大宋鸳鸯壶全本》叙七王(即真宗)和王钦叫胡银匠打造鸳鸯壶,欲用药酒谋害八王的故事,与小说所述一致而略详。也有与杨家将故事几乎完全不相干的,如《七续金刀记祁文斗出身全本》《十四续金刀记西樊芙蓉帕全本》讲述祁文斗故事。更多的是"题目相同或相似,内容全不相同的,如《大破天门阵》《十二寡妇征西》……和鼓词、弹词、小说、传奇相比,人物犹是,而故事全非"①。以《大破天门阵全本初集》为例。全书叙事自北番排下天门一百零八阵,杨宗保等连破十余阵起,至七郎之女月娥下山相助止。其中,卷一叙杨六郎观阵,知道天门阵有十四阵不全。王钦若奏请真宗令六郎细叙不全之处,自己躲在屏风后听得明白,函告萧后补全。次日,六郎见阵已补全,气死倒地。岩火龙假扮道士欲取六郎首级,被焦赞识破。任道士下凡救治六郎,需要真宗的龙眼泪作药引,真宗没有悲怆之事,所以无泪。寇准诳奏汴京失陷,李太后身亡,真宗大哭,于是六郎得救。杨宗保探地穴,遇见令公、七郎等人,获悉各人成神。宗保在地穴得到铠甲和十个锦囊,又吃了仙家食物。诸如此类的情节,和杨家将小说所演述的天门阵故事出入颇大。

潮州歌又叫潮州歌文,一种用潮汕方言口语表述的民间说唱文学。它是"潮汕的歌谣、畲歌、秧歌、俗曲,受宋末明初传入的宝卷、陶真、词话的直接影响而形成的"②,流行于广东潮汕、闽西南与港、澳地区。

据谭正璧、谭寻《潮州歌叙录》著录,以杨家将故事为题材的潮州歌有《双鹦鹉》《十二寡妇征西》《杨文广平南蛮十八洞全歌》和《万花楼下棚》(别题《杨宗保归天》)四种。其中,《十二寡妇征西》内容同《北宋志传》第四十六至五十回,《杨文广平南蛮十八洞全歌》故事全同《平闽全传》,《杨宗保归天》根据《万花楼演义》第六十二至六十八回改编。《双鹦鹉》所叙杨延昭与柴南香成婚、杨家父子战死五台山、杨门女将解五台山之围等情节,不见于小说。自杨家将受封后,故事大致和木鱼书《金刀记》相同。该书写大破天门阵事,有"五鼠"从阵中逃出,大闹东京,杀死杨家诸孙的情节。③ "五鼠闹东京"是一个很早就已广泛流传于民间的灵怪传说。《轮回醒世》卷十七《五鼠闹东京》记载此事,初步具备故事梗概。《五鼠闹东京传》也演述此事,更为详备。《包龙图判百家公案》第五十八回和《三宝太监西洋记通俗演义》第九十五回

① 谭正璧、谭寻:《释"木鱼歌"》,《木鱼歌、潮州歌叙录》,书目文献出版社1982年版,第18页。
② 吴奎信:《潮州歌册》,广东人民出版社2007年版,第10页。
③ 谭正璧、谭寻:《木鱼歌、潮州歌叙录》,书目文献出版社1982年版,第145—146页。

都收入这个故事。① 柳存仁推测它和记司马貌断狱的《半日阎王全传》一样，"也可能有平话短篇的渊源"②。《双鹦鹉》有大量仙、妖斗阵故事，将五鼠闹东京故事移植过来也不奇怪。

3.鼓词和子弟书

鼓词是一种起源很早，主要流行在北方民间的讲唱文学。"它的较早的称呼是'鼓子词'或'鼓儿词'。从'鼓子''鼓儿'的命名上，可见它是以鼓的伴奏而得名的。"③它的体制，分为有说有唱的成套大书（称鼓词）和只说不唱的小段（称大鼓）两种。

长篇鼓词和短篇大鼓都有说唱杨家将故事的书目。据《中国鼓词总目》著录，杨家将题材的传统鼓词计有：《绣像天门阵鼓词》《绣像十二寡妇征西鼓词》《八虎闯幽州鼓词》《北宋杨家将》《大破洪州》《金枪传两狼山小祭祖》《穆桂英挂帅》《穆桂英招亲》《南北宋鼓词》《杨八姐游春》《杨八郎探母》《杨家将鼓词》《杨金花争帅印鼓词》《杨排风扫北大祭祖》《杨七郎打擂》《杨七郎三下南唐》《杨文广平南传鼓词》《杨文广征南鼓词》《杨文广征西鼓词》《杨宗英下山鼓词》《牤牛阵》《大破迷仙阵》等。这其中，篇幅短的不过三四页（如《杨八姐游春》《杨小姐要表兵困甘州城》等），篇幅长的如《绣像天门阵鼓词》，从《一打天门阵》到《二十打天门阵》，有二十部八十册之多。《江东茂记书局图书目录》广告词云："北宋故事，大破天门阵鼓词，第一集至第二十集，每集四册，定价洋一角五分。北宋杨家将，忠孝节义，真个是谁人不知，那个不晓。杨家功劳最大之事，即是大破天门阵。本书将其事说得有头有尾，明明白白。其中人物，真个是男有刚强，女有烈性。情节可算得五光十色，热闹非凡。怪怪奇奇，男男女女，村村悄悄（引按当作俏俏），忠忠奸奸，真是五花八门，变幻不测。列位看过，包你越看越要看。要知天门阵如何破法，还请买部去看过明白。"④就像评话扩展杨家将世系、木鱼书一续再续《金刀记》一样，这部扩大为二十集的《绣像天门阵鼓词》势必也要另外幻设"热闹非凡"的故事，以吸引读者的眼球。

这里就我所阅杨家将鼓词略作介绍。《绣像杨家将》鼓词四卷二十四回，叙事起于杨七郎打擂，止于杨家将奉旨征讨南唐。这部鼓词所说杨业八

① 李梦生：《五鼠闹东京传·前言》，古本小说集成本。
② 柳存仁：《伦敦所见中国小说书目提要》，书目文献出版社1982年版，第68页。
③ 赵景深编选：《鼓词选·序言》，古典文学出版社1957年版，第1页。
④ 引自李豫、李雪梅等：《中国鼓词总目》，山西古籍出版社2006年版，第391页。

子的名字和《昭代箫韶》一致,但又出现"彦平""延昭""彦龙""彦思"等名字,可能有不同来源或鼓词艺人试图综合不同说法。另外,书中叙潘仁美骂杨七郎说:"当初你父子身居河东,你祖父杨滚官拜火山王之职。看起来就该赤心耿耿,尽忠报国,才是为臣子的本分。那白龙太子的去(疑为'却',同'确')负与(当作'于')你,最不该与太祖皇帝私将铜锤换了玉带,把白龙太子谋害,这可才归了大宋。你父子虽然身蟒腰玉,位列班中,全不想想臭名传于后世,江东军民痛恨大骂反国贼臣,白龙太子抱恨九泉。"(11/337—338)杨业归宋在太宗朝,这里误为太祖朝。"铜锤换玉带"云云,也不见于之前通行的杨家将故事(后世京剧《锤换带》即演此事)。最可注意的是,在杨家将已成为忠勇报国的典范时,这部鼓词却保留了类似揭老底的斥责,不能不说是一个异数。《绣像十二寡妇征西》鼓词四卷三十二回,叙杨文广征西夏,被困于鬼王的昏迷阵,十二寡妇前往救援的故事,和《杨家府演义》的十二寡妇征西故事基本相同。《绘图杨文广征南》四卷二十回,叙杨文广征南唐故事。叙事从杨文广、杨金花兄妹劫法场起,至黄灵子、红灵子下山摆迷仙阵与宋为敌止。内容未完,想必另有续集。这部鼓词叙杨文广在南征途中收服竹茶山寨主吴老坤,连娶吴金定、刘春香二女为妻,平定卧凤山盗贼,一系列情节都极似说唱词话《花关索传》。这为杨文广故事可能源于词话提供了又一佐证。杨文广征南唐事于史无征,鼓词又述狄青为报私仇,私通南唐,处处与杨文广为难,尤属荒唐无稽。不过,清宫大戏《铁旗阵》讲述杨继业及诸子征南唐事,《杨家府演义》也有狄青和杨宗保、杨文广父子作对的描写。可见这类故事大概出于民间艺人的随意编造,却又自成系统。

　　子弟书是清中叶以来流行于北方、民国初年渐趋消亡的一种通俗文艺,日本学者波多野太郎(Taro Hatano,1912—2003)对它的性质、渊源、体制等有精到论述:"子弟书,又称清音子弟书、子弟段、弦子书。为鼓词之一支。原满族八旗贵胄子弟之所作。其书原型,满汉合璧。从左边起抄写。《寻夫曲》《螃蟹段》《升官图》诸曲,并可证。物换星移,汉族专家,撰焉唱焉。曲本款式遂同于汉籍。至于子弟书原委,发诸变文、弹词、宝卷,渐为鼓词支流。其体例,主七字句,间衬字。短篇不分回,长篇有分回,或题回目,或署诗篇。韵用燕十三辙。对仗工整,平仄调谐。辞修艳词丽句,荡气回肠。曲调或缠绵悱恻,婉转低回,或沉雄阔大,慷慨激昂。"①因为原是贵族子弟

---

① ［日］波多野太郎编:《子弟书集第一辑 附提要校记》,《横滨市立大学纪要》人文科学第 6 篇,1975 年。

的文艺,子弟书就比其他民间曲艺多了一份雅驯,一种诗化气质。傅惜华认为子弟书"写情则沁人心脾,写景则在人耳目,述事则如出其口;极其真善美之致。其境界之妙,恐元曲而外殊无能与伦者也"①,就是着眼于它的高雅"文章"而给予的评价。这种气质也渗入杨家将题材的子弟书中,使杨家将故事多了另一番风貌。

杨家将子弟书有《八郎别妻》三回和《八郎探母》八回。"别妻""探母"的题目,说明它们关注的不是金戈铁马,而是宋辽交兵背景下的家庭伦理。八郎杨顺与辽国青莲公主配婚事已见于清宫大戏《昭代箫韶》,与四郎入辽为驸马的故事几无二致,可能是依葫芦画瓢编撰出来的。两部子弟书即由此生发,叙写杨八郎在青莲帮助下,潜入宋营探视老母余太君的故事。以情节而论,《别妻》三回大致相当于《探母》的第五至七回。这里不妨以《八郎探母》为例,略作分析。

《八郎探母》头回至四回前半部分叙八郎和青莲公主结成姻眷,从四回后半部分到七回写八郎别妻,第八回讲母子相见。全书表达了"天伦父母须为重,结发的妻儿不等闲""先全父母天伦孝,后尽夫妻恩爱缘"②的思想观念,突出八郎的孝亲和青莲的深明大义。作者对人物心理有很好的把握。譬如描写青莲出面请求赦免八郎时的羞涩,八郎应允做辽朝驸马时的矛盾,八郎在"别妻"(夫妻之情)和"探母"(母子之情)之间的左右为难,都写得不坏。书中这样描写母子相见的场面:

> 太君闻报双流泪,又悲又喜把令传。急速呼唤吾儿入,云氏闻听暗惨然。羞答答欠身归后帐,八郎随令进营盘。遥观老母嚎啕恸,跑入中军跪在前。老太君搂定八郎流恸泪,叫了声冤家今日你回还。全不想你娘今已八旬外,还在人间过几年。八个儿生离死别凋零尽,哪一个现在母跟前。一家儿寡妇多清苦,满目伤心哪个怜!③

这里没有英姿飒爽的杨门女将,有的只是一位普通的母亲,和一位普通的妻子,在她们的儿子、丈夫久别返家时的情感反应,非常能打动人心。云氏的"暗惨然"和"归后帐",尤其可见笔法的细腻。与歌颂杨家将征战功勋的作品相比,杨家将子弟书偏重描写男女爱情(八郎和青莲两相欢悦颇有才

---

①　傅惜华:《子弟书考》,《曲艺论丛》,上杂出版社 1953 年版,第 98 页。
②　《清蒙古车王府藏子弟书·八郎探母》,国际文化出版公司 1994 年版,第 1107、1108 页。
③　《清蒙古车王府藏子弟书·八郎探母》,国际文化出版公司 1994 年版,第 1109 页。

子佳人故事的情韵),又从家庭天伦之乐的缺失强化"伤心最是杨家将"①这层意思,可谓别创新调。它和戏曲中的四郎探母故事在思想主旨、情节构造方面倒不无相通之处,双方可能互有借鉴。

第四节　题咏及其他

杨家将故事的传播,还表现为文人题咏,以及那些超出文学范围之外的形态,譬如古迹、祭祀、民间信仰和习俗等。本节拟对这类传播形态作一概述,同时指出杨家将故事对它们的影响。文人题咏以清代诗歌为主。古迹、祭祀、民间信仰和习俗之类,具体形成时间难以判断,且一般流传至今,就不做时间限制了。

1. 文人题咏

早在宋代,杨家将故事就引起文人注意,成为他们题咏的对象。譬如张仲巽、苏颂、苏辙、刘敞(1019—1068)、彭汝砺(1042—1095)都写过咏叹古北口杨无敌庙的诗作。② 清人题咏杨家将,也以题古北口杨令公祠之作为多。试引数首:

> 虚旷何年寺,脩然野色收。
> 黄尘余霸气,白骨冷幽州。
> 客去庭阴午,僧闲砌草秋。
> 烟霞来丈室,半为故人留。
> ——梁清标(1621—1691)《昊天寺访郝雪海不遇》③
> 寰朔城边杀气豪,行祠犹拜旧旌旄。
> 黄沙白草三关壮,铁马银戈百战劳。
> 报国自知非力屈,捐躯终不掩功高。
> 魂来何处杨无敌,遗憾当年溅血袍。

---

① 《清蒙古车王府藏子弟书·八郎探母》,国际文化出版公司1994年版,第1102页。
② 张作已佚。二苏之作见第二章所引。刘诗曰:"西流不返日滔滔,陇上犹歌七尺刀。恸哭应知贾谊意,世人生死两鸿毛。"(《公是集》卷二十八《杨无敌庙》,景印文渊阁四库全书本,第636页上)彭诗曰:"将军百战死嵚岑,祠庙岩岩古到今。万里边人犹破胆,百年壮士独伤心。遗灵半夜雨如霤,余恨长时日为阴。驿舍怆怀心欲碎,不须更听鼓鼙音。"(《鄱阳集》卷四《古北口杨太尉庙》,景印文渊阁四库全书本,218页下)
③ [清]梁清标:《焦林诗集》,四库全书存目丛书本,第93页下。

——方象瑛（1632—?）《杨令公祠》①

太原死寇徕降将，策马云中败契丹。

赴敌雁门知不利，援军谷口听偏谩。

衣冠优戏留青简，香火神威到白檀。

庙食孤忠酬绝粒，誓师何必此登坛。

——吴省钦（1729—1803）《杨令公庙》②

欣陪玉辇出边关，取次徘徊古庙间。

无敌威名千古著，今瞻遗像识英颜。（其一）

超群智勇史书标，庙貌于今历数朝。

荒草颓垣烟漠漠，应余遗恨矢吞辽。（其二）

——弘晓（1722—1778）《谒杨令公祠》③

城北还闻祀杨业，道旁行者为悲叹。

将军战死非战罪，嵯岈铁石同心肝。

三日不食饿僵立，骷髅手挽犹巍然。

雁门虎口并祠庙，炎风朔雪争夸传。

至今城头吹觱篥，英姿飒爽来尘寰。

沧桑陵谷成已事，山空月落闻啼鹃。

钬铮林木自磨戛，迥风飒拉吹弓弦。

山青青兮水湜湜，英风一歇何时还？

——毕沅（1730—1797）《古北口》④

密云山势郁峥嵘，控制居庸拱上京。

蜀道车厢连只骑，滦河襟带抱孤城。

契丹馆废人犹记，杨业祠荒草自生。

中外一家无战垒，不劳宣抚更论兵。

——孙士毅（1720—1796）《古北口》⑤

将军本无敌，遗庙枕雄关。

地险山河壮，时平朔漠闲。

神犹栖锁钥，身未唱刀环。

---

① ［清］方象瑛：《健松斋集》卷二十四，四库全书存目丛书本，第 373 页。
② ［清］吴省钦：《白华前稿》卷五十五，续修四库全书本，第 325 页。
③ ［清］弘晓：《明善堂诗集》卷十，续修四库全书本，第 619—620 页。
④ ［清］毕沅：《灵岩山人诗集》卷十二，续修四库全书本，第 118 页下。
⑤ ［清］孙士毅：《百一山房诗集》卷六，续修四库全书本，第 428 页

叹息孤忠魂,萧萧两鬓斑。

——铁保(1752—1824)《古北口令公祠》①

圣世昭忠雨露新,雄关古庙共嶙峋。

如公父子真能死,有宋君臣失此人。

戍角高高山月迥,祠云寂寂藓花春。

路人马上齐瞻拜,争说杨家将若神。

——王汝璧(1746—1806)《古北口杨令公祠》②

除此之外,另有以其他古迹为题咏对象的作品,譬如下面所引诗赋。

险扼重关势郁蟠,退荒曾限北楼烦。

何年辟地通夷道,伊古徂征至太原。

秦汉河山谁百二,宋辽争战几澜翻?

杨家健将今安在,水啮云根没旧垣。(原注:六郎城、孟良寨故迹,皆在峪中。)

——魏元枢(1686—1758)《宿阳武谷》③

北汉有名将,何以入宋朝。长城当万里,君恩接九霄。累世镇边塞,胡尘惨不骄。白发老霜鬓,八子各雄骁。天地不改色,已许汗简标。岂意太原势,羸弱不崇朝。衔璧谒圣主,英雄气尽凋。独余代州守,孤城倚寂寥。誓欲甘一死,凛凛肃清宵。饮血守坚垒,射书忽见招。痛苦辞故国,努力结连镳。人尽号无敌,契丹魄全消。主疑不大任,节制权阻挠。潘美少智术,王侁逞虚悄。降将怵奸忌,谷口订相邀。日中辄引还,转战遂无聊。重创死报国,生气炯昭昭。岂不得其所,何以忘久要?迟死逾十载,相距千里遥。

——魏元枢《代州怀宋将杨无敌》④

雁门重镇秦汉雄,折戟久埋沙漠中。有石屹立分礌砢,云是杨家纪战功。杨家威名边塞重,登坛世佩专城印。无敌声威更绝伦,横刀叱咤风云振。少年驰猎志虹霓,鹰犬谈兵日色凄。拥旄一怒千军骇,瞋目三关万马嘶。一朝敌骑如云集,侁也嫉贤美无术。转战催军白羽飞,师出

---

① [清]铁保:《梅庵诗钞》卷三,续修四库全书本,第312页下。

② [清]王汝璧:《铜梁山人诗集》卷八,续修四库全书本,第613页上。

③ [清]魏元枢:《与我周旋集》诗卷七,四库未收书辑刊本,第54页。

④ [清]魏元枢:《与我周旋集》诗卷六,四库未收书辑刊本,第48页。

不谋占以律。奇计不用无奈何,决起凭鞍行负戈。丈夫有死誓不顾,指挥左右如张罗。强弩暗伏陈家谷,预识旗靡此败绩。援军不发力已穷,横槊长号泪沾臆。马革尸横塞草殷,从戎有子耻生还。受恩残卒同时尽,白骨堆成白雪山。将军虽死名不死,六郎真是将门子。抽刀断石石为分,五丁神力北平矢。吁嗟有宋重边勋,珊戈铁骑屯如云。烽火不惊杨氏垒,先声何减岳家军。岳家东南杨西北,三百余年同战迹。路旁指点七郎坟,山顶惊看千载石。旧事沦亡人不知,莫邪犹作阴风吹。巍然留镇雁门塞,此石无异燕然碑。

　　　　　　——郎若伊(1734—1783)《试刀石吊杨无敌父子》①

　　夫何登高而望远兮,地膊膊而无歧。杳不见十帐与九帐兮,何有于三交驻泊之旌旗。昔在天水之初叶兮,合南北皮室而内窥。寰应既复而旋失兮,又歧沟之丧师。惟君侯素号无敌兮,歼呲李如摧枯。敌望影而引退兮,独持重乎老谋。谓宜先出乎云州之众兮,我以骑攻其中坚。谓兵盛而勿与争兮,为三州保其万全。诅护军之沮议兮,转相讥以畏卤。凿凶门以促行兮,动北川之钲鼓。知犯忌之罔济兮,奈奸邪之予悔。犹懊咿而望生兮,指陈家谷以张弩。羌重性以贻缪兮,欲争功而望之。误战败以为胜兮,缘交河而速驰。迨君侯之至斯兮,谷口呀以无人。遂抚膺而大痛兮,残卒疲而再振。张空拳以反斗兮,日惨惨其西下。深林密以马蹶兮,望袍影而发射。意宛转而就禽兮,空喑呜而叱咤。占三日之不食兮,问尽忠其谁驾?嗟有宋非无人兮,顾边才之难再。彼曹田潘王之嘅喈兮,何遇枭罗而辄败?时得将如公辈兮,足筹边而敌忾。即不能犁庭而封狼居胥,亦何至澶渊之后悔。固知奇材之必遭嫉兮,不见谤书之潜上。何偏裨之能从死兮,独庸帅之不谅。猗开基之英主兮,尚长城之自丧。彼斫善而害能兮,夫何惑乎中兴之诸将?徒悼怅以感予兮,陟崇冈而涕淆。既悲夫猿臂之不封兮,又惜乎都尉之没番。与君侯茫茫其同恨兮,雁山凄其暮烟。赋之以代薤露之歌与符鸠之曲兮,流哀音于九边。

　　　　　　——彭兆荪(1768—1821)《托逻台吊杨太尉赋并序》②

---

① (光绪)《代州志》卷三,中国地方志集成·山西府县志辑本,第300页上。
② [清]彭兆荪:《小谟觞馆诗文集·文集》卷一,续修四库全书本,第626页。

清代文人的这些题咏之作,意在咏叹杨业父子抗击外族的历史功绩,以及他们遭受宵小陷害的悲剧命运。① 彭兆荪在《托逻台吊杨太尉赋》的序中说:"当时名将如曹成王者,尚不能与契丹角。而边患益滋,燕云永弃,浸成孱国,自此始矣。业之死,实有宋全局所关。"②这一历史评价不无拔高,作者很可能潜意识里受到杨家将故事渲染杨氏战绩的影响。

杨家将故事对清代文人题咏的影响,具体可以从两个方面说明。首先,他们凭吊的古北口令公祠、试刀石、托逻台、六郎城、七郎墓、孟良寨等古迹,出自民间附会的居多。其次,作品本身羼杂了杨家将故事的说法。譬如梁清标诗自注云:"俗传谓寺有塔,辽以贮杨无敌骨。"这显然是昊天塔故事影响所致。另如魏元枢《代州怀宋将杨无敌》有"八子各雄骁"一句,所谓"八子",明显也是小说、戏曲的说法,正史记载杨业只有七子。

2.方志所载古迹

杨业一生事迹发生在今天的山西,杨延昭一生事迹发生在今天的河北、陕西,杨文广辗转于今天的陕西、广西之间。所以,方志所载杨家将古迹,大率不出这四省范围。③ 郑骞《杨家将故事考史证俗》专辟"各种地方志所载杨家将古迹辑证"一节,备录这类古迹。④ 下面以《中国地方志集成》所收陕西、山西和河北三省方志为据⑤,将杨家将古迹辑录成表 10。"出处"栏斜线前的数字指该省方志册次,后面数字指页码。如第一行马跑泉古迹,见《中国地方志集成·陕西府县志辑》第 42 册第 117 页。余可类推。一处古迹重见多书,以分号隔开。另有不见于《中国地方志集成》的若干古迹,酌情采录。但一概标以"证俗",表示它们是转引《杨家将故事考史证俗》一文,后面数字即指《景午丛编》下册的页码。

---

① 孙士毅《古北口》立意不同,所谓"中外一家无战垒",和《昭代箫韶》萧、杨成为亲家所体现出来的思想倾向一致。

② [清]彭兆荪:《小谟觞馆诗文集·文集》卷一,续修四库全书本,第 626 页。

③ 例外当然也有,如由于播州杨氏有意攀附,遵义出现杨六郎古迹,见第二章第四节。周郢《杨家将故事与泰山》一文(载《泰山学院学报》第 32 卷第 1 期)列举了泰山周边的杨家将遗迹 25 处,可参看。

④ 参看郑骞:《景午丛编》下编,台湾中华书局 1972 年版,第 55—83 页。

⑤ 笔者未见《中国地方志集成·广西府县志辑》,所以暂不录杨文广古迹。

表 10　方志所载杨家将古迹略表

省份	州　县	古迹名称	传　说　内　容	出　　处
陕西	吴堡县	马跑泉	相传宋女将杨满堂过此，马跑地而泉涌出	42/117
	安塞县	牵马巷	俗传杨六郎牵马处也	42/192
	府谷县	试剑石	相传为杨六郎试剑石	38/195
	神木县	杨家墓	俗传为杨六郎墓	37/424；37/480
		黄羊城	俗传杨继业妻折氏居此，故又谓之王娘城	37/476
	宜川县	七郎山	相传宋将杨业之子七郎屯兵处	44/63
		七郎山寨	相传宋将杨业之子七郎屯兵于此筑城	44/65
山西	凤台县	磨盘寨	一名孟良寨	32/83
	宁武县	囊莲台	一名托逻台，世传宋王佚望杨业兵处	11/136；10/302
	五寨县	荷叶坪	或传宋将杨业曾于此操兵	11/51
	代州	试刀石	俗传杨六郎拔剑试之，遂剖为两	11/300
	朔州	石竭谷口	宋将杨业领兵击契丹，兵入此处	10/302
	祁县	杨六郎城	东南二十五里洛阳村，址存	23/336；1/194
	浑源州	牧羊圈	传为杨六郎牧羊处	7/235
	左云县	红羊峪	相传宋杨业屯兵于此	9/77
	平鲁县	六郎寨	相传杨六郎屯兵于此	9/77
	灵邱县	杨六郎城	屯兵时所筑	6/87；4/119
	保德州	折太君墓	在州南四十里折窝村	15/422
	马邑县	六郎寨	一名六郎城，宋杨将军屯兵之所	10/16；10/302
		黄粮堆	相传宋杨将军覆米其上，诈为积贮以愚敌	10/16
	忻州	六郎城	北宋杨延昭驻兵于此	12/57
		孟良城	西北七十里蒲阁寨东	12/57
	垣曲县	六郎寨	相传宋将杨延昭屯兵于此	61/34
		风洞	相传杨宗保探穴处	61/35
	繁峙县	杨七郎墓	在县西十五里，业子	15/51
		六郎城	宋杨延昭遗址	15/52
	广灵县	六郎城	在林关峪	4/119
		插箭岭	相传宋将杨延昭插箭于此	4/120

续表

省份	州县	古迹名称	传说内容	出处
河北	曲阳县	孟良寨	俗传孟良屯兵之所	39/419
	容城县	晾马台	宋杨延昭筑此以望马	33/373
	香河县	杨令公墓	在城南一里	27/39
	永清县	武毅汉军台	相传宋将杨业所筑,土人亦称六郎台	27/185
	怀来县	六郎城	相传宋杨延钊筑	12/470
	顺德府	令公洞	宋杨业攻王舜,曾居此洞,故名	67/89
	武强县	古堤	相传为宋杨延昭决水灌河间筑	52/490
	任丘县	六郎冢	俗传为杨延昭冢	48/63
	安新县	望马台	宋将杨延昭筑以相马	31/25
	阜平县	挂甲树(松)	相传宋杨延昭挂甲于此	1/70;36/38
	密云县	挂甲峪	相传杨延朗北征,尝挂甲于此	证俗/79
	唐县	杨业墓	相传业战殁葬于此	31/45
	丰润县	令公村	杨业屯兵扼辽,民赖以安	证俗/62
	文安县	孟母台	台下有洞,相传为孟良藏母处	证俗/82
	新安县	王家砦	杨彦昭选偏裨义卒防守敌人于此	34/339
		六郎亘	世传杨延昭所筑,障水以御敌兵者	34/340
		暗石桥	杨延昭所建,暗度兵马以御敌人者	34/341
	霸县	歇马疙疸	传系宋杨延昭军人守益津关时歇马之处	证俗/68
		晾甲台	传闻系宋将杨延昭军人晾甲处	证俗/68
	雄县	杨关城	宋杨延昭守三关时所筑	38/17—18
		焦赞墓	在西楼村	证俗/83
	霸州	拆城	宋杨延朗屯兵于此	26/236
		护城井	宋杨延朗所凿	26/236
		草桥关	杨延朗建	26/236
		莫金桥	杨延朗建	26/236
		石桥	杨延朗建	26/236
		引马洞	宋杨延朗所治,始自城中,通雄县	26/236

省份	州 县	古迹名称	传 说 内 容	出 处
河 北	广 昌 县	六郎城	县南七十里	37/117;36/521
		晒甲石	相传杨六郎晒甲于上	37/118;36/521
		夹马石	杨六郎夹马过此	37/118;36/521
		孟良寨	在县东三十里	36/521
		倒马关	相传宋将杨延朗过此,倒其所骑之马	证俗/74
		孟良臼	相传孟良舂粟于此	37/118;36/521
		马跑泉	相传杨六郎之马渴,以蹄刨土,水出生鱼	36/393
		七山	一名旗山,相传宋将杨延昭竖旗于上	36/391—392
		杨六郎墓	在县南八十里范家台	证俗/81
		插箭山	相传杨延昭插箭于此	36/392
		祭刀石	相传杨延昭在此祭刀	36/392
		拒马河源	相传杨延昭在此拒战	36/392

从表中可知,有关杨六郎的地方古迹最多,说明杨六郎是杨家将故事的中心人物,这和小说、戏曲反映的情况相符。

方志所载杨家将古迹,固然有文献可征者,但更多是出自民间随意附会。最明显的例子,莫过于杨六郎墓竟有三处(一在陕西神木、一在河北任丘、一在河北广昌)。《宋史》明确记载杨延昭殁后归葬,所以河北两处杨延昭墓冢,应属民间讹传。历史人物、地方古迹和故事人物之间,相互影响关系本来就难以理清。但在上表中,陕西吴堡县的马跑泉是杨满堂古迹,山西垣曲县的风洞是杨宗保古迹。他们都是杨家将小说、戏曲虚构出来的人物,所以两处古迹显然是在小说戏曲的影响下出现的。与此相似,乾隆《易州志》卷二载:"旗山,广昌县西南三里许。相传宋将杨景竖旗于上。"①杨六郎又名杨景,这是小说和戏曲的说法。

3. 民间祭祀、信仰与风俗

杨家将在他们活动的地方留下古迹和传说,同时又成为民间祭祀的对象,影响及于民间信仰和风俗。

---

① 引自郑骞:《景午丛编》下编,台湾中华书局 1972 年版,第 73 页。

譬如祭祀杨业的,有杨将军祠(在鹿蹄涧)和杨令公祠(在密云县古北口)。安肃县有白马将军庙,容城县有杨将军庙,安州有三守祠,都祭祀杨延昭。清凉山楼观谷有五郎祠,乃杨业第五子出家处。广南府有杨文广庙,祀杨文广。①和古迹类似,这些祠庙有可信的(如杨家将祠),有疑似的(如杨令公祠),也有完全违背史实的(如五郎祠)。但正如厉鹗(1692—1752)考证古北口无敌庙的真实性时所说:"无敌忠义感动敌境,又何论古北口之非陈家谷也。"②民众尊崇杨家将忠勇报国的精神,希望在当地留下有关他们的古迹,建造祭祀他们的祠庙,又何必考虑杨家将是否来过这个地方呢?

民间祭祀往往因小说、戏曲故事而起,以虚妄附会者居多。梁绍壬(1792—?)《两般秋雨庵随笔》卷一"世俗诞妄"条载:"吾杭清泰门外,有时迁庙,凡行窃者多祭之。济宁有宋江庙,为盗者尝私祈焉……闽楚多齐天大圣庙,黔中多杨老令婆庙,此皆淫妄之祀。"③时迁庙和宋江庙受水浒故事的影响,齐天大圣庙是受取经故事的影响,杨老令婆庙自然有杨家将故事的影响。据记载,贵阳飞山庙祭祀杨老令婆,香火很盛。清人吴振棫(1792—1871)考证说,该庙本是祭祀太原人杨再思(杨氏居飞山,自号飞山令),后来才因杨家将故事的流行而附会到杨老令婆身上。"贵阳固已渺不相涉,乃因飞山令为杨氏,遂移其祀,于传奇称为杨老令公之杨业已不可,而又舍令公而祀令婆,谬亦甚矣。"④贵州有"杨令公大破飞山寨"的民间传说,讲述杨令公施计打败占据飞山寨的蛮王潘老虎,被人们尊为飞山峒主、飞山令公,并建飞山神庙奉祀。⑤ 两相比较,不难明白黔中多杨老令婆庙的缘由。

前文谈到,杨四郎故事渗入了杨四将军传说的一些因子,从而与源远流长的水神信仰发生关联(见第二章第二节)。而随着杨家将故事的流传,"流"反过来取代了"源",故事反作用于信仰——杨四郎后来也被附会成民间信仰里的杨四将军之一。⑥ 类似例子是《封神演义》里的杨戬,原是在综合各种二郎神传说的基础上,借鉴孙悟空形象某些因素而塑造出来的一个

① 参看郑骞:《景午丛编》下编,台湾中华书局 1972 年版,第 60、80、63—65 页。
② 〔清〕厉鹗:《辽史拾遗》卷十四,丛书集成初编本,第 277—278 页。
③ 〔清〕梁绍壬:《两般秋雨庵随笔》,上海古籍出版社 1982 年版,第 12—13 页。
④ 〔清〕吴振棫:《黔语》卷下"飞山庙之误",中国风土志丛刊本,广陵书社 2003 年版,第 77 页。
⑤ 陈庆浩、王秋桂主编:《中国民间故事全集·贵州民间故事集(三)》,台湾远流出版事业股份有限公司 1989 年版,第 177—179 页。
⑥ 杨四将军是谁,说法不一。清人孙璧文列出杨腊儿、杨行密部下大将、杨再兴、平浪王等四种说法,参看:《新义录》卷九十一"杨泗将军"条,王秋桂、李丰楙主编:《中国民间信仰资料汇编》第 1 辑第 21 册,台湾学生书局 1989 年版,第 87—94 页。《芜湖县志》又说是杨沂中(引自黄芝岗:《中国的水神》,上海文艺出版社 1988 年版,第 80 页)。

文学形象,最后却成为民间认定的新二郎神。① 民间信仰和文学故事之相互影响,这是两个显著例证。

　　民间风俗也多有受到杨家将故事的影响的。例如每年农历四月初八,杨家的姑娘都要采摘杨峒叶,用它的浆汁染黑糯米,做"乌米饭"吃。这个风俗据说是为了纪念杨八妹的。贵州至今还流传着杨八妹(宜娘)柳州救兄(杨文广)的民间故事,它讲述的是杨八妹做乌米饭给哥哥杨文广吃,杨文广恢复气力,挣脱枷锁,和八妹一道杀出监狱。② 再以十二寡妇征西为例,王穉登(1535—1612)《吴社编》"舍会"条记有"征西寡妇"名目,并描述道:"白莲桥,寡妇则姣童十二,人即玉树琼蕤,衣即香绔白苎,马即珠勒银鞍。斜阳之间,纷如积雪。"③白莲桥,是吴地的一个会境④。这是说在迎神赛会的仪仗队列中,十二个漂亮的小孩穿着白衣,装扮成杨家将故事人物,骑在马上被人拉着走。丧葬出殡队列中甚至也出现杨家将十二寡妇征西故事。据刘若愚(1584—?)《酌中志》卷之十六记载:"是日也(引按指崇祯甲戌九月初七),本厂(引按指盔甲厂)匠头蔡承禄号小泉家出殡。人颇富侈,冥器皆用真绫绢为之。延优娼扮十二寡妇征西故事。"⑤出殡仪仗队列中安排人装扮十二寡妇,这应是当时风气。张政烺曾提到:"记得明代的一本书中记载当时苏州风气奢靡,盛行大葬,官僚地主们出殡的仪仗队中有'十二寡妇征西'。最近找不到这一条。"⑥

　　关于杨家将十二寡妇征西故事和上述赛会、丧葬出殡装扮十二寡妇征西之间的先后关系,张政烺《"十二寡妇征西"及其相关问题——〈柳如是别传〉下册题记》一文认为,出殡仪仗队的十二寡妇是从古代丧葬制度的十二兽变来的,"十二兽起于傩,唐代已经正式进入丧葬的行列。大约在宋代,为了美观变成了十二位白衣女郎,每人手中持有武器,目的是为驱除恶鬼保护死者。明代观众遂有'十二寡妇征西'的传说。天下哪里有这样多的寡妇出征呢? 为了给她们安排个适当的位置,遂编入'杨家将'故事中","赛会的'十二寡妇征西'是从出葬仪仗队的'十二寡妇征西'学习或者说移植来

---

① 参看拙文《论杨戬与孙悟空的关系》,《西南交通大学学报》(社会科学版)2008 年第 1 期。
② 陈庆浩、王秋桂主编:《中国民间故事全集·贵州民间故事集(三)》,台湾远流出版事业股份有限公司 1989 年版,第 181—183 页。
③ [明]王穉登:《吴社编》,笔记小说大观本,台湾新兴书局 1984 年版,第 4045 页。
④ [明]王穉登《吴社编》"会境"条开列的名目中即有"白莲桥",笔记小说大观本,台湾新兴书局 1984 年版,第 4042 页。
⑤ [明]刘若愚:《酌中志》,丛书集成初编本,第 125 页。
⑥ 张政烺:《张政烺文史论集》,中华书局 2004 年版,第 775 页。

的"。① 这一看法很有新意,但三者先后关系如此明确,反而让人疑信参半。"十二兽"或许能变成"十二寡妇","征西"又该怎么解释呢? 宋代以来的民间迎神赛会,在队列巡游过程中常伴随扮装、舞狮、杂技等节目表演。② 扮装多扮成历史和小说、戏曲故事人物。譬如王穉登《吴社编》在"人物"下列举了伍子胥、孙夫人、姜太公、王彦章、李太白、宋公明、状元归、十八学士、十三太保、征西寡妇、十八诸侯等名目③。所以,按照我的推测,十二寡妇征西故事的源头可以追溯到古代丧葬制度的十二兽,它在进入杨家将故事、获得"征西"名目之后,反过来又影响民间赛会、丧葬仪仗队列的人物装扮。换句话说,丧葬仪仗、迎神赛会和杨家将里的十二寡妇征西故事之间,不会是单向的移植关系。

本章小结

明末至清代这三百余年间,杨家将故事经过《北宋志传》《杨家府演义》的初步系统化之后,又以小说、戏曲、说唱等形式广为传播。影响所及,文人的怀古咏史诗,民间的地方传说、祭祀、信仰以及风俗也多有杨家将故事的内容。之所以有"千年不倒杨家将"的说法,上述各种形式的传播起了不可忽视的作用。这一时期的杨家将故事传播具有如下特征:(1)同一故事内容往往有大量作品反复讲述,这些作品涵括小说、杂剧、传奇、京剧、地方戏、评话、木鱼书、潮州歌、鼓词、子弟书等文艺形式,它们之前相互借鉴、移植的现象非常普遍。如京剧和不同剧种的地方戏一般会有同样的杨家将剧目,是这一特征的典型体现。(2)在传播过程中不断扩大内容,从而使杨家将故事越来越丰富。像杨家将评话将杨家将世系扩展为九代,构成九代英雄传系列,极大地丰富了杨家将故事的内容。(3)杨家将故事在趋于丰富的同时,也随着时代环境的变化发生深刻的变异。譬如清宫大戏对杨家将故事的改造,就深深烙印上了清朝最高统治者的思想意识,杨家将故事两个主题的比重也相应有所调整。

---

① 张政烺:《张政烺文史论集》,中华书局 2004 年版,第 776 页。
② 参看[日]田仲一成:《中国祭祀戏剧研究》,布和译,北京大学出版社 2008 年版,第 120—130 页。
③ [明]王穉登:《吴社编》,笔记小说大观本,台湾新兴书局 1984 年版,第 4045 页。

第五章　中国历史演义小说的生成与演进

　　郑振铎早就注意到,《三国志演义》之后的演义,"便有了两歧的趋势。一方面文人学士拉了她向历史走,一方面民众拉了她向'英雄传说'一条路上去。其结果,演义的发展,便有了绝不相同的二型。一是愈趋愈文的'按鉴重编'的历史故事。一是愈趋愈野,更扩大了,更添加了许多附会的传说进去的通俗演义,若说唐传之类。所以同一部名目的演义,往往是有了两个本子的,一是通俗的,一是较近于历史的"①。这是很有眼力和气魄的意见,影响极为深远。后世研究者论及中国历史演义小说的发展问题时,或明显或隐晦,无不遵循这一思路去进行论述。不过我愿意指出,第一,这种两歧的趋势,在历史演义小说所据以剪裁、熔铸的各种先行素材中就已初露端倪。这些先行素材分属不同的文类,承袭不同的传统,预先决定了历史演义小说的这种两歧趋势。《三国志演义》之后的历史演义小说,只是通过对各种不同素材的取舍,将这个趋势明朗化了而已。第二,"两歧"并非泾渭分明,"二型"也不是全然不同。从后来逐渐定型的大量历史演义小说来看,"按鉴重编"往往会编入种种民间传说,"通俗演义"也不免要杂糅一些故事化了的历史。这一切,与早期历史演义小说的生成方式相关,也与它的演进和发展有关,并涉及口头的与书面的、历史与小说、白话与文言、"野"与"文"、"真"与"幻"等一系列范畴的关系问题。

　　本章拟以"二型"各自的杰出代表——《三国演义》和《水浒传》的成书为界②,往前追溯中国历史演义小说的生成过程,向后探讨它的演进轨迹,尝试对14至18世纪的中国历史演义小说及围绕它的某些相关问题作一粗略描述和初步探讨。这个研究构想,一方面,是想从宏观上再对杨家将小说的版本和成书等问题进行补充论证,为前文推论的合理性提供一个更为广阔因而更具说服力的小说史背景。另一方面,也想由纯粹的个案研究上升到

---

① 　郑振铎:《三国志演义的演化》,见《中国文学研究》,作家出版社1957年版,第191页。

② 　李忠昌《论历史演义小说的历史流变》(《社会科学辑刊》1994年第5期)一文认为,中国历史演义小说总的流变,基本呈双源双流态势。其一是导源于神话传说的"虚"派流向,以《水浒传》为代表。其二为导源于史传的"实"派流向,代表作是《三国演义》。李氏提出的"虚""实"两派流向,也即郑振铎所说的"二型"。至于《三国演义》《水浒传》两书的成书时间,各家说法不一,本书定为14世纪。

对某一小说类型的整体把握,从而有助于我们认识中国小说发展演变过程中某些带有规律性质的内容。

第一节　唐宋说话伎艺及其底本问题

一般认为,16 世纪以来的中国传统白话小说与口头表演艺术关系密切,它的许多形式特征都可以说是口头表演技巧的遗留。"说话人方式"(storyteller' manner)是中国传统白话小说的典型特征之一。① 简洁的概括方便记忆,因而容易给人们留下鲜明印象。但是,概括是以牺牲事物形态的丰富性和事物发展的无数可能性作为代价的。中国传统白话小说的出现,无疑和口头表演艺术有关联。可双方发生怎样的关联? 关联到什么程度? 除了口头表演,有无其他因素影响了中国传统白话小说的形成? 口头文学影响书面文学的途径是否唯一? 在口头与书面相互转化的过程中,会发生怎样的变化? 这都是需要全盘考虑的问题。毫无疑问,这些问题同样适用于历史演义小说。

接下来的两节,我打算追溯历史演义小说的生成过程,重点研讨历史演义小说的各种先行素材(话本、平话、词话等)与以说话伎艺为代表的口头表演艺术之间的关联,以及它们自身的发展脉络。通过这种追溯工作,我希望不仅能够说明历史演义小说的两歧趋势渊源有自,也能够勾勒出中国传统白话小说在早期酝酿阶段的多元化图景。在探求中国白话小说的起源时,研究者习惯向前追溯到唐代变文。我们的讨论,也就从唐代说话以及围绕着它的所谓底本问题开始。

1.唐代俗讲与变文

有资料显示②,唐代上自宫廷,下至民间,都存在说话伎艺的活动。虽然没有确凿证据表明唐代说话已经职业化③,但说话相当流行是可以肯定

---

① 　John L. Bishop, Some Limitations of Chinese Fiction,*Far Eastern Quarterly*,15:2(Feb. 1956),pp.239—247.笔者没有看到原文,伊维德引述了该文的主要观点,见 W. L. Idema, *Chinese Vernacular Fiction:the Formative Period*(Leiden, E. J. Brill, 1974), p.70.

② 　有两条材料常被征引:一是元稹在诗歌自注中提到的《一枝花话》;一是郭湜《高力士外传》所说的"或讲经论议,转变说话,虽不近文律,终冀悦圣情"。参看胡士莹:《话本小说概论》,中华书局 1980 年版,第 16—19 页。

③ 　参看马幼垣:《中国职业说书的起源——对当前理论与证据之评骘》,《中国小说史集稿》,台湾时报文化出版事业有限公司 1987 年版,第 183—201 页。

的。这其中,俗讲尤其应受到我们的重视。

所谓俗讲,是与僧讲相对的一种说话伎艺名称,指释家对在家之人的讲经说法。日人圆珍所撰《佛说观普贤菩萨行法经记》说①:

> 言讲者,唐土两讲:一俗讲,即年三月就缘修之,只会男女,劝之输物,充造寺资,故言俗讲(僧不集也云云)。二僧讲,安居月传法讲是(不集俗人类,若集之,僧被官责)。

由此可知,俗讲和僧讲的区别之一在于宣讲对象不同:前者面向俗世男女;后者面向僧人。② 两者最重要的区别是俗讲以讲故事为主,内容通俗,故事性强,能吸引善男信女捐赠财物;僧讲则以解释经文为主,内容相对深奥些。胡三省注《资治通鉴》云"释氏讲说,类谈空有,而俗讲者又不能演空有之义,徒以悦众邀布施而已"③,说的正是这个意思。

有唐一代,俗讲极为盛行。表现之一是出现文溆这样一位广受欢迎的俗讲僧人。最高统治者曾亲自去寺院观赏文溆的俗讲④,民众更是对他尊奉有加,甚至教坊也模仿他的声调创制歌曲。赵璘《因话录》卷四载⑤:

> 有文淑僧者,公为聚众谭说,假托经论所言,无非淫秽鄙亵之事。不逞之徒,转相鼓扇扶树。愚夫冶妇,乐闻其说,听者填咽。寺舍瞻礼崇奉,呼为和尚。教坊效其声调,以为歌曲。

文溆(原误作淑)所受到的这种犹如当今偶像明星般的待遇,一方面说明当时俗讲伎艺已臻于圆熟境界,另一方面说明俗讲在当时社会各个阶层的流行程度。而这两方面又是互为因果的。

俗讲盛行的表现之二,是它逐渐脱离寺院场所的限制,走向民间,在与民间讲唱艺术融合的过程中,加速了它的歌场化进程。⑥ 与这一进程相应,

---

① 《大正藏》第五六卷,转引自汤用彤:《汤用彤学术论文集》,中华书局 1983 年版,第 314 页。

② 这种区分并非绝对,据唐代一些资料的记载,俗众可听僧讲,僧人也可听俗讲。参看胡士莹:《话本小说概论》,中华书局 1980 年版,第 35 页脚注②;李小荣:《变文讲唱与华梵宗教艺术》,上海三联书店 2002 年版,第 63—64 页。

③ ［宋］司马光:《资治通鉴》卷二百四十三,中华书局 1956 年版,第 7850 页。

④ ［宋］司马光《资治通鉴》载:"己卯,上幸兴福寺,观沙门文溆俗讲。"中华书局 1956 年版,第 7850 页。

⑤ ［唐］赵璘:《因话录》,上海古籍出版社 1979 年新 1 版,第 94 页。

⑥ 参看杨义:《中国古典小说史论》,中国社会科学出版社 1995 年版,第 172—182 页。

俗讲与转变趋向同一①,俗讲场所也被称作"变场"②,俗讲主体不再限于僧人,而可以是民间艺人③,俗讲题材不限于佛经故事,还包括历史传说。

俗讲的盛行,促使传统的讲经文发生嬗变,最终孕育出一种新的独立文体——变文。变文在中国文学史尤其是小说史上的地位非常关键。它的出现,在唐传奇和笔记之外,开辟了中国小说史上的另一系统。这个系统的小说,大多用接近口语的白话写成,与文言小说相比,虽不够典雅,却内蕴着艺术活力和潜力。杨义指出:"在中国人脱离了对佛教'若晓而昧'的含混理解之时出现的变文,尽情地汲取了为先秦道家、阴阳家难以'概其万一'的佛教时空观念,神变幻想和奇谲雄丽的韵散交错的文体。由此呼唤出来的中国人的艺术创造力,包括变文及其几经变异而成的话本、章回体系统所蕴含的创造力,打破了称小说为'街谈巷语、道听途说者之所造',为'合丛残小语,近取譬论,以作短书'之类的界定,也打破了把小说归入子部小说家的目录学框架。"④变文对后世俗文学的深远影响,自它由敦煌窟洞重显于世以来,已成为海内外俗文学研究者们最感兴趣的课题之一。这也是我们讨论历史演义小说的生成和演进问题却要从唐代变文谈起的缘由。因为事物纷纭难解之际,回到事物的起点不失为可行之道。正如江河支流交错纵横而难以分辨之时,上溯其源再沿流而下,则源流自然可以了然于胸。

什么是变文?几乎每一位研究变文的学者都有自己独特的见解。梅维恒(Victor H. Mair,1943—)在综述中外学者一些具有代表性的看法之后,认为"变"的"基本意义是佛或菩萨为教导众生而展示的神奇变化",表现这些神变故事的文学和艺术形式也被称为"变",变文则是其文字记录。变文是在印度佛教影响下成生的一种文体,后来逐渐世俗化(或曰中国化)了,可以用来叙述非佛教故事。作为一种艺术和文学体裁名称的术语,"变"或"变文"毫无疑问来自梵文,但又"不等同于任何一个单独的梵文单词或术语",它是印度文化和中国文化综合的产物。梅氏又总结出变文的几点特征:独特的引导韵文的套用语、韵散结合的说唱体制、与故事画的紧密联系、

① 李小荣认为:"所谓转变,主要是从伎艺之角度对变文俗讲的又一称呼。俗讲就是转变,转变即为俗讲,二者是同一关系。若要强作区分,俗讲是从文体言,转变则从应用言,体用之间相即不相离。"见《变文讲唱与华梵宗教艺术》,上海三联书店 2002 年版,第 71—72 页。
② [唐]段成式:《酉阳杂俎·前集》卷之五《怪术》载:"其僧又言:'不逞之子弟,何所惮!'秀才忽怒曰:'我与上人素未相识,焉知予不逞徒也?'僧复大言:'望酒旗玩变场者,岂有佳者乎?'"中华书局 1981 年版,第 55 页。
③ 晚唐诗人吉师老《看蜀女转昭君变》提到一位讲唱昭君故事的女艺人,韦縠编:《才调集》卷八,四库全书存目丛书本,第 754 页下。
④ 杨义:《中国古典小说史论》,中国社会科学出版社 1995 年版,第 183 页。

插入式的叙事铺陈、七言句组成的韵文,通俗化的语言,等等。根据这些特征,他认为现存变文作品的总数不超过二十种(实际是七种作品的二十件文书)。①梅维恒的研究视野开阔,许多看法很有启发性。但他将几篇明确标有"变"或"变文"的作品排除在变文之外,理由是这些作品缺乏他所总结出来的变文特征。这似乎并不妥当。当时对"变文"的理解和使用,或许不会如此狭隘。对于我们的追溯意图来说,这样一种看法比较合适:"就狭义来说,'变文'专指那种有说有唱、逐段铺陈的文体,这是普遍同意的。不过,除此之外的其他说唱文体,也可以称为'变文'或者'变'。"譬如《舜子变》("类似论者说的'俗赋'或'故事赋'的一体")、《刘家太子传》(全篇散文叙述,不妨碍它称为"变")、《丑女缘起》和《频婆娑罗王后宫彩女功德意供养塔生天因缘变》("论者称为'缘起'或'因缘'的一体")等作品,都应被视为广义的变文。②讲经文也可称为"变文"。潘重规认为,《大唐慈恩寺三藏法师传》卷九提到的《报恩经变》一部,"不是《报恩经》原本,而应该是《报恩传》的俗讲经文"③。变文的原初意义就是指讲经文④,唐代变文由六朝讲经文演变而来,所以广义的变文包括讲经文很好理解。

俗讲和变文对后世说话伎艺和俗文学的影响非常大。叶德均说:"唐五代僧侣们所创制的俗讲是讲唱文学的开山祖。"⑤孙楷第认为:"从艺术的发展上看,没有晋南渡后至唐、五代的转变说话,就不可能有宋朝的说话,元、明的词话。没有宋朝的说话,元、明的词话,就不可能有明末的短篇小说。"⑥郑振铎指出,变文销声匿迹之后,"幻身为宝卷,为诸宫调,为鼓词,为弹词,为说经,为说参请,为讲史,为小说,在瓦子里讲唱着,在后来通俗文学的发展上遗留下最重要的痕迹"⑦。

从题材内容上看,变文的宗教题材(主要是讲经文)是宋代说话中"说经"(即所谓"演说佛书"者)和"说参请"的直系祖祢,历史人物(如王陵、伍子胥、王昭君)传说与南宋说话四家之"讲史"有承继关系,当代人物(如张义潮、张淮深)故事和南宋说话的《复华篇》《中兴名将传》在精神上颇为一致。

---

① 参看[美]梅维恒《唐代变文》第二章"变文资料及其相关体裁"和第三章"'变文'的含义",杨继东、陈引驰译,中国佛教文化出版有限公司1999年版。

② 项楚:《敦煌变文选注·前言》(增订本),中华书局2006年版,第4—5页。

③ 潘重规:《敦煌变文集新书附录》,引自李小荣《变文讲唱与华梵宗教艺术》,上海三联书店2002年版,第16页。李著该页脚注⑤和第17页另有例证,可参看。

④ 李小荣:《变文讲唱与华梵宗教艺术》,上海三联书店2002年版,第15页。

⑤ 叶德均:《戏曲小说丛考》,中华书局2004年版,第625页。

⑥ 孙楷第:《中国短篇白话小说的发展》,《沧州集》,中华书局1965年版,第77页。

⑦ 郑振铎:《中国俗文学史》,东方出版社1996年版,第218页。

"南宋说话人的分科,在这里已具有规模"①,可谓已成共识。变文还被视为后世各种俗文学体裁的源头②,这种渊源尤其表现为体制形式上的关联。韵散结合的说唱体制首先应引起注意。唐代以后的讲唱文学相互间有种种差异,但其主体部分无一例外是由说的散文和唱的韵文构成。韵文部分的韵式,一般以七言为主而间杂以三言,这也为后世讲唱文学所普遍采用。中国通俗小说大段韵文的插入,中国戏剧中的说唱形式,都可以由变文这一体制做出部分解释。③ 第二,中国早期白话短篇小说基本上由题目、篇首、入话、头回、正话、结尾六大部分构成,这种体制极似俗讲仪式程序④。尤其是俗讲开头要说押座文,这些押座文篇幅不长,通常是七言诗句,可以在不同俗讲上使用而无限制,且不一定要和俗讲内容有某些联系。它形式上类似白话短篇小说的篇首诗词,功能上却和入话差不多,起到使听众安静的作用。⑤ 俗讲最后"回向取散"要说解座文或散场诗,又容易令人联想起白话短篇小说结尾的诗词或"话本说彻,权作散(收)场"之类的交代。第三,变文"且看×处""若为陈说""若为""道何言语""有何言语"之类的诗前套语,在白话短篇小说"话说""且说""正是""有诗为证"等程式化表述中得到回响。后面两点说明中国短篇白话小说和变文的确渊源极深。

对中国白话小说(包括短篇和长篇)的形成来说,有两类变文尤其不容忽视。一类是话本,它在很多方面是宋代话本的先声。除上文所说体制形式外,以散文体为主的白话叙事,在叙事过程中插入骈俪语句或诗句,用以描摹人物、景物和烘托故事气氛的写法,都被宋元话本沿袭下来。另一类是

① 向达:《记伦敦所藏的敦煌俗文学》,《唐代长安与西域文明》,河北教育出版社 2001 年版,第243 页。

② 参看[美]梅维恒:《唐五代变文对后世中国俗文学的贡献》,《唐代变文》,杨继东、陈引驰译,中国佛教文化出版有限公司 1999 年版,第 137—240 页。在这篇长文中,作者征引了众多学者的研究成果,他本人则详细讨论了变文对中国戏曲和小说发展的重要意义。

③ 参看周绍良:《〈敦煌变文汇录〉叙》,《绍良文集》,北京古籍出版社 2005 年版,第 1471 页。在这个问题上,梅维恒提醒我们:"说唱体制并非仅以'变文'进入中国。其他许多佛教文学体式,或经典的,或通俗的,采用了典型的印度式的韵散交错。这些体式早在二世纪就开始进入中国并对文化的各层产生影响。"见《唐代变文》,杨继东、陈引驰译,中国佛教文化出版有限公司 1999年版,第 194 页。

④ 关于俗讲仪式,参看孙楷第:《唐代俗讲轨范与其本之体裁》,《沧州集》,中华书局 1965 年版,第1—60 页;向达:《唐代俗讲考·俗讲之仪式》,《唐代长安与西域文明》,河北教育出版社 2001 年版,第 294—297 页;李小荣:《变文讲唱与华梵宗教艺术》,上海三联书店 2002 年版,第 64—70 页。

⑤ 梅维恒提到,《频婆娑罗王后宫彩女功德意供养塔生天因缘变》起首的押座文又见于《降魔变文》,标题被置于起首押座文和一段称颂当政者的散文之后,加上其他的几个特征,它不应被视为变文。《唐代变文》,杨继东、陈引驰译,中国佛教文化出版有限公司 1999 年版,第 69—70 页。如果了解押座文的这种性质,它属于变文应无疑问。

词文,它对中国白话小说的影响不逊于唐代话本。《季布骂阵词文》是现存唯一标明"词文"的作品,其末句说"莫道词人唱不真",而明成化刊刻的说唱词话《新刊全相说唱张文贵传》卷上结尾有句曰:"前本词文唱了毕,听唱后本事缘因。"(16b/5)《大唐秦王词话》也有"试听一代兴唐主,尽属词人话里传"(33/664)、"诗句歌来前辈事,词文谈出古人情"(36/724)之类的句子。由此可知,词文就是后来的词话,演唱词文的人称"词人"。敦煌写本《百鸟名》的体制基本同于《季布骂阵词文》,也属"词文"一类。全篇用拟人手法列举四十余种禽鸟,配以官职。后世类似这样的作品不少,兹举两例:明成化刊刻的说唱词话《新刊全相莺歌孝义传》叙莺哥为母举丧,自凤凰以下,罗列百禽众鸟,各执其事(17b/4－18b/4)。《大唐秦王词话》写李世民演武场点兵,也列出种种禽鸟(40/792－793)。三者有明显的承袭关系。《大唐秦王词话》是由词话向长篇白话小说过渡的作品,所以我们似可推断,词文开启了中国白话小说的另一条发展线索。中国历史演义小说"二型"之所以会产生,历史起点大概就在这里。当然,从起点到终点,有无数因素介入其中发生作用,两条线索也会相互纠结。

　　最后说说所谓的俗讲底本问题。变文长期以来被当作唐代俗讲的底本[1],从变文那些具有强烈现场口说性色彩的套语来看,这一说法似乎言之成理。但梅维恒不赞成底本之说,他认为变文是口述表演的文字写录,"变文的大部分距其自身萌始来源的口述演说已有数代之隔","变文和其他类型的敦煌通俗文学,看来是代表着书面故事发展的早期阶段,它们脱自口说的背景而用来阅读"。[2] 韩国学者金敏镐(Kin mndn-ho,1957—　　)也指出,敦煌讲唱写本是读本的可能性很大。他还提到这些讲唱写本用于讲读的可能性。[3] 简单判断谁对谁错是不明智的。坚持文字写录和读本说的学者固然可以举出许多有利证据[4],但底本说的拥护者也可以反问:"俗讲者难道就不能从这些书面本子里掌握即将要讲述的故事,并以此作为演述的底本

---

[1]　胡士莹:《话本小说概论》,中华书局 1980 年版,第 33 页。

[2]　[美]梅维恒:《唐代变文》,杨继东、陈引驰译,中国佛教文化出版有限公司 1999 年版,第 193、263 页。

[3]　[韩]金敏镐:《敦煌讲唱写本的读本可能性考》,《唐代文学研究》第十一辑,广西师范大学出版社 2006 年版,第 842—850 页。

[4]　最有力的证据是变文卷末题记。这些题记往往会记载抄写者的姓名和身份,而《降魔变文》卷末题记写道:"或见不是处,有人读者,即与政著。"这是变文供于传读的重要依据。参看[美]梅维恒《唐代变文》第五章"演艺人、作者和抄手",杨继东、陈引驰译,中国佛教文化出版有限公司 1999 年版;[韩]金敏镐《敦煌讲唱写本的读本可能性考》第三节,《唐代文学研究》第十一辑,广西师范大学出版社 2006 年版。

吗?"李小荣提到两件抄录整段经文的变文卷子,进而解释说:"这些经文是法师讲经的一份备用提要,怕的是临场会有所遗漏。"①可见,这类特殊的变文可以视作俗讲底本。说到底,敦煌变文有广、狭之分,学者对其体制的认识尚未取得一致意见,说话表演和书面文学关系又是一个难以确定的复杂问题,我们应该充分考虑各种可能的情形。正如变文在通俗文学发展史上留下最重要的痕迹一样,这个关于底本问题的分歧,在话本研究领域得到最为集中的体现,而实际情形恐怕也比变文更复杂。因此关于底本问题,我们在下面的小节里再详加讨论。

2. 宋代说话与话本

宋代说话承袭前代,又有长足发展,最显著的一点就是实现了职业化和专门化。描写两宋都市繁华的《东京梦华录》《都城纪胜》《武林旧事》《梦粱录》《繁胜录》等书对此多有记载。宋代职业化说话的盛况,具体表现在以下方面。

首先,有姓名可考的说话人数量众多。他们分属不同的说话门庭,大都有擅长的故事题材。胡士莹根据相关诸书所记,制成"两宋说话人姓名表",得北宋说话人十四人,南宋说话人一百十人,合计一百二十四人。② 相比唐五代说话人有姓名可考者的人数而言,这个数字无疑相当可观。这些说话人之中,霍四究擅长"说三分",尹常卖善说"五代史"。③ 王六大夫"讲诸史俱通"④,丘机山"以滑稽闻于时,商谜无出其右"⑤。女性说话人计有演史张氏、宋氏、陈氏,说经陆妙静、陆妙慧,小说史惠英。宋高宗退位,"孝宗奉太皇寿,一时御前应制多女流"⑥,其中就包括上述六人。女性说话人活跃,且能在御前供话,这从另一侧面反映了当时说话伎艺的普及和发展。

其次,演出场所范围广泛,可在宫廷和官家府第应承,可在寺庙和街市空地作场,也可在乡村田舍和茶肆酒楼表演。而最重要的场所是瓦舍勾栏。⑦ 瓦舍是综合性游艺场所,勾栏是设于其中的表演各种伎艺的专门场所,说话即在勾栏内表演。据《繁胜录》记载,临安北瓦十三座勾栏之中,"常

① 李小荣:《变文讲唱与华梵宗教艺术》,上海三联书店 2002 年版,第 17 页。
② 胡士莹:《话本小说概论》,中华书局 1980 年版,第 63—65 页。
③ [宋]孟元老著、邓之诚注:《东京梦华录注》卷之五《京瓦伎艺》,中华书局 1982 年版,第 133 页。
④ [宋]吴自牧:《梦粱录》卷二十"小说讲经史"条,浙江人民出版社 1980 年版,第 196 页。
⑤ [元]陶宗仪:《南村辍耕录》卷二十八"丘机山"条,中华书局 1959 年版,第 347 页。
⑥ [元]杨维桢:《东维子文集》卷之六《送朱女士桂英演史序》,四部丛刊初编本,叶十一(a)。
⑦ 参看胡士莹:《话本小说概论》,中华书局 1980 年版,第 45—54 页。

是两座勾栏专说史书"，小张四郎"一世只在北瓦，占一座勾栏说话，不曾去别瓦作场"①。演出场所如此广泛，可见说话伎艺的普遍和发达。出现固定的专门场所，一方面是说话职业化的结果，另一方面也为说话人提高艺术水平提供了有利条件——为招徕更多的听众，在各个勾栏作场的说话人之间必然会展开竞争，有竞争，整体的艺术水平自然会大幅度提高。

复次，出现与说话密切相关的行会组织。据《武林旧事》所记，当时临安各种说唱伎艺都有行会组织，小说（"说话"之一家）的行会组织叫"雄辩社"。② 雄辩社由伎艺精熟的说话人组成，这自然是说话职业化发展到一定水平的产物。反过来，通过与社内同行互逞伎艺、共同切磋，说话人伎艺势必得以改进。另外，专门为戏剧演员和说话人编写脚本的文人被称为"才人"，他们的行会组织叫"书会"。书会才人多半是有一定才学但科举不得志的文人，他们与说话、戏剧艺人的合作，无疑能促进两种艺术形式的良性发展。罗烨《新编醉翁谈录》称说话人"非庸常浅识之流，有博览该通之理"③，多少和雄辩社、书会有些关系。

最后，说话形成门庭家数。北宋说话已有讲史、小说、说诨话等科目，到了南宋，则有所谓"说话四家"的提法。说话分四家之说，首见于南宋理宗端平二年（1235）耐得翁所撰《都城纪胜》④：

> 说话有四家：一者小说，谓之银字儿，如烟粉，灵怪，传奇。说公案，皆是扑（朴）刀杆捧（棒）及发迹变态（泰）之事。说铁骑儿，谓士马金鼓之事。说经，谓演说佛书。说参请，谓宾主参禅悟道等事。讲史书，讲说前代书史文传、兴废争战之事。最畏小说人，盖小说者能以一朝一代故事，顷刻间提破。合生与起令、随令相似，各占一事。商谜，旧用鼓板吹［贺圣朝］，聚人猜诗谜、字谜、戾谜、社谜，本是隐语。有道谜（来客念隐语说谜，又名打谜）。正猜（来客索猜），下套（商者以物类相似者讥之，人〔又〕名对智），贴套（贴智思索），走智（改物类以困猜者），横下（许旁人猜），问因（商者喝问句头），调爽（假作难猜，以定其智）。

① ［宋］西湖老人：《繁胜录》，涵芬楼秘笈本，北京图书馆出版社2000年版，第40页。
② ［宋］周密：《武林旧事》卷三"社会"条，武林掌故丛编本，叶四（b）。
③ ［宋］罗烨：《新编醉翁谈录》，古典文学出版社1957年版，第3页。
④ ［宋］耐得翁：《都城纪胜》，武林掌故丛编本，叶十一（b）至十二（a）。

　　类似记载见于耐得翁《古杭梦游录》①和吴自牧《梦粱录》，但文字详略不同。正如李啸仓(1921—1990)所说："由于各书文词含混，可左可右，断句很难有固定的标准，遂使'四家'问题，人执一词。"②所以"说话四家"究竟指哪四家，迄今难有定论。③一些研究者开始怀疑材料本身不可靠。一种意见认为，文字在辗转抄录过程中有脱落。孙楷第指出："《都城纪胜》虽有四家之说，而仅小说上冠以数字(以意推之，无举一数字之理，其余必系脱落)。以下诸目并列，无由知其系统。"④另一种意见认为："说话有四家可能只是耐得翁的一家之言，未必是当时公认的说法。"⑤两种意见很有道理。我们推测，"四家"之说可能不止一种，耐得翁本意或许是要举出两种有代表性的说法。"一者"意谓"第一种说法"，而不是与"四家"之一的"小说"连读。第一种说法指"小说""说铁骑儿""说经""说参请"，后文的"讲史书""合生""商谜""道谜"合起来是第二种说法。传抄者或刊刻者遗漏了"二者"两字，加上吴自牧依凭己意进行改写，最终造成后人认识混乱。我们可以举出三条旁证。罗烨《新编醉翁谈录·小说引子》有句曰"或名演史，或谓合生，或称舌耕，或作挑闪"⑥，陈元靓《事林广记》庚集卷上"百戏异能"条说："说经演史，徒多枉事之堪伤；道谜合笙，顿有风流之可悦。"⑦《明本大字应用碎金》卷下《技乐篇》"技艺"条提到"说话、小说、演史、说经"⑧。两条材料各有新的说法，可见宋人对于"说话四家"原本就没有定论，任意四种说话名目都可以凑成四家之数。这似乎也更加符合宋代说话的繁荣情形。

---

①　程千帆、吴新雷《两宋文学史》说："《古杭梦游录》实即《都城纪胜》，它被陶宗仪节录改名收入所编《郼》中。"上海古籍出版社 1991 年版，第 570 页。

②　李啸仓：《谈宋人说话的四家》，《李啸仓戏曲曲艺研究论集》，中国戏剧出版社 1994 年版，第320 页。

③　参看胡士莹《话本小说概论》第四章第二节"南宋'说话'四家数"，中华书局 1980 年版；Jaroslav Pršek, *Chinese History and Literature*: *Collection of Studies* (D. Reidel Publishing Company, Dordrecht-Holland, 1970), PP. 261—268. 1980 年以来的研究论文，参看黄进德：《南宋说话"家数"考辨——"铁骑儿"说商兑》，《群众论坛》1981 年第 4 期；皮述民：《宋人"说话"分类的商榷》，《北方论丛》1987 年第 1 期；刘兴汉：《南宋说话四家的再探讨》，《文学遗产》1996 年第 6 期；吴光正：《说话家数考辨补正》，《海南大学学报》1998 年第 3 期；张兵：《南宋的"说铁骑儿"话本和〈宣和遗事〉》，《华东师范大学学报》1999 年第 1 期；张毅：《关于宋人"说话"的几个问题》，《南开学报》2000 年第 3 期；张慧禾：《论南宋杭州的"说话"家数》，《浙江社会科学》2006 年第 5 期；等等。

④　孙楷第：《宋朝说话人的家数问题》，《沧州集》，中华书局 1965 年版，第 83 页。苗怀明也认为这段记载存在文句脱落的问题，"所载说公案一条不足为确定其具体内容范围之证据"。《"说公案"辨》，《明清小说研究》2002 年第 1 期。

⑤　程毅中：《宋元小说研究》，江苏古籍出版社 1998 年版，第 226 页。

⑥　[宋]罗烨：《新编醉翁谈录》，古典文学出版社 1957 年版，第 2 页。

⑦　[宋]陈元靓：《事林广记》，中华书局 1999 年版，第 168 页。

⑧　《北京图书馆古籍珍本丛刊》第 76 册，第 420 页。

话本创作的勃兴,离不开宋代说话伎艺的繁荣。但话本与说话以何种途径发生怎样的联系,这是一个和"说话家数"一样令人困扰的问题,学界目前分歧不少。分歧的焦点,主要是如下密切相关的三个问题。

第一,话本是否即为说话人的底本

鲁迅《中国小说史略》称:"说话之事,虽在说话人各运匠心,随时生发,而仍有底本以作凭依,是为'话本'。"①这一论述被概括为"话本是说话人的底本",广为学者接受。② 20 世纪 60 年代,日本学者增田涉(Masuda Wataru,1903—1977)发表文章挑战这一主流看法,论证"'话本'有'故事',但是却没有'说话(人)的底本'的意思"。③ 这个观点得到海外学者的支持,韩南(Patric Hanan,1927—2014)和伊维德在各自文章中援引了它。④ 在《论"话本"一词的定义校后记》一文中,中国台湾学者王秋桂补充说,这个"故事"既指抽象的故事,也指故事本子,并进一步推断:"宋元人说书如有底本,形式当较似醉翁谈录或其所引的绿窗新话,而不是我们目前所见的三言或六十家小说中的作品。"⑤

作为迟到的反响,20 世纪 90 年代以来,大陆学术界开始重新就所谓的底本理论展开讨论。否定的意见,譬如石昌渝指出"话本"一词与故事有关,至少有三种含义:(1)传奇小说;(2)"抽象语"的故事;(3)白话故事本子。第一、三种都是指供人阅读的故事本子。⑥ 周兆新认为,说话底本是艺人保存的秘本(徒弟扼要记录的本子和师傅传给徒弟的本子)。底本至少要具备两个基本特征:体裁上是一种简明扼要的提纲;内容上必须具备可演性。大部分现存宋元话本都缺乏充当底本的条件。⑦ 描述说书艺人所用底本的特

---

① 鲁迅:《鲁迅全集》第九卷,人民文学出版社 1981 年版,第 112 页。
② 参看陈汝衡:《陈汝衡曲艺文选》,中国曲艺出版社 1985 年版,第 52 页;范宁:《〈话本选〉序言》,《话本选》,人民文学出版社 1959 年版;胡士莹:《话本小说概论》第六章第一节,中华书局 1980 年版;Jaroslav Průšek, *Chinese History and Literature*:*Collection of Studies*(D. Reidel Publishing Company,Dordrecht-Holland,1970),PP. 246—247. 等等。
③ 增田涉:《"話本"ということについて——通説(ぁるいは定説)への疑問》,原刊《人文研究》十六卷五号(1965 年)。中译文改题《论"话本"一词的定义》,王秋桂编:《中国文学论著译丛》,台湾学生书局 1985 年版,第 183—191 页。
④ [美]韩南:《宋元白话小说:评近代系年法》,《韩南中国小说论集》,王秋桂等译,北京大学出版社 2008 年版,第 47 页(英文原稿发表于 1970 年);W. L. Idema, Storytelling and the Short Story in China, *Chinese Vernacular Fiction*:*the Formative Period*(Leiden, E. J. Brill, 1974),P. 1.
⑤ 王秋桂:《论"话本"一词的定义校后记》,王秋桂编:《中国文学论著译丛》,台湾学生书局 1985 年版,第 192—197 页。引文见第 196 页。
⑥ 石昌渝:《中国小说源流论》,生活·读书·新知三联书店 1994 年版,第 222—224 页。
⑦ 周兆新:《"话本"释义》,《国学研究》第二卷,北京大学出版社 1994 年版,第 196—203 页。

征，而后指出话本不具备这些特征，这是否定底本理论的典型思路和有力证据，很有说服力。① 坚持原说的学者则对底本理论进行补充说明。譬如程毅中主张作为说话人底本的话本包括两种类型，即提纲式的简本和语录式的繁本。前者是说话人自己准备的资料摘抄，后者是以说话人的口气写的，比较接近演出本的样式。② 这就扩大了"底本"概念的外延。萧欣桥强调一般文学名词和文学体裁的区分，认为在文学体裁的意义上，说"话本是说话人的底本"是不错的。③这是缩小"话本"概念的内涵。

两位学者的观点自有道理，不过实践起来仍有困难。如果说话人抄录一篇唐传奇作为备要，这篇传奇是否就变为提纲式话本？这似乎难以定论。以《清平山堂话本》所收《蓝桥记》为例，它根据裴铏《传奇》里的《裴航》节录而成，只在开头加了四句入话诗，结尾加了一联结语。程毅中认为它是说话人最原始的底本，而周兆新却认为它仍是一篇文言小说，绝非说话人的底本④。语录式繁本的说话人口气，则很难确定是编写者的预先模仿，还是演出现场的即时记录或事后追记。要区分一般文学名词和文学体裁，自然是不错的见解，但说者对"话本"由一般文学名词演变为一种文学体裁的过程语焉不详，所以很难说完全驳倒了反方观点。

第二，话本最初是用来讲说的，还是以供阅读的。

反对底本理论的学者宣称，无论是它使用的语言还是它采用的素材，现存话本明显是用来阅读的。通常被引作有力例证的，是宋高宗"喜阅话本，命内珰日进一帙"⑤。作为汇集早期话本的代表，《清平山堂话本》和"三言"里的作品被认为是根据唐传奇、戏曲（包括杂剧和南戏）和文言笔记改编，并

① 参看王秋桂：《论"话本"一词的定义校后记》，王秋桂编：《中国文学论著译丛》，台湾学生书局1985年版，第192—197页；陈午楼：《旧事重提：说"话本"》，《读书》1980年总第十期。
② 程毅中：《宋元小说研究》，江苏古籍出版社1998年版，第241—242页。在《〈金瓶梅〉的话本》一文中，他重申了这个看法，不过繁本的含义变为"说话的纪录"。见《明代小说丛稿》，人民文学出版社2006年版，第201—202页。既说"纪录"，则该话本至少不是这次说话表演的底本——虽然它可以在另外场合用作底本。
③ 萧欣桥：《关于"话本"定义的思考——评增田涉〈论"话本"的定义〉》，《明清小说研究》1990年第3、4期合刊本。
④ 周兆新：《"话本"释义》，《国学研究》第二卷，北京大学出版社1994年版，第204页。
⑤ ［明］绿天馆主人：《古今小说叙》，引自丁锡根《中国历代小说序跋集》，人民文学出版社1996年版，第773页。

作为读本而刊行的。① 支持底本理论的学者认为，话本"应该是并且仅仅是说话艺术的底本"，话本经过加工整理，刊印出来以供阅读的本子，不应简单称为话本。②

这里存在一个关键问题：如果说话人将自己据以讲说的底本刻印出来，以供读者阅读，那么它还是话本吗？ 或者换种问法：如果说话人根据一个读本作为底本敷演故事，那这个读本是话本吗？ 也许有人会反驳：说话艺人不会刻印自己的底本，因为这会威胁到他从中赚钱③，说话艺人一般是以口耳相传的方式直接向老师学习伎艺，所以这样的假设毫无意义。但正如普实克(Jaroslav Průšek,1906—1980)指出的那样，既然说话人无法阻止别人将自己讲述的故事写录下来印售，为了不损失这部分利益，说话人自己出售底本的复本就并非不可能。④ 并且，艺人偶尔也会从书本上学习伎艺。⑤ 为解决上述棘手难题，普实克提出："说话人的脚本从一开始就有双重意图：它们是为讲述者和读者准备的。"⑥很有意思的是，支持底本理论的胡士莹认为那些刊印出售以供阅读的底本不能称话本，反对底本理论的金敏镐同样认为"说书人将自己要演出的故事整理下来并出卖的话，话本就不再是作为演出的参考的底本"⑦。普实克近乎折中的意见看来并不讨巧。

第三，话本与宋代口头说话表演有无直接联系。

传统的看法认为话本直接源于宋代的说话表演。相反的观点则认为，

---

① W. L. Idema, Storytelling and the Short Story in China, *Chinese Vernacular Fiction: the Formative Period*(Leiden, E. J. Brill, 1974), PP. 12—30. 尤其是 P. 23. 以及[美]韩南：《〈古今小说〉中某些故事的作者问题》，《韩南中国小说论集》，王秋桂等译，北京大学出版社 2008 年版，第 62—75 页。

② 胡士莹：《话本小说概论》第六章第一节，中华书局 1980 年版。

③ 梅维恒谈到这一点，并指出传布文字本子的一般是"说书人圈子之外的人们"，艺人最多是将与演出相关的小部分印刷品出售，目的在于吸引听众来听全部故事。参看《唐代变文》，杨继东、陈引驰译，中国佛教文化出版有限公司 1999 年版，第 234—237 页。

④ Jaroslav Průšek, *The Origins and the authors of the hua-pen*(Prague, the Oriental Institute in Academia, Publishing House of the Czechoslovak Academy of Sciences,1967), PP. 34—35. 说到底，我以为出售底本不会减少潜在听众，因为阅读底本和欣赏表演完全是两码事，从书本熟悉故事的人会乐意去勾栏听说话表演。

⑤ 阿尔伯特·贝茨·洛德(Albert Bates Lord)提到，一个歌手承认自己有三四部诗歌是从书本上学来的，见《故事的歌手》，尹虎彬译，中华书局 2004 年版第 25 页。据此推想，中国的说话人也会通过这条途径掌握伎艺。

⑥ Jaroslav Průšek, *The Origins and the authors of the hua-pen*(Prague, the Oriental Institute in Academia, Publishing House of the Czechoslovak Academy of Sciences,1967), P. 33.

⑦ [韩]金敏镐：《〈清平山堂话本〉不是"话本"》，载中国社会科学院文学研究所中国古代小说研究中心编：《中国古代小说研究》第一辑，人民文学出版社 2005 年版，第 60—65 页。引文见第 63 页。

没有可靠材料证实话本与宋代说话之间的直接联系,话本作为一种严格文类是在明代发展起来的。现存话本是书面文学,它们固然存在口述痕迹,但这种口述痕迹不是说话表演的遗留,而是编写者的一种文学技巧,目的是创造口述文学的外表,获得瞬间真实的印象。①

之所以有上述分歧,一方面在于争论双方声称"话本是(或不是)说话的底本"的时候,他们对"话本""底本"的界定可能不一致。程毅中和萧欣桥的解释已透露此意,胡士莹和金敏镐的"貌合神离"更将这层意思呈现得一览无遗。另一方面,更重要的也许在于话本自身的复杂。这又可从三方面看。第一,"话本"是个历史概念,其内涵与外延是不断发展变化的。但由于材料匮乏,也因为概念内涵、外延的变化很难有个明确的时间断限,我们的认识难免模糊。在实际讨论中,自觉不自觉就将不同历史阶段的"话本"概念搅在一块了。第二,我们对当时的口头表演几乎一无所知,除相关文字记载,我们没有掌握直接的口头材料。话本有多大程度的口述性,很难有个判断标准。② 第三,"话本"的形成途径多样,不能用一个模子限定它。这方面,周兆新的观点值得介绍。首先,他认为除了刊印说书艺人底本或模拟底本进行创作之外,话本还有其他编写方法③:

> 事实上,宋元明三代编写话本的方法多种多样,大致可以归纳为六种类型。第一,《武王伐纣书》和《三国志平话》等,可能是刊印说书艺人底本,或对底本稍作加工而成。第二,《碾玉观音》和《错斩崔宁》等,可能是依据说书艺人的口述润饰而成。第三,《新编五代史平话》和《宣和遗事》等,一方面吸收说书艺人口述的故事,另一方面节录、复述、改编史书或其它前人著作,并将二者综合在一起。第四,《秦并六国平话》和《老冯唐直谏汉文帝》等,主要内容直接取材于史书。第五,《拗相公》《风月瑞仙亭》《蓝桥记》《王魁》《宿香亭张浩遇莺莺》等,均依据野史笔记或文言小说改编而成。第六,《快嘴李翠莲记》《张子房慕道记》《西湖

---

① 参看[美]韩南:《早期的中国短篇小说》《宋元白话小说:评近代系年法》,《韩南中国小说论集》,王秋桂等译,北京大学出版社 2008 年版,第 1—61 页;W. L. Idema, Storytelling and the Short Story in China, *Chinese Vernacular Fiction:the Formative Period*(Leiden, E. J. Brill, 1974), PP. 1—67. 尤其是 P. 3,P. 35.

② 梅维恒为考察变文的口述程度设计了一些复杂标准,见《唐代变文》,杨继东、陈引驰译,中国佛教文化出版有限公司 1999 年版,第 191 页。在执行过程中,它们的实用性和适用性都令人疑虑,要知道,现存宋元话本大都经过明人改易。

③ 周兆新:《"话本"释义》,《国学研究》第二卷,北京大学出版社 1994 年版,第 204—205 页。

三塔记》《花灯轿莲女成佛记》等，可能是依据陶真、诗话、杂剧、鼓子词、宝卷或其他曲种的唱本改编而成。

其次，对于宋元明通俗小说的分类，他主张取消鲁迅创立的话本与拟话本两分法，建议从各种不同角度，探索其他分类方法。作为尝试，他提出①：

> 比如按照宋元明通俗小说编写方法和作品性质的不同，大体上可以划分为四类。一类是刻印或加工刻印说书艺人的底本，一类以记录整理说书艺人口述的故事为主，一类是文人依据史书、野史笔记、文言小说或其它前人著作改编而成，一类是文人独立的创作。

第一段话启示我们，不能笼统说"话本是（或不是）说话人的底本"。第一种类型的话本，与说话人的底本没有本质差别。如果承认底本与读本之间存在交集，普实克所说的双重意图可能更符合实际。② 后面五种话本类型，就显然不是说话人的底本。第二段话意味着，中国通俗小说的发展，并不是截然分为"民间艺人说话底本阶段"和"文人模拟底本独立创作阶段"，而是呈现多头并进的局面。总的趋势当然是文人独立创作的比重逐渐加大，但加工说书底本、记录口述故事、改编前人著作等方式从来就没有完全退出历史舞台。中国白话小说的产生过程，看来要比我们想象的复杂得多。

第二节　元明讲唱与历史演义小说的生成

宋代说话家数众多，但对历史演义小说影响最大的是讲史和小说两家。从讲史到平话，可谓历史演义小说形成的主要线索。另一条线索则是从小说到词话。

1. 从讲史到平话

讲史一家，在两宋时期相当发达。北宋已有此科，而且还出现"说三分"

---

① 周兆新：《"话本"释义》，《国学研究》第二卷，北京大学出版社1994年版，第207页。

② 可以考虑韩南的这段话："敦煌材料的某些部分显然是为演出用的，有些还配合了图画展出。但也有些材料，从文本中的一些评注判断，并非为演出而是为阅读的。两种写作之间区别甚微。"《中国白话小说史》，尹慧珉译，浙江古籍出版社1989年版，第6页。胡士莹也说："这些话本，一旦被加工刻印，就都既是说话底本又是文学读物了。"《话本小说概论》，中华书局1980年版，第167页。

"五代史"这样专门的讲史题材。到了南宋,讲史成为仅次于小说的一家,这从诸书记载的各家说话人数量略约可以知道。①

发展到元代,讲史称为"平话"。"平"意谓只说不唱的"平说"。"平话"后来写作"评话",是因为说书行为是用言语进行的,后代就擅加了"言"旁②。平话首先是一种说话伎艺,其后借用来命名文本。③ 它在表演形式和讲述内容方面与宋代讲史完全一致:只说不唱,不伴音乐;演说历史故事。但从明代的一些记载来看,后来的平话似乎也可"唱"④,且内容有所扩大,宋代小说中的公案、朴刀、杆棒类题材,以及明初群英开国、三宝太监下西洋、平播州之乱等时事都进入了平话范围。⑤ 另外值得注意的是,说平话和图画联系紧密⑥,这让人想到它或许与变文有些渊源,也许还可以解释现存五种《全相平话》版式(上图下文,图画前后连续,描绘故事)的来源。⑦

现存平话作品主要有:(1)《全相平话》,包括《武王伐纣书》《乐毅图齐七国春秋后集》《秦并六国》《前汉书续集》《三国志》五种。这五种平话版式一致,都分三卷,系元至治建安虞氏刊行的一套平话丛书。据现存几种的书名

① 胡士莹据诸书记载统计,除去重复,小说艺人 58 人,讲史艺人 26 人,说经艺人 19 人。《话本小说概论》,中华书局 1980 年版,第 64—65 页。

② 吴小如:《释"平话"》,《古典小说漫稿》,上海古籍出版社 1982 年版,第 18—21 页。但叶德钧认为"评"是评论、批评的意思,元人写作"平话"是省笔画的简写。《戏曲小说丛考》,中华书局 2004 年版,第 659 页。

③ 伊维德对此有不同看法:"'平话'和'评话'一开始是两个不同的概念,仅在一段时间间隔之后才混为一谈。'评话'的意思一直没有变化,指说话门类里的那种全散文叙述的散漫故事。'平话'的意思则一直有所变化,最初指具有多数确定文本的一个'朴素的故事'或'民间故事',后来逐渐指用白话写成的故事,尤其是那些历史主题的故事。到了这个阶段,它就和'评话'一词合流了。" W. L. Idema, Some Remarks and Speculations Concerning P'ing-hua, *Chinese Vernacular Fiction:the Formative Period*(Leiden, E. J. Brill, 1974), P. 83.

④ [明]沈德符《万历野获编》卷五"武定侯进公"条云:"(勋)自撰开国通俗纪传,名《英烈传》者,内称其始祖郭英战功……令内官之职平话者,日唱演于上前,且谓此相传旧本。"中华书局 1959 年版,第 139—140 页。归有光《震川先生集·史记总评》说:"太史公但若热闹处就露出精神来了,如今人说平话者然;一拍手又说起,只管任意说去,如说平话者,有兴头处就歌唱起来。"转引自苏仲翔:《试论司马迁的散文风格》,《文学遗产增刊》四辑,作家出版社 1957 版,第 87 页。

⑤ 参看顾青:《说"平话"》,载中国社会科学院文学研究所中国古代小说研究中心编:《中国古代小说研究》第一辑,人民文学出版社 2005 年版,第 51—59 页。

⑥ 参看马欢《瀛涯胜览》"爪哇国"条,中华书局 1955 年版,第 15 页;巩珍《西洋番国志》"爪哇国"条,中华书局 1961 年版,第 10 页;俞樾《九九销夏录》卷十二"图说如平话体例"条,中华书局 1995 年版,第 141 页。

⑦ [美]梅维恒:《绘画与表演——中国的看图讲故事和它的印度起源》,王邦维、荣新江、钱文忠译,北京燕山出版社 2000 年版,第 4 页;《唐代变文》,杨继东、陈引驰译,中国佛教文化出版有限公司 1999 年版,第 223 页。

推测,这套丛书至少还有《七国春秋前集》《前汉书正集》两种或更多。① (2)
《新编五代史平话》,由《梁史平话》《唐史平话》《晋史平话》《汉史平话》《周史
平话》五种组成。每种各自独立,又各分上、下两卷。其中《梁史平话》《汉史
平话》缺下卷。据宁希元考证,这部书大致产生于金亡前后。② (3)《薛仁贵
征辽事略》,《永乐大典》卷五二四四"辽"字韵全文收入。书名称"事略",与
《三国志平话》的另一版本《三分事略》相同③,可见它也是一个节略本。赵
万里认为这部书出自宋元说话人手笔,并推测"此书写作时代当与《三国志
平话》写作时代相距不远"。④ (4)《大宋宣和遗事》,有两卷和四卷两个版本
系统,两卷本尾标题作"新话宣和遗事",四卷本尾题"新锓平话宣和遗事"。
学者一般认为它是宋人旧编,刊于元代而复有增益⑤。以下就这些平话的
内容、编写方式及其对后世通俗小说的影响略作介绍⑥。

《武王伐纣书》又名《吕望兴周》,讲述商亡周兴故事。关于这段史事,
《尚书》中《牧誓》《武成》两篇,《逸周书》以及《史记》的相关篇章都有所记载。
编写者以这些记载作为框架,发挥想象,往里面填充了大量的神怪故事,如
"纣王梦玉女授带""妖狐吸人魂魄""比干射九尾狐""雷震子出世"等情节,
无不光怪陆离,令人骇异。

《七国春秋后集》讲述齐、燕争战故事。全书前半部分的乐毅伐齐故事
大致有若干史迹可寻,如"燕国筑黄金台招贤""乐毅破齐""田单火牛阵破燕
兵"诸节内容采自《史记·燕召公世家》。开头有些段落明显抄自《孟子》,譬
如《孟子至齐》《孙子回朝》两节照抄《孟子·梁惠王》篇。后半部分的孙膑破
燕故事则完全脱离史实,大讲孙、乐斗阵,以及鬼谷子大破黄伯杨摆下的迷
魂阵。这种神仙斗法情节大概出自民间传说,后世神魔、演义小说屡屡叙
及。该书最后的"立庙封神",对《封神演义》有明显的影响。

①　郑振铎:《论元刊全相平话五种》,《郑振铎古典文学论文集》,上海古籍出版社 1984 年版,第
　　407—408 页。

②　宁希元:《〈五代史平话〉为金人所作考》,《文献》1989 年第 1 期。

③　关于《三国志平话》和《三分事略》的关系,参看刘世德:《谈〈三分事略〉:它和〈三国志平话〉的异
　　同和先后》,《文学遗产》1984 年第 4 期;陈翔华:《小说史上又一部讲史平话〈三分事略〉》,《文
　　献》第十二辑。

④　赵万里:《薛仁贵征辽事略·后记》,古典文学出版社 1957 年版。

⑤　参看鲁迅:《鲁迅全集》第九卷,人民文学出版社 1981 年版,第 122 页;胡士莹:《话本小说概论》,
　　中华书局 1980 年版,第 714 页。

⑥　据《朴通事谚解》所记,元代尚有《西游记平话》和《赵太祖飞龙记平话》。一般认为,《永乐大典》
　　所收"梦斩泾河龙"一节文字可能源于前者,后者内容保存在《南宋志传》中。两书均佚,下文不
　　拟介绍。

《秦并六国》又名《秦始皇传》,讲述秦王政扫灭六国、一统天下,以及刘、项亡秦故事。全书主要参考《史记》《资治通鉴》等史书,所谓"闲将《史记》细铺陈""秦并六代不能鉴,且使来今复鉴秦"①,已明白道出这层意思。书中故事与史书完全一致,很多情节段落径引《史记》等书原文而不加增饰,甚至全文照录李斯《谏逐客疏》这样一篇长文以充篇幅。编写者抄录史书时见错误,描述战争场面则反复使用套语,又频繁插入诗、赋、书、表,可见文化水平之有限和编写技巧之低劣。这部平话作品基本上没有吸收民间艺人的口头创作,而是直接依据史书改编而成。具体来说,"'秦并六国'部分借用《资治通鉴》的史事框架,填补进平话的套语作为具体描写;'豪杰亡秦'部分则直接抄写或转述史书内容,穿插咏史诗等等"②。后世历史演义小说写到两将斗阵时,大多沿袭这部平话的描写套路。

《前汉书续集》又名《吕后斩韩信》,以斩韩信事件为中心,讲述吕后专权、汉室复兴故事。全书大体忠实《汉书》,文字上有所扩充、改写,并不一味照抄原文。书中也有不少虚构、捏合之词。譬如彭越肉化作螃蟹,吕胥的儿子樊亢助刘反吕,亲手杀死母亲和吕家三千口家属,孙安等六将起兵为韩信复仇,射吕后不中而自刎,这些情节恐怕都是源于民间。至于吕后设宴、樊亢监宴、诸臣联诗、斩杀吕超等内容,是把朱虚侯刘章的事迹捏合到樊亢的身上③。后来的《西汉演义》袭取了这部平话的绝大多数故事情节。④

《三国志平话》所据史书是《三国志》,但包含许多源于民间口头创作的荒诞新奇的情节。譬如全书开头交代"三分"来由的司马仲相断狱故事,是民间流传已久的半日阎王传说⑤。结尾提到汉帝外孙刘渊灭晋建汉,为刘氏报仇,多半是在民间拥刘观念影响下虚构出来的解释。其他诸如孙学究得天书、刘关张落草太行山、张飞在古城称无姓大王、张飞在长坂坡喝断桥梁等内容,同样应是充分吸取民间"说三分"素材的结果。五种《全相平话》中,《三国志平话》篇幅最长,但它的叙述仍嫌简略。许多故事几句话带过,像是故事梗概(如张飞捽袁襄),一些人物来去突兀,多半因其故事被删所致

① 钟兆华:《元刊全相平话五种校注》,巴蜀书社 1989 年版,第 176 页。
② 卢世华:《元刊平话是说话人的底本吗?——以〈秦并六国平话〉的成书为例》,载中国社会科学院文学研究所中国古代小说研究中心编:《中国古代小说研究》第二辑,人民文学出版社 2006 年版,第 42—53 页。引文见第 49 页。
③ 程毅中:《宋元小说研究》,江苏古籍出版社 1998 年版,第 273 页。
④ 参看赵景深:《〈前汉书平话续集〉与〈西汉演义〉》,《中国小说丛考》,齐鲁书社 1980 年版,第 110—119 页。
⑤ 参看柳存仁:《伦敦所见中国小说书目提要》,书目文献出版社 1982 年版,第 103—109 页。

（最典型的是关索，全书关于他的内容只有"关索诈败"四字）。有学者认为，《三国志平话》在编写时经过大幅度的删削，当是"说三分"的一个简本。① 考虑到宋元"说三分"的流行②，以及《三国志平话》和《三分事略》的关系，这一说法是站得住脚的。这部平话被视为《三国志通俗演义》的雏形，是由史实、民间传说过渡到《三国志通俗演义》的一座重要桥梁。

《全相平话》作者大概不止一人，所以五部作品旨趣大异，"或近于历史，或多无稽的传说，或杂神怪的奇谈"③。而《新编五代史平话》显然出于一手，五种作品虽各自独立，其取材和编写却有内在的一致。简单来说，每种平话上卷讲述开国皇帝的出身、经历和发迹，取材偏重民间传说；下卷则写帝位继任者因耽于淫乐而亡国，基本上依据《资治通鉴》等史籍。全书叙事整体上近于史实，书面语言较多，采自民间的传说故事亦复不少。如《梁史平话》所述黄巢起义一段，民间传奇色彩颇浓，《汉史平话》中的刘知远入赘和迎接李三娘等情节，更是广为人知的传说。这部作品（尤其是《晋史平话》和《周史平话》）成为《南宋志传》的主要素材来源之一④，《梁史平话》里的刘文政因刀杀人故事对《水浒传》可能也产生过一定的影响⑤。

《薛仁贵征辽事略》以唐太宗时期的辽东战争为背景，叙述平民英雄薛仁贵立功业和受压制的故事。这个故事与历史记载有较多出入，如张士贵并无冒功受罚之事，三箭定天山本于薛仁贵击九姓突厥事，与唐太宗征辽一事无涉。编写者基本上是凭借一点历史由头，自由生发、捏合，但又不像《武王伐纣书》那样走入神怪一途。全书围绕一位英雄人物的命运展开冲突，突出英雄的非凡力量和优良品质。这一写法对后世历史演义小说的创作当有所启发。

《大宋宣和遗事》叙述北宋徽、钦二帝北狩前后的事迹。全书分为十节⑥，系抄撮各类著作而成。据汪仲贤考证，这些著作计有：《续宋编年资治通鉴》《九朝编年备要》《钱塘遗事》《宾退录》《建炎中兴记》《皇朝大事记讲

① 程毅中：《宋元小说研究》，江苏古籍出版社 1998 年版，第 279—284 页。

② 元人王沂《虎牢关》有句云："君不见三分书里说虎牢，曾使战骨如山高"，"回首三分书里事，区区缚虎笑刘郎"。引自朱一玄、刘毓忱编：《三国演义资料汇编》，南开大学出版社 2003 年版，第 148 页。

③ 郑振铎：《论刊全相平话五种》《郑振铎古典文学论文集》，上海古籍出版社 1984 年版，第 421 页。

④ 参看戴不凡：《〈五代史平话〉的部分阙文》，《小说见闻录》，浙江人民出版社 1980 年版，第 68—89 页；W. L. Idema, Some Remarks and Speculations Concerning P'ing-hua, *Chinese Vernacular Fiction: the Formative Period* (Leiden, E. J. Brill, 1974), P. 109.

⑤ 参看侯会：《〈水浒〉源流新证》，华文出版社 2002 年版，第 236—237 页。

⑥ 参看鲁迅：《鲁迅全集》第九卷，人民文学出版社 1981 年版，第 122—125 页。

义》《南烬纪闻》《窃愤录》《窃愤续录》和《林灵素传》。① 编者没有对这些来源不一的材料进行整理,结果只能如鲁迅所说:"节录成书,未加融会,故先后文体,致为参差,灼然可见"②。书中叙宋江三十六人故事的一节是《水浒传》的雏形,向来受到研究者重视。

由以上介绍可知,平话不仅为后世历史演义小说准备了故事素材,也为后者提供了编写范式,是生成历史演义小说不可或缺的一个环节。

伊维德认为,元代普遍流行历史著作的节略版本,平话是其中最简易的一种变体。它和历史书的密切关系可由三个事实加以确认:(1)平话标题中的"遗事"模仿了《开元天宝遗事》,"事略"则是对《国朝名臣事略》(建安虞氏刊于 1335 年的一部通俗历史著作)的呼应,《前汉书》《三国志》本身就是两部历史著作的书名。(2)平话在材料组织方面遵循传统历史书写模式,《五代史平话》《秦并六国》和《前汉书续集》尤其明显。(3)平话在《永乐大典》中被收入"杂史"类,《薛仁贵征辽事略》最早著录于《文渊阁书目》卷六"杂史"类。伊氏进一步推测说,作为一种通俗的教育和道德读物,平话(或至少是其中的一些)是元朝宫廷里的汉族官员写的,目的是向皇帝和贵族提出告诫。现在已知的平话本子可能是面向富人和社会上有限的文化阶层。将平话当作一门口头表演艺术,进而去解释由平话演变而成的后世小说的特征,这一做法是不恰当的。③ 伊维德的推测允当与否或可商榷,他列举的例证无疑能证实平话和历史书的联系,从而为我们的上述看法提供有力佐证。

2. 从小说到词话

宋代小说又名银字儿,孙楷第解释说:"说话第一类之小说,既以银字儿命名,必与音乐有关。大概说唱时以银字管和之。"④叶德均据此将宋代小说归为乐曲系讲唱文学⑤,很有见地。

词话属诗赞系讲唱文学,"词"是"唱词"的意思,以七字句为主,有时也

① 参看汪仲贤:《宣和遗事考证》,《小说月报》第十七卷号外,1928 年。
② 鲁迅:《鲁迅全集》第九卷,人民文学出版社 1981 年版,第 122 页。
③ W. L. Idema, Some Remarks and Speculations Concerning P'ing-hua, *Chinese Vernacular Fiction:the Formative Period*(Leiden,E. J. Brill,1974),PP. 91—97.
④ 孙楷第:《宋朝说话人的家数问题》,《沧州集》,中华书局 1965 年版,第 87 页。
⑤ 叶德均将讲唱文学分为乐曲系和诗赞系两大类:前者采用乐曲作为歌唱部分的韵文,包括宋代小说、诸宫调、叙事鼓子词、覆赚、叙事道情、货郎儿、叙事莲花落、牌子曲等。后者韵文用诗赞体,包括陶真、词话、弹词、鼓词等。参看《戏曲小说丛考》,中华书局 2004 年版,第 626—631 页。

有"攒十字"小段。"词话"这个名称始见于元代①,其体则久已有之。它直接源于唐五代词文,在宋代则为涯词、陶真。西湖老人《繁胜录》记临安瓦舍伎艺有云:"唱涯词只引子弟,听陶真尽是村人。"②"涯词"和"陶真"对举,说明二者形式相似。明郎瑛说:"闾阎淘真之本之起,亦曰:'太祖太宗真宗帝,四祖仁宗有道君。'"③"太祖太宗真宗帝,四祖仁宗有道君"一句屡见于明成化刊刻的说唱词话,多数学者据此认为陶真、涯词和词话指同一事物,它们只在声腔、语音上有所差异。④

同为讲唱文学,元明词话与宋代小说也不能完全绝缘。原名《六十家小说》的《清平山堂话本》收入《快嘴李翠莲记》这篇词话,钱希言和钱曾都将宋人小说当作词话⑤,可资为证。故而叶德均指出双方必有传承⑥:

> 宋代讲唱的小说发展到元明词话阶段时,已有下列的种种变化:在篇幅上是由短篇发展为长篇;题材是由一人一事的故事进展到讲史的范围;在文体上是把一部分散说的讲史韵文化,又把讲唱的小说散文化,而唱词由于词调已经不能歌唱就改用通俗的诗赞。

所谓"把讲唱的小说散文化",这在"三言"中尚有痕迹可寻。《喻世明言·李秀卿义结黄贞女》有句云:"有好事者,将此事编成唱本说唱,其名曰《贩香记》。"(28/455)可见它是根据《贩香记》词话改编。《警世通言·苏知县罗衫再合》由《苏知县报冤》唱本改编,该篇结尾说:"至今闾里中传说苏知县报冤唱本。"(11/161)另据韩南考证,《醒世恒言·李道人独步云门》是根

---

① [元]完颜纳丹《大元通制条格》卷二十七"搬词"条:"除系籍正式乐人外,其余农民、市户、良家子弟,若有不务本业,习学散乐、般唱词话,并行禁约。"台湾华文书局股份有限公司 1970 年版,第 720—721 页。这是迄今所知"词话"一名的最早记载。

② [宋]西湖老人:《繁胜录》,涵芬楼秘笈本,北京图书馆出版社 2000 年版,第 30 页。

③ [明]郎瑛:《七修类稿》卷二十二,上海书店出版社 2001 年版,第 229 页。

④ 参看叶德均:《戏曲小说丛考》,中华书局 2004 年版,第 657 页;汪庆正:《记文学、戏曲和版画史上的一次重要发现》,《文物》1973 年第 11 期,第 58—67 页;泽田瑞穗:《四帝仁宗有道君——论明朝说唱词话的开场套语》,王秋桂编《中国文学论著译丛》,台湾学生书局 1985 年版,第 977—989 页;李时人:《"词话"新证》,《文学遗产》1986 年第 1 期,第 72—78 页;王兆乾:《池州傩戏与成化本〈说唱词话〉——兼论肉傀儡》(原题"州"误作"洲",径改,下同),《中华戏曲》第六辑,第 135—164 页。

⑤ 参看钱希言:《狯园》卷十二"二郎神"条,续修四库全书本;钱曾:《也是园书目》卷十"宋人词话",[清]瞿凤起编《虞山钱遵王藏书目录汇编》,古典文学出版社 1958 年版。

⑥ 叶德均:《戏曲小说丛考》,中华书局 2004 年版,第 660 页。

据说唱作品《云门传》改写的。① 田汝成《西湖游览志余》卷二十说②：

> 杭州男女瞽者，多学琵琶，唱古今小说、平话，以觅衣食，谓之陶
> 真……若红莲、柳翠、济颠、雷峰塔、双鱼扇坠等记，皆杭州异事，或近世
> 所拟作者也。

上列五种"近世所拟作"自是瞽者的说唱本子，这表明《五戒禅师私红
莲》(见《古今小说》和《清平山堂话本》)、《月明和尚度翠柳》(见《古今小
说》)、《白娘子永镇雷峰塔》(见《警世通言》)、《孔淑芳双鱼扇坠传》(见《熊龙
峰四种小说》)也可能是由这类说唱本子改编而成的。至于唱平话"谓之陶
真"，以及徐渭所说的"村瞎子习极俚小说""为弹唱词话"③，大概就是指"把
一部分散说的讲史韵文化"的情况。

1967 年，上海嘉定县城东公社社员在明代宣姓墓中发现十六种说唱词
话④和一种南戏《新编刘知远还乡白兔记》。前者内容涉及讲史、公案和传
奇灵怪，不出宋代小说一家的题材范围⑤，可见"唱古今小说""谓之陶真"的
说法有其根据。这批说唱词话是现存最早的诗赞系说唱文学刻本，由永顺
书堂刊于明成化七至十四年间(1471—1478)，但"有数种应为元代或明初刻
本"，《张文贵传》则可能是另一书坊刻印。⑥ 对于永顺书堂，我们所知很少，
甚至不能确定它是位于北京，还是位于建阳⑦。

---

① ［美］韩南：《〈云门传〉：从说唱到短篇小说》，《韩南中国小说论集》，王秋桂等译，北京大学出版
　　社 2008 年版，第 102—114 页。
② ［明］田汝成：《西湖游览志余》，上海古籍出版社 1998 年版，第 298—299 页。
③ ［明］徐渭：《徐文长逸稿》卷四《吕布宅有序》，《徐渭集》，中华书局 1983 年版，第 785 页。
④ 详目如下：《新编全相说唱足本花关索出身传》《新编全相说唱足本花关索认父传》《新编足本花
　　关索下西川传》《新编全相说唱足本花关索贬云南传》《新编全相说唱石郎驸马传》《新刊全相唐
　　薛仁贵跨海征辽故事》《新刊全相说唱包待制出身传》《新刊全相说唱包龙图陈州粜米记》《新刊
　　全相说唱足本仁宗认母传》《新编说唱包龙图公案断歪乌盆传》《新刊说唱包龙图断曹国舅公案
　　传》《新刊全相说唱张文贵传》《新编说唱包龙图断白虎精传》《全相说唱师官受妻刘都赛上元十
　　五夜看灯传》(下卷题作"全相说唱包龙图断赵皇亲孙文仪公案传")、《新刊全相莺哥孝义传》
　　《新刊全相说唱开宗义富贵孝义传》。它们的内容简介，参看胡士莹：《话本小说概论》，中华书
　　局 1980 年版，第 382—391 页。
⑤ 小说也有讲史内容，《都城纪胜》谓"最畏小说人，盖小说者能以一朝一代故事，顷刻间提破"
　　可证。
⑥ 周启付：《谈明成化刊本"说唱词话"》，《文学遗产》1982 年第 2 期，第 120—127 页。引文见第
　　121 页。
⑦ 王秋桂：《〈四帝仁宗有道君〉校后记》，王秋桂编：《中国文学论著译丛》，台湾学生书局 1985 年
　　版，第 990—992 页。

　　词话本子是模拟说唱词话表演的文本，主要是供那些对说唱词话表演很感兴趣的半文盲观众和上层阶级妇女阅读或大声唱诵。编写者尽量让他的作品与说唱词话表演具有高度相似性，但这些作品在多大程度上反映了真正的口头文学？就像难以确定变文、话本或平话口述性的标准一样，这个问题也难有定论。然而毫无疑问，词话基本上由有固定用词格式的联韵诗组成，这使它相对变文、话本或平话而言能够保留更多的口头表演素材和修辞。① 从这批说唱词话的语言和思想来看，词话的确比变文、话本或平话更接近民间口头文学。

　　语言方面，成化刊本说唱词话有三点值得注意。一是方言口语的使用。汪庆正（1931—2005）指出成化刊本说唱词话含有大量南方土音的字句②。王兆乾（1928—2006）也注意到这批作品有湖广方言，譬如《陈州粜米记》"短截街前无人过"（2/a）之"短截"，是湖广语言，"抢劫"的意思；《花关索出身传》"映做花关索一人"（4/a）一句中的"映"字，喊、叫的意思，属湖北方言。③ 日本学者古屋昭弘（Furuya Akihiro，1954—　　）细致考察了《花关索传》同音假借字所流露出来的语音特点，论证这部作品使用的是吴方言。④词话中也不乏"咡（颐）耐""则个""唱喏"等元明时代的口语。二是书写方面存在大量笔画简化、同音假借现象，俗写字、错别字也比比皆是。例如"胭脂"作"因旨"，"鲍"作"包"，"铜锣"作"同罗"，"歌"作"哥"；"犹"作"由"或"尤"，"舅舅"作"旧旧"，"做"作"佐"，借"丹"通"端"，借"臣"通"绳"，借"旋"通"渐"；"恶"写作"悪"或"惡"，"怪"写作"恠"；"难"误作"惟"，"瞻"误作"膽"，"时"误作"付"，等等。⑤ 杨慎（1488—1559）批评举业之陋："曾见考官程文，引制氏论乐，而以'制氏'为'致仕'。士子墨卷引《汉书》'先其算命'而作'先算其命'，转相差讹，殆同无目人说词话。"可见词话这一特征给杨慎留下了深刻印象，所以他才信手拈来作为类比。⑥ 三是押韵形式简单，基本是隔句韵，通常一韵到底。用韵不避同字，甚至连续几个韵脚用同一个字，完全是用口语押韵。押韵也不避俚俗。元好问《遗山先生文集》卷三十六《杨叔能小亨集引》

① Anne E. McLaren, *Chinese Popular Culture and Ming Chantefables*, ChapterⅡ Chantefables, Publishers and Readers(Brill, Leiden. Boston. Köln, 1998)，尤其是 P.37、P.52.
② 汪庆正：《记文学、戏曲和版画史上的一次重要发现》，《文物》1973 年第 11 期，第 59 页。
③ 王兆乾：《池州傩戏与成化本〈说唱词话〉——兼论肉傀儡》，《中华戏曲》第六辑，第 142、162 页。
④ ［日］古屋昭弘：《说唱词话〈花關索傳〉と明代の方言》，《花關索傳の研究》，汲古书院 1989 年版，第 326—348 页。
⑤ 所举实例，主要采自《花關索傳の研究・校注篇》，汲古书院 1989 年版。
⑥ ［清］张怡：《玉光剑气集》卷十九，中华书局 2006 年版，第 721 页。

论作诗禁忌俚俗,举例说:"无为琵琶娘'人''魂'韵词,无为村夫子兔园策。"①按诗韵"人"属"真"韵,"魂"属"元"韵,但《中原音韵》中"人""魂"同属"真文"。在文人学士眼里,这是不能混押的两个韵部。成化刊本说唱词话却有十五种用的是同一韵部,以《中原音韵》论,当是以"真文"部为主,正好"人""魂"相叶。② 方言(包括词句和语音)口语的大量使用,错别字和俗写字的频繁出现,不避俚俗的押韵,这一切表明说唱词话和民间口头文学的密切关联。前引"听陶真尽是村人""村瞎子习极俚小说""为弹唱词话"也足以为证。

说唱词话的读者虽包括上层阶级妇女,在思想方面却明显流露出民间社会的价值观念。譬如《开宗义富贵孝义传》强调基于血缘的家族团结,这种团结可以带来财富,可以抗拒任何外来压力,包括最高统治者的强取豪夺。作品对明孝文帝的贪婪无道不无抨击之意。类似的对皇帝的指责,《薛仁贵跨海征辽故事》借葛苏文之口说唐太宗"颇耐唐天子,贪财世不休,杀兄在前殿,囚父后宫愁"(2/a),《仁宗认母传》中包公直斥仁宗为"草头王""不知亲生之母"(8/b),《曹国舅公案传》中包公拒绝皇帝的求情:"君王倒来和劝我,笑杀军民百姓人"(40/a—40/b)。又如《花关索传》开头讲述刘、关、张三人结义,关羽、张飞互杀全家老小以绝回心。这种不合常情的血腥描写,是过分渲染民间底层所谓义气的结果。③《花关索认父传》有词唱道:"关索心下怒生嗔:'看你今朝那里去,如何不忍(认)自家人?好生今日忍儿子,做个遮枪付剑人。若是言声言不忍,模山落草做强人。投了六(大)国曹臣相,领起干戈动战争。米(来)打兴刘铁脚寨,拿捉官员五虎人。'"(6/a)活脱脱是儿子威胁老子,自然也是不为"正统思想"所认同的民间观念。再如《石郎驸马传》将朝政兴替归结为姑嫂相争:"只为姑嫂争八拜,一国山河换主人。"(25/a)这是民间理解历史和政治的方式:把陌生的国家大事转换成熟悉的家长里短来把握。《石郎驸马传》一再强调"妻贤夫祸少"(25/b),《曹国舅公案传》引述"妇人之言,切不可听"这句"古人云"(15/a),《开宗义富贵孝义传》宣称"丈夫不曾听妻说,是非个个不曾听"(2/b—3/a)是开家"孝顺""长远"的原因之一,这些观念也可以说是普通百姓从生活中得出的经验之谈。另外,对公正和正义的渴求(包公故事),对英雄武力的崇拜(花关索、薛仁贵

---

① ［金］元好问:《遗山先生文集》,四部丛刊初编本,第 496 页。

② 李时人:《"词话"新证》,《文学遗产》1986 年第 1 期,第 75 页。

③ 《水浒传》对兄弟义气的渲染也不遗余力,譬如林冲的投名状,石秀的杀嫂,多少带有这种血腥味道。

甚至包括葛苏文），对孝义的赞扬（莺哥），词话中这一系列的观念无不带有浓郁的民间色彩。

说唱词话之所以具有这样的语言和思想，又与它深深扎根于乡村社会息息相关。这一点，从元朝颁布禁止民间搬演词话的数道诏令中可以得到证明。《元典章》五十七卷刑部十九《禁散乐词传》：

> 至元十一年十一月二十六日中书兵刑部承奉中书省札付，据大司农司呈，河北河南道巡行劝农官申：顺天路東鹿县头店，见人家内自搬词传，动乐饮酒，为此本县官司取讫社长田秀井、田拗驴等，各人招伏，不合纵令侄男等攒钱置面戏等物。量情断罪外，本司看详，除系籍正色乐人外，其余农民市户、良家子弟，若不务正业，学习散乐、搬说词话人等，并行禁约。

《元典章》刑部十：

> 夜间聚众唱词者，祈神赛社者，立集场者，罪加一等。

《元典章》五十七卷刑部十九《杂禁》：

> 农民、市户、良家子弟，若有不务本业，学习散乐、般说词话人等，并行禁约。在都唱琵琶、词货郎儿人等，聚集人众，充塞街市，男女相混，不唯引惹斗讼，又恐别生事端。

《元史·刑法志四》"禁令条"[①]：

> 诸民间子弟，不务生业，辄于城市坊镇，演唱词话，教习杂戏，聚众淫谑，并禁治之。

上引材料说明：第一，搬演词话的人包括农民、市户、良家子弟，场所在乡村集市和城市坊镇。第二，搬演词话和民间迎神赛会活动有关。第三，"搬唱词话""演唱词话"表明词话和戏曲渊源颇近。结合"攒钱置面戏等物"

---

① [明]宋濂等：《元史》卷一百五，中华书局1976年版，第2685页。

来看,这里最可能是指假面扮演的乡村傩戏,而词话可能是它的歌词。① 王兆乾对安徽池州傩戏和成化刊本《说唱词话》之间渊源的研究②,金文京对《花关索传》和池州傩戏、云南关索戏之传承关系的论述③,都能证明这一点。对此,我们还可以考虑日本学者田仲一成(Tanaka Issei,1932—　)的观点。

　　田仲一成认为,中国早期戏剧由乡村祭礼仪式转化而来。中国乡村最原始的祭祀是"社祭",分为两种:一是春天向社神祈福的"春祈",伴随着召唤傩神驱邪逐疫的攘灾礼仪;一是秋天感谢社神的"秋报",伴随着镇抚孤魂野鬼的镇魂礼仪。随着宗教、巫术色彩的逐渐消退,社祭礼仪由三条途径向技艺和戏剧转化:通过巫师的依托(诸神"附体"于巫)演出向庆祝剧转化;通过农民的傩神武技向角抵戏、武戏转化;通过僧侣、道士的降伏礼仪向悲剧转化。④ 这一系列转化的契机在于,宋代农村市场圈的发达,促使村落旧的社祭活动向以集市为中心的新的"迎神赛会"方向发展。当迎神赛会这种新的"社会"祭礼取代社祭时,祭礼的文艺化也就完成了,并进一步发展为戏剧。具体来说,从巡游礼仪中产生了杂技文艺,从神诞祭礼的神、巫对舞和对唱表演中产生了参军戏、"院本"(爨体)等庆贺戏,从建醮祭礼中产生了镇抚英灵的悲剧和镇抚冤魂的审判剧。⑤ 这些构成乡村祭祀活动一部分的戏剧演出,田仲一成称之为"祭祀戏剧"。词话的搬演者身份和搬演场所,词话和迎神赛会、戏曲的渊源,似乎都可以从田仲一成重构中国戏剧史的尝试中找到答案。简单来说,词话可能经历了与乡村祭祀戏剧相同的孕育过程,双方都源于祭祀礼仪,且在很长一段时期内共同生长。这可以解释词话与傩戏何以关系尤为密切。乡村的傩神武技在"表演故事的时候,歌唱者演唱七言连缀的所谓诗赞体词曲","是一种歌唱者只管歌唱,表演者只管表演的属于分演形态的东西"。⑥ 但当它向戏剧方向发展时,表演者开始担任歌唱任

---

① 金文京推测"搬唱词话"是演出由词话转变过来的诗赞系戏曲,参看《诗赞系戏曲考——中国戏曲史的两大潮流》,林徐典编:《汉学研究之回顾与前瞻》上册,中华书局1995年版,第202—208页。

② 参看王兆乾:《池州傩戏与成化本〈说唱词话〉——兼论肉傀儡》,《中华戏曲》第六辑,第135—164页。

③ 金文京:《花関索傳の研究・解説篇》,汲古书院1989年版,第72—78页。金文京推测《花关索传》中鬼头、鬼面、铁头、金睛兽等称号,原意应指傩戏演员戴的假面具,这是很有说服力的见解,见该书第75页。

④ 参看[日]田仲一成:《中国戏剧史》第一章,云贵彬、于允译,北京广播学院出版社2002年版。

⑤ 参看[日]田仲一成《中国祭祀戏剧研究》一书,尤其是绪论和结语部分,布和译,北京大学出版社2008年版。

⑥ [日]田仲一成:《中国戏剧史》,云贵彬、于允译,北京广播学院出版社2002年版,第78页。

务,讲述体转化为代言体,原来的歌唱者就可能脱离出来,独立演唱诗赞体词曲。这也可以解释元杂剧中何以有大量的诗赞体唱词。按照田仲一成的看法,不同题材的元杂剧源于不同场合的祭祀(乡村、宗族、市场),因而也就是源于不同形态的傩戏(乡傩、堂傩、市傩)。① 这样的话,与其说杂剧由词话蜕变而来②,倒不如将元杂剧中的诗赞体唱词理解为傩戏诗赞体词曲的遗留物。

综上,诚如马兰安所说:"明代词话继承了来自两方面的特征:一是在都市娱乐场所表演的职业说话人;一是由乡村居民表演的作为仪式一部分的戏剧。"③前者是词话和平话共有的特征,后者则使词话与平话有了更重要的区别。平话虽也汲取民间口头素材,但它说到底是与通俗历史书联系在一起的。"史"的书写传统保证了它"雅"的文化品格(至少具备趋向"雅"的潜力),因而易于为后来那些染指通俗小说创作的文人所接受。词话与乡村祭祀戏的历史渊源,使它天然烙上了俚俗鄙陋的"俗"的文化底色。它宜于在乡村表演,而很难获得文人的欣赏。文学上的雅俗之分是一个普遍现象,它有时间性——今日之俗文学可能成为明日之雅文学,同时也有层次性——诗文是雅,曲稗为俗,这是一个层次的划分;诗包括文人诗和民间诗,曲分为乐曲系和诗赞系④,通俗小说自然也有"文""野"之别,这是更细层次的划分。追根究底,历史演义小说的两歧现象也可以从两个层面理解:一方面,这是偏重历史和趋向小说之间的不同选择;另一方面,这是从讲史到平话、从小说到词话这两条线索发展的必然结果。作为历史演义小说"二型"的杰构,《三国演义》和《水浒传》的成书及其版本演变在这个问题上无疑具有范型意义。

3.《三国演义》与《水浒传》

两部杰构都属世代累积型长篇通俗小说,都经历了从历史到传说(包括民间口头传说和文人的野史笔记),再到小说的成书过程。两书存在诸多关

---

① 参看[日]田仲一成:《中国戏剧史》第三、四章,云贵彬、于允译,北京广播学院出版社 2002 年版。

② 叶德均注意到元杂剧有大量诗赞体唱词的现象,他认为这与一般的借用不同,应是元杂剧由词话蜕变而来的证据。参看《戏曲小说丛考》,中华书局 2004 年版,第 661—665 页。

③ Anne E. McLaren, *Chinese Popular Culture and Ming Chante fables* (Brill, Leiden. Boston. Köln, 1998), P. 94.

④ 参看金文京:《诗赞系戏曲考——中国戏曲史的两大潮流》,林徐典编:《汉学研究之回顾与前瞻》上册,中华书局 1995 年版,第 202—208 页。

联①,这在情理之中。不过由于两书所据历史记载的多寡详略不同,历史和传说所占比重有别,加上在写定刊行过程中,无数知名或不知名的文人和出版商人都会对它们进行不同程度的增改删削,因此两书面貌迥异。套用流行的说法,《三国演义》是"七实三虚",《水浒传》则是"三实七虚"。

《三国演义》的取材来源主要有两个:《三国志》等史书和民间口头创作。这里所谓的"民间口头创作",包括《三国志平话》、元杂剧中的三国戏,以及民间艺人的"说三分"。② 采取这种取材渠道,正是对平话的仿效,但《三国演义》在编写手法上更见高明。平话往往将两种不同来源的材料任意拼凑在一起,缺乏精心的结撰。《三国演义》"引用史籍,大抵以《通鉴》为主,而范、陈二家之书以及裴注也确曾参改。镕俗说史实于一书,而骤观之亦无不调合之弊,其经营组织有足多者"③。

现存最早的《三国演义》嘉靖刊本共二十四卷,分二百四十节,各节标题为七言单句,卷端书题"晋平阳侯陈寿史传,后学罗本贯中编次"。"后学"大概是针对作史传之陈寿而言,可见编次者踵武史传的意图。书首金华蒋大器署名庸愚子的弘治甲寅(1494)序云:"前代尝以野史作为评话,令瞽者演说,其间言辞鄙谬,又失之于野。士君子多厌之。若东原罗贯中,以平阳陈寿《传》,考诸国史,自汉灵帝中平元年,终于晋太康元年之事,留心损益,目之曰《三国志通俗演义》。文不甚深,言不甚俗,事纪其实,亦庶几乎史。"④这段话表明,罗贯中不满评话的"言辞鄙谬,又失之于野",于是"考诸国史","留心损益",编写了一部"庶几乎史"的《三国志通俗演义》。该序又云:"书成,士君子之好事者,争相誊录,以便观览。"⑤"书成"指罗氏编次的本子,当时是以抄本流传。嘉靖壬午(1522)关中张尚德署名修髯子撰写的《三国志通俗演义引》说:"客仰而大噱曰……(此书)简帙浩瀚,善本甚艰,请寿诸梓,公之四方,可乎? 余不揣谫劣,原作者之意,缀俚语四十韵于卷端。"⑥这个嘉靖刊本的问世距罗氏原本"书成"大约有一百多年时间,其间是抄本流传阶段。可以想象,经过辗转抄录,嘉靖刊本不可能完全等同罗氏原本。但双

① 参看侯会:《〈水浒〉源流新证》,华文出版社 2002 年版,第 212—227 页。
② 周兆新:《从"说三分"到〈三国演义〉》,《三国演义考评》,北京大学出版社 1990 年版,第 38—54 页。
③ 孙楷第:《三国志平话与三国志传通俗演义》,《沧州集》,中华书局 1965 年版,第 115 页。
④ [明]庸愚子:《三国志通俗演义序》,引自丁锡根:《中国历代小说序跋集》,人民文学出版社 1996 年版,第 887 页。
⑤ [明]庸愚子:《三国志通俗演义序》,引自丁锡根:《中国历代小说序跋集》,人民文学出版社 1996 年版,第 887 页。
⑥ [明]修髯子:《三国志通俗演义引》,引自丁锡根:《中国历代小说序跋集》,人民文学出版社 1996 年版,第 888—889 页。

方努力靠拢史实的倾向是一致的,这一点,只要将嘉靖刊本《三国演义》和《三国志平话》对照一番就看得很清楚。譬如小说删去平话中太过荒诞不经的内容,增加了许多历史上的真实事实,广泛搜罗"史官""宋贤""胡曾"等诗词以及表章奏疏,又附入当时名家诗赞(卷二十一《孔明秋风五丈原》引用景泰五年进士尹直的《名相赞》),依据《十七史详节》插入《论》《赞》《评》,等等。①这些改动有出自罗贯中之手的,也有后来抄录者和刊刻者的手笔。目的无非是将三国题材向史实化方向推进,以便于"士君子""观览"。

相对于《三国志平话》来说,嘉靖刊本《三国演义》可以说是向史实靠拢的一大步。这个史实化进程,在后来的诸多刊本中有所加强。按照上田望的描述②,万历前期刊于南京、杭州的周曰校本、夷白堂本等本子,添加注释和音注,增补周静轩的咏史诗,引用更多的历史书片断③,力图将小说内容改造得更接近历史。万历中期以后,由于文人对小说的看法有所改变,尤其是在李贽的巨大影响之下,苏州地区涌现一批托名李卓吾、钟伯敬、李笠翁批评的刊本,包括吴观明本、绿荫堂本、藜光楼本、宝翰楼本、钟伯敬本、芥子园本等。这些吴本以评点为号召,并附刻精美插图,在版刻形式上力求雅化,因而风靡一时。建阳书坊也加以仿效,如种德堂本、朱鼎臣本、雄飞馆本均附有李卓吾的序或评点。清初,毛纶、毛宗岗父子从如下方面改订《三国演义》:(1)改正冗长不通的词句和参差不对的回目;(2)删除周静轩诗和部分"后人""史官"的诗,易以唐宋名人之作;(3)在开头增加一段类似"楔子"的文字,在正文中添上自己的批评;(4)改正原书纪事之讹误;(5)删去原书中时代错误的七言律诗和不经的事实;(6)插增原本没有的史实和表檄之类的文字。改订的结果,是进一步的雅化和史实化,"三国志的故事在此是第二次的回顾到历史去了"。④

与上述史实化进程相反,《三国演义》版本演化的另一趋势是向"虚"的

① 详见郑振铎:《三国志演义的演化》第八节,《中国文学研究》,作家出版社1957年版,第193—208页;《三国志通俗演义》"出版说明",人民文学出版社1975年版;周兆新:《〈三国演义〉与〈十七史详节〉的关系》,《三国演义考评》,北京大学出版社1990年版,第189—198页。

② 这节叙述,参考上田望:《〈三国志演义〉版本试论——关于通俗小说版本演变的考察》第五节,周兆新主编:《三国演义丛考》,北京大学出版社1995年版,第96—99页。

③ 中川谕指出,嘉靖本没有,而以周曰校本为始出现在吴观明本、毛宗岗本的故事,至少有十一个。除关索故事外,另外十个故事全部可以从《三国志》及其裴松之注以及《晋书》这一正史中看到。参看《〈三国志演义〉版本研究——毛宗岗本的成书过程》第二节,周兆新主编:《三国演义丛考》,北京大学出版社1995年版,第108—114页。

④ 参看郑振铎:《三国志演义的演化》第十节,《中国文学研究》,作家出版社1957年版,第224—235页。引文见第235页。

方向迈进。这主要体现在建阳刊本也就是通常所说的"志传"系统刊本之上①，而其中的关键所在，则是花关索或关索故事的有无。花关索或关索史无其人，是民间虚构的关羽之子。②《三国演义》诸版本有无他的故事，关涉到这些版本的虚实趋向问题。

金文京按照花关索或关索故事之有无及其内容，将《三国演义》版本分为五个系统：A、没有花关索或关索故事的版本，包括嘉靖本和刊于建阳的叶逢春本。B、有花关索故事的建阳刊本，包括余象斗双峰堂本、郑少垣联辉堂本等七种上图下文二十卷本。C、有关索故事的建阳刊本，包括熊清波诚德堂本、刘龙田乔山堂本等十九种上图下文二十卷本。D、有关索故事的江南刊本，包括周曰校本、郑以祯本、夏振宇本以及一百二十回系统的李卓吾评本、陈眉公评本、钟伯敬评本、李笠翁评本、毛宗岗评本等。E、有花关索和关索故事的刊本，仅有雄飞馆本。因为该本底本合用了 B、D 两个系统，可视为例外。③ 由于《三国志平话》已出现关索的名字，《花关索传》词话的出版年代又早于《三国演义》，加上嘉靖刊本虽无花关索或关索故事，但"志传"系统刊本保留了更古老的原本面貌④。所以马兰安认为，花关索或关索故事在罗氏原本已存在，嘉靖本把它们删去，而后出的建阳刊本却将它们保留下来。⑤ 金文京不同意这个看法，他多次撰文指出，花关索、关索故事不是原本所有，而是后来的插增。之所以会出现不同的花关索、关索故事，是晚明时期江南和建阳书商之间，或建阳书商彼此之间围绕《三国演义》的出版

---

① 柳存仁称这些建阳刊本为"志传"（因为它们在标题中都使用了这个词），以区别于以嘉靖刊本为代表的"演义"，参看《罗贯中讲史小说之真伪性质》，《和风堂文集》，上海古籍出版社 1991 年版，第 1423—1438 页。

② 参看周绍良：《关索考》，《绍良文集》，北京古籍出版社 2005 年版，第 700—709 页；金文京等：《花關索傳の研究》，汲古书院 1989 年版。

③ 参看金文京：《再论〈三国志演义〉版本系统与花关索、关索故事之关系》，载中国社会科学院文学研究所中国古代小说研究中心编：《中国古代小说研究》第二辑，人民文学出版社 2006 年版，第 71—80 页。为方便叙述，五个系统改用字母标志。另，上田望将《三国演义》诸版本分为七群，其中 I 群相当于金氏的系统 A，II 群、II′群和 VI 群相当于系统 D，III 群相当于系统 C，IV 群相当于系统 B，V 群相当于系统 E。参看《〈三国志演义〉版本试论——关于通俗小说版本演变的考察》第二节，周兆新主编：《三国演义丛考》，北京大学出版社 1995 年版。

④ 柳存仁在《罗贯中讲史小说之真伪性质》一文中指出："目前为吾人所见之数种《三国志传》，其所保存《三国》小说之旧有形象，实当更在嘉靖本以前无疑。"见《和风堂文集》，上海古籍出版社 1991 年版，第 1424 页。

⑤ 马兰安：《〈花关索说唱词话〉与〈三国志演义〉版本演变探索》，周兆新主编：《三国演义丛考》，北京大学出版社 1995 年版，第 128—186 页。

和销售进行激烈竞争的结果。① 我觉得，花关索和关索指的虽是同一人，花关索故事和关索故事却要严格区分。花关索故事是后来的插增，这一点我们赞同金文京的意见。而关索故事存在于原本的可能性更大②，C、D 两个系统之所以出现不同的关索故事，大概是 C 系统的关索故事受到花关索故事的影响所致。叶逢春本没有花关索、关索故事，不能作为罗氏原本没有它们的证据，因为就像嘉靖本一样，叶逢春本同样可以删去它们。当然，无论花关索、关索故事是原本遗留还是后来插增，就《三国演义》版本的整个演变而言，马兰安的如下看法仍然是对的："《三国》最早的版本，比后期的各种版本包含了更多的口头民间传说，和较少的正史资料。后期的编者有意识地将收集到的口头流传的趣事佚闻，效仿正史的形式和内容加以整编。"③建阳刊本一方面仿效"演义"系统版本的做法，在正文中加上所谓的李卓吾评点，以获得"士君子"的青睐；另一方面又汲取民间的（花）关索故事，扩大小说中的虚构因素，以吸引更大范围的读者的兴趣。看似相反的做法，却都是为了争取读者，扩大销路。《三国演义》版本演变之复杂，于此可见一斑。

《水浒传》的版本演变只会比《三国演义》更加复杂，但因为《水浒传》的史实因子先天不足，它只能从民间口头创作中觅得素材，向艺术的虚构方向发展。即便是其他的真实历史材料，也概莫能外。所以要谈历史演义小说两歧现象的范型意义，《水浒传》反而比《三国演义》来得简单。

宋江起义是《水浒传》故事的历史原型。从史书关于宋江其人其事的有限记载来看，《水浒传》与原型之间差异巨大。这个差异，只有联系两宋之际的宋金争战才能解释。金兵占领北方以后，滞留在北方的宋朝军民聚集山林湖泽，组成武装对抗金政权。这些抗金武装以"忠义"自许，并接受南宋朝廷的羁縻和支援。忠义军民的活动区域、战斗方式、生存状况乃至亡命心态，很容易让人联想起平息不久的宋江起义。说话人将二者糅合起来是水到渠成的事。当然，也不排除忠义人自己讲说宋江等人的故事，借此鼓舞士

① 参看金文京：《花關索傳の研究・解說篇》，汲古书院 1989 年版，第 24—56 页；《〈三国志演义〉与〈花关索传〉》，周兆新主编：《三国演义丛考》，北京大学出版社 1995 年版，第 268—271 页；以及《再论〈三国志演义〉版本系统与花关索、关索故事之关系》，载中国社会科学院文学研究所中国古代小说研究中心编：《中国古代小说研究》第二辑，人民文学出版社 2006 年版，第 71—80 页。
② 周兆新：《旧本〈三国演义〉考》，《三国演义考评》，北京大学出版社 1990 年版，第 199—306 页，讨论关索故事见第 298—304 页。
③ 马兰安：《〈花关索说唱词话〉与〈三国志演义〉版本演变探索》，周兆新主编：《三国演义丛考》，北京大学出版社 1995 年版，第 129 页。

气。① 南宋统治下的人民关心北方作战形势,他们对羼杂忠义人事迹的宋江故事也抱有浓厚兴趣,并且在讲说中不断加入新的内容。岳飞、洞庭湖起义等历史人物和历史事件在《水浒传》中留下浓重印记,大概就是南宋说话人的捏合。② 总之,两宋之际的抗金斗争不仅是水浒故事发展的动力,也是水浒故事的主要素材来源。

水浒故事起初在民间口头流传,龚开《宋江三十六人赞并序》所云“宋江事见于街谈巷语”③可证。继而成为说话题材,罗烨《新编醉翁谈录》载有《青面兽》《花和尚》《武行者》等篇目,说明南宋“小说”家数已有独立的水浒英雄故事。在长期口头流传过程中,水浒故事逐渐形成不同分支系统。龚开为宋江等人写的赞词有五处提到太行,而无一处提到梁山,根据的应是太行山系。元杂剧的水浒戏描写宋江等人驻守梁山泊,属于梁山系统。初次将不同分支故事汇集起来的是《宣和遗事》。该书所记水浒故事以梁山分支系统为主,又聚集其他分支的故事。譬如智取生辰纲、梁山聚义、呼延绰(灼)攻打梁山无疑是梁山分支的故事,杨志故事则属太行山分支。书中叙述晁盖八人劫取生辰纲后,邀约杨志等十二人“前往太行山梁山泊去落草为寇”④,两地并举,可谓两个分支故事合并的明显标志。《水浒传》也是在合并各个分支故事的基础上成书⑤,今本《水浒传》内容方面的种种矛盾,多半与这种成书方式相关。按照马幼垣的看法,今本《水浒》各部分,以排座次以后至招安为止这一段最接近成书之初的状况,前七十回代表为期较后的改写。这两部分合起来可算是《水浒传》的正式定型。自征辽至征方腊这几部分则是不同时期的附加物。至于覆灭一段,可以与招安直接挂钩,视为招安以后的必然发展,所以或为《水浒传》定型(甚至成书)时所有。⑥ 综上,《水浒传》是通过汇集不同分支的口头传说,广泛吸纳话本、杂剧、野史笔记

---

① 参看孙述宇《水浒传的来历、心态用于艺术》第一部“水浒传:强人说给强人听的故事?”一节,台湾时报文化出版事业有限公司1983年再版。

② 关于抗金忠义人、洞庭湖起义对《水浒传》的影响,参看王利器:《〈水浒〉与忠义军》,《耐雪堂集》,中国社会科学出版社1986年版,第219—234页;孙述宇:《水浒传的来历、心态用于艺术》第一部“南宋民众抗敌与梁山英雄报国”一节和第二部“水浒内外的人与事”,台湾时报文化出版事业有限公司1983年再版;侯会:《〈水浒〉源流新证》第一、三章,华文出版社2002年版。

③ [宋]周密:《癸辛杂识》,中华书局1988年版,第145页。

④ 《新刊大宋宣和遗事》,中国古典文学出版社1954年版,第39页。

⑤ 王利器《〈水浒全传〉是怎样纂修的》一文提出《水浒》所据底本大致有三种:以梁山泊故事为主的本子(梁山系统);以太行山故事为主的本子(太行山系统);述及方腊故事的施耐庵“的本”(江南系统)。《耐雪堂集》,中国社会科学出版社1986年版,第54—84页。

⑥ 马幼垣:《从招安部分看水浒传的成书过程》,《水浒论衡》,台湾联经出版事业有限公司1992年版,第144页。

等素材而缀合成书的。之后，又陆续加入征方腊、征辽、征田虎、征王庆等所谓的"四大征"故事。演进的基本趋势是愈来愈远离史实，走入蹈虚一途。与《三国演义》的"史实"化进程相对照，这自然代表了历史演义小说的另一种演进趋向。

在两歧现象的范型意义方面，《水浒传》曾经存在词话本这一事实尤其应引起重视。明大涤余人序的百回本《水浒传》第四十八回有"独龙山前独龙岗"一段诗赞，和上下散文连用叙述宋江所见祝家庄的情形。孙楷第据此推测旧本《水浒传》必是词话本。① 叶德均找出更多删削未尽的词文作为例证，如一百十五回简本第二十二回叙武松打虎一段的一篇诗赞，李卓吾评本和钟伯敬评本的百回本第七十回有一段诗赞张清，每回前有诗赞，证明嘉靖以前的《水浒传》应是韵散夹用的词话本，嘉靖间渐成散文本，到万历时各种本子都改为散文了。② 《水浒传》词话本虽然没能留传下来，明代文人的记录可以证实两位学者推测不误。徐渭《吕布宅》诗序有句云："始村瞎子习极俚小说，本《三国志》，与今《水浒传》一辙，为弹唱词话耳。"③徐氏在这里指出，吕布、貂蝉故事不足凭信，因为就像《水浒传》，这个故事只是"村瞎子"弹唱词话的说法。④ 可见当时《水浒传》还是可以弹唱的词话。钱希言《戏瑕》卷一"水浒传"条⑤：

　　词话每本头上有请客一段，权做个"德胜利市头回"，此政（正）是宋朝人借彼形此，无中生有妙处。游情泛韵，脍炙千古，非深于词家者，不足与道也。微独杂说为然，即《水浒传》一部逐回有之，全学《史记》体。文待诏诸公，暇日喜听人说宋江，先讲"摊头"半日，功父犹及与闻。今坊间刻本，是郭武定删后书矣……胡元瑞云："二十年前所见《水浒》传本，尚极足寻味。今为闽中坊贾刊落，遂几不堪覆瓿。更数十年，无原本印证，此书将永废矣。"然则元瑞犹及见之。征余所闻，罪似不在闽贾。

---

① 孙楷第：《水浒传旧本考——由明新安刊大涤余人序本百回本水浒传推测旧本水浒传》，《沧州集》，中华书局1965年版，第121—143页。

② 叶德均：《戏曲小说丛考》，中华书局2004年版，第666—667页。另可参看徐朔方：《从宋江起义到〈水浒传〉成书》，《小说考信编》，上海古籍出版社1997年版，第32—54页。

③ ［明］徐渭：《徐渭集》，中华书局1983年版，第785页。

④ 王世贞也有类似辨析："《今献汇言》小说乃云刘公得石匣兵书，乃瞽史词话以欺愚人者，君子可信之而立言哉！"见《弇山堂别集》卷二十一，中华书局1985年版，第380页。由此可见，词话俚俗无稽、不足征信是明人的共识。

⑤ ［明］钱希言：《戏瑕》卷一，续修四库全书本，第546页下。

引文提到的胡元瑞即胡应麟。胡氏原话说得更为详细①：

> 此书所载四六语甚厌观，盖主为俗人说，不得不尔。余二十年前，所见《水浒》传本，尚极足寻味。十数载来，为闽中坊贾刊落，止录事实，中间游词余韵，神情寄寓处，一概删之，遂几不堪覆瓿。复数十年，无原本印证，此书将永废矣。余因叹是编初出之日，不知当更何如也。

合观钱、胡两人的说法，我们容易得知，他们见到的《水浒传》每回开头有能够说唱"半日"的"摊头"和"德胜利市头回"，正文中间有"游词语韵"，后来这些内容被删削殆尽。虽然两人在谁是最初的删削者这个问题上看法不同，但无疑都同意《水浒传》曾有词话本。这意味着今本《水浒传》汇集了两条发展线索：一是从《宣和遗事》这样的平话演变而来；一是从说唱词话转变而来。了解这一点，有助于我们更好地把握同一故事题材两歧演进现象的内在脉络。

第三节 历史演义小说的两条演进途径

《三国演义》和《水浒传》为后世历史演义小说树立了两个典范，同时也指明了两条演进途径。后来的历史演义小说，步武《三国》者，有《开辟衍绎》《有夏志传》《有商志传》《列国志》《全汉志传》《两晋演义》《隋唐志传》《南北两宋志传》等。它们构成与正史平行的宏伟系列，"其浩瀚几与正史分签并架"②。追随《水浒》者，有《薛家府》《杨家将》《岳王传》等。它们播于人口，在民间社会影响尤为深远。其中又可注意的是，同一历史题材往往先后有好几部作品，这些作品之间既有同一方向的改编和提升，也有相反方向的两歧演进。

1.同一故事题材的两歧演进

如前所述，两歧演进包含两个层面的内容：史实化和传说化之间的不同

---

① ［明］胡应麟：《少室山房笔丛》卷四十一，中华书局 1964 年版，第 572 页。

② ［明］可观道人《新列国志序》云："自罗贯中氏《三国志》一书以国史演为通俗，汪洋百余回，为世所尚。嗣是效颦日众，因而有《夏书》《商书》《列国》《两汉》《唐书》《残唐》《南北宋》诸刻，其浩瀚几与正史分签并架。"引自丁锡根：《中国历代小说序跋集》，人民文学出版社 1996 年版，第 864 页。

选择,就像《三国演义》和《水浒传》那样。平话(连接通俗历史书)和词话(连接乡村祭祀剧)两条线索的平行发展或交叉混合,就像《水浒传》,以及下面要重点分析的"说唐""五代史"和"杨家将"等系列历史演义小说那样。这两层内容往往交织在一起,在不同故事题材的演进过程中有不同侧重的呈现。

"说唐"系列历史演义小说作品较多,这里先以《隋唐两朝史传》和《大唐秦王词话》为例,考察该系列的两歧演进情形。

《隋唐两朝史传》,又称《隋唐志传》,题"东原贯中罗本编辑"。十二卷一百二十二回,其中第八十九回有前、后两回,故实际为一百二十三回。叙事起止,据书末长方木记云:"是集自隋公杨坚于陈高宗大建十三年辛丑岁受周王禅即帝位起,历四世,禅位于唐高祖,以迄僖宗乾符五年戊戌岁,唐将曾元裕剿戮王仙芝止,凡二百九十五年。"全书重在演述隋亡唐兴历史,前九十回(实为九十一回)述李世民剪灭群雄及跨海征辽事,后三十余回"铺缀唐季一二事,又零星不联属"[1],孙楷第认为"当即万历间书贾所为"[2]。现存该书最早版本为万历己未(1619)姑苏龚绍山刊本,据书首林瀚《隋唐志传叙》,该书系林氏在罗氏原本基础上编成。一般认为林序出于伪托,但也不排除该书包含罗氏旧文的可能。至于它的成书,当远在正德之际。[3]

从书中"十羞李密""秦王三跳涧""三鞭换两铜""割袍断义""老君堂"等极富民间气息的故事情节以及全书粗率平直的叙事风格来看,《隋唐两朝史传》可能有平话本子作为底本。[4] 由此不难理解它的史实化倾向。这主要表现为:第一,它"在故事情节关目及用语方面,俱于《三国》倚赖甚深"[5]。有人统计,该书"从《三国演义》中直接抄袭的文字达四万余字,约占全书篇幅的13％;遍及四十七个回目,占总回目的38％"[6]。这种亦步亦趋的模仿表明,在传说化和史实化之间的选择上,编写者的主观意图更接近《三国演义》。第二,全书第九十一回之后叙唐季事迹,大多取材于《资治通鉴》等史书,并存在抄录史书的现象。如王仙芝攻蕲州(121/1411—1412)、张巡守睢

① [清]褚人获:《隋唐演义序》,引自丁锡根:《中国历代小说序跋集》,人民文学出版社1996年版,第958页。
② 孙楷第:《日本东京所见中国小说书目》,人民文学出版社1958年版,第40页。
③ 参看孙楷第:《日本东京所见中国小说书目》,人民文学出版社1958年版,第38页;柳存仁:《罗贯中讲史小说之真伪性质》,《和风堂文集》,上海古籍出版社1991年版。当然,也有学者相信林序可靠,见欧阳健:《历史小说史》,浙江古籍出版社2003年版,第104—107页。
④ 《大宋宣和遗事》《五代史平话》有说唐题材的故事梗概,或许是唐史平话的遗存。又《隋唐两朝史传》叙唐太宗征辽事,明显吸收了《薛仁贵征辽事略》的内容。
⑤ 柳存仁:《罗贯中讲史小说之真伪性质》,《和风堂文集》,上海古籍出版社1991年版,第1439页。
⑥ 彭知辉:《"说唐"系列历史小说之研究》,南京大学2003年博士论文,第47页。

阳(109/1288—1289)两节文字,就是抄自《通鉴》而略加改动。第三,《隋唐两朝史传》虽没有标榜"按鉴演义",但全书各卷卷端标明叙事起讫年代,正文摘抄"通鉴"系列史书的评语作为小说评注,又大量插入杨丽泉、周静轩等人的咏史诗。① 这些内容都有"按鉴演义"之实,无疑能增加全书忠于历史的感觉。饶是如此,由于《隋唐两朝史传》成书于长篇通俗小说草创阶段,它保留了更多的民间气味,史实化仅仅停留于表面。譬如书中出现洛阳仓飞鼠(34/396—397)、周公遣鬼兵助王世充击败李密(36/420—421)等不经之谈。在人物评价方面,《隋唐两朝史传》并不一味称颂大唐及一干兴唐将领,小说描写李渊之庸懦(10/114),徐世勣之少义(不救单雄信,69/815),李世民之气量不大(羞辱李密,38/447—452),罗士信之贪功冒进(72/843—846),尤其是批评李渊"奸淫宫女"(9/111),谴责李世民屠戮手足"有失人伦,其罪难掩"(76/888),都与正史迥异。对那些与李家逐鹿的隋末群雄,小说反而不无褒扬之辞,譬如窦建德被塑造成"假仁安百姓,全义动三军"(66/786)的仁义明君。这体现了民众对历史人物的评判标准。

《大唐秦王词话》,又称《唐秦王本传》《秦王演义》。八卷六十四回。叙秦王李世民建唐故事,记事起于隋大业十三年(617)李渊起兵,止于唐贞观四年(630)李世民擒突厥颉利。书题"诸圃主人编次",诸圃主人即诸圣邻。陆世科《唐秦王本传叙》称诸圣邻"以风流命世,狎剑术纵横,雅意投戈,游情讲艺。羡秦封之雄烈,挥霍遗编,汇成巨丽"。据此大致可以推知,这部书是由一位怀才不遇的文士根据一个民间说唱旧本加工改编而成的。徐朔方根据第五十八回引首诗句"春事已过九九,月闰更值三三"推断,此书写定当在万历十九年(1591)前后。② 它所据旧本的产生时间,自然还要提前,可能在元末至明代前期(嘉靖以前)。③

《大唐秦王词话》各卷卷端均题"按史校正",但它与史书的关系并不密切。书中严格按史敷演的故事很少,除最后两回较多抄袭《资治通鉴》外,它采自《资治通鉴》等史籍的文字仅六处,八百余字。④ 相反,全书处处流露出民间传说色彩。譬如第十六回写李密败亡前,宜山老母化作婆婆将他的宝

---

① 上田望对《隋唐两朝史传》里的评注和咏史诗做过统计,见《講史小説と歴史書(1)——〈三国演義〉、〈隋唐兩朝史伝〉を中心に》,《東洋文化研究所紀要》第 130 册(1996 年 3 月),第 157、164—166 页。

② 徐朔方:《小说考信编》,上海古籍出版社 1997 年版,第 544 页。

③ 彭知辉:《"说唐"系列历史小说之研究》,南京大学 2003 年博士论文,第 31—32 页。

④ 吴琼:《〈大唐秦王词话〉的渊源、体裁与创作成就》,引自彭知辉:《"说唐"系列历史小说之研究》,南京大学 2003 年博士论文,第 32 页脚注(4)。

剑收去,因为他用宝剑杀盛彦古、戮独孤娘娘、割鹿肉,犯了"盛独鹿"三字。这种字谜式的解释固然牵强,却是民间津津乐道的叙事方式。书中叙单雄信托生为辽东葛苏文,"不过二十余年,与国家还有刀兵"(44/872)。又叙徐茂功劝阻李世民为罗成造祠堂,因为"不出二十年,罗成要转世为臣,保驾殿下,若建祠立碑,就不能出世了"(51/1006—1007)。用转世观念将他们与薛仁贵征辽故事联系起来,正能见出民间叙事的机巧和智慧。全书最具民间传奇色彩的内容莫过于尉迟恭故事。第二十一至三十四回从尉迟恭出场写到他降唐,基本可以视为尉迟恭的本传。书中说尉迟恭降妖魔而得红心刃铁(后来铸成盔甲),伏水怪而得龙马,又得六丁神传授武艺,并被告知"剑鸣鞭爆幞头窄"之日,也就是遇到真命之主的时候。这种典型的民间英雄叙事套路,容易使人想起说唱词话里的少年英雄花关索。事实上,书中形容薛万澈与尉迟恭交战的一句话就说"那吒却遇花关索,太岁初逢黑杀神"(47/930),明显是把尉迟恭和花关索相提并论。这暗示着词话之间的交相影响,颇可注意。形式上,《大唐秦王词话》散说成分增多,但韵文仍占较大比例。全书各回正文之前有诗词,中间也多七、十字韵文。十字韵文与明成化刊说唱词话的攒十字很相似,如述李世民向老君祷告的一段韵文(4/83—85),述李密杀独孤公主时插入的一段十字韵文(15/312—313),以及述秦叔宝赋闲家居插入的两段十字韵文(26/542—544),显然都是三、三、四句式的攒十字唱词。韵文不仅用来描摹景致和人物装束,也用在人物奏事和对话的场合(如马三保两次向李渊奏事,见 4/73—75、5/102—104;秦王和尉迟恭之间的答话,见 30/607—608),甚至构成一些章回的主体。譬如第三十回用了整整二十四节韵文描写秦叔宝、尉迟恭的穿戴披挂(30/613—620),加上这一回的其他韵文,字数占整回总字数的 64%。至于利用数字作诗(6/121),以药名入诗(30/621),可以说是民间说唱文学的惯用手法。

　　孙楷第指出,《隋唐两朝史传》"出于罗贯中《小秦王词话》(今有明诸圣邻重订本)……即此书九十一回以前观之,其规模间架,亦犹是罗贯中词话之旧。唯于神尧起义以前增隋事数回而已"①。以罗贯中《小秦王词话》为《大唐秦王词话》旧本,不知何据,而谓《隋唐两朝史传》出于《大唐秦王词话》旧本,也未免失察。固然,《隋唐两朝史传》和《大唐秦王词话》部分内容一致,如老君堂、十羞李密、三跳涧、榆窠园救主等。更有甚者,两书在细节方面有时能够互补。如《隋唐两朝史传》第三十二回明明说秦叔宝、程咬金两

---

① 　孙楷第:《日本东京所见中国小说书目》,人民文学出版社 1958 年版,第 39 页。

人捉到李世民,后文却有一句"军校入报叔宝、知节五虎臣擒得秦王世民"(32/372),"五虎臣"显然有误。检《大唐秦王词话》第四回,擒住李世民的恰是秦叔宝、王伯当、单雄信、罗成、程咬金五位大将。又如《大唐秦王词话》好几处提到李世民呼秦叔宝为"皇兄"(29/590),让人百思不得其解。个中缘由却在《隋唐两朝史传》中有交代:"次至叔宝面前,秦王曰:'吾与足下结生死之交,虽然异姓,名爵不同,敬足下之德耳。汝年长于我,愿拜为兄。'"(48/582)但两书的文字表述几乎没有相同或相近段落①,这也是柳存仁认为"两书之文字互勘似尚未能证实"②孙氏观点的缘由。除此之外,两书相同故事的细节差异非常多。出使突厥杀刘武周者,《大唐秦王词话》第三十四回说是刘文靖,《隋唐两朝史传》第五十九回说是刘世让。秦叔宝大战尉迟恭一节,《大唐秦王词话》"三鞭不及二锏"(30/611)的说法,在《隋唐两朝史传》变为"三鞭换两锏"(54/645—647)。单雄信在《大唐秦王词话》是背信弃义之人,李密兵败,他举兵为内应,投靠王世充(11/235—239)。《隋唐两朝志传》描写他在李密兵败后闭门不出,后感王世充殷勤之意才降(36/425)。两书描写刘文静(靖)之死也不同:《大唐秦王词话》说他屈杀刘武周,在家行厌镇之术而被诬杀(35/706—712),更具怪异色彩;《隋唐两朝史传》说他恃功自傲,颇为李渊忌惮而遭谗杀(43/523—526),显然契合事理。所以我们不妨认为,两书各有来源,《隋唐两朝史传》主要承袭平话系统的"说唐"故事,"史"的因素自然要比以词话系统旧本作为底本的《大唐秦王词话》多一些。

处理五代史题材的两部小说——《南宋志传》和《残唐五代史演义传》也分别代表了平话和词话两个故事系统。

《南宋志传》,十卷五十回,叙五代末及宋开国事。记事自石敬瑭征蜀起,至曹彬定江南止。全书是在"按鉴演义"框架内,糅合多种平话材料编

---

① 唯一的例外是《大唐秦王词话》第六十三、六十四回和《隋唐两朝史传》第七十六至七十九回大同小异,但《大唐秦王词话》这两回与全书体例不一致,可能旧本残缺,诸圣邻根据《资治通鉴》《隋唐两朝史传》补写进去。参看彭知辉:《"说唐"系列历史小说之研究》,南京大学 2003 年博士论文,第 50 页脚注。

② 柳存仁:《罗贯中讲史小说之真伪性质》,《和风堂文集》,上海古籍出版社 1991 年版,第 1509 页注[45]。

成。①《五代史平话》是最主要的一种。其中,《晋史平话》几乎全部被《南宋志传》采入,构成后者的第一至十二回。《唐史平话》和《汉史平话》有少许内容为《南宋志传》所吸收。《南宋志传》第二十四至三十一回,以及第三十五至四十二回主要取材于《周史平话》,第四十四回也有《周史平话》的一些片断。戴不凡的研究表明,《南宋志传》根据《五代史平话》扩写,并增添了打仗场面的描写,以及诏旨奏表、"有诗为证"之类的内容,两书许多地方的情节、文字基本一致。②《南宋志传》取资的另一平话作品是《飞龙记》。这部讲述赵匡胤早期生涯的平话已佚,但它很有可能是《飞龙全传》据以改编的底本《飞龙传》③,或者至少是《飞龙传》的前身。《南宋志传》中赵匡胤及其结义兄弟郑恩打抱不平的故事虽不连贯,却自成一个系统,且与《飞龙全传》所述大致吻合。因而可以推断,《飞龙记》平话正文被割裂为几个片断,分别安插在《南宋志传》的第十三至二十四,二十八至三十四,四十三至四十四回之中。至于《南宋志传》第三十三至三十五回插入的杨家将故事,则可能是截自某个杨家将平话。

《残唐五代史演义传》,六卷六十则,题"贯中罗本编辑"。书中多附丽泉诗,当与"附丽泉诗之万历己未刊本《隋唐两朝志传》时代相去不远"④,但全书分则不分回,回目为不对偶的单句,或许有更早的旧本。赵景深推测它可能为元人作品⑤,不无道理。

如果说《五代史平话》重在叙朝代兴亡以总结历史教训的话,《残唐五代史演义传》却旨在"艳称存孝"⑥,着力描写民间英雄李存孝的传奇故事。全书共六十则,晋、汉、周三朝之更替仅以十一则的篇幅叙述,而从第十则存孝打虎到第三十七则存孝显圣,足足用了近半篇幅讲述李存孝故事。李存孝的极度活跃近似说唱词话《花关索传》中的主人公,他"身不满七尺,骨瘦如

---

① 此处叙述参考了伊维德:《南宋传与飞龙传》,王秋桂编:《中国文学论著译丛》,台湾学生书局 1985 年版,第 427—434 页;W. L. Idema, Some Remarks and Speculations Concerning P'ing-hua, *Chinese Vernacular Fiction : the Formative Period* (Leiden, E. J. Brill, 1974), PP. 109—110. 上田望:《講史小説と歴史書(2)——〈残唐五代史演義〉、〈南宋志伝〉の構造と変容》,《東洋文化研究所紀要》第 137 册(1999 年 3 月),第 64—69 页。

② 戴不凡:《〈五代史平话〉的部分阙文》,《小说见闻录》,浙江人民出版社 1980 年版,第 68—89 页。

③ 清人吴璿所编《飞龙全传》六十回,叙赵匡胤发迹、立国故事,作者自称是据旧本《飞龙传》改写。

④ 孙楷第:《日本东京所见中国小说书目》,人民文学出版社 1958 年版,第 40 页。

⑤ 赵景深:《中国小说丛考》,齐鲁书社 1980 年版,第 122 页。

⑥ [明]周之标:《残唐五代史传叙》,引自丁锡根:《中国历代小说序跋集》,人民文学出版社 1996 年版,第 971 页。

柴"(14/112)也与"枣核样小花关索"①相像。我们有理由推测,《残唐五代史演义传》旧本应该是一个词话本子。钱希言《桐薪》谓:"《金统残唐记》载其(引按指黄巢)事甚详,而中间极夸李存孝之勇,复称其冤。为此书者,全为存孝而作也。后来词话,悉俑于此。武宗南幸,夜忽传旨取《金统残唐记》善本。中官重价购之肆中,一部售五十金。"②这部明正德年间尚存的《金统残唐记》词话,大约就是《残唐五代史演义传》所述黄巢、李存孝故事的来源。《残唐五代史演义传》本于词话,我们还可以找到一些内证。

李存孝十八骑误入长安故事(18/151—158)在民间早已广为流传,《元史·刘整传》叙宋荆湖制置使孟珙麾下前锋刘整作战勇猛,夜纵骁勇十二人攻进金信阳城,擒获守将,"珙大惊,以为唐李存孝率十八骑拔洛阳"③。明成化刊本说唱词话《薛仁贵跨海征辽故事》"薛仁贵告御状"一节有词唱道:"当今主,领銮驾,凤凰城下。看飞禽,因玩景,正撞辽军。张士贵,差微臣,领军打探。十八员,英雄将,操恶如神。一匹马,一条枪,全然不睬。不多时,都杀退,救了明君。"(27/a)薛仁贵率十八将前往凤凰城救驾,与李存孝十八骑入长安差可比拟。平话《薛仁贵征辽事略》中的凤凰城救驾情节没有提到"十八员英雄将",可见这两个绝似的故事应该都是源于词话。又书中叙李存孝冤死后,晋王杀君立、存信为殉,"请高僧做水陆大醮超度,复图存孝仪像挂起,晋王亲自设祭一坛"(33/315)。如前所述,这种镇抚英灵的建醮祭礼可能与词话存在渊源。类似例子是"五龙逼死王彦章"一节中出现"一按东方甲乙木""二按南方丙丁火"之类的诗句(42/408—411),和明成化刊本说唱词话《石郎驸马传》所唱"一点东方甲乙木""二点南方丙丁火"(15/b—16/a),以及《大唐秦王词话》所说"点东方甲乙木青旗蓝号""点南方丙丁火红旗绛带"(28/574—575)都极其雷同。这种"五方兵马"描写源于古老的军傩仪式,既表明该故事来源甚古,也暗示《残唐五代史演义传》与说唱词话的渊源关系。《残唐五代史演义传》形容人物穿戴,偶用诗赞体。譬如描写王彦章装扮的一段诗赞云:"戴一顶千槌打、万槌颠、前抹额、后扇肩、双凤翅、叉缨尖、抵刀斧、挡槌鞭、缨飘烈火紫金盔。穿一领王母折、玉女穿、獬豸铺、颜色鲜、盘蛟龙、绣彩凤、蚕丝纺、嫦娥织、屡团花、十段锦、猩猩血染大红袍……"(36/350)这和《大唐秦王词话》描摹秦叔宝、尉迟恭的装束(28/580

---

① 钱希言:《狯园》卷十二,续修四库全书本,第712页。

② [明]钱希言《桐薪》卷三,引自朱一玄、刘毓忱编:《三国演义资料汇编》,南开大学出版社2003年版,第554页。

③ [明]宋濂等:《元史》卷一百六十一,中华书局1976年版,第3785页。

—581；30/613—620)何其相似,应当是词话的遗留。

最能说明《南宋志传》和《残唐五代史演义传》来源不同的例子是两书共有的石敬瑭起兵故事。《南宋志传》第二至五回谓唐主和石敬瑭相互猜忌,石敬瑭一方面上应天命,另一方面为求自保而向契丹借兵举事。内容全袭《五代史平话》,连"筵中珠履三千客,座上金钗十二行""借问和尚过河无,河南拱手待姑夫。引得姑夫到中国,嫔妃卿相作戎奴"这样的诗句也一字不改。①《残唐五代史演义传》第四十五至五十则谓永宁公主因和张皇后争闲气而被囚于冷宫,石敬瑭得知后兴兵反下三关,为妻报仇。情节与说唱词话《石郎驸马传》几乎完全相同②,无疑源于词话系统。

柳存仁注意到《残唐五代史演义传》和《五代史平话》"不仅根据之材料互异,其情节及文笔亦不相同",他在文末注释里特意指出前书的石敬瑭起兵故事比后书所述更富戏剧性。据此"或可称《残唐五代传》为词话体及志传(或演义)体之混合"③。我们的以上论述,证实这个推测是符合事实的。

现存的两部杨家将小说各有祖本,可能属于两个不同系统,我们在第一章已初步提出这一看法。这里尝试进一步说明,《北宋志传》承袭平话系统,而《杨家府演义》源于词话系统④。

《北宋志传》前有按语说:"收集杨家府等传,总成二十卷,取其揭始要终之意。并依原成本,参入史鉴年月编定。"(1/487)这个《杨家府》,一般认为就是《北宋志传》据以改编的平话本子,不太可能是《杨家府演义》的旧本。⑤而本文第二章第二节引述多条材料证明元明时期的杨家将故事,尤其是杨文广故事在民间说唱世界里十分流行,那么《杨家府演义》有杨家将故事的词话本子作为底本也就不无可能。

《杨家府演义》中的杨文广故事来自杨家将故事的西南系统,播州及其

---

① 分见《五代史平话》,中国古典文学出版社 1954 版,第 132—133 页;《南宋志传》,古本小说集成本,第 16,19 页。

② 两书也有一些细节差异,明显的如潞王结局。《石郎驸马传》写潞王"扶桑国里去修行"(25a/3),而《残唐五代史演义传》的处理和《五代史平话》一致,都写潞王自焚而死。当然,这个一致应是《残唐五代史演义传》直接参照史书改动的结果,而不太可能是根据《五代史平话》。

③ 柳存仁:《罗贯中讲史小说之真伪性质》,《和风堂文集》,上海古籍出版社 1991 年版,第 1449、1511、1439 页。

④ 笔者在第二章引述郭子章的话:"一二武弁无识,情坊间措大作平话",推测《杨家府演义》可能是"坊间措大"编撰的平话之一。明人常用"平话"指小说话本,可视作平话和词话合流的一个例证(参看前引顾青《说"平话"》一文)。所以,"坊间措大作平话"与这里所说的"源于词话系统"并不矛盾。

⑤ 参看马力:《〈南北宋志传〉与杨家将小说》,《文史》第十二辑(1981 年);孙旭、张平仁:《〈杨家府演义〉与〈北宋志传〉考论》,《明清小说研究》2001 年第 1 期。

附近地区说唱、傩戏之风又颇为盛行（详见第二章第四节）。这意味着，杨文广故事存在说唱词话本子的可能性非常大。如果再考虑到杨文广和花关索之间的诸多相似（还可以将与花关索相似的《大唐秦王词话》中的尉迟恭、《残唐五代史演义传》中的李存孝考虑进来），以及孟良盗马情节与《花关索传》所述姜维盗马故事的高度一致①，我们完全有把握说，《杨家府演义》中的杨文广故事是取自一部类似于《花关索传》的《杨文广传》说唱词话。《北宋志传》所据底本《杨家府》也有杨文广征侬智高故事，其中"炎月瑞雪降龙池"的法术描写不见于《杨家府演义》，可证两书的杨文广故事来自不同系统。这种情形很像《三国演义》不同版本系统里的关索和花关索故事。平话本子《杨家府》原有杨文广故事，但被《北宋志传》的改编者删去了，只在书首的长篇古风中留下些许痕迹，在末尾留下一句预告性质的"惟有令婆恩典，直待文广征服南方而后受封也"（50/915）。这就像《三国演义》罗氏原本本来有关索故事，却被嘉靖刊本删削干净，仅在一些建阳刊本和江南刊本中得以保存一样。《杨家府演义》所据旧本是一个糅合民间说唱文学里的杨家将故事而拼凑成的本子（纪振伦校订时保留了这些鄙俚的内容，同时也保留了旧本拼凑的痕迹），就像《三国演义》诸多建阳刊本借鉴民间流行的《花关索传》说唱词话来编写它们的花关索故事一样。

其他内证也可找到一些。《杨家府演义》有一百二十四首以"有诗为证"领起的五、七言诗，《北宋志传》只有六十八首。两书中的这些诗除三首可以看出是相同作品外②，其他绝大多数毫无关系，显然来源不同。似乎可以这样解释：《杨家府演义》底本是词话本子，唱词本来就多，所以纪振伦的校订本才会比《北宋志传》多了五十六首诗。纪氏修订时又可能参考了《北宋志传》，所以就出现三首较为相似的诗。谓余不信，不妨先看《杨家府演义》的如下一段文字：

> （木桂英）有一日与众喽罗打猎，射落一鸟。有诗为证：
> 结队纷纷出寨东，分围发纵势豪雄。
> 龙泉光射腰间剑，鹊血新调手内弓。
> 犬带金铃飞草际，鹘翻锦翅没云中。
> 平原十里秋风冷，沙草萧萧半染红。

---

① 参看第三章第一节，以及宫纪子：《花関索と楊文広》，《汲古》第 46 号。
② 参看孙旭、张平仁：《〈杨家府演义〉与〈北宋志传〉考论》，《明清小说研究》2001 年第 1 期。

木桂英游猎之间,只见一鸟飞过,拽弓射之。那鸟应弦而落,恰落于孟良面前。(28/388—389)

这里,诗的前、后文字所述内容重复,无非是说木桂英射落一只鸟罢了,诗也是赞咏游猎过程的,读起来不免别扭。《北宋志传》此处无诗,仅用一句"是日正与部下出猎,射中一鸟,落于孟良面前"(35/794)就交代清楚,干脆利落。不过,如果这首诗是供口头唱诵的,《杨家府演义》的这段文字根本就是说唱词话删汰未尽的遗留,那么毋宁说,在以一篇诗吟唱一番之后,重复一次用以叙事的说白是必要的。另外,《杨家府演义》末尾杨怀玉和周王的一番对答,形式和意蕴都极似《张子房慕道记》。伊维德认为"《张子房慕道记》可以被视作一篇道情作品"①,但它更像是一篇由说唱作品改编过来的短篇小说,就如同《李道人独步云门》是根据说唱作品《云门传》改编而成的那样。② 所以《杨家府演义》末尾的这番对答,是能够说明它的说唱渊源的。

我们还可以通过其他途径确认《杨家府演义》的词话渊源。前文引用田仲一成在《中国戏剧史》中表述的观点,指出词话和乡村祭祀剧之间有密切关系,而不同类型的元代杂剧源于不同形态的祭祀剧(乡傩、堂傩、市傩)。这里还需说明,由此形成的乡村戏剧、宗族戏剧和市场戏剧一直延续至明清时期。所以,我们可以通过考察《杨家府演义》与元明戏剧的关系来说明它的词话渊源。现存杨家将杂剧之中,《昊天塔孟良盗骨》和《大大王开诏救忠臣》值得注意。前者以杨业、杨七郎的英灵诉冤而始,以杨五郎、杨六郎做七昼夜的大道场超度亡魂而终,中间叙述众多出场的人物为救助英雄亡灵所做的各种努力。全剧贯穿着英灵镇魂祭祀的骨架,属于源自乡村祭祀的英灵镇魂剧——英雄剧。③ 后者第三、四折叙述寇准设计套出实情,将谋害杨业父子的潘仁美等人审判定罪。杨六郎在八大王授意下杀死潘仁美等人,终于为父亲和弟弟报了仇。结构上采用审判形式,因而可以说包含了源自乡村祭祀的冤鬼镇魂剧——公案剧的因素。当然,由于是时代比较靠后的

① W. L. Idema, General Introduction, *Chinese Vernacular Fiction: the Formative Period* (Leiden, E. J. Brill, 1974), P. ⅩⅩⅦ.
② 参看[美]韩南:《〈云门传〉:从说唱到短篇小说》,《韩南中国小说论集》,王秋桂等译,北京大学出版社 2008 年版,第 102—114 页。
③ [日]田仲一成:《中国戏剧史》,云贵彬、于允译,北京广播学院出版社 2002 年版,第 136—137 页。

杂剧,在"由神佛进行拯救"的部分增加"由人的努力进行拯救"的因素①,这也是可以理解的。将杂剧和小说稍加对照就能明白,《杨家府演义》的"孟良盗骨殖""勘问潘仁美"两段情节显然和上述两本杂剧属于同一个故事系统,而《北宋志传》所述的这两个情节和杂剧差别很大,必定另有源头。两本杂剧都源于乡村祭祀,这似乎能间接证明《杨家府演义》和词话的关联。再举一个类似的例子。《杨家府演义》叙周王命人在法场假扮冤鬼,唬得胡富说出杨府受诬的实情(54/711—716),相似情节见于明成化刊本说唱词话《仁宗认母传》。据词话所唱,"审郭槐"是由宋仁宗扮作地府罗王,包拯扮作阴曹判官,"包家手下人"扮作夜叉鬼面,最后问出真相(15/b—17/a)。两段情节可以说都采取了冤鬼镇魂剧——公案剧的审判结构。相对于上述两本杂剧来说,这个例子更有说服力。

世代累积型长篇章回小说的文本演化有一个词话系统,这似乎是个普遍现象。除了上述数例,学者推测《三国演义》《西游记》《封神演义》都有词话本子②。这样看来,同一题材的历史演义小说沿着平话和词话两个故事系统演化,这是符合历史事实的。我们还可以指出,大体上趋向史实化的往往是平话系统,词话系统则与传说化联系在一起。

2.从改编到独撰:史实化与文人化

历史演义小说的史实化进程,离不开《三国演义》的示范作用,也与编撰方式、编撰主体的变化息息相关。尤其是文人进入通俗小说创作领域,更促使历史演义小说向史实化、文人化一端发展。

《三国演义》是对以往民间流行的三国故事的一次集大成式改编。罗贯中"以文雅救民间粗制品的浅薄",将通俗小说拉向历史,"同时又并没有离开民间过远"。③ 这种改编方式在很长一段时间内被奉为圭臬。明嘉靖、隆庆两朝(1522—1572),通俗小说创作重新起步时大都选择历史故事作为题材,并且几乎全部以"羽翼信史而不违"④为鹄的,不能不说是《三国演义》的

① 《昊天塔孟良盗骨》强调了杨六郎、孟良和杨五郎的努力,《八大王开诏救忠臣》强调了八大王、寇准、杨六郎的努力。但超度英灵安排在五台山兴国寺,"勘问潘仁美"出现一个雪冤(小说作雪云)和尚,似是神佛力量的变形。
② 参看胡士莹:《话本小说概论》,中华书局 1980 年版,第 192—193 页。
③ 郑振铎:《宋元明小说的演进》,《郑振铎古典文学论文集》,上海古籍出版社 1984 年版,第 381 页。
④ [明]修髯子:《三国志通俗演义引》,引自丁锡根:《中国历代小说序跋集》,人民文学出版社 1996 年版,第 888 页。

巨大影响。这半个世纪中,历史演义小说的编撰主体是以熊大木为代表的书坊主①。熊大木至少编撰了《大宋中兴通俗演义》《唐书志传通俗演义》和《全汉志传》等三部历史演义小说,另一位书坊主余邵鱼编有《列国志传》。他们追摹《三国演义》"考诸国史"的做法,宣称"按《通鉴纲目》而取义"②,"编年取法麟经,记事一据实录。凡英君良将,七雄五霸,平生履历,莫不谨按五经并《左传》《十七史纲目》《通鉴》《战国策》《吴越春秋》等书,而逐类分纪"③。但这种追摹流于表面,往往止于插增"后人有诗叹曰"、史论性评注、诏旨奏章乃至径直抄录史书原文等手法,对于材料的经营组织之力则远不及《三国演义》。为了吸引读者,他们编集的作品也不缺少严重偏离史实的内容。如《大宋中兴通俗演义》从《效颦集》中抄来胡迪游历地狱的故事,《列国志传》吸收了《武王伐纣平话》的怪诞情节。这和他们提出的口号是有距离的。究其实,书坊主编撰通俗小说意在牟利,关心的是小说销量而不是艺术水准,再加上自身文化修养有限,大抵抄缀成文,罕有作意,所编多为简单粗糙之作也就可以理解了。不过应该指出,书坊主竞相刊刻《三国演义》《水浒传》也好,亲自动手编写小说也好,客观上都扩大了历史演义的影响,这是他们的可取之处。

明万历年间(1573—1620)是中国通俗小说创作的繁荣期。就历史演义小说而言,期间有几个现象值得留意。一是编撰主体以书坊主和受雇于他们(或和他们关系很密切)的下层文人为主。书坊主像余象斗、杨尔曾两人,分别编有《列国前编十二朝传》《东西晋演义》。秦淮墨客纪振伦应是受雇于南京书坊的下层文人,《杨家府演义》《续英烈传》两部小说归于他的名下。其他如甄伟、谢诏、黄化宇等人,也可能是这类下层文人。下层文人的加盟,多少让编撰主体的整体文化水准有所提高。二是基本上构建了与历史平行的演义系列,久远如三皇五帝时期有《列国前编十二朝传》涉及,近者如万历平播事有《征播奏捷传通俗演义》演述。前引可观道人"浩瀚几与正史分签并架"一语,说的就是当时据史演义的盛况。三是某朝历史往往有数种小说加以演述,后出者一般是不满意前作而重新编写。如甄伟编写《西汉通俗演义》,是不满《全汉志传》之西汉部分"多牵强附会,支离鄙离,未足以发明楚、

---

① 武定侯郭勋(或其门客)编撰《皇明开运英武传》在明代小说发展史上是个特例,可置不论。
② [明]熊大木:《序武穆王演义》,引自丁锡根:《中国历代小说序跋集》,人民文学出版社 1996 年版,第 981 页。
③ [明]余邵鱼:《题全像列国志传引》,引自丁锡根:《中国历代小说序跋集》,人民文学出版社 1996年版,第 861 页。

汉故事"①。谢诏编《东汉十二帝通俗演义》大概抱有同样的态度。这种重编是后期历史演义小说较为常见的一种生成方式。改写前作固然与朝代有限、无新史可演的窘迫有关,但对艺术经验的积累和作品质量的提升不无裨益。四是高级文人、官员也开始留心通俗小说,不仅抄录收藏,也为之撰序写评。为通俗小说作序、撰写评点的人之中,既不乏顾充、林从吾、徐如翰、朱之蕃这类具有较高功名、官职的文人,也包括李贽、陈继儒这样的著名思想家或山人。② 这就进一步扩大了通俗小说的影响,促使通俗小说向文人化方向演进。在这种背景下,孙高亮"裒采演辑,凡七历寒暑"③而编成《于少保萃忠全传》,可以视为文人全面介入历史演义小说创作领域的先声。

较高层次文人加入通俗小说的编撰队伍,文人评点通俗小说,这在明末清初时期蔚然成风。短篇白话小说经由冯梦龙、凌濛初、李渔、艾衲居士等人的努力,逐渐变模拟为独撰,摒弃宋元话本的粗陋,成为文人表现自我道德观、世界观的精致文类之一。④ 长篇历史演义小说的文人化倾向虽逐渐凸显⑤,但其创作方式仍停留在改编阶段,只不过改编者已由书坊主或文化水平不高的下层文人变为具有较高文化修养的文人。譬如冯梦龙有感于《列国志传》"铺叙之疏漏,人物之颠倒,制度之失考,词句之恶劣,有不可胜言者",乃"本诸《左》《史》,旁及诸书","重加辑演"为《新列国志》。⑥ 于华玉认为《大宋中兴通俗演义》赘琐鄙野,于是"正厥体制,芟其繁芜,一与正史相符","痛为剪剔,务期简雅"⑦,编成《岳武穆尽忠报国传》一书。托名李春芳

---

① [明]甄伟:《西汉通俗演义序》,引自丁锡根:《中国历代小说序跋集》,人民文学出版社1996年版,第878页。

② 顾充字回澜,隆庆举人,官至南京工部都水司郎中,联辉堂本《三国志传》首有顾充序。林从吾是嘉靖四十一年(1562)进士,他为《于少保萃忠全传》作序。为《云合奇踪》作序的林如翰是万历二十九(1601)年进士。《三教开迷归正演义》题"兰嵎朱之蕃评订",首朱之蕃序。朱之蕃字元介,万历二十三年(1595)进士。李贽评点《水浒传》,称《水浒传》为"至文"。陈继儒为世德堂本《唐书志传通俗演义》作序作评,为大业堂本《东汉十二帝通俗演义》作序。参看陈大康《明代小说史》(上海文艺出版社2000年版)第588—560页的"明中后叶官员、名士与通俗小说关系简表",以及书后所附《明代小说编年史》。

③ [明]林从吾:《旌功萃忠全传叙》,引自丁锡根:《中国历代小说序跋集》,人民文学出版社1996年版,第1016页。

④ 参看[美]韩南《中国白话小说史》相关章节,尹慧珉译,浙江古籍出版社1989年版。

⑤ 毛评本《三国演义》、金评本《水浒传》都出现在此期。

⑥ [明]可观道人:《新列国志序》,引自丁锡根:《中国历代小说序跋集》,人民文学出版社1996年版,第865页。

⑦ [明]于华玉:《岳武穆尽忠报国传·凡例》。按于华玉字辉山,崇祯十三年(1640)进士。十五年(1642)在浙江义乌知县任内编刻是书。参看张丽娟:《岳武穆尽忠报国传·前言》,古本小说集成本。

编撰的《武穆精忠传》、署"邹元标编订"的《岳武穆王精忠传》都是《大宋中兴通俗演义》的删节改编本，其删改动机也不外乎"务期简雅"。"说唐"题材则出现两部堪称上乘之作的《隋炀帝艳史》和《隋史遗文》。前者题"齐东野人编次"，齐东野人身份无考，从"素饶侠烈，复富才艺"①八字可知，他是一位文化修养颇高的文人。后者由著名文士袁于令（1592—1674）编写，他在书中加入了自我表现因素，颇堪重视。另一部《隋唐演义》则是褚人获以小说形式编选文集的尝试。它写给同侪欣赏，是文人之间的文学消遣，体现了17世纪文人小说家的一种创作趣味。② 当然，这一时期的书坊主仍在继续编撰历史演义小说，余季岳刊行的《盘古至唐虞传》《有夏志传》《有商志传》一般认为即为余氏所编。《盘古至唐虞传》书尾有余季岳识语云："自盘古以迄我朝，悉遵鉴史通纪，为之演义。一代编为一传，以通俗谕人，总名之曰《帝王御世志传》。"据此，余氏最初有编撰全史演义的计划，但现在只能见到与本书相衔接的《有夏志传》和《有商志传》。这三部书皆题"景陵钟惺景伯父编辑"，托为著名文人钟惺所编，《通鉴》不载盘古之事而《盘古至唐虞传》仍标榜"悉遵鉴史通纪"。可见历史演义小说创作的文人化、史实化之深入人心，书贾为求打开销路，不得不如此尔。

　　18世纪的历史演义小说创作仍存在改写前作的情形，这些改作大多成为它所处理的故事题材的定本。较著名的作品有清远道人《东汉演义评》，钱彩、金丰《说岳全传》，蔡元放《东周列国志》等。这里试以清远道人《东汉演义评》和蔡元放《东周列国志》为例稍做说明。《东汉演义评》据谢诏《东汉十二帝通俗演义》重编而成，清远道人指出前作"捏不经之说，颠倒史事"③，"架空杂凑，甚至以光武骑神牛、严子陵作军师，荒唐不经，且不贯串……故唯按史书实事纪事编年，错综出入"。可见他改写的旨趣在于"信""达"两端。因为改作"较谢诏本为通博"④，问世后就取代谢诏本，为多种"东西汉"合刻本收入，成为《东汉演义》的定本。《东周列国志》是冯梦龙《新列国志》的评改本。评只"批其事耳，不论文也"⑤，形式基本上是仿效毛宗岗评《三

① [明]委蛇居士：《隋炀帝艳史题辞》，引自丁锡根：《中国历代小说序跋集》，人民文学出版社1996年版，第951页。

② [美]何谷理：《〈隋唐演义〉和明末清初苏州文人的美学》，载中国社会科学院文学研究所中国古代小说研究中心编：《中国古代小说研究》第二辑，人民文学出版社2006年版，第177—202页。

③ [清]清远道人：《东汉演义评序》，引自丁锡根：《中国历代小说序跋集》，人民文学出版社1996年版，第881页。

④ 孙楷第：《中国通俗小说书目》，人民文学出版社1982年版，第34页。

⑤ [清]蔡元放：《东周列国志·读法》，大达图书供应社1935年再版，第1页。

国演义》。改是订正史实，润色文字，但改动的地方不多。蔡元放强调《东周
列国志》的史书性质，他在《读法》中说："读《列国志》，全要把作正史看，莫作
小说一例看了。"①也许因为它"于史学或亦不无小裨"②，加上文字通顺流
畅，《东周列国志》反而取代冯梦龙的墨憨斋定本，成为广泛流传的本子。两
种改写本强调史实的倾向，在吕抚编写的《廿四史通俗演义》中体现得更加
显豁。吕抚主要依据司马光《资治通鉴》和朱熹《通鉴纲目》，并参照二十四
史编成这部作品，他在自序里称："取《通鉴纲目》及二十四史而折衷之……
事事悉依正史，言言若出新闻，始终条贯，为史学另开生面。"③遵循这一意
图编写的《廿四史通俗演义》，看起来更像通俗历史读物而不是小说，但它总
括历朝史事的气魄，仍使它在历史演义小说发展史上占有一席之地。改写
旧作，以及对史实化的强调，可以说是延续了前几个阶段发展倾向的一个侧
面。而本期历史演义小说创作最值得瞩目的新的趋势，无疑是文人化色彩
的进一步加强和文人独撰作品的出现，文人作为创作主体的重要性日益加
强。与此相应，书坊主不再是通俗小说的编撰主体（李渔、陆云龙、天花藏主
人这些文人兼书坊主的小说家自然不在其列）。

　　大约从16世纪末起，文人开始以序跋、评点形式发表他们关于通俗小
说的见解。接下来的两个世纪里，文人逐渐取代书坊主，成为通俗小说的创
作主体。他们以通俗小说为载体，关注国家政治，思考社会人生，抒写自我
性情，展示才情学识，并发展出一整套繁复精巧的修辞法则（譬如对称、寓
意、反讽等）来传达上述意图。这样的内容和修辞同样见于传统诗歌、古文、
文人传奇、文人绘画等艺术样式之中，是文人自我意识和审美趣味的表现。
为了与通常所说的通俗小说区别开来，文人创作的这类小说被称为"文人小
说"。④ 何谷理（Robert Hegel，1943—　　）指出："一部文人小说的创作，通常
要花数月、数年乃至数十年的时间。许多作家极为关注国事政局，并在自己
的作品中表达个人的看法；另有一些作家则留意于当时的道德和哲学问题。
文人小说的一个主要特征就是时时可见严肃的理性思考和艺术追求。"⑤按

① ［清］蔡元放：《东周列国志·读法》，大达图书供应社1935年再版，第1页。
② ［清］蔡元放：《东周列国志序》，引自丁锡根：《中国历代小说序跋集》，人民文学出版社1996年
　　版，第869页。
③ ［清］吕抚：《纲鉴通俗演义序》，《廿四史通俗演义》，浙江人民出版社1985年版。
④ 关于文人小说的研究，参看夏志清：《文人小说家和中国文化——〈镜花缘〉新论》，收入《人的文
　　学》，辽宁教育出版社1998年版，第21—51页；浦安迪：《明代小说四大奇书》，生活·读书·新
　　知三联书店2006年版；李明军：《中国十八世纪文人小说研究》，昆仑出版社2002年版；等等。
⑤ ［美］何谷理：《明清文人小说中的非因果模式及其意义》，乐黛云、陈珏编选：《北美中国古典文
　　学研究名家十年文选》，江苏人民出版社1996年版，第478页。

照这一标准,18 世纪的三部历史演义小说——《女仙外史》《北史演义》和《南史演义》是较具代表性的文人小说。

《女仙外史》动笔于康熙四十年(1701),成书于康熙四十三年(1704),七年之后始刊刻行世。① 这与书坊主迅速拼凑成书迥异,与文人改编恐怕也不全相同。作者吕熊约生于崇祯末年,卒于康熙末或雍正初年,是一位"少嗜诗、古文","流连诗酒"②的文人,时人称誉他"文章经济,精奥卓拔"③。《女仙外史》写明初建文逊国,唐赛儿起兵勤王事。创作这部小说的缘起,据吕熊自叙云:"夫建文帝君临四载,仁风洋溢,失位之日,深山童叟莫不涕下。熊生于数百年之后,读其书,考其事,不禁心酸发指,故为之作《外史》。"④小说"大旨"则在于表彰忠义,黜罚奸邪,"以自释其胸怀之哽噎"⑤。一般认为,这是吕氏借逊国靖难史事抒发他对明清鼎革现实的感慨,寄托他的故国之思。⑥ 书中塑造的军师吕律这一形象实为作者自况,吕熊将自己的才学韬略投射到这个人物身上,无怪乎刘廷玑要说作者"平生之学问心事皆寄托于此"⑦。演绎逊国靖难史事的,另有《承运传》和《续英烈传》⑧。比较这三部小说,我们不难看出历史演义小说文人化色彩逐渐强化的趋向。《承运传》"极陋,于本朝事尚不能知其梗概"⑨,又指建文朝死难忠臣为奸党,为朱棣夺位的合法性寻找理由。全书叙事粗率,语言平直,当是书坊主或受雇于书坊主的下层文人根据《奉天靖难记》⑩之类的官方史书编写。在建文朝君

① 柳存仁:《伦敦所见中国小说书目提要》,书目文献出版社 1982 年版,第 152—154 页。

② (道光)《昆新两县志》卷二十七"文苑二",中国地方志集成·江苏府县志辑本,第 414 页上。

③ [清]陈奕禧:《女仙外史序》,[清]吕熊著,刘远游、黄蓓薇标点:《女仙外史》,上海古籍出版社 1991 年版,第 1067 页。

④ [清]吕熊:《女仙外史自叙》,[清]吕熊著,刘远游、黄蓓薇标点:《女仙外史》,上海古籍出版社 1991 年版,第 1070 页。

⑤ [清]刘廷玑《在园品题》引述吕熊语,[清]吕熊著,刘远游、黄蓓薇标点:《女仙外史》,上海古籍出版社 1991 年版,第 1079 页。

⑥ 参看章培恒:《女仙外史·前言》,[清]吕熊著,刘远游、黄蓓薇标点:《女仙外史》,上海古籍出版社 1991 年版。

⑦ [清]刘廷玑:《在园杂志》卷二"吕文兆"条,中华书局 2005 年版,第 63 页。

⑧ 《承运传》今存万历写刻本,不题撰人。孙楷第认为,此书版式"与余光(象)斗所刊《八仙传》等书同一形式,疑同时同地所刻","书出当在《英烈传》之后也"。《日本东京所见小说书目》,人民文学出版社 1958 年版,第 51—52 页。《续英烈传》又名《永乐定鼎全志》,有宜山堂刊本,署"空谷老人编次",一般认为是秦淮墨客纪振伦编,成书于明末。关于它们的比较研究,参看刘倩:《永乐定鼎两传:〈承运传〉与〈续英烈传〉》,载中国社会科学院文学研究所中国古代小说研究中心编:《中国古代小说研究》第一辑,人民文学出版社 2005 年版,第 302—317 页。

⑨ 孙楷第:《日本东京所见小说书目》,人民文学出版社 1958 年版,第 52 页。

⑩ 《奉天靖难记》是最早为朱棣登基制造舆论的官方文本,全书不载建文年号,对建文、方孝孺等人有许多污蔑丑诋之辞,对燕王朱棣则竭尽歌颂之能事。[明]邓士龙辑《国朝典故》本。

臣得获平反的万历年间刊刻这部指忠为奸、颠倒是非的小说,正体现了书坊主一味逐利的本色。《续英烈传》在"综建文、永乐故实"①的基础上,重现了逊国靖难这一颇富戏剧性的历史事件。作者既为"永乐定鼎"立传,又同情建文之败,褒扬建文朝诸臣之忠,态度较为客观。仁义之君失国覆亡,篡逆之人反而入继大统,这不能不引发人们对仁与暴、正统与篡逆等一系列道德难题的重新思考。《续英烈传》虽然只能按照惯例将这一切归为天命,但它不回避"当时的道德和哲学问题",努力为之寻求可能的解释,这正是小说文人化的表现之一。《女仙外史》在很多地方近似《续英烈传》。双方都不否认永乐帝的权威,但同时都提供了另一个等同的权威:前者是帝师唐赛儿,后者是被废黜的建文帝。双方都将故事置于一个超自然结构之中:前者表明靖难之役是嫦娥和天狼星争吵的重演,后者写洪武帝做梦预示了后来的叔侄相争。② 而且《女仙外史》同样将靖难之役的结局委之于天道,认为"天道固如此,其若人伦何"③。不过很明显,《女仙外史》"自释其胸怀之哽噎"的意图让它比《续英烈传》"反覆遗编无兼望,残灯□尽断人魂"(34/433)的感叹多了些文人抒写自我性情的味道。

　　杜纲(约1740—1800)分别在乾隆五十八年(1793)、乾隆六十年(1795)撰成《北史演义》和《南史演义》两书。与以往世代累积型历史演义小说的编写不同,杜纲没有讲说南北朝这段历史的平话材料可资参考,只能"宗乎正史,旁及群书,搜罗纂辑,连络分明"④。从这个意义上可以说,《北史演义》《南史演义》是杜纲的独撰作品。小说采用"英雄美人"组合模式描述这段头绪纷乱的历史,和才子佳人小说的人物组合模式颇为相似,与《隋唐演义》所体现出来的文人审美取向也不无相通之处。叙事方面,杜纲注意行文互见,避免重复。譬如《北史演义·凡例》说:"南朝事实,有与北朝相涉者,略见一二,余皆详载《南史演义中》。"《南史演义·凡例》也说:"事有与《北史》相犯者,如侯景之乱梁,隋师之灭陈,彼此俱载。然此详则彼略,彼详则此略,一样叙事,仍两样笔墨。"经过四个世纪的积累和实践,我们的小说家早已能够

---

① [明]秦淮墨客:《续英烈传叙》,古本小说丛刊本,第9页。

② W. L. Idema, *Chinese Vernacular Fiction:the Formative Period*(Leiden, E.J. Brill, 1974), P.124.

③ [清]吕熊:《女仙外史自叙》,[清]吕熊著,刘远游、黄蓓薇标点:《女仙外史》,上海古籍出版社1991年版,第1069页。

④ [清]许宝善:《北史演义序》,引自丁锡根:《中国历代小说序跋集》,人民文学出版社1996年版,第946页。

自觉而熟练地运用史传笔法来写自己的小说了。① 杜纲的历史演义小说创作获得很高评价，孙楷第指出："小说演史自元以还最为繁多，历代史事几于遍演，唯南北史久悬，无人过问。纲乃补此二书，其铺陈事迹皆本史书，文亦纡曲匀净。凡演史诸书，非鄙恶即枝蔓，此编独能不蹈此弊，在诸演史中实为后来居上，除《三国志》《新列国志》《隋史遗文》《隋唐演义》数书外，殆无足与之抗衡者。"②

综上，史实化是历史演义小说演变的一条主线。文人介入历史演义小说创作，尤其会促使它向史实化方向演进。但史实化与文人化并不构成正比关系。如前所述，《女仙外史》的文人化色彩要浓于《续英烈传》，而史实化程度显然比不上后者。《续英烈传》"事必撫实"③，《女仙外史》则虚构出"以赏罚大权，畀诸赛儿一女子，奉建文之位号，忠贞者予以褒谥，奸叛者加以讨殛"的"空言"，又"杂以仙灵幻化之情，海市楼台之景"。④《北宋志传》相对《杨家府演义》来说更靠拢历史，但它的文人化色彩反不及后者。《杨家府演义》诗作水准总体上高于《北宋志传》，不少作品有鲜明的文人特色。结尾杨怀玉上太行更是渗透了浓厚的文人意识。⑤ 说到底，史实化关乎历史演义小说的虚实问题，文人化涉及的是雅俗关系，双方出现错位很自然。

史实化与文人化不尽一致，还与人们对小说虚实关系的认识有关。小说是实录，还是虚构，这是中国小说批评史上争论不休的大问题。就历史演义小说而言，这个问题的焦点是小说和历史（准确地说，应是史书）的关系。明代通俗小说创作重新起步时，绝大多数人信奉实录，坚持"小说不可紊之以正史"。熊大木对此表示赞同，但他又认为"史书小说有不同者，无足怪矣"，所以他在《大宋中兴通俗演义》中的做法是："小说与本传互有同异者，两存之以备参考。"⑥这无疑近于承认历史演义小说创作可以虚构，是对实录观念的突破。不过在编撰实践中，熊大木仍侧重实录史籍。《唐书志传通俗演义》"叙次情节，则一依《通鉴》，顺序照抄原文而联缀之"⑦。同时大量

① 本节叙述，主要参考了欧阳健《历史小说史》第五章第三节"杜纲对历史小说史的贡献"，浙江古籍出版社 2003 年版。
② 孙楷第：《戏曲小说书录解题》，人民文学出版社 1990 年版，第 87 页。
③ ［明］秦淮墨客：《续英烈传叙》，古本小说丛刊本，第 11 页。
④ ［清］吕熊：《女仙外史自跋》，［清］吕熊著，刘远游、黄蓓薇标点：《女仙外史》，上海古籍出版社 1991 年版，第 1072—1073 页。
⑤ 参看孙旭、张平仁：《〈杨家府演义〉与〈北宋志传〉考论》，《明清小说研究》2001 年第 1 期。
⑥ ［明］熊大木：《大宋武穆王演义序》，引自丁锡根：《中国历代小说序跋集》，人民文学出版社 1996 年版，第 981 页。
⑦ 孙楷第：《日本东京所见小说书目》，人民文学出版社 1958 年版，第 37 页。

舍弃民间"说唐"故事(如"老君堂""十羞李密""三鞭换两锏"等),第八卷的薛仁贵征辽故事则删去降火龙马、献平辽策等不合史实的材料。整体上,这部作品强化了《隋唐两朝史传》的史实化倾向,而与《大唐秦王词话》背道而驰。《大宋中兴通俗演义》虽采录了拜访道月长老、风僧冥报之类的"小说家言",其追慕史、雅意味的倾向非常突出。①

与熊大木同时和在他之后,人们在历史演义小说虚实问题上的看法基本上可分为两派。一派肯定虚构,主张小说不必全与历史相合,而应做到"虚实相半""真幻并兼"。如甄伟认为:"若谓字字句句与史尽合,则此书又不必作矣。"②袁于令倡导"幻奇"说,以为"传奇者贵幻","奇幻足快俗人,而不必根于理"。③ 谢肇淛(1567—1624)指出"事太实则近腐","凡为小说及杂剧戏文,须是虚实相半,方为游戏三昧之笔"。④ 金丰提出:"从来创说者,不宜尽出于虚,而亦不必尽出于实。苟事事皆虚,则过于诞妄,而无以服考古之心;事事皆实,则失于平庸,而无以动一时之听。"⑤另一派强调以实录为本,认为演义不能违背历史事实。峥霄主人称《魏忠贤小说斥奸书》是根据邸报和朝野史书汇编而成的,"一本之闻见,非敢妄意点缀"⑥。毛宗岗认为《三国演义》之奇,就在于它"据实指陈,非属臆造,堪与经史相表里"。蔡元放"稗官不过纪事而已"⑦,"有一件,说一件,有一句,说一句,连记事实也记不了,那里还有功夫去添造"⑧。正因为这样,当熊大木之后的文人编写"说岳""说唐"小说时,文人化色彩是逐渐强化的,而史实化进程则不免曲折反复。以"说岳"为例。于华玉以"史"为标准,删去《大宋中兴通俗演义》末卷的风僧冥报故事。又删并则目、裁剪内容、剪剔词句,改烦冗为雅驯。可到了钱彩编写、金丰增订的《说岳全传》,这种向史实靠拢的做法遭到摈弃。

---

① 参看陈大康《明代小说史》第八章第二节"《大宋演义中兴英烈传》的编创方式",上海文艺出版社 2000 年版。

② [明]甄伟:《西汉通俗演义序》,引自丁锡根:《中国历代小说序跋集》,人民文学出版社 1996 年版,第 879 页。

③ [明]吉衣主人:《隋史遗文序》,引自丁锡根:《中国历代小说序跋集》,人民文学出版社 1996 年版,第 956—957 页。

④ [明]谢肇淛:《五杂组》,中华书局 1959 年版,第 447 页。

⑤ [清]金丰:《说岳全传序》,引自丁锡根:《中国历代小说序跋集》,人民文学出版社 1996 年版,第 987 页。

⑥ [明]峥霄主人:《魏忠贤小说斥奸书·凡例》,引自丁锡根:《中国历代小说序跋集》,人民文学出版社 1996 年版,第 1025 页。

⑦ [清]蔡元放:《东周列国志序》,引自丁锡根:《中国历代小说序跋集》,人民文学出版社 1996 年版,第 868 页。

⑧ [清]蔡元放:《东周列国志·读法》,大达图书供应社 1935 年再版,第 1 页。

《说岳全传》吸收大量的怪诞故事,如鲍方赠宝破妖人(51/401—404)、火箭破驼龙(76/624—625)、施岑收服乌灵圣母(79/658—659)等,捏造女土蝠化身、大鹏鸟临凡之类的说法,又增添于史无征的岳雷扫北故事,从而达到"实者虚之,虚者实之,娓娓乎有令人听之而忘倦"①的地步。再以"说唐"为例。《唐书志传通俗演义》在力求史实化的同时,也倾向于文人的审美趣味,所谓"文词时传正史,于流俗或不尽通"②。齐东野人《隋炀帝艳史》、袁于令《隋史遗文》、褚人获《隋唐演义》这三部小说都带有鲜明的文人化特征③,但这与文辞是否符合正史无关。相反,三部小说与史书记载都有相当距离。《隋炀帝艳史》主要取材于《隋遗录》《海山记》《迷楼记》《开河记》等传奇小说,着重描述隋炀帝的"奇艳之事",挖掘人物的心理和情感,而有意忽略史书所载的一些重大历史事件。秦叔宝故事占去《隋史遗文》三分之二以上的篇幅,所述内容却大多不见于史书,一般认为是改自一个民间评话原本(详后)。《隋唐演义》用一个"再世因缘"框架将以往关于说唐故事的通俗小说、说唱文学、文言传奇等各种材料汇为一集,其乖违史书之多也就不难想见了。

3. 到民间去:传说化与世俗趣味

史实化、文人化是要将历史演义小说拉向雅正一端,而在另一端,历史演义小说是沿着传说化和世俗化的路径演进的。我们知道,当通俗小说被刊印成文本形式广为传播时,民间的口头说唱艺术并没有消歇,而是按照它的固有轨道蓬勃发展。当文人介入通俗小说创作,并逐渐使它演变为一种文人写给文人欣赏的书斋、案头文学时,仍有大量职业小说家从民间说唱里获取材料和灵感④,编写出"民众所嗜好,所喜悦的","投合了最大多数的民众之口味的"⑤小说。历史演义小说当然也不例外。

16世纪末至18世纪口头说唱在民间的盛行情况,我们以说书为例稍做说明。李斗(1749—1817)《扬州画舫录》列出一批说书艺人的名字及其擅长书目:"评话盛于江南,如柳敬亭、孔云霄、韩圭湖诸人,屡为陈其年、余澹

---

① 　[清]金丰:《说岳全传序》,引自丁锡根:《中国历代小说序跋集》,人民文学出版社1996年版,第988页。
② 　[明]陈继儒:《唐书演义序》,引自丁锡根:《中国历代小说序跋集》,人民文学出版社1996年版,第961页。
③ 　参看彭知辉:《"说唐"系列历史小说之研究》,南京大学2003年博士论文,第71—72页。
④ 　关于职业小说家和文人小说家的分别,参看夏志清:《文人小说家和中国文化——〈镜花缘〉新论》,收入《人的文学》,辽宁教育出版社1998年版,第21—51页。
⑤ 　郑振铎:《中国俗文学史》,东方出版社1996年版,第3页。

心、杜茶村、朱竹垞所鉴赏……郡中称绝技者,吴天绪《三国志》,徐广如《东汉》,王德山《水浒记》,高晋公《五美图》,浦天玉《清风闸》,房山年《玉蜻蜓》,曹天衡《善恶图》,顾进章《靖难故事》,邹必显《飞驼传》,谎陈四《扬州话》,皆独步一时。近今如王景山、陶景章、王朝幹、张破头、谢寿子、陈达三、薛家洪、谌耀廷、倪兆芳、陈天恭,亦可追武前人。"①这份名单从明末清初的说书大家柳敬亭算起,到李斗所处的"近今",恰好包括了活跃于16世纪末到18世纪末的一些著名说书艺人,颇能说明这两百年间说书业的发达。其中又以柳敬亭声名卓著,影响最大。② 吴鼒(1756—1821)《麓泉为说平话之陈兰舟索诗走笔赠之》称"平话传者柳敬亭"③,应是清人普遍赞同的看法。又据《熙朝新语》卷十六记载,昆山徐孝子"学柳敬亭,抵掌谈《三国》《隋唐演义》",以偿还父亲欠下的酒债。④ 林苏门(约1748—1809)"书场四首"条介绍说:"扬俗,无论大小人家,凡遇喜庆事及设席宴客,必择著名评词、弦词者叫来伺候。"⑤时间稍后的袁学澜(1803—?)曾对学子因沉溺听书而荒废举业深表忧虑:"举业无心贸迁懒,赶趁书场怕已晚。经旬风雨未曾辍,要听书中紧关节……敬亭之后谁擅名,局中高坐称先生。三家村里老学究,没径蓬蒿业无就。便便腹笥五经师,不及弹唱工盲词。"⑥可见说书所受欢迎的程度。前引《说岳全传》第十回"大相国寺闲听评话"对此也有真切的反映。

民间说唱既为民众所嗜好,自然就有人将说唱内容笔录下来传播。今通行本《清风闸》小说,就是据浦琳所说《清风闸》故事笔录而成。⑦ 又有人对说唱笔录本进行加工改编,以刊售营利。如19世纪著名说唱艺人石玉昆的《龙图公案》唱本被时人笔录下来,题作《龙图耳录》,继而又被改编为长篇章回小说《忠烈侠义传》(又名《三侠五义》)。⑧ 这些笔录、改编者多数可能是职业小说家⑨。他们以卖文为生,要取悦于广大读者群众,改编民间说唱故事无疑是最简捷有效的法子之一。甚至像袁于令这样的文人,在编撰《隋

① [清]李斗:《扬州画舫录》卷十一,中华书局1960年版,第257—258页。
② 关于柳敬亭,可参看陈汝衡:《说书艺人柳敬亭》,《陈汝衡曲艺文选》,中国曲艺出版社1985年版,第409—496页;何龄修:《关于柳敬亭的生年及其他》,《清史论丛》第3辑,第260—275页。
③ [清]吴鼒:《吴学士诗集》卷二,续修四库全书本,第344页。
④ [清]余金:《熙朝新语》,上海古籍书店1983年版,叶八(a)。
⑤ [清]林苏门:《邗江三百吟》卷八,中国风土志丛刊本,广陵书社2003年版,第292—293页。
⑥ [清]袁学澜辑:《吴俗讽喻诗》,中国风土志丛刊本,广陵书社2003年版,第13—14页。
⑦ 叶德均:《关于浦琳》,《戏曲小说丛考》,中华书局2004年版,第748—750页。
⑧ 参看李家瑞:《从石玉昆的〈龙图公案〉说到〈三侠五义〉》,《文学季刊》第2期。
⑨ 像邹必显(他以扬州土语编成《飞跎子书》,见《扬州画舫录》,中华书局1960年版,第199页)、石玉昆这样能编述新书的说唱艺人应该不会很多。

史遗文》时也参考了民间说唱旧本。《隋史遗文》秦叔宝故事的来源，据孙楷第推测①：

> 　　或本市人话本，韫玉为润色之。考余澹心板桥杂记有"柳敬亭年八十余，过其所寓宜睡轩，犹说秦叔宝见姑娘"之语。敬亭所说，以罗彝妻为叔宝姑母，正与此书同。则此书秦叔宝诸人事，盖是万历以后柳麻子一流人所揣摹敷衍者，于令亦颇采其说而为书耳。

　　夏志清进而认为："很可能袁于令从一位说书人手里拿到了《隋史》的话本，先把它印出来，这就是袁氏在好多则'总评'里所提到的'原本'、'旧本'。后来因为书销路很好，袁自己花了气力再把它增改加评重印。"②柳敬亭擅说"隋唐间稗官家言"③，长期活动于扬州、苏州一带，与江南文人多有交往。他的弟子居辅臣是扬州人，曾在通如一带说秦琼故事。④ 袁于令生活在盛行说书的苏州，又颇谙通俗文艺，不会不知道这些民间流行的说唐故事。要言之，袁于令具备将说书人话本改写成小说的主客观条件，两位学者的推测很有道理。

　　将民间说唱笔录成文本，或对民间说唱本子进行加工改编，18 世纪的许多历史演义小说即由此而来。这些作品积淀了厚重的世俗趣味，代表着历史演义小说传说化的演进方向。《说唐演义全传》是这方面最好的例证。

　　如果说《隋唐演义》是说唐题材充分文人化的一部小说，那么《说唐演义全传》就是这一题材世俗化的集大成之作。《说唐演义全传》共六十八回，署鸳湖渔叟较订，观文书屋乾隆癸卯（1783）重镌本有如莲居士乾隆元年（1736）序。叙事起于秦彝临终托孤，止于李世民登基。全书讲述秦叔宝、尉迟恭、罗成等瓦岗寨英雄保李世民反隋兴唐故事，主要包括秦叔宝故事、隋朝十八条好汉故事和尉迟恭故事三大块内容。种种迹象显示，这三个故事都是采自民间的口头说书，或源于与民间说书传统关系密切的同题材作品。秦叔宝故事与《隋史遗文》所述属同一系统。《隋史遗文》第三回总评曰："旧本有太子（引按指晋王杨广）自扮盗魁，阻劫唐公，为唐公所识，小说也无不可。予以为如此衅隙，歇后十三年，君臣何以为面目？故更之。"（3/28）《说

---

① 　孙楷第：《日本东京所见小说书目》，人民文学出版社 1958 年版，第 185 页。

② 　夏志清：《〈隋史遗文〉重刊序》，《人的文学》，辽宁教育出版社 1998 年版，第 6 页。

③ 　［清］王沄：《漫游纪略·燕游》，转引自胡士莹：《话本小说概论》，中华书局 1980 年版，第 379 页。

④ 　胡士莹：《话本小说概论》，中华书局 1980 年版，第 380 页脚注⑤。

唐演义全传》恰有晋王杨广假扮盗魁,企图谋害唐公的情节(3/47—48)。另《隋史遗文》写秦叔宝校场上夸下海口,要射飞鹰,罗成暗发一枝弩箭助他过关(15/128—129)。而《说唐演义全传》叙秦叔宝射下双雕,并有按语说:"要晓得叔宝的箭,乃是王伯当所传,原有百步穿杨之巧。若据小说上罗成暗助一箭,非。非惟并无此事,抑且岂有此理?"(8/143)可见《说唐演义全传》源于《隋史遗文》的旧本。两书对旧本都有所改动,而改动的地方并不一致,所以才会出现这样的细节照应。① 隋朝十八条好汉故事大概是明末清初说话人创造出来的一个新的故事体系,创造的法门是借鉴和移植其他故事,像伍云召故事就明显借鉴了民间口头传说里的伍子胥故事②。十八条好汉名额空缺,而第九条好汉却有魏文通、新文礼两人。可见十八条好汉的说法,当是说书人的信口开河,而《说唐演义全传》吸纳的这个故事尚未发展成熟或定型。尉迟恭故事由《大唐秦王词话》发展而来。两书所述大致相同,《说唐演义全传》只新增了杀人取血以开铁羊(44/777—781)、双纳黑白氏(53/937—950)等少量情节。

活动于清乾嘉时期的董伟业有一首诗咏道:"书词到处说隋唐,好汉英雄各一方。诸葛花园疏理道,弥陀寺巷斗鸡场。"③《飞龙全传》叙赵匡胤进入五索州城,发现十字街头的戏台"正演那剧《隋唐传》的故事,乃是单雄信追赶李世民"(25/233)。清代民间"说隋唐"的盛行,使《说唐演义全传》具备强烈的说书色彩和世俗趣味。这部小说有大量"按下慢表""这叫做无书不讲,有书不得不说"之类的说书套语,"这回书叫做罗成走马破杨林"(30/527)、"这回书名为撞死黄骠马,别断虎头枪"(37/659)等提示性语句也透露出它的说书源头。书中情节浅陋,多有情理不通的地方。譬如秦叔宝、王伯当以打赌方式两次盗得尚师徒的风雷豹,近乎儿戏(37/652—655)。杨林为剿灭十八路反王,发诏会齐天下反王齐上扬州演武,抢得状元者,立他为"反头儿"。这本是很拙劣的计策,各路反王竟然纷纷前去比试,险遭一网打尽之厄。(40—41/709—734)说书人和编写者为了追求故事的热闹,可以说是完全不顾事理。不过有些情节却充满民间叙事特有的戏谑意趣。书中叙孙天佑念咒可以刀枪不入,似乎很难对付,秦叔宝却趁他说话之际轻松将他打死(38/675—677),此事可发一噱。第二十二回写程咬金行劫王杠,自报姓

---

① 更详细的讨论,参看彭知辉:《"说唐"系列历史小说之研究》,南京大学 2003 年博士论文,第95—98 页。

② 参看郑振铎:《伍子胥与伍云召》,《中国文学研究》,作家出版社 1957 年版,第 313—320 页。

③ [清]董伟业:《扬州竹枝词》,中国风土志丛刊本,广陵书社 2003 年版,第 12 页。

名已足解颐(22/389)。小说接着写他说出"不妨,我是初犯,就到官去也无甚大事"(24/425)这样的话,更加让人开颜。第四十五至四十六回说程咬金被尉迟恭鞭打致死,却屡死屡生。因为程咬金是土福星官临凡,打死见了土即可复活。这一情节的灵感明显来自狗见土又活的民间迷信的说法,契合民间的叙事趣味。第四十七回叙述程咬金数次夺取尉迟恭所押送的粮食,程咬金之侥幸成功和尉迟恭之气急败坏相映成趣,令人捧腹。应该说,程咬金是在这部小说里才真正成为一个令人难忘的喜剧角色。他言语粗俗却憨厚可爱,行动无赖却天真烂漫,武艺平平却能逢凶化吉,头脑简单却不忘要些小聪明。他是民间审美趣味之下的产物,因而深受民众喜爱。

代表历史演义小说传说化方向的其他作品,尚有《说岳全传》《说呼全传》《飞龙全传》《五虎平西前传》《五虎平南后传》《万花楼》,以及演述罗家将、薛家将故事的《说唐演义后传》(一名《说唐后传》)、《新刻异说后唐传三集薛丁山征西樊梨花全传》(又名《征西说唐三传》)、《异说反唐全传》《粉妆楼全传》等。① 这些小说主要描写英雄的征战传奇,内容大半出于民间传说,历史在其中只有一点点影子。即便是史有其人的帝王武将(如赵匡胤、尉迟恭、秦叔宝、程咬金、郑恩、狄青、牛皋等),编写者也按照民间想象和趣味,将其塑造成打抱不平的市井好汉,滑稽粗鲁的草莽英雄。它们在思想、艺术方面所散发的世俗趣味,略举数端,简述如下。

情节奇幻化。正如袁于令所说:"奇幻足快俗人,而不必根于理。"② 这些历史演义小说往往包含大量的奇幻情节,以充分满足民众的好奇尚异心理。譬如英雄降妖得宝(兵器或坐骑)的奇异故事反复出现在这些小说中,以致形成套路。③ 这说明它颇受读者欢迎,编写者才不厌其烦予以复制。《飞龙全传》写赵匡胤骑动泥马(1/7－8),《说唐演义全传》叙李世民金簪插日(57/1017－1018),自然都是为渲染真主乃天命所归而捏造出来的无稽之谈。《征西说唐三传》讲述薛丁山所射白虎实为薛仁贵元神,"这也是命中注定的,向年仁贵无心射子,今日丁山亦无心射父,此乃一报还一报"(41/300)。虽然早有八大王射杨六郎白虎元神的故事在先,对听众和读者来说,这个奇特的弑父故事仍足以耸人耳目。

忠奸斗争模式。忠奸斗争是通俗文学的常见主题,反映的是普通民众

---

① 描写狄家将故事的三部作品刊于 19 世纪第一个十年之内,这里一并列入。
② [明]吉衣主人:《隋史遗文序》,引自丁锡根:《中国历代小说序跋集》,人民文学出版社 1996 年版,第 957 页。
③ 粗略统计一下,这些英雄有尉迟恭、程咬金、薛仁贵、岳飞、狄青、薛蛟、薛葵等。

对于国家政治的理解。《粉妆楼全传》开篇就说:"从来国家治乱,只有忠佞两途。"(1/1)这些历史演义小说大都围绕忠奸斗争这条主线生发情节,如《粉妆楼全传》叙写罗成后裔罗增受奸相沈谦谗害,罗增两子罗燦、罗焜联合忠义除奸雪冤的故事,《说呼全传》描写呼家将和奸相庞集的斗争。即便是重在描写抵御外敌的作品,仍然夹杂忠奸斗争内容。这一时期最典型的例子就是讲述狄青故事的《五虎平西前传》《五虎平南后传》和《万花楼》。三部小说主要写狄青征战故事,但他和奸相庞洪的矛盾交织其中,是书中不可或缺的部分。通过描写忠奸斗争,这些小说歌颂忠臣良将的忠诚报国,斥责奸佞宵小的误国殃民,体现了民众的爱憎,以及他们对正义、公正的渴望。

英雄结义模式。从"桃园结义"到"梁山聚义",《三国演义》《水浒传》奠定了后世历史演义小说宣讲英雄结义的基础。这些小说中的英雄结义不论出身贵贱、地位高低,重要的是意气相投,能共患难,互相扶助,同创事业。譬如岳飞、狄青身为元帅,和部将却是结义兄弟关系。《说岳全传》还提到,被擒的盗寇愿意归顺,岳飞也会与之结义(48/373-374)。《飞龙全传》"赤须龙山庄结义""黄土坡义结芝兰""龙虎聚禅州结义"诸回写赵匡胤、张光远、罗彦威、柴荣、郑恩等英雄结义,各人身份、地位颇为悬殊,但并不妨碍众人结为兄弟。这比较接近《三国演义》的"桃园结义"。和"梁山聚义"相似的,譬如"说唐"故事里的瓦岗寨聚义,《异说反唐全传》的"九焰山群雄聚义"(46/467-471),《粉妆楼全传》的"鸡爪山招军买马"(29/254-256)等。"义"是民间社会崇尚的道德,英雄好汉必须具备。《说唐演义全传》写秦琼不愿缉拿劫王杠的程咬金、尤俊达两人归案,他说:"小弟虽然卤莽,那'情理'两字也略知一二,怎肯背义忘恩,拿兄去受罪?"(24/425)为明心迹,秦琼又将捕批牌票连批文一起烧掉。秦琼的言行让众好汉大为叹服:"好朋友,这个才算作好汉!"(24/425)明白这一点,我们就能理解重情重义的秦琼深得民众赞佩和爱戴的关键原因了。

阵上招亲模式。从杨家将小说首先演述穆桂英阵上招亲故事以来,后世历史演义小说纷纷蹈袭,杜撰出大量男女英雄战场定姻缘的故事。典型的例子,如《征西说唐三传》第二十九至三十一回叙樊梨花逼迫薛丁山成亲,第五十二回叙金桃、艮杏两位公主招被擒唐将刘瑞、刘仁为夫,《五虎平南后传》第十七回叙段红玉要与狄龙阵前结亲,第二十七回叙王兰英逼迫狄虎定亲。这些招亲故事大多讲述番邦女子(或寨主之女)因爱慕中朝人物(或将门子弟)的才貌,在双方敌对之时主动提议配婚。说书人或小说编写者热衷于讲述这样的故事,一方面是因为它的新奇(变"凤求凰"为"凰追凤")能够满足民众的尚奇心理,另一方面是因为它契合民众对门第名望的艳羡之心。
与《隋唐演义》写招亲故事的文雅笔法不同(如第四十九回罗成和窦线娘"马
上缔姻缘"),另有一类招亲故事一扫繁文缛节,直接写英雄用强成其好事,
不免流于庸俗。如《说唐演义全传》写尉迟恭纳黑氏,《说岳全传》写韩起龙
与巴秀琳(67/548)、韩起凤与王素娟(67/549)、牛通与石鸾英(68/553)、伍
连与西云小妹及瑞仙郡主(78-79/645-654)之间的婚姻。这种庸俗可能
恰恰反映了民众对于两性婚姻的看法。相对文人阶层而言,他们更强调肉
体上的男欢女爱。这个话题恐怕也是民众所津津乐道的,他们对招亲故事
的兴趣远远超过他们对伦理道德的兴趣。饶是如此,我们仍要震惊于小说
用笔的大胆。为了与英雄成婚,西云小妹可以忘记杀父之仇,樊梨花甚至失
手弑父杀兄。

本章小结

中国历史演义小说的形成,有两个重要传统在起作用。一个是史学传
统。郑振铎指出:"在小说艺术未臻完美之前,长篇著作是很难着手的,只有
跟了历史的自然演进的事实写去,才可得到了长篇。"①史书不仅为历史演
义小说提供创作素材——"自然演进的事实",它的编年体、纪传体、纪事本
末体等结构体例,"遥体人情,悬想事势,设身局中,潜心腔内"②的叙述方
式,也为历史演义小说提供可资借鉴的对象。更加重要的是,史书注重实
录,寄寓褒贬的"书法"深刻影响了历史演义小说的价值取向。历史演义小
说的序跋中频繁出现"羽翼信史""悉遵史鉴""裨益风教""导善戒恶"这样的
语句,根源就是史书的"春秋笔法"。另一个是文学传统,这里主要指平话、
词话、戏曲说唱等文学样式。它们也是历史演义小说的素材来源。它们通
俗易懂的叙述语言,生动曲折的故事情节,轮廓分明的人物形象,都为历史
演义小说作了必要的艺术准备。当然,它们还为历史演义小说注入民间的
叙事智慧和趣味,使后者保持一种元气淋漓的野性活力。史学传统将历史
演义小说拉向雅正一途。文学传统总体上促使历史演义小说趋于通俗一
端,但细究起来,平话凭借它与史书的关联而具有趋雅的内在属性,更容易

---

① 郑振铎:《中国小说的分类及其演化的趋势》,《郑振铎古典文学论文集》,上海古籍出版社 1984
年版,第 342 页。
② 钱锺书:《管锥编》第一册,中华书局 1986 年第 2 版,第 166 页。

与史学系统联姻。这让它与源于乡村祭祀礼仪的词话、戏曲稍有区别。

历史演义小说的形成过程和演进轨迹,就是由史学和文学这两个传统,以及文学传统之下的平话和词话这两个系统合力的结果。平话近承宋元民间讲史,远绍唐代话本。从现存作品来看,平话是糅合史籍和民间口头传说编撰而成,不同作品中两者所占比例不同。平话不仅成为后世历史演义小说的雏形,这一编撰方式也为历史演义小说所仿效。在这个意义上,我们说历史演义小说滥觞于平话。《三国演义》的成书,初步确立了历史演义小说的文体规范。明中叶以来,文人介入历史演义小说创作领域。他们以征史尚实的态度改造平话旧本,加重"史"的因素,而删汰民间传说里的不经之谈,务期发挥它辅翼经史的功能,从而巩固了历史演义小说的文体规范。另一方面,远祖唐代词文、近袭宋代小说(说话家数之一)的词话在处理历史题材时,往往远离史传,任由民间想象恣意生发。文人一般比较蔑视这类野而无文的玩意,也感到难以用"史"的规范来规训它。所以词话起初并未受到重视,这和诗赞系戏曲开始也未能引起文人的注意是同一个道理。但词话(包括平话系统里的民间传说)深深扎根于民间社会,体现民众的思想情感和审美趣味,深受民众欢迎。这样的话,不是文人的小说编写者为扩大读者范围,在改造平话旧本时,通常会比文人改编的本子保留更多的民间传说,有时甚至还吸纳词话系统的内容。《水浒传》基本上代表了这一类型的改写成果。它的词话旧本固不待言,今本《水浒传》即便经由文人评订、删改,仍然与历史保持较远距离,保留着口头传说的本色。

《三国演义》《水浒传》之后,历史演义小说就沿着史实化和传说化两条线索发展,即便是同一故事题材也是如此。双方互为消长的演进局势大致可以这样描述:明嘉靖至万历年间,史实化成为历史演义小说编撰者追求的目标,但传说化倾向并未彻底清除。明末清初,由于依傍史书、拘泥史实造成历史演义小说枯燥乏味,也因为人们对小说虚实关系的认识逐渐深入,历史演义小说崇实尚信的演史格局遂被打破,传说化一度占据上风。18 世纪,外有以文字狱为标志的高压文化政策,内因清初以来学者对于晚明空疏学风的反思与批判,训诂、辨伪、校勘、辑佚等实证之学因而兴起。在这一学术思潮的影响下,部分历史演义小说编写者以信实不诬相号召,重弹"稗官固亦史之支派,特更演绎其词耳"①的老调,史实化创作倾向再次抬头。但

---

① [清]蔡元放:《东周列国志序》,引自丁锡根:《中国历代小说序跋集》,人民文学出版社 1996 年版,第 868 页。

在另一方面,拘泥史实、趋于文人化并不能为历史演义小说创作打开新局面,加上明万历以来通俗文化的蓬勃发展至康乾盛世时攀上顶峰,历史演义小说创作只能回到民间,通过"以循俗好"①来寻求新的生机。传说化、世俗化的历史演义小说在 18 世纪突然臻至繁盛,原因即在于此。如果联系乾嘉年间乱弹诸腔取代昆弋二腔,属于诗赞系戏曲系统的京剧、地方戏代替昆剧的地位,在全国范围内流行开来这一同时期的现象,那么历史演义小说世俗化的历史必然性是不难理解的。

---

① 黄人《小说小话》云:"《说唐》《征东》《征西》,皆恶劣。盖《隋唐演义》词旨渊雅,不合社会之程度,黠者另编此等书,以循俗好。凡余所评为恶劣者,皆最得社会之欢迎。"转引自孔另境:《中国小说史料》,古典文学出版社 1957 年版,第 277 页。

余　论

中国早期长篇通俗小说一般是世代累积型集体创作的作品。它们的背后,大都有口耳相传的庞大故事群及其零散简短的书面记录,这些故事群又常常包括若干系统。通俗小说的写定,是故事群系统的聚合和杂糅,反过来也影响这些故事群的演化。杨家将小说和杨家将故事的关系,就是其中的又一典型例子。这里首先围绕杨家将故事的三个系统及其关系,就杨家将小说成书问题做一番总结,借以说明世代累积型小说成书的复杂性。然后尝试提出杨家将故事研究仍然值得深入探讨的一些问题,作为本书的结束语。

1. 故事系统与通俗小说成书

杨家将故事包括西北、西南、东南三个系统。西北系统讲述麟州杨业祖孙三代的御敌故事,具有代表性的小说文本是《北宋志传》。西南系统讲述播州杨氏历代征战故事,《杨家府演义》大部分内容取自这个故事系统。东南系统讲述杨文广征讨福建十八洞的故事,《平闽全传》是对属于这个系统的故事群的一次写定。当然,三个故事系统不是互不交叉的平行线,它们和三部小说也不完全是一一对应的。大致来说,以《北宋志传》《杨家府演义》和《平闽全传》为代表的这三个杨家将故事系统之间的关系,可以总结如下。

杨家将故事的西北系统和西南系统起初可以说是完全不相干的,它们讲述的是两个不同家族的征战故事。西北系统的故事至迟南宋末年就有了"杨家将"这个名目,并以此为契机不断糅合其他杨姓武将的征战事迹。相反,西南系统的故事作为一个僻处西南边陲的杨氏家族的征战神话,很长一段时期内可能并无一个类似名目,传播范围也限于该家族统治的播州及其附近区域。宋至元代前期,关于这两个杨氏家族的传说各自发展,初步形成系统,有了各自的故事文本。当时或许也有说唱艺人尝试将这两套性质完全不同的故事捏合起来,但规模不会很大。直到元末明初时期,播州杨氏虚构祖源,对外宣称自己是杨家将后裔,这个家族的征战故事开始大规模糅入西北系统的杨家将故事,新的杨家将故事谱系得以构成。明代两部杨家将小说的祖本就是糅合了西北、西南两个故事系统的文本,只是它们所糅合的内容不完全一致。后来的编写者出于不同的编写意图,在祖本的基础上又有增删取舍。具体而言,《北宋志传》以西北系统的杨家将故事为主体,删去来自西南系统的杨文广故事,但仍然遗留了许多西南系统的痕迹。显著的例子是杨宗保征西夏故事和木桂英故事,细微者譬如杨六郎镇守三关故事羼杂了播州杨价、杨文父子抗击元军的事迹。《杨家府演义》主要袭取西南系统的杨家将故事,明显标志是杨文广故事占了很多篇幅。如前所论,这是利用有两个杨文广的事实,巧妙将播州杨氏家传移植到当时已经广为传诵的杨家将故事之中。同时,它也吸收了以杨业、杨五郎、杨六郎、杨四郎故事为主的西北系统的杨家将故事。西北和西南这两个故事系统的相互杂糅,也就导致《北宋志传》和《杨家府演义》之间关系复杂。

播州杨文广收复九溪十洞的史实传说化之后,成为杨家将故事西南系统的组成部分。这一故事既羼入西北系统,成为"杨宗保佳遇木桂英"故事的素材来源之一,又传入福建,与当地开漳圣王传说结合,形成杨家将故事的东南系统——杨文广平闽故事。因为东南系统是从西南系统分化出来的一支,《平闽全传》和《杨家府演义》在人物、情节等方面存在相似之处,这是很自然的。开漳圣王传说(即唐初陈政、陈元光父子入闽故事)在《杨家府演义》里也有些许痕迹,很可能是东南系统反过来影响西南系统的结果。

杨家将小说和杨家将故事系统的关系,提醒我们在考虑世代累积型小说之间的渊源时,一定要充分注意到故事系统间相互渗透、影响的复杂情形。另一方面,杨家将小说是能够说明世代累积型小说成书过程复杂性的典型例子,我们由此可以获得如下认识。

世代累积型通俗小说的故事内容,一般由若干故事系统糅合而成。这其中又分两种情形。一种情形是同一个故事由不同受众讲述、传播,久而久之,就会形成内容各异的系统及其相关文本,最后写定的小说文本就是对这些不同故事系统的组合拼接。另一种情形是若干不同故事各成系统,却因某种机缘聚集于同一个故事名目下,最终形成新的故事。属于前一种情形的例子是水浒故事。它在不同地方被讲述,形成歧异纷出的若干系统,今本《水浒传》主要汇集了梁山、太行山两大故事系统。杨家将故事属于后一种情形,性质完全不同的西北系统和西南系统糅为一体,构成新的杨家将故事。相似例子,像百回本《西游记》可能是唐僧西天取经和目连西行两套西游故事的扭结。①

多系统的故事来源是世代累积型小说扩充篇幅的好法子,可以极大地丰富小说的内容。除此之外,各个故事系统本身也不断吸纳性质相同或相似的其他故事,甚至了无关联的故事。譬如杨家将故事的西北系统是通过不断融合相似故事(如中兴故事、水浒故事等)走向壮大,西南系统则将毫不相关的木桂英故事扯进来。当它们置于"杨家将故事"这样一个共同的名目下时,很多与杨业祖孙三代忠勇报国事迹无关的故事也就构成小说所讲述的麟州杨氏的家传了。另如某些《三国演义》刊本吸收了原本和三国故事完全不相干的花关索故事系统(《西游记》的江流儿故事可能与此类似),大致也属这种情形。

与吸纳相异故事的情形相对应,故事演变的重要途径之一就是"偷梁换柱"——名义上言"此",实际内容已是说"彼"。《杨家府演义》中的杨文广故事表面上是讲麟州杨文广,其实被有关播州杨文广的事迹和传说所置换。这种置换很可能是播州杨氏家族有意支持和推动的结果,当然也不排除无意的窜改。类似的例子还有《西游记》。《西游记》的雏形《大唐三藏取经诗话》一般认为讲述的是玄奘西天取经故事,但也有学者提出令人信服的新解:这部作品反映的其实是不空三藏的取经故事,"西游故事的真正始因是'唐僧'不空的取经故事,后人将不空易名为玄奘,将玄奘的一些轶事附加在不空取经故事的主干上"②。

故事演变又与地方传说存在莫大关系。某个故事流传到某一地区之后,常因为地方固有传说的浸染而发生转变。以杨家将故事为例,明代杨家将小说之所以形成现在的面貌,原因之一就是杨家将故事流传到西南地区后,阑入西南系统的杨家将故事因子。而西南系统的杨文广平九溪十洞故事流传到福建漳州一带,就和当地的陈圣王开漳传说结合起来,演变为杨文广平闽故事。叶国庆对此有一番总结:"凡一故事中之英雄,流传日久,则其流传之地域日广,事迹亦日夥;而流传之地域,得变为此英雄经过或征服之地域,如文广故事传至福建,便添一文广平闽事迹,福建则变为文广开辟之地。又其流传地域日广,其本身所堆积之事迹亦日新异,故宋之文广可以与汉无诸王之将相见,与唐之李伯瑶相见,与唐之峒蛮战争。此种新异之事

---

① 参看苗怀明:《两套西游故事的扭结——对〈西游记〉成书过程的一个侧面考察》,《明清小说研究》2007 年第 1 期。

② 张乘健:《〈大唐三藏法师取经记〉史实考原》,《文史》第三十八辑,第 55—77 页。引文见第 75 页。

迹,则此故事所沾染之地方色彩。"①一个故事杂糅地方传说,沾染地方色彩,这也是产生不同故事系统的一个途径。

2.杨家将故事研究展望

以上论述,可以说是我在研究杨家将故事过程中形成的粗浅认识。就杨家将研究这一课题而言,这里所做的考察自然仍嫌简单。很多问题没有涉及,有些问题虽然提出来了,却没有完满解决。展望杨家将故事研究的将来,我以为,杨家将研究要有更进一步的突破,那么如下问题应当引起足够重视。

一、杨家将故事素材来源及其演变问题。杨家将故事固然有历史本事,而脱离真实历史的成分更多,所以它的素材来源研究不仅要包括那些于史有征的情节,也应包括那些纯粹虚构的情节。但是史书记载的杨家将事迹非常简略,民间流传的杨家将故事又非常繁杂,唯有借鉴宋史研究领域的优秀成果,仔细辨析史实与故事之间的复杂关系,才能真正说明杨家将从历史到传说、再走向小说的各个环节和衍化过程。

二、杨家将故事与民间文艺的互动问题。杨家将故事来自民间,流传民间,它的内容积淀了大量的民众情绪和民间信仰,它的形式又与民间文艺血脉相连,所以研究二者的关系是题中应有之义。既要研究杨家将小说、戏曲如何受到民间文艺传统的影响,又要研究它们是如何将影响加于民间文艺传统之上,还要加大对口头流传的杨家将故事的研究力度,分析杨家将故事能在民间广为流播的深层原因。这就需要文艺学、社会学、心理学、考古学、民俗学、人类学等多种学科和方法的交叉运用。

三、杨家将小说和戏曲的相互关系。这一研究需要分析杨家将小说与金元杂剧、明清传奇的相互依托关系,以及小说和戏曲之间的嬗变轨迹,但不能满足于故事情节沿袭的简单说明,而更应从文学体裁的特性去考察其间的种种趋同和变异,以及这种种同异究竟能够说明什么问题。

四、明代杨家将小说的成书问题。这个问题是本书用力最多的部分,但限于主客观条件,很多具体环节无法一一论证、坐实。不过我相信,本书花费很多笔墨讨论明代杨家将小说成书与播州杨氏家族的可能关系,这个思路不会错。要彻底解决这个问题,也只有沿着这一思路继续深入探究。今后要想在这个问题上取得更大进展,我觉得可以考虑从这些方面入手。一

---

① 叶国庆:《平闽十八洞研究》,《厦门大学学报》第 3 卷第 1 期(1935 年),第 80 页。

方面需要捕捉更多的内证,细致比勘杨家将小说的不同版本,不放过小说文本里面的任何蛛丝马迹。同时可以借鉴三国、水浒等研究领域的积极成果及其方法,以达到触类旁通。另一方面,民间口头说唱的故事往往年代久远,保存了更为古老的素材。我们可以考察清代以来的杨家将说唱文学作品,由流溯源,通过比较它们和明代杨家将小说的异同来大致确定后者的成书过程。与此类似但或许更加重要的是,我们还需要进行田野考察,搜集至今还在口头流传的杨家将故事,仔细辨析它们在民间口头传播过程中发生的歧变。然后不妨以今例古,由此重构明代杨家将小说的成书过程。

主要征引文献

中文文献

一、原始资料

（一）小说、戏曲类

[清]爱莲居士,半痴道人.说呼全传[M].古本小说集成.上海:上海古籍出版社,1991—1995.

[清]蔡元放.东周列国志[M].上海:大达图书供应社,1935.

[明]陈继儒.全像两宋南北志传[M].古本小说集成.上海:上海古籍出版社,1991—1995.

[金]董解元.古本董解元西厢记[M].上海古籍出版社,1984.

[清]杜纲.北史演义[M].古本小说集成.上海:上海古籍出版社,1991—1995.

[清]杜纲.南史演义[M].古本小说集成.上海:上海古籍出版社,1991—1995.

[清]废闲主人.北宋金枪全传[M].古本小说集成.上海:上海古籍出版社,1991—1995.

[明]冯梦龙.警世通言[M].严敦易,校注.北京:人民文学出版社,1995.

[明]冯梦龙.醒世恒言[M].顾学颉,校注.北京:人民文学出版社,1995.

[明]冯梦龙.喻世明言[M].许政扬,校注.北京:人民文学出版社,1995.

[清]好古主人.赵太祖三下南唐被困寿州城[M].古本小说集成.上海:上海古籍出版社,1991—1995.

[明]洪楩.清平山堂话本[M].谭正璧,校点.上海:上海古籍出版

社,1987.

[明]黄文华选辑. 词林一枝[M]. 善本戏曲丛刊. 台北:台湾学生书局,1984.

[清]焦循. 花部农谭[M]. 中国古典戏曲论著集成. 北京:中国戏剧出版社,1959.

[明]空谷老人. 续英烈传[M]. 古本小说丛刊. 北京:中华书局,1987—1991.

[清]李雨堂. 万花楼演义[M]. 古本小说集成. 上海:上海古籍出版社,1991—1995.

[清]李玉. 李玉戏曲集[M]. 陈古虞,陈多,马圣贵,点校. 上海:上海古籍出版社,2004.

[明]罗贯中. 残唐五代史演义传[M]. 古本小说集成. 上海:上海古籍出版社,1991—1995.

[明]罗贯中. 三国演义[M]. 北京:人民文学出版社,1985.

[明]罗贯中. 双峰堂本批评三国志传[M]. 三国志演义古版丛刊五种. 北京:中华全国图书馆文献缩微复制中心,1995.

[明]罗贯中. 隋唐两朝史传[M]. 古本小说集成. 上海:上海古籍出版社,1991—1995.

[明]罗懋登. 三宝太监西洋记通俗演义[M]. 陆树崙,竺少华,校点. 上海:上海古籍出版社,1985.

[清]吕抚. 廿四史通俗演义[M]. 杭州:浙江人民出版社,1985.

[清]吕熊. 女仙外史[M]. 刘远游,黄蓓薇,标点. 上海:上海古籍出版社,1991.

[明]名衢逸狂. 征播奏捷传通俗演义[M]. 古本小说集成. 上海:上海古籍出版社,1991—1995.

[明]祁彪佳. 远山堂曲品[M]. 中国古典戏曲论著集成. 北京:中国戏剧出版社,1959.

[清]钱彩,等. 说岳全传[M]. 上海:上海古籍出版社,1979.

[清]钱德苍. 缀白裘[M]. 汪协如,点校. 北京:中华书局,2005.

[明]秦淮墨客. 杨家府世代忠勇演义志传[M]. 古本小说集成. 上海:上海古籍出版社,1991—1995.

[明]秦淮墨客. 杨家将演义[M]. 周华斌,陈宝富,校注,北京:北京出版社,1981.

［明］清隐道士.皇明通俗演义七曜平妖全传［M］.古本小说集成.上海：上海古籍出版社,1991—1995.

［清］清远道人.东汉演义评［M］.古本小说集成.上海：上海古籍出版社,1991—1995.

［清］如莲居士.异说反唐全传［M］.古本小说集成.上海：上海古籍出版社,1991—1995.

［清］如莲居士.异说后唐传三集薛丁山征西樊梨花全传［M］.古本小说集成.上海：上海古籍出版社,1991—1995.

［明］沈孟桦.钱塘湖隐济颠禅师语录［M］.古本小说集成.上海：上海古籍出版社,1991—1995.

［明］施耐庵,罗贯中.水浒全传［M］.上海：上海古籍出版社,1984.

王季思.全元戏曲［M］.北京：人民文学出版社,1990.

［清］王廷章,等.昭代箫韶［M］.古本戏曲丛刊九集之八.北京：商务印书馆,1958.

［明］无名氏.承运传［M］.古本小说丛刊.北京：中华书局,1987—1991.

［清］无名氏.粉妆楼全传［M］.古本小说集成.上海：上海古籍出版社,1991—1995.

［清］无名氏.海公小红袍全传［M］.古本小说集成.上海：上海古籍出版社,1991—1995.

［明］无名氏.皇明英烈传［M］.古本小说集成.上海：上海古籍出版社,1991—1995.

［明］无名氏.录鬼簿续编［M］.中国古典戏曲论著集成.北京：中国戏剧出版社,1959.

［明］无名氏.轮回醒世［M］.程毅中,点校.北京：中华书局,2008.

［清］无名氏.平闽全传［M］.古本小说集成.上海：上海古籍出版社,1991—1995.

［清］无名氏.群英杰［M］.古本小说集成.上海：上海古籍出版社,1991—1995.

［清］无名氏.铁旗阵［M］.古本戏曲丛刊九集之七.北京：商务印书馆,1958.

［清］无名氏.五虎平南后传［M］.古本小说集成.上海：上海古籍出版社,1991—1995.

［清］无名氏.五虎平西前传［M］.古本小说集成.上海：上海古籍出版

社,1991—1995.

[明]无名氏.武穆精忠传[M].古本小说集成.上海:上海古籍出版社,1991—1995.

[宋]无名氏.新编五代史平话[M].上海:中国古典文学出版社,1954.

[清]无名氏.新镌玉茗按鉴批点续北宋志天门阵演义十二寡妇征西[M].北京大学图书馆藏会元楼本.

[明]无名氏.新镌玉茗堂批点按鉴参补南北宋志传[M].上海图书馆藏叶昆池本.

[明]无名氏.新镌玉茗堂批点按鉴参补南宋志传[M].明清善本小说丛刊初编.台北:天一出版社,1985.

[明]无名氏.新刊出像补订参采史鉴南北宋志传通俗演义题评[M].北京大学图书馆藏世德堂本.

[明]无名氏.新刊出像补订参采史鉴南北宋志传通俗演义题评[M].古本小说丛刊.北京:中华书局,1987—1991.

[宋]无名氏.新刊大宋宣和遗事[M].上海:中国古典文学出版社,1954.

[元]无名氏.薛仁贵征辽事略[M].古本小说集成.上海:上海古籍出版社,1991—1995.

[明]无名氏.杨家将演义[M].罗奋,校订.上海:上海文化出版社,1956.

[明]吴承恩.西游记[M].北京:人民文学出版社,1959.

[明]吴还初.五鼠闹东京传[M].古本小说集成.上海:上海古籍出版社,1991—1995.

[清]吴璿.飞龙全传[M].北京:人民文学出版社,1981.

[明]吴元泰.八仙出处东游记[M].古本小说集成.上海:上海古籍出版社,1991—1995.

[明]袭正我.摘锦奇音[M].善本戏曲丛刊.台北:台湾学生书局,1984.

[明]熊大木.大宋中兴通俗演义[M].古本小说集成.上海:上海古籍出版社,1991—1995.

[明]熊大木.唐书志传通俗演义[M].古本小说丛刊.北京:中华书局,1987—1991.

[明]熊龙峰刊.熊龙峰四种小说[M].王古鲁,搜录校注.上海古籍出版社,1987.

［明］许仲琳.封神演义［M］.北京：人民文学出版社，1973.

［清］姚燮.今乐考证［M］.中国古典戏曲论著集成本.北京：中国戏剧出版社，1959.

迎神赛社礼节传簿四十曲宫调［M］.明万历二年曹国宰抄本.中华戏曲第三辑，太原：山西人民出版社，1987.

［明］于华玉.岳武穆尽忠报国传［M］.古本小说集成.上海：上海古籍出版社，1991—1995.

［明］余邵鱼.列国志传评林［M］.古本小说丛刊.北京：中华书局，1987—1991.

［明］余象斗，等.四游记［M］.上海：上海古籍出版社，1986.

［清］鸳湖渔叟.说唐后传［M］.古本小说集成.上海：上海古籍出版社，1991—1995.

［清］鸳湖渔叟.说唐演义全传［M］.古本小说集成.上海：上海古籍出版社，1991—1995.

［明］袁于令.隋史遗文［M］.宋祥瑞，校点.北京：北京大学出版社，1988.

［明］臧晋叔，编.元曲选［M］.北京：文学古籍刊行社，1955.

［明］赵琦美.脉望馆钞校本古今杂剧［M］.古本戏曲丛刊四集之三.北京：商务印书馆，1958.

［元］钟嗣成.录鬼簿［M］.中国古典戏曲论著集成.北京：中国戏剧出版社，1959.

［明］钟惺.混唐后传［M］.古本小说集成.上海：上海古籍出版社，1991—1995.

钟兆华.元刊全相平话五种校注［M］.成都：巴蜀书社，1989.

［清］褚人获.隋唐演义［M］.上海：上海古籍出版社，1981.

［明］诸圣邻.大唐秦王词话［M］.古本小说集成.上海：上海古籍出版社，1991—1995.

（二）别集、曲艺类

［宋］包拯.包拯集校注［M］.杨国宜，校注.合肥：黄山书社，1999.

北京市民族古籍整理出版规划小组.清蒙古车王府藏子弟书［M］.北京：国际文化出版公司，1994.

［明］冯琦.宗伯集［M］.四库禁毁书丛刊.北京：北京出版社，1997.

鼓词绣像十二寡妇征西[M].故宫珍本丛刊.海口：海南出版社，2000—2001.

鼓词绣像杨家将[M].故宫珍本丛刊.海口：海南出版社，2000—2001.

绘图杨文广征南[M].故宫珍本丛刊.海口：海南出版社，2000—2001.

[宋]刘敞.公是集[M].景印文渊阁四库全书.台北：台湾商务印书馆，1986.

[明]刘夏.刘尚宾文续集[M].续修四库全书.上海：上海古籍出版社，2002.

明成化说唱词话丛刊[M].北京：文物出版社，1979.

[宋]欧阳修.欧阳修全集[M].李逸安，点校.北京：中华书局，2001.

[宋]彭汝砺.鄱阳集[M].景印文渊阁四库全书.台北：台湾商务印书馆，1986.

[明]宋濂.宋学士文集[M].四部丛刊初编.上海：商务印书馆，1919—1922.

[明]宋懋澄.九籥集[M].续修四库全书.上海：上海古籍出版社，2002.

[宋]苏颂.苏魏公文集[M].王同策，管成学，颜中其，等，点校.北京：中华书局，1988.

[宋]苏辙.栾城集[M].曾枣庄，马德富，校点.上海：上海古籍出版社，1987.

[明]王世贞.弇州山人四部稿[M].台北：伟文图书出版有限公司，1976.

[元]王恽.秋涧先生大全文集[M].四部丛刊初编.上海：商务印书馆，1919—1922.

[清]闲情居士.杨家将唱本[M].国家图书馆藏清刊本.

[明]徐渭.徐渭集[M].北京：中华书局，1983年。

[元]杨维桢.东维子文集[M].四部丛刊初编.上海：商务印书馆，1919—1922.

杨文广平南蛮十八洞全歌[M].稀见旧版曲艺曲本丛刊.北京：北京图书馆出版社，2002.

[元]袁桷.清容居士集[M].四部丛刊初编.上海：商务印书馆，1919—1922.

[清]郑珍.播雅[M].贵阳：贵阳文通书局，1911.

[清]郑珍.郑珍集·文集[M].王锳，等，点校.贵阳：贵州人民出版社，1994.

（三）史籍、笔记类

［清］陈祥裔.蜀都碎事［M］.四库全书存目丛书.济南：齐鲁书社,1997.

［唐］樊绰.蛮书［M］.成都：巴蜀书社,1998.

［明］范濂.云间据目抄［M］.笔记小说大观.台北：新兴书局,1984.

［明］郭子章.蠙衣生传草·黔中平播始末［M］.四库全书存目丛书.济南：齐鲁书社,1997.

［明］何乔新.勘处播州事情疏［M］.丛书集成初编.上海：商务印书馆,1937.

［明］胡应麟.少室山房笔丛［M］.北京：中华书局,1964.

［清］蒋一葵.长安客话［M］.北京：北京出版社,1960.

［明］郎瑛.七修类稿［M］.上海：上海书店出版社,2001.

［清］黎士宏.仁恕堂笔记［M］.丛书集成续编.上海：上海书店,1994.

［清］李斗.扬州画舫录［M］.汪北平,涂雨公,点校.北京：中华书局,1960.

［明］李浩.三迤随笔［M］.大理古佚书钞本.昆明：云南人民出版社,2002.

［明］李化龙.平播全书［M］.丛书集成初编.长沙：商务印书馆,1937.

［宋］李焘.续资治通鉴长编［M］.北京：中华书局,2004.

［宋］李心传.建炎以来朝野杂记［M］.北京：中华书局,2000.

［宋］李心传.建炎以来系年要录［M］.北京：中华书局,1988.

［清］厉鹗.辽史拾遗［M］.丛书集成初编.上海：商务印书馆,1936.

［清］梁绍壬.两般秋雨庵随笔［M］.庄葳,点校.上海：上海古籍出版社,1982.

［明］刘若愚.酌中志［M］.丛书集成初编.上海：商务印书馆,1935.

［明］刘元卿.贤奕编［M］.笔记小说大观.台北：新兴书局,1984.

［宋］罗烨.新编醉翁谈录［M］.上海：古典文学出版社,1957.

［明］罗曰褧.咸宾录［M］.北京：中华书局,1983.

［明］茅瑞徵.万历三大征考［M］.续修四库全书.上海：上海古籍出版社,2002.

［宋］孟元老.东京梦华录注［M］.撰邓之诚,注.北京：中华书局,1982.

明实录［M］."中央研究院"历史语言研究所校印本,1962.

［宋］耐得翁.都城纪胜［M］.武林掌故丛编：第一集.丁氏嘉惠堂本,1883.

［宋］欧阳修，宋祁，等.新唐书［M］.北京：中华书局，1975.

［宋］欧阳修.新五代史［M］.北京：中华书局，1974.

［清］平步青.小栖霞说稗［M］.中国古典戏曲论著集成.北京：中国戏剧出版社，1959.

［明］钱希言.狯园［M］.续修四库全书.上海：上海古籍出版社，2002.

［明］钱希言.戏瑕［M］.续修四库全书.上海：上海古籍出版社，2002.

［清］清凉道人.听雨轩笔记［M］.笔记小说大观.台北：新兴书局，1984.

［清］屈大均.广东新语［M］.北京：中华书局，1985.

［明］瞿九思.万历武功录［M］.续修四库全书.上海：上海古籍出版社，2002.

［清］阮元声.南诏野史［M］.成都：巴蜀书社，1998.

［明］沈德符.万历野获编［M］.北京：中华书局，1959.

［宋］司马光.资治通鉴［M］.北京：中华书局，2011.

［明］宋濂，等.元史［M］.北京：中华书局，1976.

［明］陶宗仪.南村辍耕录［M］.北京：中华书局，1959.

［明］田汝成.西湖游览志余［M］.上海：上海古籍出版社，1998.

［元］脱脱，等.金史［M］.北京：中华书局，1975.

［元］脱脱，等.宋史［M］.北京：中华书局，1985.

［明］王世贞.弇山堂别集［M］.北京：中华书局，1985.

［清］王颂蔚.明史考证攟逸［M］.嘉业堂丛书本.

［明］王穉登.吴社编［M］.笔记小说大观.台北：新兴书局，1984.

［宋］文莹.续湘山野录［M］.郑世刚，杨立扬，点校.北京：中华书局，1984.

［清］吴振棫.黔语［M］.中国风土志丛刊.扬州：广陵书社，2003.

［宋］吴自牧.梦粱录［M］.杭州：浙江人民出版社，1980.

［宋］西湖老人繁胜录［M］.涵芬楼秘笈本.北京：北京图书馆出版社，2000.

［宋］谢维新.古今合璧事类备要［M］.景印文渊阁四库全书.台北：台湾商务印书馆，1986.

［清］谢肇淛.五杂组［M］.北京：中华书局，1959.

［元］徐大焯.烬余录［M］.浙江大学图书馆古籍部藏，刊刻时间不详.

［宋］徐梦莘.三朝北盟会编［M］.上海：上海古籍出版社，1987.

［清］徐松.宋会要辑稿［M］.北京：中华书局，1957.

[宋]薛居正,等.旧五代史[M].北京:中华书局,1976.

[清]杨静亭.都门纪略[M].中国风土志丛刊.扬州:广陵书社,2003.

[明]叶盛.水东日记[M].魏中平,点校.北京:中华书局,1980.

[清]余庆远.维西见闻录[M].丛书集成初编.上海:商务印书馆,1936.

[清]俞樾.茶香室丛钞[M].贞凡,顾馨,徐敏霞,点校.北京:中华书局,1995.

[清]俞樾.春在堂随笔[M].徐明,文清,点校.沈阳:辽宁教育出版社,2001.

[清]俞樾.九九销夏录[M].崔高维,点校.北京:中华书局,1995.

元典章[M].修订法律馆,1908.

[宋]岳珂.鄂国金佗稡编续编校注[M].王曾瑜,校注.北京:中华书局,1989.

[宋]曾巩.隆平集[M].景印文渊阁四库全书.台北:商务印书馆,1986.

[清]张廷玉,等.明史[M].北京:中华书局,1974.

[清]昭梿.啸亭续录[M].何英芳,点校.北京:中华书局,1980.

[唐]赵璘.因话录[M].上海:上海古籍出版社,1979.

[清]赵翼.檐曝杂记[M].李解民,点校.北京:中华书局,1982.

[宋]周密.癸辛杂识[M].吴企明,点校.北京:中华书局,1988.

[宋]周密.武林旧事[M].武林掌故丛编:第二集.丁氏嘉惠堂本,1883.

[宋]周去非.岭外代答校注[M].杨武泉,校注.北京:中华书局,1999.

周振鹤.苏州风俗[M].中国风土志丛刊.扬州:广陵书社,2003.

[元]周致中.异域志[M].陆峻岭,校注.北京:中华书局,2000.

[明]朱国祯.涌幢小品[M].北京:中华书局,1959.

[明]朱孟震.河上楮谈[M].续修四库全书.上海:上海古籍出版社,2002.

[明]诸葛元声.两朝平攘录[M].续修四库全书.上海:上海古籍出版社,2002.

(四)方志、谱牒类

[明]郭子章.黔记[M].北京图书馆古籍珍本丛刊.北京:书目文献出版社,[1988—2000].

胡仁修,李培枝.民国绥阳志[M].中国地方志集成贵州府县志辑.成都:巴蜀书社,2006.

[清]黄宅中,等.道光大定府志[M].中国地方志集成贵州府县志辑.成都:巴蜀书社,2006.

李世祚,等.民国桐梓县志[M].中国地方志集成贵州府县志辑.成都:巴蜀书社,2006.

[清]李维钰,沈定均,吴联薰.光绪漳州府志[M].中国地方志集成福建府县志辑.上海:上海书店出版社,2000.

木氏宦谱[M].昆明:云南美术出版社,2001.

[清]平翰,等.道光遵义府志[M].中国地方志集成贵州府县志辑.成都:巴蜀书社,2006.

[清]沈青崖,等.雍正陕西通志[M].景印文渊阁四库全书.台北:台湾商务印书馆,1986.

[明]沈庠修,赵瓒.弘治贵州图经新志[M].中国地方志集成贵州府县志辑.成都:巴蜀书社,2006.

吴丰培.打箭炉志略[M].中国民族史地资料丛刊之十三.北京:中央民族学院图书馆,1979.

杨健远,杨芬芳,等.杨氏族谱[M].山西省图书馆藏武祠铅印本,1983.

[清]张九章,等.光绪黔江县志[M].中国地方志集成四川府县志辑.成都:巴蜀书社,1992.

[清]周作楫,等.道光贵阳府志[M].中国地方志集成贵州府县志辑.成都:巴蜀书社,2006.

二、研究专著(含译著)

常征.杨家将史事考[M].天津:天津人民出版社,1980.

陈大康.明代小说史[M].上海:上海文艺出版社,2000.

陈庆浩,王秋桂.中国民间故事全集·贵州民间故事集[M].台北:远流出版事业股份有限公司,1989.

陈汝衡.陈汝衡曲艺文选[M].北京:中国曲艺出版社,1985.

程毅中.宋元小说研究[M].南京:江苏古籍出版社,1998.

戴不凡.小说见闻录[M].杭州:浙江人民出版社,1980.

邓广铭.邓广铭治史丛稿[M].北京:北京大学出版社,1997.

邓广铭.岳飞传[M].北京:生活·读书·新知三联书店,2007.

丁锡根.中国历代小说序跋集[M].北京:人民文学出版社,1996.

方国瑜.方国瑜文集:第四辑[M].昆明:云南教育出版社,2001.

方国瑜.中国西南历史地理考释[M].北京:中华书局,1987.

傅惜华.曲艺论丛[M].上海:上杂出版社,1953.

傅惜华.元代杂剧全目[M].北京:作家出版社,1957.

[美]韩南.韩南中国小说论集[M].王秋桂,等,译.北京:北京大学出版社,2008.

[美]韩南.中国白话小说史[M].尹慧珉,译.杭州:浙江古籍出版社,1989.

[美]韩森.变迁之神:南宋时期的民间信仰[M].包伟民,译.杭州:浙江人民出版社,1999.

侯会.《水浒》源流新证[M].北京:华文出版社,2002.

胡忌.宋金杂剧考[M].上海:古典文学出版社,1957.

胡士莹.话本小说概论[M].北京:中华书局,1980.

黄文旸.曲海总目提要[M].董康,等,校订.天津:天津市古籍书店,1992.

黄芝岗.中国的水神[M].上海:上海文艺出版社,1988.

翦伯赞.中国史论集:第二辑[M].上海:国际文化服务社,1948.

江苏省社科院明清小说研究中心,江苏省社科院文学研究所,编.中国通俗小说总目提要[M].北京:中国文联出版社,1990.

孔另境.中国小说史料[M].上海:古典文学出版社,1957.

[俄]李福清.古典小说与传说[M].李明滨,编选.北京:中华书局,2003.

李小荣.变文讲唱与华梵宗教艺术[M].上海:上海三联书店,2002.

李啸仓.李啸仓戏曲曲艺研究论集[M].北京:中国戏剧出版社,1994.

李豫,李雪梅,等.中国鼓词总目[M].太原:山西古籍出版社,2006.

廖可斌.诗稗鳞爪[M].杭州:浙江大学出版社,1999.

刘晓明.杂剧形成史[M].北京:中华书局,2007.

刘修业.古典小说戏曲丛考[M].北京:作家出版社,1958.

柳存仁.和风堂文集[M].上海:上海古籍出版社,1991.

柳存仁.伦敦所见中国小说书目提要[M].北京:书目文献出版社,1982.

鲁迅.鲁迅全集:第九卷[M].北京:人民文学出版社,1981.

吕微.隐喻世界的来访者——中国民间财神信仰[M].北京:学苑出版社,2001.

马廉.马隅卿小说戏曲论集[M].刘倩,编.北京:中华书局,2006.

马幼垣.水浒二论[M].台北:联经出版事业有限公司,2005.

马幼垣.中国小说史集稿[M].台北:时报文化出版事业有限公司,1987.

[美]梅维恒.绘画与表演——中国的看图讲故事和它的印度起源[M].王邦维,荣新江,钱文忠,译.北京:北京燕山出版社,2000.

[美]梅维恒.唐代变文[M].杨继东,陈引驰,译.香港:中国佛教文化出版有限公司,1999.

欧阳健.历史小说史[M].杭州:浙江古籍出版社,2003.

齐裕焜.明代小说史[M].杭州:浙江古籍出版社,1997.

钱静方.小说丛考[M].上海:古典文学出版社,1957.

任乃强.西康图经·民俗篇[M].南京:新亚细亚学会,1934.

石昌渝.中国小说源流论[M].北京:生活·读书·新知三联书店,1994.

孙楷第.沧州集[M].北京:中华书局,1965.

孙楷第.日本东京所见小说书目[M].北京:人民文学出版社,1958.

孙楷第.戏曲小说书录解题[M].戴鸿森,校.北京:人民文学出版社,1990.

孙楷第.中国通俗小说书目[M].北京:人民文学出版社,1982.

孙述宇.水浒传的来历、心态与艺术[M].台北:时报文化出版事业有限公司,1983.

谭其骧.长水集[M].北京:人民出版社,1987.

谭正璧,谭寻.木鱼歌、潮州歌叙录[M].北京:书目文献出版社,1982.

谭正璧,谭寻.弹词叙录[M].上海:上海古籍出版社,1981.

谭正璧,谭寻.评弹通考[M].北京:中国曲艺出版社,1985.

谭正璧.话本与古剧[M].上海:古典文学出版社,1956.

唐翼明.古典今论[M].台北:台湾东大图书公司,1991.

陶君起.京剧剧目初探[M].北京:中国戏剧出版社,1963.

[日]田仲一成.中国祭祀戏剧研究[M].布和,译.北京:北京大学出版社,2008.

[日]田仲一成.中国戏剧史[M].云贵彬,于允,译.北京:北京广播学院出版社,2002.

王古鲁.明代徽调戏曲散出辑佚[M].上海:古典文学出版社,1956.

王利器.耐雪堂集[M].北京:中国社会科学出版社,1986.

王利器.元明清三代禁毁小说戏曲史料[M].上海:上海古籍出版社,1981.

王清原,牟仁隆,韩锡铎.小说书坊录[M].北京:北京图书馆出版社,2002.

王秋桂.中国文学论著译丛[M].台北:台湾学生书局,1985.

王芷章.清昇平署志略[M].北京:商务印书馆,2006.

卫聚贤.杨家将及其考证[M].重庆:说文社,1944.

卫聚贤,等.小说考证集[M].重庆:说文社,1944.

[英]魏安.三国演义版本考[M].上海:上海古籍出版社,1996.

夏志清.人的文学[M].沈阳:辽宁教育出版社,1998.

向达.唐代长安与西域文明[M].石家庄:河北教育出版社,2001.

徐朔方.小说考信编[M].上海:上海古籍出版社,1997.

徐朔方.徐朔方集:第一卷[M].杭州:浙江古籍出版社,1993.

严敦易.水浒传的演变[M].北京:作家出版社,1957.

严敦易.元剧斠疑[M].北京:中华书局,1960.

杨义.中国古典小说史论[M].北京:中国社会科学出版社,1995.

叶德均.戏曲小说丛考[M].北京:中华书局,2004.

易谋远.彝族史要[M].北京:社会科学文献出版社,2000.

余嘉锡.余嘉锡论学杂著:下册[M].北京:中华书局,1963.

[美]约瑟夫·洛克.中国西南古纳西王国[M].刘宗岳,等,译.昆明:云南美术出版社,1999.

张秀民.中国印刷史[M].韩琦,增订.杭州:浙江古籍出版社,2006.

张政烺.张政烺文史论集[M].北京:中华书局,2004.

张智.中国风土志丛刊[M].扬州:广陵书社,2003.

赵景深.鼓词选[M].上海:古典文学出版社,1957.

赵景深.曲艺丛谈[M].北京:中国曲艺出版社,1982.

赵景深.中国小说丛考[M].济南:齐鲁书社,1980.

郑骞.景午丛编:下编[M].台北:台湾中华书局,1972.

郑振铎.插图本中国文学史[M].北京:人民文学出版社,1957.

郑振铎.郑振铎古典文学论文集[M].上海:上海古籍出版社,1984.

郑振铎.中国俗文学史[M].北京:东方出版社,1996.

郑振铎.中国文学研究[M].北京:作家出版社,1957.

周绍良. 绍良文集[M]. 北京：北京古籍出版社，2005.

周晓薇. 四游记丛考[M]. 北京：中国社会科学出版社，2005.

周兆新. 三国演义丛考[M]. 北京：北京大学出版社，1995.

周兆新. 三国演义考评[M]. 北京：北京大学出版社，1990.

朱一玄，刘毓忱. 三国演义资料汇编[M]. 天津：南开大学出版社，2003.

庄一拂. 古典戏曲存目汇考[M]. 上海：上海古籍出版社，1982.

［日］佐竹靖彦. 梁山泊——《水浒传》一〇八名豪杰[M]. 韩玉萍，译. 北京：中华书局，2005.

三、主要论文

蔡连卫. 杨家将小说传播研究[D]. 山东大学 2006 年博士论文.

付爱民. 明代杨家将小说的发展与播州杨氏家族[C]//蔡向升，杜雪梅. 杨家将研究·历史卷. 北京：人民出版社，2007：476—486.

贵州省博物馆. 遵义高坪"播州土司"杨文等四座墓葬发掘记[J]. 文物，1974(1)：62—73.

韩军. 杨家将戏曲研究[D]. 南京大学 2001 年博士论文.

李孟君. 杨家将戏曲之研究[D]. 台湾私立辅仁大学 2006 年博士论文.

马力. 《南北宋志传》与杨家将小说[J]. 文史，1981(12)：261—272.

马力. 真中有假假亦真——论穆桂英的衍化和杨宗保其人[N/OL]. 明报月刊，1980，15(3)：72—76[1980—3].

彭知辉. "说唐"系列历史小说之研究[D]. 南京大学 2003 年博士论文.

孙旭，张平仁. 《杨家府演义》与《北宋志传》考论[J]. 明清小说研究，2001(1)：211—218.

卫聚贤. 杨家将考证[J]. 说文月刊，1944(4)：827—874.

肖东发. 明代小说家、刻书家余象斗[C]// 明清小说论丛编委会. 明清小说论丛第四辑. 沈阳：春风文艺出版社，1986：195—211.

叶国庆. 平闽十八洞研究[J]. 厦门大学学报，1935，3(1)：5—95.

周兆新. "话本"释义[C]//北京大学中国传统文化研究中心. 国学研究第二卷. 北京：北京大学出版社，1994：195—210.

卓美惠. 明代杨家将小说研究——以《杨家将演义》和《北宋志传》为范围[D]. 台湾私立逢甲大学 1994 年硕士论文.

外文文献

Jaroslav Průšek，*Chinese History and Literature：Collection of Studies*（D. Reidel Publishing Company，Dordrecht-Holland，1970）．

Jaroslav Průšek，*The Origins and the authors of the hua-pen*（Prague，the Oriental Institute in Academia，Publishing House of the Czechoslovak Academy of Sciences，1967）．

LIU Ts'un-yan，*Buddhist and Taoist Influence on Chinese Novels Volume Ⅰ The Authorship of the Feng Shen Yen I*（Wiesbaden，Otto Harrassowitz，1962）．

W. L . Idema，*Chinese Vernacular Fiction：the Formative Period*（Leiden，E. J. Brill，1974）．

大冢秀高. 増補中国通俗小説書目[M]. 东京：汲古书院，1987.

宫紀子. 花関索と楊文広[J]. 汲古，2004(46)：36—41.

金文京. 三国志演義の世界[M]. 东京：东方书店，1993.

金文京，等. 花關索傳の研究[M]. 东京：汲古书院，1989.

上田望. 講史小説と歴史書(3)——《北宋志伝》《楊家將演義》の成書過程と構造[J]. 金沢大学中国语学中国文学教室纪要，1999(3)：1—15.

上田望. 雲南関索戯とその周辺[J]. 金沢大学中国语学中国文学教室纪要，2003(6)：1—22.

松浦智子.《楊家將演義》にぉける比武招親について——その祖型と傳承の一端をめぐって[J]. 早稻田大学中国文学会，编. 中国文学研究，2005(31)：103—116.

小松謙. 中国歴史小説研究[M]. 东京：汲古书院，2001.

中鉢雅量. 中国小説史研究——水滸伝を中心として[M]. 东京：汲古书院，1996.

附　录　《北宋金枪全传》的错简

1. 下面的错简文字见古本小说集成本《北宋金枪全传》第 453—454，471—488 页，而《北宋金枪全传》原本应有的八王赍诏求六郎、六郎邓州寻焦赞两段情节付之阙如。我查阅过古本小说集成本据以影印的原刊本，发现原刊本存在同样的错简情形，这证明错简不是影印过程中发生的错误。

2. 这篇错简讲述树精先后化作道人、和尚，帮助番邦与杨宗保作战的故事，细节与通行杨家将故事有多处差别。不过殷奇、汪文、汪虎三个名字也出现在《北宋志传》最末一卷里，所以它应该和杨宗保征西夏故事存在某种关联：或即众多杨宗保征西夏（番邦）故事的一个异本，或是《北宋志传》杨宗保征西夏故事的衍化，或者反过来是《北宋志传》杨宗保征西夏故事的源头。

3. 原文明显错误的字，下加点号，并在"（　）"中改正；漏字而能够判断本字，在"〔　〕"内补足；原字模糊难辨或漏字无法判断本字，则以"□"标志。

"（上文阙）如此真乃天意也。"即排宴，二人叙其军情，痛饮大醉。忽然现出一段死柳树，道人不见。那树滚来滚去，口口只言："酒力不佳，来日破宋军矣。"那番邦主将殷奇见树不见人，心中疑道："莫非道人乃树精也？"

多年古树也成怪，酒见真形免伤人。

那番邦主将殷将（奇）一见，便叫军士将□人在大火烧看，便见分晓。那汪文、汪虎二人乃是此怪讲情救下，故有不思（忍）之心，便道："你着此树救我二人性命，你我可暗地设计救他。"便将此树放在小火之中，心却不能伤他。那知道大火有救，小火命休，何也？树见火不死，大火者，怪易知得逃。小火者，那怪不知，竟如睡熟。谁知小火耗着精元，不能变动，可能（怜）数百年修炼烧去，真身化道祥光腾空去也。心中大悟道："我之怪体尚被酒伤，何至人乎？"依然修炼去了不提。

那番邦主将殷奇升帐便道："汪文、汪虎你二人可暂记罪状，若犯二次，难免军法。"按下番邦一段，再提南朝大宋元帅杨宗保次日提兵，亲自出马来在越州，先差二先锋呼延显、呼延达攻交前战，不得有误。番邦主将殷奇听得大骇，便传汪文、汪虎二人："小心出马，待本帅亲麾军大战。"列开阵角，只见宋军个个如虎，心中劫战。那杨元帅在马上大呼一声："番邦的儿郎，早早出马来束手受缚,免我动怒。"那殷奇闻听一言,拍马舞刀来在阵说道:"杨元帅听者,当日原分境地,各守一边,何得占去越城之西一带地方?"杨宗保在马上大骂道:"此乃吾主城池,被尔先前占理也,早还,本帅岂容? 放马受死,休得胡言。"那殷奇拍马交战,战了三合,体力不加败回。宋军追至二十里,收兵回营,大获全胜,庆功不表。

大将交锋无双敌,能征惯战实英雄。

却说番将主帅殷奇败回本阵,言道:"话不虚传,杨家名将,如之何? 且得告急郎主。"免战高挂,再候救兵不提。

却说那无隐道人彼(被)酒现身,羞愧难当,复自悟了七七四十九日,又更打扮,换了释家模样,依然来在番邦营前,募化为名,要见主帅,起了作乱兴风的念。谁知番邦主将殷奇在帐十分着脑:"何得南朝大宋之军十分骁勇,何能取胜? 免战高悬,那宋军元帅杨宗保不允,连日遣将约战。我只得坐视,便救兵一到,再并而攻。"忽听得小卒报入中军求见主将,慌忙跪倒,口称:"主将在上,小人有事不敢不报,无事不敢乱传。今有帐外来了一个游方和尚,口称募化。小人言道:'两军阵前也谈(没)经忏的募化之道理。'那和尚他说道:'有军机大事,面晤主将便晓的我了。'"那番邦的主将殷奇正在帐中忧虑对敌之策,并没有一个良机,又听得小军报入帐内,言道口称有远方一和尚求见主将,募化是虚,特验良谋画策,心中十分大喜,正要请来一见,求其良策:"此乃天助我成功也。"忽然想了一会,便道:"不可不可,莫非前番一道人的故事耳?"想了一会道:"你与传出去,你说道我家主将传令出来,要会饮大量之酒的人方可谈心,共议军情,方可传进。"那军中将士一时不解,汪文、汪虎走上中帐,打一恭便道:"元帅在上,方才传令,言道有饮大量酒者之人,方可共议。小将思想但逢交锋对敌,戒酒为上,何得有能饮大量酒者,未审何意? 而况主将素不好酒,故敢求问是故(何)道理,有甚侥跻,望主将示明指教于我二人便知。"主将殷奇道:

心中设下牢笼计,尔的奇谋解不知?

那番邦的主将殷奇便道:"二将军曾记得那无隐道人乎? 今闻有一和尚来此,心甚猜疑,故有一番之道。"却说汪文、汪虎他二人道:"主将在上,如此猜疑,何能用人耳? 兼且前番乃是道家打扮,今乃和尚模样,道释不同,想是神仙助力,天赐得胜班师,亦未见得。而况昔日之枯树精酒后现形,主将理应候其动静方好,却不合架火□烧,以致那物逃去。小将看来,彼已来在我营,必有益于我军。"主将殷奇笑道:"二将军此言大不合理,自盘古以来,未有邪狎正之道理,那有和、道二家成其大功之事。而若果又是他来,更不稳妥,前番是有幸而来,自遭无幸而逃走,岂不渐(惭)愧? 他心中定然怀恨在心,今番又变作释家打扮而来,必无好意,犹恐报前番之仇。在我营中报仇,那时岂不晚矣。况我修表告急,百日内自有救兵到来,那时我等并力而攻,岂不成其大功? 而况大宋南朝人壮虎威,谅此等辈有何益哉!"遂不听汪文、汪虎二人之谏,仍传令如此如此。

却说那和尚一听此令,心中悟道:"我好意助他,他道(倒)反来疑我,十分可恶。不免设下良谋计策,脂(暗)害于他,有何不可?"遂向汪文、汪虎二〔人〕道:

> 我心协向边邦意,反将无情回击来。

却说汪文、汪虎二人道:"老法师请坐,我二人力荐老师,曾(怎)奈主将执意不允。遂前有言告奉,曾(怎)奈不日以前,有道家打扮口称无隐真人来在我营,见了主将殷元帅,他有法宝随身,可破宋军。我家主将十分欢喜,即办下筵宴与那真人谈心共议,痛饮千杯,岂料那无隐真人是一个乞(万)年之古柳树精,现出原形。比即我家主将定要焚火害他,我二人执意救他,那柳树精逃脱。今我家主将见了法师到来,故而有此一番之疑虑也。"和尚道:"原来如此如此。"心下想道:"我更妆释家,却被他猜破。"遂含悟(糊)了半天,向汪文、汪虎二人道:"世间上之事,有多少出奇之事,不是一概有贤愚、好歹、真假之说。似此样待人,恐有人之鬼乎? 鬼之人也。即两阵之上,有我杀人,亦有人杀我。照此样掌兵,印信在手,只落得有名无实。若不收兵回国,只怕不日彼(被)杨元帅宗〔保〕一鼓而擒之。我今见二将军十分爱敬于我,我有一法教以保其身,百岁无疾矣。"那汪文、汪虎二人道:"既承大师教厚,此乃我二人之遇恩师之缘。"便即倒身下拜。那和尚即往扶起道:"烦你二人通报元帅一声,你说那和尚道:'好意来同你破宋助力,你反疑猜他是精是怪,是何道理?'即我便同那无隐真人一般,俱是怪精,但是扶助你,便非是来害你的。可记得尔番邦的故事耳? 有当年来了一个军士,名教(叫)颜洞宾,于尔国用计,排下一百单八阵,名为天门大阵,使南朝宋军用下千百之良谋,损兵折将,费下了若干工夫,才得太平。此若非天意,曾(怎)能得破? 你家的主将真乃庸夫俗子,不足为论,是我错投,令人一叹也。"却说汪文、汪虎二人听了那和尚的一番说话,即便开言说道:"大法师真乃高人,可恨主将无珠瞎眼,不识的贤愚好歹。我二人再进中营,将大法师一番的言词细细的申明主将。"

> 便将一片忠心话,再申言词属耳详。

却说那番邦的主将殷奇被和尚一报,心中大不快悟,坐在帐中闷闷不乐。又见那汪文、汪虎二人来至跟前，慌忙跪倒，口称"主将"。他二人即将那和尚的一片言词从头至尾向上的事，前前后后、古□今从细说将上去。那番邦主将殷奇听了汪文、汪虎二人一番的言词，心下想道："此和尚即或是那无隐真人，多年之古柳树精，他乃有益于我，并非歹心。"便即（急）忙道："既二将军细言，可传他进帐一叙，可乎？"那汪文、汪虎听了主将殷奇回心相请那和尚一叙，喜不自胜，即（急）忙来在外营，慌忙向那和尚说道："主将有请法师共谈军情，求见破其宋军。"那怪闻言，即同汪文、汪虎二人步入中军。只见番邦的主将殷奇正在同众将在那里议论纷纷，有的道言不可，恐其那怪提（报）仇，心起不良。也有一众说道："他既然倾心诚意而投，先以礼待之，看他有何法术，破宋也未见得。"众人的一番言语把那番邦的主将殷奇说得他心神不定，百般恍忽，更比先前不同。正在忧喜交集，忽见那汪文、汪虎二人带领和尚前来，只得立身起来，口称："大师法名？那方而来？到此有赐教，本师未曾远接，望其恕罪。"那和尚便答道："贫僧法名有形，在捕风山学道，闻之元帅破宋不能取胜，故而相助，来日管包一阵破宋，有何难哉？"那番邦的主将殷奇大喜，便排筵宴同那和尚议论破宋，话言甚密。酒至三更，分咐散宴，来日点军破其宋军，一鼓擒之。

正是千军容易得，惟有一将最难求。

而却说番邦主将殷奇次日清晨使人下了战书，来在了宋营。元帅杨宗保方才升帐，忽有番邦的来使，宗保心下想道："那贼连日不战，今下战书，其中定有原故。"便开言问道来使："你家主将连日不战，今忽然下了战书，那家救兵？尔可从实说来，重重有赏。倘然隐讳，斩首示众。"那来〔使〕彼（被）元帅宗〔保〕一番言语，只得向上从头至尾将那和尚的来历说了一遍。杨元帅道："赏银牌一面，去罢。"即聚众将商议道："但逢释道模样，不是妖魔，定有法宝。待本帅亲自会战，吾有祖传金刀，能破法宝，身有照妖镜，能破妖术。"众将齐声道："元帅有此二宝，何愁功绩不成？"

到了战期，遂吩咐众将："小心依次本帅而行。"即披挂上马，来至阵前，威风凛凛。早有细卒报入番邦的主将殷奇。那殷奇心下乞战，所仗那和尚，即请大师出战。那怪不解其情，竟自出阵，来到阵前，看见杨宗保，便道："元帅何不遵守境地，敢占番邦城西地方？"杨宗保在马上便开口骂道："尔是何方妖僧？敢在大朝本帅面前□逞能。"那和尚说道："看吾的利害。"遂念动真言，只见云光暗暗，忽然不见。只（这）边的宋军大骇，杨元帅宗保在马上厉声喝道："何方的妖僧，敢在本帅的面前逞威，照刀！"杨元帅宗保的刀乃实（是）毫光电亮，是老令公祖父存传此刀，失落番邦。杨六郎延昭乃宗保之父,差孟良盗取三次,用尽下千番百计,今存于宗保之手。古有之言:"邪不胜众(正)。"昔在天门阵上逞其法宝,今乃此阵又遇妖僧设下无影暗法,被宗保将刀一举,只见金光一晃,约丈余之光现出本形。杨元帅喝道:"本帅欲将尔一刀砍为两段,伤尔之性命,可惜你数载的幻术。尔可回本阵,教尔的主将早早纳还境地收兵,免致本帅一怒,那时杀进阵来,片甲不存,悔之晚矣。"那和尚全无本事,仗的是隐身法术暗取的本事,今被杨元帅宗保一刀,十分惧却,只的(得)依口答道:"依遵杨元帅之言。"正是:

一刀斩出真形相,敢不遵依倾(顷)刻亡。

却说那番邦的主将殷奇全仗和尚,今伊败阵,鸣金收军,回到本阵,说道:"今日之败,大伤其志。倘宋军追来,如之何也矣?"那和尚说道:"主将不必忧虑,军家胜败常事。"不提。

却说杨元帅宗保回阵,遂同各将说:"诸位将军,明日奋勇一战,莫不有误,待本帅亲自擒那妖僧便了。"一夕晚景排宴庆功不表。

且说来日,番邦的主将升帐,传汪文、汪虎二人进营,说道:"我本不收留那和尚,彼(被)二位将军开口苦留。今日一败,如何处治? 来日宋军一鼓而下,你二人有何退敌之策?"汪文、汪虎二人齐声答道:"主将在上,待我二〔人〕请问和尚便了。"谁知那怪知宋军不能破,早以(已)隐去了。汪又(文)、汪虎二人始知方悟。

但心存厚宽留客,竟付东流画饼中。

却说那汪文、汪虎二人来在番邦主将殷奇面前,说道:"我二人真乃庸才,元帅高见,今那贼逃去无踪。"主将殷奇道:"此妖僧即前番之道人也。"遂吩咐将免战之牌早为挂出,候救兵到来再战未迟。汪文、汪虎二人只得依而行。

却说杨元帅宗保听得报人言道如此如此,遂大怒道:"本帅亲自破阵,岂容贼兵免战?"随点了一枝人〔马〕,放炮起营,将番邦的免战之牌打碎,杀将而来。番邦的主将殷奇同汪文、汪虎三人只得披装上马,出了本营,来至阵前。只见宋军个个争先,勉强战了不上三合,那汪(以下阙)。

索 引

后 记

这本小书,是以我的博士论文为基础修改而成。

十年之前,当我在电脑上敲完这篇论文,我从来没奢望有一天它会出版。毕竟,它没能解决当初想要解决的问题。

2006年2月15日,我独自拖着行李来到浙江大学,师从廖可斌教授攻读博士学位。入学三个多月的时候,廖师建议我选择杨家将小说撰写学位论文。彼时我想研究南明文学,有点嫌这个题目小。但在我读完明代两部杨家将小说后,我改变了主意。我至今仍记得2006年8月23日,在王羲之曾经流觞的曲水旁,我对廖师说我有兴趣做这个题目时,廖师脸上的高兴神色。我是几个月后才得知,这个题目廖师建议了好几年,直到我愿意试试。

在搜集材料的过程中,我有点理解同门没有听从廖师建议的缘故了:要解决杨家将小说的成书问题,文献资料太少!我花了一年多时间,像大海捞针一样去搜集相关文献,2007年底动手开始写后,我经常苦于直接材料匮乏而对着电脑发愣半天。论文断断续续写了十个月时间,至2008年9月完成初稿。其间有焦躁,有沮丧,当然,也有一丝福尔摩斯探案般的乐趣——现在回想起来,通过聚拢各种细微线索步步逼近谜底,那是一个很有意思的过程。

谜底没有最终揭开,固然有点遗憾。但如果只把撰写学位论文当作一次系统的学术训练,就没有什么好遗憾的了。因为在这个过程中,我所收获的已远远超过答案本身。

这本小书能够问世,最应该感谢的人自然是廖师。杨家将小说成书之谜是廖师关注多年的问题,书中基本观点即由他提供。在我搜集材料的过程中,廖师不仅提醒我注意到马力、郑骞撰写的两篇重要论文,还赠送相关书籍多种。本书初稿完成后,廖师及时审阅全稿,在章节安排、观点论证、语言表述等方面多有指正。本书出版之际,廖师又拨冗赐序,为小书增色。受教师门多年,廖师敏锐的洞察力、广阔的学术视野、一丝不苟的态度,都让我感佩不已。

其次要感谢为我撰写本书提供帮助的师友。当我冒昧写信索求两篇民国报刊论文时,承蒙山东大学图书馆的关家铮老师慷慨惠赐。浙江大学原中文系资料室的丁兴珍老师为我查阅古籍提供不少便利。当时还在台湾大学念书的陆方龙不嫌劳烦代为寻书，他总能将我久觅不得的书籍、论文及时传到我的手中。日本大阪市立大学的石川昌幸、田渊欣也两君代为复印了本书所参考的大部分日文文献，田渊欣也还惠赠了他研究杨家将故事的硕士论文。郭杨、胡婧、李伟、刘雪平、秦秋咀、石朝辉、王斌、熊权、郑修诚、钟晓华等友朋，无不替我复印、拍摄、抄写资料，省却我许多长途跋涉之苦。孙福轩师兄看过本书部分章节，提出了中肯的修改意见。夏勇提供不少有价值的集部文献线索。英文翻译劳林旭文审校一遍。刘喜凤、谭安东在日文翻译方面多有襄助。没有上述师友的无私付出，我对已有研究文献的掌握和利用都不免要大打折扣。而在我参考的论著里，我尤其想提到侯会教授的《〈水浒〉源流新证》。细心的读者会发现，这本小书的章节设置模仿了侯教授的大著。

还要感谢我的朋友兼同行宋旭华、胡畔和沈宗宇。因为旭华的鼓动和帮助，这本书才有出版的机会。胡畔承担了琐碎的编校工作，沈宗宇通读了三校样，两位朋友匡误纠谬，惠我良多。

最后要特别感谢五位匿名评审专家，他们给出了专业的评审意见，其中有中肯的建议，也不乏坦率的批评，让我更加清楚这篇论文的缺点所在和继续研究的方向。

我的硕士导师刘上生教授一直对我勉励有加，在我毕业后仍十分关心我的学习和工作。我的父母和大多数人一样，认为研究古代文学没有什么用，却任由我走自己的路。在我求学期间，姐姐姐夫、妹妹妹夫两家分担了许多本应由我承担的家庭责任。愿这本小书，能让他们稍感欣慰。

谋食武林的这十年，我从校园步入社会、由而立走向不惑，结婚、生女，踏入庸常的家庭生活。因为 Amy 和点点，这庸常让我踏实。这本小书，也是献给她们的。

陈小林
2018 年 6 月 30 日于杭州良渚

图书在版编目（CIP）数据

杨家将故事考论 / 陈小林著. —杭州 :浙江大学
出版社，2018.8
ISBN 978-7-308-18394-9

Ⅰ.①杨… Ⅱ.①陈… Ⅲ.①古典小说—小说研究—
中国 Ⅳ.①I207.41

中国版本图书馆 CIP 数据核字(2018)第 150123 号

杨家将故事考论

陈小林　著

责任编辑	胡　畔(llpp_lp@163.com)	
责任校对	宋旭华	
封面设计	浙江时代出版服务有限公司	
出版发行	浙江大学出版社	
	(杭州市天目山路 148 号　邮政编码 310007)	
	(网址:http://www.zjupress.com)	
排　　版	浙江时代出版服务有限公司	
印　　刷	浙江海虹彩色印务有限公司	
开　　本	710mm×1000mm　1/16	
印　　张	18.75	
字　　数	330 千	
版 印 次	2018 年 8 月第 1 版　2018 年 8 月第 1 次印刷	
书　　号	ISBN 978-7-308-18394-9	
定　　价	48.00 元	

浙江大学出版社市场运营中心联系方式　(0571)88925591;http://zjdxcbs.tmall.com